孙登平　石琳◎编著　贾志峰◎绘

GAOTAI MINJIAN WENXUE XUANCUI

高台民间文学选萃

SPM 南方传媒　广东人民出版社

·广州·

图书在版编目（CIP）数据

高台民间文学选萃 / 孙登平，石琳编著；贾志峰绘 . —广州：广东人民出版社，2023.9
ISBN 978-7-218-16815-9

Ⅰ.①高… Ⅱ.①孙… ②石… ③贾… Ⅲ.①民间故事—作品集—高台县 Ⅳ.①I277.3

中国国家版本馆CIP数据核字（2023）第148414号

GAOTAI MINJIAN WENXUE XUANCUI
高台民间文学选萃
孙登平，石琳 编著；贾志峰 绘

版权所有 翻印必究

出 版 人：肖风华

责任编辑：周汉飞
责任技编：吴彦斌　周星奎
装帧设计：成都现当代文化传播有限公司

出版发行：广东人民出版社
地　　址：广东省广州市越秀区大沙头四马路10号（邮政编码：510199）
电　　话：（020）85716809（总编室）
传　　真：（020）83289585
网　　址：http://www.gdpph.com
印　　刷：北京建宏印刷有限公司
开　　本：880mm×1230mm　1/32
印　　张：12　**字　　数**：320千
版　　次：2023年9月第1版
印　　次：2023年9月第1次印刷
定　　价：68.00元

如发现印装质量问题，影响阅读，请与出版社（020-85716849）联系调换。
售书热线：（020）87716172

用各种文学形式讲好张掖故事（序一）

陈玉福

认识登平是在第二届"讲好张掖（甘州）故事"作家高研班的开班仪式上。那一天，班长丁多钦张罗了一场非常接地气的开班仪式。在仪式上，大家纷纷登台亮相，或朗诵诗歌，或讲述故事，或唱歌，一切都按部就班地进行，没有什么起伏的波浪，更没有让人眼前一亮的节目。登平登台，一曲《天山牧马之歌》一下子就把仪式的气氛调动了起来……

他表情丰富，歌声铿锵有力，肢体动作与歌声配合得恰到好处。就在这一天，我们就算真正认识了。此后不久，他在《张掖日报》等报刊陆续发了一些短小精悍的文章，比如发表在《兰州日报》上的《高台面筋》，最大程度地宣传了高台和张掖，这也符合我们作家高研班的办班宗旨。我们作家高研班对学员作业的要求是每天1000字，别的学员因为种种原因完不成，可他每天都是3000字的创作量。我问他，你为什么如此拼命？他告诉我，导师每天早上四点钟起床创作，到七点半结束，每天要完成6000字的创作量。导师是我学习的榜样，我要向您学习，我四点钟起不来，五点钟起床，所以3000字一点问题都没有。"一开始，我不适应。坚持了一个月之后，我就习惯每天早起了。"这就是孙登平，我们作家高研班优秀学员之一。

三月初的一天，登平打来了电话："导师，我搜集、整理、创作了一本《高台民间文学选萃》，希望您能为我这部作品写个序，推荐一下。"我问他，你这样子会不会影响作业（长篇小说）的创作和本职工作呢？他信心十足地说："导师，您放心，我绝不会影响长篇小说创作的，也不会影响工作。"我一听释然了。看来登平真的让我"洗脑"了，这种状态应该是一个好作家诞生的前兆啊！可以断定，高台、张掖乃至甘肃，又一个真正意义上的作家出现啦！

翌日，他按照我的要求，把《高台民间文学选萃》的打印稿送给了我。我问了他一些这部书的成书过程后，打开第一篇故事开始浏览，一开始我是漫不经心的，很快我就被登平的文笔和精彩的故事吸引了。

民间故事是民间文学的重要题材之一。从广义上讲，民间故事就是劳动人民创作并口口相传的、具有真实和虚构内容的散文形式的口头文学作品，是所有民间散文作品的统称，有的地方又叫"瞎话""古话""古经""古谎"，等等。民间故事是从远古时代起就是人们口头流传的一种以奇异的语言和象征的形式，讲述人与人之间的种种关系，题材广泛而又充满幻想的叙事体故事。民间故事从生活本身出发，但也并不局限于实际情况以及人们认为真实的和合理的范围之内。它们往往包含着自然的、异想天开的成分，是人民大众的智慧结晶，是人民对美好生活向往的一种表现形式，是一种民间记忆，是一种成人童话。

文章本天成，妙手偶得之。20世纪80年代，全国兴起了抢救整理民间文学、保护传统文化遗产的热潮，高台县文化部门的领导和专家也不甘落后，他们克服交通不便、食宿缺乏保障等各种不利因素，深入全县各乡镇村社，搜集整理民间传说、神话故事、谚语、谜语、歇后语及民间歌谣、民间音乐等各种文化遗产，及时地抢救记录和积累储备了那些易于流失的民间口头文学艺术资源。进入21世纪以来，高台县罗城镇天城村、盐池村，黑泉镇定安村、定平村，新坝镇红沙河村、和平村、顺德村，宣化镇乐二村、巷道镇东联村等许多经济活跃、文化积淀深厚的村子相继整理出版了村志，为搜集整理、传承保护民间文学遗产做出了贡献。

值得一提的是，高台县骆驼城镇永胜村村民李德崇先生——高中文化，曾担任永胜村文书，不惜残年之力，于2008年12月在镇里的资助下印制了《骆驼城漫话》小册子，共印500册，收集、整理和创作了民间故事约60则——该小册子虽为非正式出版物，但也凝聚着李老的心血，闪烁着智慧和心灵的光辉，照耀着一代代后辈子孙或幼小或稚嫩的心田，使他们纯净的心田里生长出永不枯竭的善良和美好来。

登平在高台文化战线上连续工作了近二十年，基于自幼对民间文学的钟爱和民间文化对他的感染与熏陶，主动承担起了高台民间文学集大成、树丰碑的光荣使命，收集整理和创作民间故事近90篇，同时融汇中国工农红军西路军纪念馆文博副研究馆员石琳女士收集的民间故事，又邀约高台一中美术教师贾志峰同志，绘制了与故事内容相贴近的插图，使该书呈现出丰富多彩、图文并茂、群众喜闻乐见之效果，诚为难得。我的学生作为作家高研班的优秀学员，我深感欣慰。

高台有六百年的古槐、两千年的烽燧、三千年的胡杨和亿万年的山河形胜，也有在《西游记》和《红楼梦》中散发清香、至今仍飘溢甘醇、诱人食欲的"世界上最早的方便面"——高台面筋，更有北周名将史宁、明代临洮总兵白兆庆、清代甘肃提督阎相师等将军英烈，是一个有英雄、有故事、有文化、有历史、有风骨的地方。

不知今者，察之于古；不知来者，视之于往；前事不忘，后事之师。讲好了张掖故事，就讲好了中国故事。这是我们创办作家高研班的初衷。对于登平而言，讲好高台、张掖故事，责无旁贷。愿我们每个人都成为口头文学的创造者和时代记忆的传承者！

是为序。

2022年3月18日于张掖甘州府城陈玉福工作室

（作者系张掖市委市政府特聘专家，张掖市文联名誉主席，甘肃省作家协会顾问、第六届副主席，中国延安文艺学会副会长，河西学院文学院教授，兰州文理学院驻校专家、文学教授）

做一个文化的有心人（序二）

蔡竹筠

民间故事是人们喜闻乐道的一种口头文学作品，长期以来，口耳相传，在民间广泛流传。有的地方把民间故事叫作"瞎话""古话""古经""古谎"，等等。民间故事取材广泛，天上地下、怪力乱神，无所不包，它们往往包含着自然的、异想天开的成分，寄托着人们最朴素的情感和智慧。

高台民间故事很多。20世纪80年代，我县文化部门就极为重视，进行过抢救整理。文化工作者克服交通不便、食宿不能保障等各种不利因素，深入全县各乡镇村社，搜集整理民间传说、神话故事、谚语、谜语、歇后语及民间歌谣、民间音乐等各种文化遗产，及时地抢救记录了那些易于流失的民间口头文学艺术资源。进入21世纪以来，民间故事成为非物质文化遗产保护项目，县文化局曾派出李俊、赵永恒、孙登平三人组成的工作队，走访全县村村寨寨，对各种非遗项目进行了挖掘整理。我县罗城镇天城村、盐池村，黑泉镇定安村、定平村，新坝镇红沙河村、和平村、顺德村、边沟村，宣化镇乐二村、巷道镇东联村等许多经济活跃、文化积淀深厚的村子相继整理出版了村志，为搜集整理、传承保护民间故事也做出了贡献。

个人整理民间故事，我县也出现了许多作者，其中值得一提的是骆驼城镇永胜村村民李德崇先生。李先生曾担任永胜村文书，平日喜欢编编写写，收集整理和创作了民间故事约60篇，于2008年12月在骆驼城镇党委和政府的资助下印制了《骆驼城漫话》小册子。

另一位较有成绩的是孙登平。孙登平在文化文艺部门工作了近二十个年头，创作发表过不少诗词歌赋，尤长于写作曲艺作品和文史类作品。由于自小喜欢民间文学，加上二十年来民间文艺的浸染，整理民间故事也成为他文艺创作的一个方面。近年来，收集整理和创作民间故事近百篇。因为有过硬的文字功底，他整理的民间故事语言明快，叙事畅达，趣味盎然，有很强的可读性。

此外，还有中国工农红军西路军纪念馆文博副研究馆员石琳女士，参加工作十余年来，经常利用工作之便和前来参观的本县群众深入交谈，有时利用节假日深入乡村，搜集散落于民间的奇闻逸事100多则，总字数达12.6万字，实属难能可贵。

与此同时，孙登平、石琳还邀约高台一中美术教师贾志峰老师，为全书绘制了与故事内容相符的插图，使该书图文并茂，颇为悦人眼目。

书成之日，登平、石琳、志峰约我写几句话。寥寥数语，权以为序。

2022 年 3 月 20 日

（作者系甘肃省作家协会会员，曾担任张掖市作家协会副主席，高台县文联主席，高台县作家协会主席等职。）

目录

用各种文学形式讲好张掖故事（序一） ……… 陈玉福（1）
做一个文化的有心人（序二） ……… 蔡竹筠（4）
鞋匠中状元 ………………………………………（1）
蛤蟆招驸马 ………………………………………（4）
大明忠烈白兆庆 …………………………………（7）
王林奉母成仙 ……………………………………（17）
山神女婿的故事 …………………………………（22）
罗神仙与"胡公子叼亲" …………………………（28）
驼罗王的传说 ……………………………………（33）
黑泉的传说 ………………………………………（37）
太上灵岩和高台老席"八大碗"的由来 ………（40）
牛郎、织女和大湖湾的故事 ……………………（46）
丹霞龙的传说 ……………………………………（61）
白大人的故事 ……………………………………（65）
闫大人的故事 ……………………………………（68）

农家才女 …………………………………………（74）
盖房上梁披红绫的传说 ……………………………（77）
"铁人"和"铜人"的故事 …………………………（80）
龙脉的传说 …………………………………………（84）
三媒六证的故事 ……………………………………（86）
"盛世良民"的故事 …………………………………（90）
月牙湖石墩鼓子的故事 ……………………………（92）
天城的传说 …………………………………………（99）
厨师教子 ……………………………………………（102）
南山、北山和黑河的传说 …………………………（105）
"年"字及过年的来历 ………………………………（107）
牛魔王受骗 …………………………………………（108）
叫花子学仙 …………………………………………（109）
金镯子 ………………………………………………（110）
阎王爷失职 …………………………………………（111）
领岁数 ………………………………………………（112）
吕蒙正赶斋 …………………………………………（113）
晾经台 ………………………………………………（115）
胭脂泉的故事 ………………………………………（117）
金鸭子的传说 ………………………………………（121）
大禹劈石峡的故事 …………………………………（122）
观财坑的故事 ………………………………………（124）
南北二山的传说 ……………………………………（126）
珍珠白玉汤 …………………………………………（128）
白孤墩的由来 ………………………………………（130）

"羊达子的秧歌子重来"的原委 …………………（131）
九眼泉的传说 …………………………………（133）
羊达子的来由 …………………………………（134）
"黄家皮袋"的传说 ……………………………（136）
三凤村的由来 …………………………………（137）
榆木山走路 ……………………………………（139）
石龙化石 ………………………………………（140）
刘秀走南阳 ……………………………………（141）
王木通祭母 ……………………………………（143）
贫贱不可欺 ……………………………………（145）
孟母搬家 ………………………………………（147）
父亲为何称"老子" ……………………………（148）
蟒墩的传说 ……………………………………（149）
吴道子画测阴晴 ………………………………（151）
大禹治水的传说 ………………………………（154）
魁星楼的传说 …………………………………（158）
张果老考子 ……………………………………（161）
铁拐李偷油 ……………………………………（163）
小时偷油，长大偷牛 …………………………（165）
争睡热炕的故事 ………………………………（167）
由《荷戈纪程》想到林则徐 …………………（171）
关帝显灵退盗贼 ………………………………（173）
仿龙建堡 ………………………………………（175）
神鹿之死 ………………………………………（176）
儿女的心在石头上 ……………………………（177）

南华"会仙聚"与"杂烩菜"的来历 …………………（179）
石榴的传说 ……………………………………………（181）
龙泉寺的传说 …………………………………………（183）
"鼻屎监生"救村民 ……………………………………（185）
左宗棠赠联 ……………………………………………（187）
"龙爷"朱万因的故事 …………………………………（189）
督军审杨树 ……………………………………………（192）
忠烈义女赵娥 …………………………………………（194）
一对金手镯 ……………………………………………（196）
里宝和外宝的故事 ……………………………………（198）
黑狐子的故事 …………………………………………（201）
巧媳妇 …………………………………………………（203）
八宝山的传说 …………………………………………（206）
开凿柔远渠轶事 ………………………………………（208）
梧桐泉寺的由来 ………………………………………（212）
地名小考趣谈 …………………………………………（216）
台子寺因纪念李广而建 ………………………………（220）
段业错杀沮渠男成 ……………………………………（222）
耿直敢谏的白兆庆 ……………………………………（227）
阎相师小事记 …………………………………………（231）
五"胡"震高台 …………………………………………（239）
全国劳模朱海南的故事 ………………………………（242）
郭西山办学记 …………………………………………（256）
唐僧取经台子寺奇遇 …………………………………（273）
月牙湖与嫦娥的姊妹镜 ………………………………（276）

南北二山的传说 …………………………………………（278）

武林名宿桑玉明 …………………………………………（280）

向大爷的故事 ……………………………………………（284）

名医石坚 …………………………………………………（288）

大召寺的钟 ………………………………………………（290）

祁连山的传说 ……………………………………………（294）

薛家泉 ……………………………………………………（296）

骆驼城来历 ………………………………………………（298）

骆驼城趣事 ………………………………………………（301）

台子寺 ……………………………………………………（304）

沙枣树的来历 ……………………………………………（306）

红柳姑娘 …………………………………………………（309）

沙枣的故事 ………………………………………………（312）

高台大湖湾的传说 ………………………………………（315）

梧桐泉寺的美丽传说 ……………………………………（319）

九头胡杨的传说 …………………………………………（323）

台子寺的来历 ……………………………………………（326）

梧桐泉寺的传说 …………………………………………（328）

历史长河中的镇夷城 ……………………………………（330）

甘肃"马拉松"的先驱者朱玉 …………………………（335）

"天之骄女"许艳红 ……………………………………（335）

玉帝巡游高台　神龟终入仙班 …………………………（343）

迁　坟 ……………………………………………………（346）

座　钟 ……………………………………………………（348）

桃　花 ……………………………………………………（352）

观音沟 ···（353）

知青锦囊 ···（354）

盐池的传说 ···（356）

白马饮水的传说 ···（358）

台子寺神钟的传说 ·······································（361）

朱家堡的来历 ···（363）

薪火相传自秉承（后记）······················ 孙登平（365）

鞋匠中状元

从前，有个读书人上京赶考迷了路，他途经高台时碰到了一个在路边钉鞋的鞋匠，就上前去问到京城的路怎么走？还有多远？鞋匠说："去京城顺这条大路一直往东走，也不知道有多远，十天到了算走得快，半月到了也不算慢。你到那里干啥去？"书生回答："我去考状元！"鞋匠又问："你考上状元干什么呢？"书生又答道："考上状元就是为老百姓做好事，公正廉明，治理天下！"鞋匠听了书生的话，兴奋地说："听你这么一说，考个状元还真能办大事呢。干脆我这个鞋匠不当了，也跟着你上京去赶考！"书生说："你大字不识一箩筐，怎么去考？"鞋匠说："我虽然一字不识，但我跟着你，你干什么，我就干什么。我一路上钉鞋挣钱，我们俩吃住也就够了，考上考不上，到京城里游一下，也算没白活。"说完，回家跟媳妇商量好，就和书生到京城赶考去了。

他们走到一个路口，看到一棵沙枣树，树叶在日头下闪着银光，沙枣花开得正黄，书生随口吟道："金花银叶片！"鞋匠一听，这是好话，便一直念叨着，把这句话牢牢记住了。天刚下过雨，雨水冲下来的胶泥被太阳一晒，一片片卷了起来。书生又顺口吟道："日晒胶泥卷！"鞋匠又把这句话记到心里。后来，又走到一片树林前，林子里一群麻雀叽叽喳喳叫个不停。突然飞来一个鹞鹰，林子里顿然变得一片寂静。书生看到此情景便又吟道："一鹞投林，鸦雀无声！"鞋匠也跟上说："一鹞投林，鸦雀无声……"嘴里念着，心里记着。一会儿，鞋匠看见一个蚂蚁窝汪满了水，一些死蚂蚁漂在上面，便向书生要了一张纸，把死蚂蚁捞在纸上面，让太阳晒，蚂蚁晒干便活过来跑走了。鞋匠把纸也收拾起来了。两人觉得有趣，开心得很。这样，一路走去也不觉乏。不久，他们走到了京城。

　　考试的日子到了，鞋匠把一路钉鞋挣的钱买了衣服鞋帽，把自己打扮成书生模样，同那位书生一起到了考场。考场门前贴着一张榜，上面有一百个生僻字，谁能认下去九十个以上，谁就能进入考场。有很多考生认不到一半，便都进不了考场。轮到鞋匠了，他手背在身后，左瞧瞧右望望，点点头晃晃脑。守榜的人以为他在一字一字默念呢，便问他："你认得多少字呢？"鞋匠回答说："我一字不识！"守榜人以为他一百个字只有一个字认不得，学问比起前面的好多人深，就让鞋匠进了考场。进去以后，主考官问他："你读的什么篇？""金花银叶片！"主考官心里纳闷儿："老夫学富五车，从来没听说过什么'金花银叶篇'，看来此人学问非凡！"便又问道："你读了多少卷？""日晒胶泥卷！"主考官听了大为惊奇，觉得此人答得寓意深，用语巧，这是在说他读书破万卷了。主考官越发惊奇："这是谁写的书？"这时，鞋匠想起临行时媳妇给他交代的话，要问读谁的书，就说是读孔夫子的书。怕他忘了，给他捏了个面人老头。鞋匠伸手在袖筒里一摸，也想不起来媳妇交代的话，只记得姓孔，面人是个小老头，就顺口说："孔、孔老头！"主考官说："我们都是读孔夫子的书，考的也是孔夫子的学问。"鞋匠一听，知道说错了，赶紧说道："孔老头是孔夫子的爹，你们连这也不知道？我就知道你们考的是孔老头儿子的学问，我学的是他老子的学问，儿子的学问就不考了！"主考官连忙说："知道，咋不知道呢！看来你的学问是比我们高！"考场上的人交头接耳，一片喧哗。鞋匠又来一句："一鹞投林，鸦雀无声！"众人一听，都静悄悄的了，把路上学书生的话全用上了。主考官请他写几个字，他们观赏一下。他怎么会写字呢？可事已如此，他啥也不管了，就掏出路上收拾的那张纸，拿过笔往上写。写啥呢？他发现纸上有点点痕迹，那是他晒了从水中捞出的蚂蚁留下的，便将那些痕迹描出，让大家观赏。主考官一看，目瞪口呆。鞋匠说："这就是孔夫子的爹的字嘛！"主考官低下头看了一会儿，说道："绝妙也！"结果，鞋匠中了头名状元。

蛤蟆招驸马

话说河东有个员外，家财万贯，骡马成群。员外有个外甥，姓王名二，因父母双亡，在外流浪度日。这王二也是出身富豪人家，眼下虽然贫穷，却也聪明能干，善于见机行事。他上身穿一件白布小褂，数月不换不洗，汗油、尘土把本色都糊得看不清了。每逢天阴之前，衣服就发潮，他就知道要下雨，所以又混了个"蛤蟆"的外号。

这年夏收后的一天，员外让家中所有的人都去摊场打麦子。恰好蛤蟆也在场，他说："舅舅，昨夜晚我做了个梦，梦见今天下大雨。这场还是不要摊吧！"员外看了看天说："胡扯！天空如此明朗，不见一丝乌云，哪会下雨？"等到把场摊完，过了晌午，果然乌云翻滚，下起了瓢泼大雨。这时员外才后悔没听蛤蟆的话。

过了几天，员外家的老母猪丢了，员外对蛤蟆说："我家母猪丢了，你能不能梦一下在什么地方？"蛤蟆说："行。"晚上，蛤蟆没敢睡觉，趁着月光出去找母猪。找呀找，终于发现母猪躺在小河湾里，还下了七个猪娃子，三个白的四个黑的。第二天清早，他就对员外说："我梦着了，母猪躺在小河湾里，还下了七个猪娃子，三个白的四个黑的。"员外差人出去一看，果然如此，于是高兴地对蛤蟆说："你的梦还真灵！"

又过了几天，员外的一匹心爱的小白马丢了，又让他梦。蛤蟆和上次一样，晚上出去把马找着，拴在一片小树林子里，还在缰绳头上系了一块牛骨头。第二天，他又把这些情况对舅舅说了。员外亲自去看，又是分毫不差，这次赏了蛤蟆一顿酒肉。

后来，员外就进城做买卖去了。半年后回来，一到家就把蛤蟆叫到跟前说："外甥，你的福气来了！"蛤蟆说："舅舅真会开玩笑，我哪来的福，还不是靠舅舅您照应！"员外郑重地说："朝廷的传国金印丢了，皇上贴出榜文说，如有人能找到，高官任做，美女任挑。我已把榜文揭来，明天你就跟差官进京吧。若能梦着，真是福气不小！"第二天，两个差官抬着一顶轿子来请蛤蟆。蛤蟆上轿后，心里七上八下的，老不踏实。暗自思忖：不去吧，榜文已经揭来，要犯杀头之罪；去吧，这猪、马好找，金印到哪里去找呢。想到这里，不觉出声叹道："猪呀，马呀，你害得人好苦啊！"谁知差官一听此话，吓得放下轿子，趴下就给蛤蟆磕头，嘴里还一迭连声地说："求梦先生饶命！求梦先生饶命！金印确实是我二人偷的，您既然梦着了，请到京城只说印在皇宫后院枯井里，千万不要提我二人姓名。若能如此，我二人一辈子感恩不尽、感恩不尽！"原来，这俩差官一个姓朱，一个姓马，他们做贼心虚，错把"猪、马"听成了"朱、马"，才闹出了这场误会。蛤蟆此时正万分作难，一听俩差官如此求饶，当然是求之不得，就满口应承下来。

朝廷的金印找到了，皇上降旨把蛤蟆招为驸马。洞房花烛夜，公主还想试一试这位梦先生的真本事，她双手捧出一只金镶玉的胭脂盒来，对蛤蟆说："你能猜出这小盒里装的是什么东西，我就和你做夫妻；要是猜不出来，我就告你个欺君之罪，让父皇把你杀掉。"蛤蟆假装梦了半宿，也猜不出来。公主等得不耐烦了，正要动怒，蛤蟆在急切中才冒出了一句话："唉！蛤蟆呀蛤蟆，你算是活活憋死在这只胭脂盒里了！"公主听后，转怒为喜，亲亲热热地把蛤蟆让进了红罗帐。你道公主的胭脂盒里装的是什么宝贝？原来装的就是一只蛤蟆！

大明忠烈白兆庆

在高台县罗城镇天城村有一个独立的土墩,当地人叫它"白孤墩",相传是为纪念明末高台籍将领白兆庆所筑。

坐落于这里的正义峡(古名镇夷峡)紧扼甘肃与内蒙古之间的战略要冲,不仅是黑河中下游的天然分界线,由此北上的龙城古道更是古代游牧民族侵扰河西走廊的必经之路。

元朝末年,明军大将冯胜从这里挥师西征,采取截断水源围困的战术,一举扫灭了盘踞在居延海黑城要塞的残余元军,将被蛮夷践踏了700多年的这片沃土重新纳入中华版图。

冯胜在班师回朝时见这里地势险要,就奏请朝廷设立镇夷千户所,派麾下大将白刚率领精兵构筑城堡镇守,成为阻止敌骑兵犯境的可靠屏障。

由于白刚守边有功,朝廷特赐他家世袭正千户,在当地开府安家,世代为将,原籍安徽凤阳的白氏宗族由此人丁兴旺,威震塞上。

随着明朝边防日益巩固,感到天下太平的白氏后人不再像先辈那样埋头练兵习武,都把入学读书考取功名当作正业。

可白刚的第九代孙白兆庆却是个例外,满月"抓周"时,他不像别的白氏子弟选择玩具,而是紧紧拽住炕头上挂的宝剑不放。

长大后,父亲白千户送他到学堂读书,可白兆庆讨厌背"四书""五经",读起兵书却废寝忘食,还无师自通每天五更就起床舞刀弄枪。

白兆庆9岁那年冬天,一场大雪把镇夷峡扮得银装素裹,顽皮的他跑出府门去打雪仗,却见街中央一个衣衫褴褛的老道盘腿打坐,

身边方圆一丈没落下一点雪。

他担心把老道冻坏,就跑回家中偷偷把父亲平时舍不得穿的一件锦衬皮大氅取来披在老道身上,还问他喜欢吃什么东西。

老道不动声色解下腰间的酒葫芦,叫他去打三斤上等佳酿。白兆庆悄悄钻进家中酒窖,将父亲珍藏多年的天城"千年香"酒坛撬开,灌了满满一葫芦。

该酒是当地特产的黑河精米加沙枣花引子精酿而成,一般人喝上半斤就不省人事了。可老道张口就把他递来的一葫芦酒吸干,还要继续喝。

不过白兆庆并不嫌老道贪杯,一次又一次拿酒给他喝。老道来者不拒,鲸吞海饮。结果不到两个时辰,窖里的六坛"千年香"便都底朝天了。

老道满意地拍拍白兆庆的头说"孺子可教",拉着他的小手腾云驾雾般向峡口飘去,吓得白兆庆闭上了眼睛。

当他睁开眼时,已站在镇夷峡中的沙枣林里。老道告诉白兆庆自己是崆峒山的通明长老,特地云游到此收徒传艺的。

通明长老将手按在白兆庆脑门上施以"三清灌顶大法",令他全身骨节咔嚓作响,骨髓血脉真气如潮,陡然间觉得自己力大无穷。

此后,通明长老每天半夜都带他到沙枣林中传授武艺。不几个月白兆庆便能纵身上大树,挥拳碎顽石,像猎豹一样矫健灵活。

到过春节吃年夜饭时,白千户叫仆人到酒窖取"千里香",发现六个坛子全是空的。怀疑是白兆庆这个小淘气偷酒喝了,便叫他过来责问。

白兆庆把遇到老道的事告诉父亲,白千户以为他在编谎话骗人,拿起掸子就打。不料白兆庆一个箭步从父亲腋下钻过,嗖地跃出窗子越墙跑了。

白千户带人一路追到沙枣林中,见儿子躲在一位仙风奇骨的老道身后,才相信白兆庆说的是实话。便上前与通明长老见礼,让白兆庆正式拜他为师。

在通明长老的悉心点拨下，白兆庆武艺日渐长进，特别是一身金钟罩练得如铜浇铁铸，刀枪不入，长矛一舞打得几十条壮汉近不了身。

当时在兰州作威作福的肃王嗜好长生不老之术，得知镇夷堡有位世外高人，便派人过来打听。通明长老不愿侍奉权贵，叫白千户子虚乌有托词搪塞过去。

通明长老深知肃王不会就此善罢甘休，为了不连累白氏父子，便打算离开这里继续云游四方。临别时他关起门来忙到半夜才熄灯。

第二天，白兆庆和父亲来到师父房中，见通明长老已不知所踪。桌上摆着分别写有他父子姓名的锦囊和一封信。

信中预言白氏父子将来有不测之祸，囊中之药可起死回生，化险为夷。还告诫他们千万不能招惹阉人（太监），信末"塞上沙枣不朝天，金枝银叶莫插言"两句诗更让二人莫名其妙。

半信半疑的白氏父子将锦囊珍藏起来，却没把信上最后交代的话记牢。但通明长老的预言很快便首先在白千户身上应了验。

白兆庆十六岁那年。一股鞑子兵窜到镇夷堡附近抢掠，白千户不顾儿子劝阻，让白兆庆带家丁守城，自己率军前去迎击。

可手下的官兵因久不作战，和鞑子兵交锋一触即溃。白千户单枪匹马被几百敌骑围在中间，左冲右突不能脱身。

白兆庆在城上见势不妙，立即带领家丁赶来救应，长矛所向鞑子被他冲得七零八落。白千户见儿子如此神勇乐得松了劲，一不留神被鞑子首领的弯刀砍中脖颈栽下马来。

父亲遇难让白兆庆怒发冲冠，拍马挺矛直刺鞑子首领。这家伙挥刀抵挡，但哪禁得住白兆庆雷霆一击，当时虎口震裂，吓得魂飞魄散。

白兆庆一矛将仇敌挑飞，带着家丁在敌群中如秋风扫落叶一样大开杀戒。原先溃散的官兵也重整旗鼓，一拥而上乘胜追击，把这

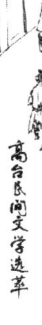

群鞑子杀得一干二净。

抬着奄奄一息的父亲收兵回城后,白兆庆赶紧找出师父给的救命锦囊,原来里面是一瓶灵丹妙药,敷上后白千户很快就苏醒过来。

根据通明长老用药嘱咐,白兆庆将父亲的头用白棉裹得严严实实,在暖屋里养了四十九天直到伤愈。不明就里的家丁以讹传讹,说是给千户大人换了个"面头"。

消息传到蒙古,迷信的鞑子们都认为白家有鬼神相助,再也不敢兴兵进犯。全堡军民对白兆庆感恩戴德,都说白家将门虎子,后继有人。

万历三十一年(1603),当朝宰相张居正为了选拔将才,奏请皇上开科比武,得知消息的白兆庆摩拳擦掌,千里迢迢赴京赶考。

在京师德胜门的演武场,白兆庆力挫群雄,大显神威,初赛连夺骑射、长兵、角力三项第一,成为问鼎武状元的热门人选。

可在复赛时,朝中权贵为了帮助关系户夺魁,串通一气将白兆庆兵法试卷调包,一张"白卷"让他名落孙山。

但白兆庆并未灰心丧气,他在决赛场外贴上挑战书,点名要跟本届"武状元"单挑实战,吓得对方不敢入场。

此事被微服观战的万历皇帝得知,便故意宣他夜间入宫见驾,暗中却派出大内高手层层堵截,想拿这个不知天高地厚的西北举子寻开心。

谁知白兆庆从午门一路打来,赤手空拳接连冲破九道关口,还面不改色将乾清宫外的石狮子搬起来换了个个儿。

龙颜大悦的万历帝当即颁诏,让白兆庆挂御赐黄金甲、骑火龙驹,由本届武科三甲轮流执缰,在京城九门耀武三日,引得观者摩肩接踵,衣锦还乡传为佳话。

次年端午节,肃王派出太监带人到河西寻找奇花异草,见镇夷峡这里的沙枣花奇香袭人,便责令地方官把林子里的树全挖出来移到兰州去。

白千户不愿劳民伤财，顾不得当年通明长老的交代，甩下乌纱帽与带队太监争辩，急气冲头将旧伤口迸裂，登时颈血狂喷气绝身亡。

　　肃王那伙爪牙见逼死朝廷命官，吓得目瞪口呆，怕事情闹大仓皇溜走了。正在峡中打猎的白兆庆闻讯过来没赶上他们，只好痛哭一场，给父亲收尸下葬。

　　突如其来的变故让年方十八岁的白兆庆从此接任镇夷千户，并在守边、平叛中屡建奇功，很快便升任陕西临巩总兵，挂平羌将军印。

　　在告别故土赴任时，镇夷百姓夹道欢送，敬献的万民伞和土特产车载斗量，但他分毫不取，只特意带了一盆沙枣苗作为纪念。

　　万历皇帝驾崩后，明朝宫中宦官与朝堂奸邪乘机作乱，继位不到半年的明光宗朱常洛不明不白突然暴毙，朝廷上下乱作一团。

　　奉调进京担任后军都督府都督同知的白兆庆临危受命，率军戒严巡察震慑不法之徒，与朝中正直大臣力挽狂澜，保证了大明政权的顺利过渡。

　　天启元年（1621），任性偏巧的明熹宗朱由校顺利登基，白兆庆因护驾平乱有功被朝廷依为肱股，升任京城卫戍部队最高长官——九门提督。

　　但不务正业的"木匠天子"天启皇帝没多久便原形毕露，将朝中大事交给宦官魏忠贤，致使阉党、佞臣串通一气胡作非为，把个大明江山搞得乌烟瘴气。

　　白兆庆看在眼里，忧在心上，多次在皇上出京玩乐时拦驾进谏，但都无济于事。好在天启帝念在他是本朝宿将，还没有认真理会魏忠贤一伙的谗言。

　　阉党为了独揽朝纲，对上书弹劾他们的杨涟、左光斗等东林党人横加迫害，闹得朝中人人自危，万马齐喑。

　　魏忠贤一伙志得意满之后，便加紧网罗力量谋权篡位，妄图把白兆庆拉拢过去助纣为虐。但他面对威胁利诱依旧赤胆忠心，将阉党送来的财宝全部上缴国库。

闲不住的天启皇帝为了向臣民炫耀自己的"天才圣聪"，花半年多时间亲自设计制造了一艘龙舟，打算在中秋节驾着它游昆明湖。

阉党们认为这是一个取而代之的绝好时机，经过密谋制订了毒辣的"沉舟计"，由守船的内厂太监暗中下手，将船舱底板锯开再用糨糊粘好，下水后一泡就漏。

月圆之夜，天启帝兴致勃勃带着贴身小太监驾着龙舟下水，刚划到湖心，忽然舱底冒水，惊得手忙脚乱，赶紧向远处岸上的魏忠贤呼救，但回答他的却是震耳欲聋的锣鼓声。

千钧一发之际，湖边大树上飞出一条大汉，蹬萍点水跃上行将沉没的龙舟。只见他虎臂一抄挟起皇上和小太监，运足轻功转眼间便回到岸上。

原来，白兆庆听说天启帝要驾舟游湖，担心阉党阴谋行刺，便提前过来潜藏在树上暗中护驾。结果不出他所料，硬是凭借超凡身手让皇上大难不死。

做贼心虚的魏忠贤见半路杀出个"程咬金"，担心皇上问罪躲进湖边假山不敢出来。然而最终禁不住手下人一再催促，只好硬着头皮出来请罪。

火头上的天启帝狠踹了魏忠贤几脚，呵斥他滚回家中候旨。受指使做手脚的守船太监更是作为替罪羊，被拖出午门千刀万剐。

皇上为褒奖白兆庆救驾大功，让他"官随便挑，宝尽管取"，但他以职责所在为由坚辞不受。便特别赐给白兆庆一道与开国元勋同等的"免死铁券"，并追封他战死的父亲为"保天侯"。

天启帝还下旨给甘肃巡抚拨出专款，将白氏故居修得格外豪华气派。还将御笔亲题的"翅虎"勇号镌刻于白府照壁上，规定到此"文官落轿，武官下马"以示尊荣。

百足之虫，死而不僵。面临失势的魏忠贤故伎重演，立马搬出皇上最宠信的奶妈兼贵妃客氏说情，并抱着天启帝的腿磕头痛哭，居然又变戏法似的东山再起。

不过受到教训的皇帝开始加强防范，玩乐时精心挑选的大内高手随时护卫，除魏忠贤外的厂卫太监一概靠边，让阉党不敢再生犯上之心。

躲过一劫的魏忠贤将白兆庆视为眼中钉、肉中刺，千方百计必欲除之而后快。指示党羽收买白府仆役暗中刺探，打算抓住把柄伺机陷害。

第二年端午节，白兆庆照例率领家小在从故乡带来的长大的沙枣树下赏花吃粽子。阴险的魏忠贤接到密报，便把这在京城极为稀罕的沙枣花当作"导火索"，处心积虑设计了一个圈套。

魏忠贤进宫向天启帝奏称，白提督府上有一株奇花叫"金枝银叶"，摇动如簧巧舌，把它说得天花乱坠，蛊惑皇上前去观赏。

赏惯了奇花异草的天启帝在白府嗅到扑鼻的沙枣浓香，顿时如痴如醉。魏忠贤便故意讨好皇上说，应该以黄金万两将这花取回宫去作为御览"花魁"。

生性耿直的白兆庆对魏忠贤小题大做不以为然，没多想就对皇上说："这种树在咱们家乡到处都是，每年五月连厕所墙头上都盖得密密麻麻，没啥稀罕的！"

天启帝听了觉得不可思议，当即下旨让白兆庆赶紧回乡探亲，核实当地沙枣花到底有多少。如果真像他所说，明年端午就御驾西巡办个赏花大会。

早有预谋的魏忠贤陪天启帝回宫后立即进起了谗言，说白兆庆奇货可居不愿献花也就罢了，还信口开河污蔑这盖世奇花长在他们老家的粪坑边，真是欺君罔上，罪不容诛。

皇帝的怒气被挑拨起来，专门叫魏忠贤派人去镇夷峡查看，如果白兆庆确属胡言，就抓回来定个欺君大罪。

谁知魏忠贤拿着鸡毛当令箭，瞒着天启帝拟了一份假圣旨，说

13

白兆庆"藏花不献,滥言欺君,着即赐死"。

奉旨回乡的白兆庆刚行到卢沟桥头,就被魏忠贤的爪牙追上。接旨后他不相信这是天启帝的意思,就拿出免死铁券,要求回宫与皇上论理。

阉党们当然不肯让他见驾,逼白兆庆服毒酒不成就群起围攻。白兆庆也率家丁奋勇抵抗,杀得爪牙们尸骸满桥,把河水都染成了血红色。

魏忠贤接到消息恼羞成怒,向皇上报告说白兆庆畏罪造反,把他派去查看的人全杀了。天启帝一时信以为真,当即调动神机营炮队前往增援。

白兆庆见对方搬来红衣大炮,不愿让家丁们一起陪他白白送命。情急中想起师父留给他的锦囊,找出来一看,里面装着一枚"七日回魂丸"。

他叫来一名心腹家丁悄悄办好交代,然后当众宣称要服毒自行了断,吃下药丸后便脸色铁青,鼻息全无。太监们想过来"验明正身",但被义愤填膺的家丁们拦了回去。

等天启帝醒过神来,派贴身太监飞马赶来"炮下留人"时,见到的却是白兆庆硬邦邦的"尸首"。只好下旨将白兆庆玉棺厚殓,由家丁们护送回乡。

当天夜里,那名心腹根据白兆庆的安排,悄悄在棺底钻个透气孔,并与眷属、家丁们一路烧纸招魂,呼天抢地,成功来了个瞒天过海。

白兆庆"复活"后乘夜出棺,化装成家丁扶灵回乡,在镇夷峡祖坟间堆了个假墓。神不知鬼不觉地从府中挖地道隐居起来。由于镇夷堡离京城太远,所以消息一直没有泄露出去。

天启七年(1627),明熹宗驾崩。韬光养晦多年的信王朱由检(明毅宗)即位,把魏忠贤阉党一网打尽,包括白兆庆在内的前朝忠臣都得到昭雪。

前来宣旨抚恤的使臣来到镇夷堡，才让白兆庆重见天日。接到报告的崇祯皇帝赞他"诈死存忠，勇略难得"，以都督同知衔起用派往甘肃临洮担任总兵。

然而此时的明王朝已病入膏肓，刚愎多疑的崇祯皇帝对文武大臣横加猜忌，派出许多太监到军事重镇担任监军。这些阉人大都狗屁不通，把守边将领搞得无所适从。

驻临洮镇的监军太监更是个变态的家伙，他贪财如命，经常克扣军饷，搞得士兵怨声载道。但白兆庆因为父亲的前车之鉴，敢怒而不敢言。

即使如此，监军太监见白兆庆从来当面一言不发，认为他打心底里瞧不起自己这种阉人。所以经常向皇帝打小报告，说他带兵无方，拥军自重，害得白兆庆多次被朝廷指责。

崇祯元年（1628）春，陕甘一带暴发了大饥荒，朝廷不但不开仓放粮，还以抵御满清（后金）和剿匪（起义军）为名，在正税外加征"辽饷""练饷"。

老百姓被逼得走投无路，在高迎祥、李自成、张献忠等率领下揭竿而起，到处都是起义的熊熊烈火。

白兆庆接到朝廷让他率部"平乱"的命令后，心情十分矛盾。监军太监见他犹豫不决，就以"抗命迁延，通匪纵贼"严辞胁迫，威逼着他拔营出发。

可他带领的官兵连棉衣都没发，没过黄河就冻死了不少，巡抚答应接济的粮草也迟迟运不上来，全军饥寒交迫，让白兆庆欲哭无泪。

千总胡登海鼓动士兵在夜间哗变，要求白兆庆处死监军太监，还大家一个公道。但他认为白氏一门世代忠烈，不愿背上一个犯上作乱的恶名。

白兆庆思前想后，毅然决定杀掉跟随自己多年的火龙驹，让哗变部队吃顿马肉自谋生路。自己跟着监军太监到巡抚衙门领罪。

巡抚胡廷宴不敢得罪监军太监，将军队哗变的责任全部推到白兆庆头上，将他上枷打入死牢，报请朝廷处斩。

昏庸残忍的崇祯皇帝接到有关白兆庆"吞没军饷，激起哗变，通匪作乱"的请旨罪状，不假思索就批了个斩立决，还让兵部通报各军"杀鸡儆猴"。

白兆庆被害那天，兰州城天降大雪，出现了冬天打雷的反常天象，吓得刽子手握刀的手直打战。但白兆庆神色自若，视死如归。

到了行刑时，他朝着家乡和京城各拜了九拜，然后挺直身子引颈就戮。但不论刽子手怎么使劲用刀砍，白兆庆的头就是不断。

巡抚和监军太监赶紧请出圣旨，让白兆庆赶快自杀，还说如果不遵旨，就抄斩满门，株连九族。

白兆庆故意招手将监军太监引到面前，夺过刽子手的刀反手一挥。只见头颅随着血箭冲天而起，落下来时正砸在狗阉贼的脸上，竟然把这家伙当场吓死！

助纣为虐的巡抚也吓出病来，夜里梦见白兆庆提着头来索命，整天魂不守舍。后来被李自成部将贺锦率义军攻破兰州，胡廷宴全家都送了命。

镇夷堡的乡亲们听到白兆庆被害的消息，都天天在大路上张望，企盼他能再次回来，但最终等来的却是他身首异处的尸首。

全堡老少人人挂孝，隆重安葬了这位传奇英烈。为纪念白兆庆，大家用泪水和泥，在他当年打败鞑子兵的地方筑起一座土台，就是现在的"白孤墩"。

王林奉母成仙

从前,高台有个秀才名叫王林,他的父亲已去世,和母亲两个人相依为命。王林每天都在学堂教学,从学堂回来就孝敬母亲。太史公家有个女儿叫玲娘,这个太史公看上王林了,想把女儿许配给他——因为王林是个孝子。

有一天,王林正在教学,太史公派人到王林家去说媒。王林说:"我现在教学着哩,我还没有功名,等我有了功名再谈亲事!"媒人回去向太史公说了,但太史公说不行,就要把女儿许配给王林。媒人又跑去向王林的母亲说,王林的母亲只好把这门亲事答应了下来。

王林每天还是白天讲课,晚上改卷子。有个白玉玉,是个道人,他见王林孝顺,想超度他,就每天到学堂里,看王林改卷子。王林抬头看见了道人,心想:哪里来的道人,在我床上做功着呢?道人坐着一个蒲团,双手合十,两眼紧闭,一连坐了七天,还在那里没动。王林又想:这个道人可能是个好人,但也可能是个坏人,他在我这里不走。刚想到这里,白玉玉站起来走到他跟前说:"王林,我看上你了,你是一个孝子,你白天教书,晚上还要备课,又这么孝顺母亲,我们两人结拜个弟兄吧!"王林就同道人结拜了弟兄,刚结拜完,道人就没了。

过了六七天,王林晚上睡下想起了这个结拜哥。他想:这些天了,我的个白玉玉哥,咋的就不来了?我看他来无踪去无影的,不是个仙家,就是个神呢!他想到这里,头一抬,忽然来了个紫衣女子。他问:"你是何人?""我是个紫衣女子!"女子答道。"你半夜三更咋跑到我的书房里来了?"王林又问。"白玉玉把我打发上来的!"女子又答。王林再没问话,又埋头改卷子去了。紫衣女子等了一会儿,说:"夜深了,休息吧!"等王林睡下,这紫衣女子也跟着他上床睡下了。王林想:这是哪里的姑娘,咋的灯都不吹,就到我的床上睡下了!刚想到这里,灯一下自动灭掉了。第二天早晨,等王林起来,这紫衣女子已经没人了。他实在想不出来,咋的一下就没人了?他去侍候母亲吃了,喝了,就到学堂里去了,再也没想白玉玉和紫衣女子。

又过了一年,白玉玉和紫衣女子再没来,王林又想起他们来:"前一段,我和白玉玉结拜了弟兄;后一段,来了个紫衣女子,现在又过了一年了,怎么一个人都不来了?"这么一想,紫衣女子抱着个娃娃来了。紫衣女子送来了娃娃,就要走,王林去拉紫衣女子,把她手上的一个金镯子脱了下来,王林就把这个金镯子搁下了。打这以后,一天一天的,他就家里奉母,在学堂经管这个小孩子。这时,太史公的玲娘催着结婚呢,王林说:"我有三个条件,这三个条件她答应了我就结婚,不答应我不结婚。"说是:"哪三个条件?""这第一,赶早玲娘进门,后晌我就要出家修行;第二条,她来了要代我好好侍奉我母亲;第三条,我有个孩子,她要替我抚养。"介绍人回去一说,娘老子不同意,说是:"这么个我的丫头给他图个啥呢么?我原看上他是个孝子,想必也是个贤夫。现在我的丫头赶早进门,他后晌就要出家,这么样我的丫头不给他!"这个玲娘不答应,人家就要跟呢,说是:"赶早出家也跟,做啥也跟!"人家不怕这三个条件。

不怕这三个条件就结婚呢,走到半路上,前面山坡上也下来个轿子。抬到跟前,玲娘的轿子往过去走,人家的轿子往前来。等碰了头轿子停下来,人家的轿子里一下出来了八个贼娃子。八个贼娃子下来就打给玲娘抬轿的人,一下把抬轿的人打趴下了,打趴下以后给了玲娘一封信,说:"我这个信你收拾下,结婚以后你们两口子再拆开看!"他们当天就结了婚,等别的客人都走掉了,玲娘陪王林去上香,记起来了这封信,于是给丈夫看。信上写的是:"某月某日,王林你要回到娘家!"信上就写的这么个。到了那一天,王林真的准备回娘家。出了门以后,他想:"娘家在哪里呢?该朝哪条路上走呢?"心里正这么想着,他的结拜哥白玉玉一下听着来了,对他说:"你把眼睛闭住,骑在我的拂尘上!"王林闭住眼睛骑上拂尘以后,呜的一声就飞起来了,等把眼睛睁开,已经到了白玉玉的佛堂。白玉玉的佛堂里摆着酒席,那些吃的东西是活的,蛇虫螃蟹,啥都是活的,他害怕得很。"这个东西,我不敢吃呀!"王林心里这么一想,那些东西都死了,都变成了熟的,他才坐下吃了些。吃了以后,脖子里痒得很,挠却不敢挠,想着有个人来帮忙挠挠嘀!白玉玉一下就喊来人给挠痒。王林想:咋回事,刚这么一思想,突然想起给自己挠痒的紫衣女子敢情就是送了娃娃的那个女子?刚想到这里,人家又叫来人,一下来了八个。八个姑娘,穿青衣的,穿蓝衣的,穿紫衣的,来了八个,排到两边就排下了。白玉玉问他:"我的这八个姑娘,你看上哪个了?"他心里正想自己看上紫衣女子了,还没说呢,一下别的姑娘都回去了,就站下了个紫衣女子,在佛堂里坐下。坐了一会儿,王林想着天也晚了,怎么还不休息,把人累的!刚这么一想,白玉玉马上就让休息。紫衣女子陪王林到了卧室,王林仔细一瞅,心想:"哎呀,真是个天仙女呀,弹着呢,唱着呢,说着呢,笑着呢,好得了不得!"真是到了好地方,王林就高兴的呀!卧室里委实打扫得干净得很,清亮得很。他思想着:我这个凡人,咋的能到这个地方站(住)呢?哪怕灯灭了也好,身上这么骨葬(脏),咋着脱衣裳?心里这么一想,灯一下哗实实地灭掉了。灭掉了他就睡下,一觉睡了个大天亮,迟得很了。起来以后,白玉玉问他:"昨天晚上休息好了没有?""休息好了!"王林答道。"再住两天呢,还是你走呢?"白玉玉又问。"走呢!"王林又答。白玉玉就打发两个人送他。送到大门口,大门口的一个人说:"你站下,我家里有个东西给你取去呢!"说完一下磨(转身)进去。王林只觉腿一伸,把他给从床上跌下来了,吓醒了,原来还在学堂屋里的床上睡觉呢,他不知道他是做了个梦还是咋了。这时候,一群学生过来,对他说:"先生,你这些天到哪里去了?""我哪里都没去呀,我就在学堂里!"王林答道。"那你三天不来给我们上课,我们找不着你呀!"学生们又说。王林着实想不清这件奇怪的事情。

王林离开了三天,很惦记母亲,就回到了家里。他把母亲伺候着吃了、喝了,就问:"我的玲娘伺候您伺候得好着吧?""伺候也伺候得好着呢!"母亲答道。"小孩也乖务(照顾)得好着吧?"王林又问。"也乖务得好着呢!"母亲又答。"你这三天咋的不看我来了?"母亲又问。王林没给母亲说实话,他还是白天上学堂,晚上拜佛上香,和玲娘一起侍奉母亲。有一天,玲娘做了个梦,来了个道人,对她说:"你这个玲娘,你的心诚、孝义好,把小孩也乖务好了。某月某日,天空中飞来两个恶老鹰,这两个鹰下来,给你扔下两个药包包,你把这个药包包拿上,把你的儿子叫到佛堂里,你走你的娘家里去!"玲娘做了这个梦,第二天发现王林不见了,也不教学了，也不在佛堂拜佛上香了，叫神感化上走掉了。走掉了以后，玲娘就把儿子叫到佛堂里，把金镯子拿上，对儿子说："你的母亲并不是我呀，你的母亲是这个金镯子，这个金镯子，我今天就给你，我啊，我走你的外奶家去！"儿子说："你走外奶家，能把我领上不？"玲娘说："我不想领你！"儿子又说："你既是我的养身母亲，也跟亲生母亲一样，还是把我领上吧！"玲娘就领着儿子到了娘家。中午时候，天空中果然飞来两个鹰，扔下两个药包包，玲娘和儿子把药吃了，骑上恶老鹰飞走了，他们都成了神仙了。

　　王林和玲娘走了以后，王林的母亲就一个人生活着，自己照顾自己。一年后，王林回来了，他手里拿着一把戒尺，他说声："变！"那戒尺就变成了一匹马，他让母亲骑上那匹马，他牵着马，然后一起飞上了天。

山神女婿的故事

　　从前，高台有一家人两口子，养了一个娃子。这个娃子还没上三岁，娘母子（母亲）死掉了，他的老子年纪还轻，又说（娶）了一个，就是这个娃子的后娘。自打这个后娘一来，这个娃子每天受折磨，打的、骂的呀，多少长不起来。过了这么几年，后娘又养下了一个娃子，这下越兴（更加）见不得这个娃子，这下人家疼的就是人家亲身养下的。人常说："毡厚被儿厚，娘后老子后。"老子跟上后娘也"后"掉了，这个娃子这下真的无依无靠了。这个娃子长到了十二三岁，就让他到外面去放羊。放着上了个十六七岁，家里也不让他站（住）了。给了他一碗炒面，说是拿上走山里放羊去。"这一碗炒面，我拿上去一顿就吃掉了，晚上不让我来咋的做呢？"

这娃子问道。"哎，羊吃啥你不去吃啥么，羊能吃你不能吃吗？赶上早些去！"后娘答道。这个娃子是个打怯了的娃子，再就不敢说了，就赶上羊走掉了。路上走着就把一碗炒面吃掉了——挨下饿的孩子。赶到山里去，一天就饿得乏得就丢盹纳闷（厉害）的。

有一天晌午正睡觉呢，哈呼地一下，一个白马蛇和一个黑马蛇了不得地打捶（打架）着呢。打了一会儿，一看白马蛇已经败了，支棱（支持）不住了。这娃子就拿上根棍子把两个马蛇拨拉着挪开。两个马蛇还不行，还咬呢，他就把它们远远的挡住。这一下谁就走了谁的洞里，跑掉了。到了第二日，又到了中午，他睡着觉呢，来了一个姑娘，对他说："哎，小子呀，你昨天把我救了一命呀，你要是不救我，我就叫那个妖怪把我吃掉了！""哎，我昨天没见人啊，谁也没救啊！"这娃子答道。"昨天那两个马蛇打捶的，那个白马蛇就是我，我是山神爷的三女儿，黑的那是个妖怪，人家往掉里吃我呢，你救下了我。我去了跟我的爹说了，明天他就请你来了。如果来的是黑人黑马黑旗请你来，你千万不要去，去了就叫妖怪把你请了去了，请了去就把你害死了；白人白马请你来，你也不要去；有黄人黄马黄旗来，你也不要去；红人红马红旗来了你就去，你去了就是到了我的爹跟前了。到了我爹跟前，他给你啥东西你都不要要，那个南墙上有个花盆呢，那个花盆你要上，他别的啥你都不要要！"姑娘叮嘱道。"行啊！"这娃子答应着。

到了第二日，果然就是那样，锣鸣鼓响的，果然来的就是黑人黑马黑旗，再三的要请呢，他就咋说也不去。一来就来了那么三跑子（批），白人白马白旗，黄人黄马黄旗，都来请他，他坚决不去。最后就来了个红人红马红旗，"那丫头说的，红人红马红旗来请我就去呢！"这样想着，这娃子就拉过一匹骡马来骑上，就到了山神爷的家里。进去一看，哎呀，阔气得不得了，谦恭得不得了，热情得不得了，上面坐着一个络腮胡子的红脸的人，也下了座位迎上来，说："你来了，恩公！丫头多亏你救了，今天我要好好酬谢你呀！"好吃好喝吃罢以后，红脸人说："我赐你满斗金！""哎，我又不要那个，要上去没处搁！"这娃子推辞道。"满斗银？""也不要！"啥东西给他都不要。"那你要个啥呢？"山神爷又问。"我么是个放羊娃子么，你的那个花盆给我去，给我了我也栽个花儿，看个景儿，别的我就都不要了！"这娃子答道。"这个花盆你不能要吧？"山神爷有些舍不得。"你满斗金、满斗银都舍的，那个花盆你为啥就舍不得呢？"这娃子问道。"救了我的丫头了，这下也没治（办法），给了给给你！"山神爷就把花盆给给娃子抱上走掉了。

　　娃子回到了自己的寒窑里，思想着后悔了起来："哎，上了那个丫头的当，满斗金、满斗银要上我就把吃头买回来了。我拿上这么个花盆，卖去没人要，吃又不是个吃头，肚子又饿了……"思想了一阵子就睡着了。等他一觉醒来，锅里已经做好了一锅可口的饭菜。"咦，这是谁做下的？先吃呀！"他就吃了个饱。从这一天起，到了吃饭的时候就有饭，哪里来的他也不知道。"怪得很，这是谁做的呢？"有一天，他就没有睡觉，悄悄等着瞅。瞅着瞅着，人家从那个花盆里出来，就是那个丫头，给他做着饭呢。"哎，今日个子，我把那个花盆给她藏掉，给她个进不了花盆！"这娃子于是就将花盆抱在怀里，姑娘做好了饭，又想进那个花盆的时候，却发现花盆在这娃子的怀里。于是那姑娘说："你把那个花盆搁下，你抱在你的怀里做啥？""你蹲在外边不要钻花盆行不行？我跟你喧慌（聊天）呢，做啥呢！我们两个人经常见面着呢，你一钻到花盆里头，我就成了一个人了。"这娃子答道。"你搁下，你搁下，我到时候就出来了！"经不住那姑娘的恳求，这娃子又把花盆搁在了地上。眨眼之间，那姑娘又不见了，她又进了花盆。

　　又过了几天，娃子趁那姑娘做饭的时候把花盆扔在水里头了，这个丫头就钻不掉了，钻不掉就给娃子当了个媳妇子，每天和这个娃子两个人过。自从这个丫头站（住）下以后，这娃子的生活就甜得像蜜一样。一天，那姑娘对娃子说："你画去，你愿意住啥样的房子,你就画上个啥样的房子!"这娃子就画了一座既宽敞又明亮的房子,画上以后,就压在沙滩上睡下了。等他一觉睡醒,沙滩上的房子已经起来了,和画上的一模一样,壮观得不得了。从此吃啥有啥,穿啥有啥,小两口的日子美得不得了。

已经过了一年了,后娘和老子打发上小娃子上山去看大娃。临行时,后娘对小娃说:"你瞭(看)一下去,你哥在外头怕是饿死了吧,要是饿死了你就把羊赶回来,羊不要教丢失掉了!"小娃子跑上山来一看,不但没饿死,羊都还款款(好好)的呢,他还找了个好媳妇子。小娃子一趟子跑到家里给娘和老子说了,"咦,他蹲在深山里,谁给他给丫头去呢?没有吧!"后娘和老子说道。"咋的个没有?我亲眼见的!"小娃说。"那走,我们明天去瞭一下!"第二天,后娘和老子上了山,一瞭是真的,心想:"这个怪得很,他是哪里说上的这么个媳妇?"回到家里,后娘就盘算着要把大娃害死,把他的媳妇子领回来给小娃当媳妇。"咋的害呢?"后娘盘算着,终于想出一个办法:"明日个,叫他一天把那山上的松树放掉,他要一天放掉还可以,要是放不掉,我们就往死里打他,往水里扔他!"第二日,小娃子就给送信来了:"爹和妈说的,你一天就要把这山上的松树一起放完咧(呢),你要放不完,就往水里头扔你!"唉,这下把大娃子愁苦的,"一天我放个几十棵树就歪(厉害)得很了,全山上的松树,数都数不过来,能放完的个?"饭都愁苦得吃不下去了。这下媳妇子问他:"你咋了,愁得这么个样子?""唉,我们爹和我们妈要我一天把这山上的松树放完呢,我想数都数不过来,咋能放完?"大娃说。"哎,实在你是没愁苦头了,放么就给他放掉去么!"媳妇显得很轻松的样子。"多的歹(很)是跌(着)咧(呢),能放掉去的?"大娃又说。"你去我的家里,有个东西你取来!"媳妇又说。"啥东西呀?"大娃又问。"一个匣匣,你取去!""你的匣匣在哪里呢,我找不见!""那道山梁子过去有棵大松树,你到松树跟前倒背着身子作上三个揖,你喊开门来,我的姐姐就出来了!"媳妇交代道。大娃于是就去了。

等喊着姐姐一出来,姐姐问:"你做啥来了?""你的妹子说是有个匣匣,你给给我拿回去用!"大娃说。姐姐就把匣匣拿来,又交代道:"路上别揭呀!"等大娃拿到家,那个匣匣里头原来存的是一把三寸长的斧头。媳妇说:"给,你把这个拿上砍去!""大斧头也砍不掉,把你的那个能砍个啥?"大娃说。"你还不知道我这斧头的宝贵!"她给了根红线接着说:"你去了把这根红线一头挽在斧把上,一头挽在松树上,你再喊:'松树哎,一齐倒!'它就都倒呢!"大娃这就把小斧头拿上,照他媳妇的话做,把红线一头挽在斧把上,一头挽在松树上,挽好以后,他跑得远远地就喊:"松树哎,一齐倒!"一下就磕七八叉地响行活(起来)了,一瞭,黑压实实地一山松树一齐都放倒了。"哎,还真着的很咧(呢)!"大娃高兴得欢天喜地地就把斧头拿上来了。媳妇问:"倒了吗?""一齐倒了!"大娃答道。"你还愁苦的,她再来了说啥呢?"媳妇说。

第二日,娘和老子一起跑上山验看来了,一看都放掉了,"咦,这还胁不住人家!"后娘想了想说:"明日个你把这山上的松树一起拿上去,去了你把那个江烧熬,你但烧不熬,我就往江里扔你!"说完人家走掉了。娃子这下又愁苦得很,媳妇子问:"你今日又愁苦着做啥呢?""她要我明天把山上的树一起拿下去把江烧熬咧(呢),那个江水呀,淌着的么,能烧熬的个!"娃子说。"哎,烧熬了,你不要害怕,明日了我和你烧走!"媳妇子胸有成竹地说。第二日去了,媳妇子说:"你挖上七个灶火门!"娃子挖上了。"松树咋的拿下去呢?"娃子又问。"松树么,你先拿上一枝枝,头里走,你喊,剩下的松树就跟上你去了!"媳妇子答道。娃子上到山上,拉住了一棵小松树就边走边喊:"松树哎,一起来!松树哎,一起来!"一下塘土岗冒地,等他把那棵小松树搁到江沿上,山上的松树一起就撑山驾雨地落在那江沿上了。一会儿,后娘和老子来了,小娃也来了。后娘说:"你这下烧去,我们这下望住!"大娃就连媳妇子两个人把柴撅着塞进了七个灶火门，然后把火点着。火刚一着旺，江水也就了不得地滚开了。"哎，这还挡不住了！"后娘说："摸一下烫吗？""烫得很么！"小娃摸了一下应道。"你到江水里洗个澡去！"后娘又对大娃说。大娃望着媳妇子，不敢下。"你下！你下！"媳妇子鼓励道。娃子还是不敢下，媳妇子就把娃子的手牵住，说了声："走，我们两人一起下！"然后就一起进了江。下去了一大阵，还没见动静，后娘说："把娃子烫死，千万不要把那个媳妇子也烫死了，咋的两个人都不见了？"时间不大，两个水人都冒出来了，一个人手里端着一盆金子，一个人手里端着一盆银子。"哎，你们是哪里来的那个？"后娘问。"江底里多的歹是着呢，我们拿不动，不想拿了！"媳妇子答道。后娘心动了，赶紧对小娃说："小娃，你也下去端上一盘盘去，多装上些！"小娃子不敢下，"他们两个下去又上来了，你怕什么，来，我也和你一起下！"后娘说着就牵住小娃的手也下到江里。刚下去没几秒钟，翻腾的江水翻了几个个儿，就把他们娘俩翻得不见面了。

大娃子心软，又让媳妇子下去把弟弟救了上来。

罗神仙与"胡公子叼亲"

"胡公子叼亲"（当地方言，意为抢亲），本地人又称"打棍""八打棍"等，为汉族民间舞蹈，起源于中原地区，明代官方移民流传至甘肃省河西走廊中部的高台县，目前为高台县黑泉镇永丰村（原名永丰堡或娃坝堡）传统社火节目。据《中国民间艺术大辞典》记载，在陕西省宝鸡市千阳县寇家河乡龙槐塬亦有流传。因棍的两头皆可进攻，又可防守，十分灵活，故又称双头棍。因明代高台为边疆地区（黑河北岸有明长城为证），如今当地居民或为军人后裔，或为戍边屯田百姓之后，故孕育成该舞蹈动作粗犷有力、场面激烈奔放的风格，整个表演犹如古代士卒操练一般，有明显的戍边尚武和军屯文化色彩。

关于这一社火节目的形成，当地流传着一个动人的传说。据说，很久以前，当地有一股土匪，头缠红巾，经常在附近村寨欺男霸女、为非作歹、"胡叼哄抢"，成为附近乡里的一大祸患，被称为"红头贼"——实为一邪教组织，又名"悄悄会"。据说，这些人也都是会邪法的，他们骑的是纸马，领的兵是纸人，在天上行走，只因天阴下雨，纸人纸马都落了下来，无奈才在永丰堡的玉皇楼落脚。起初因为雨一连下了七天七夜，这些人走不了，又没吃的，才抢当地人的东西吃。但时间一长，这些人竟然不想走了，就成了一大祸患，当地人自然要想方设法解决他们。据说当时有一个给这些人做饭的姓杨的厨子，是永丰堡人，就是他把这些人做法的机密都透了出来，当地的罗道士才找到了克制他们的方法。

这位罗道士人称罗神仙，他很有些道行，他有四大绝技：鬼打灯、鬼推磨、鬼抬轿、鬼推车。

关于"鬼打灯",是这样的:他夜晚在路上行走的时候,他的前面和后面各有两盏灯在空中飘着,他走到哪里,灯就跟到哪里,他让灯着灯就着,他让灯灭灯就灭,他让灯走灯就走,他让灯停下灯就停下。

"鬼推磨"是这样的:一般在夜间进行,他把需要磨的粮食放在磨道里,施一阵法术,他就去睡觉了,第二天早晨一看,面就磨好了。有一次他又使用鬼推磨的方法在磨面,半夜里去起夜,听见磨道里石磨隆隆地响着,他就想去看个究竟。抬头看看天上的毛毛月亮,他悄悄地来到磨坊旁,从窗户往里一看,结果发现推磨的人不是别人,正是他已经去世的父母亲。从那以后,他再也没有使用过鬼推磨。

"鬼抬轿"是这样的:他每次到黑河北岸去做法事,都是将一张方桌放在黑河水面上,那方桌的桌面根本不挨水,而是四条腿悬空站在水上,他坐在方桌上,方桌就向河对岸移去,转眼就过了河,回来的时候也是一样。

后来,这位罗神仙的儿子也继承了他几乎所有的法术,但最后还是死在了这个"鬼抬轿"上。事情的经过是这样的:有一次,那位小罗神仙又到河对岸的十坝去做法事,回来得晚了,他正坐在桌子上过河的时候,突然鸡儿叫了鸣,鬼吓得丢下桌子就跑,他也掉到河里淹死了。

"鬼推车"是这样的:有一次,罗神仙不在家里,有一个外地的道士到他家里去化缘,吃的喝的都给了,他还想要钱,罗神仙的老婆就没给,结果那道士把罗神仙家的火门给封住,他老婆咋烧锅锅都不滚(开)。罗神仙从地上回来,一看饭还没熟,就问老婆是咋回事,老婆把情况一说,他就明白了。只见罗神仙从大轱辘车上卸下来了一个轱辘,上面贴了一张符,车轱辘就一溜风地滚出门去了,这车轱辘撵上了那个外地道士,并且一直把他砸着赶回了罗神仙的

家里才停下。那道士乖乖地把罗神仙家的火门解开，罗神仙才饶了他。

据说，罗神仙之所以这样厉害，是因为他使的是红煞神和黑煞神。有一次，他闲着没事，就随意喊了句："红煞神、黑煞神到！"话音刚落，一红一黑的两个柱桩就出现在了他面前——据说这些凶神是不可以随意呼唤的，把他们喊来，你要是不给他分派事，他就会反过来伤害你——罗神仙慌忙之间只好说了句："去把周大师的锅底给套掉！"周大师是永丰堡的一个屠家，当时正在汤猪，锅底突然开了个大洞，一锅滚水全淌掉了。周大师一想，肯定是罗神仙日的鬼，于是就找上门来，罗神仙只好给他赔了一个锅。从那以后，罗神仙再不敢随意喊红煞神和黑煞神的名号了。

在对付"红头贼"的过程中，大家都听的是罗神仙的号令。罗神仙掐指一算，说道："遍地红花开，但等白霜杀。"同时预言在当年腊八日，即可将"红头贼"一举歼灭。于是，当地四大堡（大宁堡、定安堡、乐善堡、永丰堡）的头人一商量，决定组织四大堡的壮丁秘密操练，每人拿一根大头柳棍，待腊八日三更时一起行动，一举剿灭"红头贼"。到了这一天，四大堡的壮丁们如狼似虎，将"红头贼"打了个一败涂地，最后几个"红头贼"的顽固分子全部盘踞在娃坝堡的玉皇楼上不下来，一时难以攻克。为了斩草除根，头人们决定火烧玉皇楼，在一片烈火浓烟中，"红头贼"与永丰堡的玉皇楼一起化为灰烬。为了纪念这次胜利，每年腊八日这天，四大堡的壮丁们都要在永丰堡会合，手持大头柳棍，演练庆贺一番。久而久之，大宁堡、定安堡、乐善堡的壮丁们再不来了，只剩下永丰堡的壮丁们还在年年庆祝，并且愈演愈生动，演化成今天"胡公子叼亲"的社火节目。本来，"红头贼"是在永丰堡被消灭的，但久而久之，邻近各村的人却将永丰堡的人戏称为"红头贼"。

《胡公子叼亲》这个节目有说唱、有打棍、有情节，说唱与打棍交替出现，以锣鼓铺垫之，表演时非常精彩。主要情节为：一男子看上一女子，因白天提亲不允，遂乘黑夜之时前去抢亲，先以礼相待，协商未成，双方遂打斗不止。打棍以锣鼓为乐，但舞者的动律却不受锣鼓乐节奏的限制，激烈的鼓乐只起烘托气氛的作用。打棍是当地春节期间群众耍社火当中的一种形式，表演时，8人身穿黑色衣裤，分4男4女角色，男角头扎白毛巾，腰系白腰带，女角头扎红头巾，腰系红腰带，男角每人手持一根5尺（1.5米左右）长棍，女角每人手持2根2尺短棍，棍材一般用柳棍，质地柔韧，不易折断，适于表演。表演时，4男4女分两队相对上场，男队中有一人上前说道："许不正义，冒黑夜夜长，有一位小姐人才出众，押定礼物！"紧接着唱道："随带人役莫弹慢，我和她小姐是结了怨，行一步来到了府门上，我看你岳父岳母哪里藏？"女队中再有一人上前唱道："随带丫鬟莫弹慢，我和他公子是结了怨，行一步来到了府门上，哪一个胆大底（的）上门来？"男队中仍有一人上前唱道："随带人役莫弹慢，行一步来到了府门前，我劝你今天迎亲还可罢了，劝你不迎亲我一顿饱打。"女队中复有一人上前唱道："随带丫鬟莫弹慢，行一步来到了府门前，我劝你今天回去还可罢了，劝你不回我一顿饱打。"随后，女方在内背靠背呈防御之势，男方在外呈包围之势，围成圆圈对打。打棍的基本动作有5个：（1）护顶——双手举棍护头；（2）护膀——双手将棍侧拿护肩膀和胳膊；（3）护腿——双手将棍护在腿部；（4）掠棍——扫蹚；（5）磕棍——磕腿。

这5个基本动作，依次贯穿使用。对打时，舞姿不断变化，时而提棍跳跃，时而挥棍扇扫，打棍者动作熟练，配合巧妙，转如车轮，打棍声铿锵悦耳，响彻云霄，棍影上下翻飞，节奏整齐，对打者用力浑厚，气势磅礴，场上汗流浃背，热气腾腾，场下惊心动魄，人山人海，十分壮观。据说，每次表演这个打棍节目的时候，都抬的一捆棍，随时出现打折的情况，随时更换。

当地有一句俗谚："娃坝大寨子，尽出的戏娃子！"大寨子，指的是乐善堡（如今已分为乐一、乐二、乐三三个村），他们有一个能支撑门面的戏班子；而娃坝指的是永丰堡，永丰堡的人也是善于唱戏演剧的，《胡公子叼亲》可以视为他们的代表作之一。

2010年8月，《高台胡公子叼亲》被张掖市人民政府公布为张掖市第二批非物质文化遗产名录项目。时至今日，高台"胡公子叼亲"面临失传，能演练棍法并熟悉唱词者已为数不多。目前该项目尚无影像资料留存，亟待抢救。

驼罗王的传说

在祁连山下,有一座古老的城池——骆驼城。

据说,很久以前,这里的人们生活非常富裕,他们的粮食非常地丰足,家家都是米山面岭、油缸醋井,人人都穿着绫罗绸缎,妇女们都佩戴着金银首饰、玛瑙珠宝,家家都住着坚固、温暖的房屋,从不知什么叫饥寒。那时的小麦和高粱从秆的根部到末梢都结满了籽实,而且只种一次,以后每年都会自动长出来,不用年年都去耕种。

一天,有一位须发皆白的老神仙经过此地,恰好有一个妇女正在用香油饼给孩子擦屁股。见此情景,老神仙愤怒了,他想要惩罚一下这里的人们。老神仙来到麦田里,他用手捏住小麦的根部向它的末梢捋去,随着他手的移动,麦粒纷纷散落于地,化为尘埃——他捋一棵小麦的麦粒,其他所有小麦的麦粒都跟着散落——他想把麦粒全都捋尽,让这里的人们吃糠咽菜。这时,一只公鸡昂首向天发出一声响亮的鸣叫,老神仙的心一惊,松开了手,他看着小麦秆末梢上仅剩的一小段麦粒,动了仁慈之念——留下这点麦粒让这只公鸡和他的妻子、孩子们去吃吧!所以直到今天,小麦的麦粒都只有末梢上的那一小段。而直到今天,人们都是用粮食来喂鸡的——那都是它们的祖先挣下的功劳。

老神仙又来到高粱地里,他又用手去捋高粱秆上那些沉甸甸的籽实,他刚捋到高粱脖子一带的时候,高粱秆上的硬皮把他的手划破了,鲜血染红了高粱的籽实,又沿着高粱秆流了下去,老神仙只好松开了手——所以直到今天,高粱籽和高粱秆都是红的——那都是老神仙的血。老神仙看着受伤的手，十分愤怒，他想把这片高粱地全都毁了，于是他举起脚，准备践踏这片高粱地。正这时，一只大黑狗汪汪叫着向老神仙扑来，老神仙只好匆匆地飞上了天，低头看着那片让自己受伤的高粱地和那只对着天空狂吠的大黑狗。大黑狗望着天空中的老神仙狂叫着，它扑腾着身子，想去咬老神仙，可惜够不着。老神仙望着大黑狗说了句："这畜生看家护院还挺称职的！"然后就飞走了。于是大黑狗拼命去追，追着追着，它突然被一墩马莲绊个了嘴啃泥，大黑狗翻起身来再看天上，老神仙早已无影无踪了，大黑狗十分恼恨，于是抬起一条后腿，照着马莲墩撒了一泡尿——从那以后，狗氏家族只要一碰见马莲墩就会照着它撒一泡尿，以解当年绊倒狗氏先祖、坏了追神仙大事之仇恨。大黑狗又望着天空狂吠了一阵，直到精疲力竭，它才气喘吁吁地耷拉着长舌头回了家。直到今天，所有的狗都爱望着天空狂吠，也都爱耷拉着舌头，都是从那时遗留下来的。

过了很多年，这里已经是一座繁华的都城——骆驼国的首都，这里的人们仍然过着自耕自织、衣食丰足的生活。这里的首领名叫驼罗王，他勤政爱民、生活俭朴，深受人民爱戴。看王城四周，阡陌纵横，春来花香鸟语，夏日麦浪翻滚，金秋瓜果飘香，冬日旷朗无垠。谁知天有不测风云，一天，突然来了一支军队，将王城团团围住，起先是叫驼罗王出来受降，驼罗王哪里肯无缘无故地向他人低头，于是派弓箭手向城外军队放箭，城外军队一边躲避弓箭，一边也拿出自己的弓弩向城上放箭——最后还往弓箭上绑缚易燃之物，向城内放火箭。城内顿时烟火四起，一片混乱。城外军士趁势架起云梯开始攻城，城内军士也拼死守城，最终没有让城外军士攻进城去。这样整整僵持了三个月，还是攻不下这座坚固的城池。最后，城外军队想了一个计策——把远在祁连山中的水源切断。他们用石块去堵塞泉眼，但泉水仍然汩汩流出，喷涌四溢，不可遏止。他们又将动物尸体等肮脏腐烂之物抛置于泉眼之上，致使泉水污染，瘟疫流行，城内百姓、军士纷纷病倒，呻吟不绝。眼看此城难保，驼罗王也焦虑难耐，紧锁双眉。忽然，驼罗王想出一条救民之策。

又一个傍晚时分，城内忽然响起铿锵鼓声、战马嘶鸣之声、马蹄叩地之声及马铃振荡之声，城头也旌旗招展，似是出城决战之势。城外军士于是惊悚慌乱，匆匆披坚执锐，准备迎战。谁知这鼓声及战马嘶鸣之声响了整整一夜，也不见城内军士出来，使城外军士白熬了一夜，但他们仍不敢放松警惕，只好将人马分为两批，马不卸鞍，人不卸甲，轮班值守，轮班休息。这样一直过了七天七夜，听得城内鼓声渐息、战马嘶鸣声渐停，最后什么声响都没有了——只有城头战旗依旧迎风飘扬，却不见城头有军士往来走动。城外军士于是大起疑心——莫不是城内军民皆已被瘟疫所杀？于是又放一阵乱箭，又扔一阵火把，仍听不见有人畜声响。于是纷纷架起云梯，攀上城去，却不见城内有一人，就连牲畜也难见到。于是打开城门，令城外军士尽皆入城，四处搜寻，仍不见一人，只发现许多战马僵卧于马槽之侧，马缰紧绷如弓弦，马唇欲触槽内草料而不得，马颈上俱拴一串铜铃，马足前皆有一深坑——定为马饥之时刨足前土地而成。城外军士看出其中蹊跷——这些日子嘶鸣的战马原来是他们布置的疑兵。再看城墙内悬羊无数，羊蹄下皆置一鼓，羊已死，鼓仍在。原来驼罗王采用的是"悬羊擂鼓，饿马嘶铃"之策。

再四处寻觅，终于在城西南角发现一地道，深不可测——城内军士定是沿此地道远遁无疑！又发现一尚未死僵之老者，乃设法将其救活。问该老者，方知驼罗王有二法宝——分土剑及拨土刀，城内部众正是得此二法宝之力，乃得以逃脱。再问老者，地道出口在哪里？老者说："只在大地中，茫茫不可寻！"城外军士于是出城四处寻觅，最终在西北方百里之外的红寺坡发现了出口，但驼罗王早已跑得无影无踪。

有人说，驼罗王临走时将大量的财宝掩埋在地窖中，只是至今仍找不到这个地窖。有人说，地窖的门就在臭门泉——就是当年城外军士用石块镇压泉源的地方——只是现在已找不到了。于是流传下一句话："打开臭门泉，猪狗都不吃大米饭！"有人还说，有一个金塔，就藏在地底下，那是驼罗王最珍奇的宝贝，站在骆驼城向北看，那金塔似乎在四十里外的羊达子城，而站在羊达子城向南看，那金塔又在骆驼城。这两座城由一条山水河相连，那金塔就在这条河里漂着，时而到上游，时而到下游，就是怎么也捞不上来。

有一位老爷爷说，所谓的"驼罗王"，其实指的是"拓跋王"，也就是北魏太武帝拓跋焘，他一生南征北战，武功盖世，至今仍被人传颂。还有那个著名的花木兰，其实就是驼罗王——拓跋焘手下的一员女将。

黑泉的传说

高台县黑泉镇有一眼泉，泉中央是黑黑的一片，从没清澈过，当地的老人都叫它"黑泉"。

很久很久以前，这里本是一块美丽富饶的地方，当地的人们过着幸福快乐的生活。

可是，龙宫流行一种传染病，龙子龙孙相继死去，老龙王在临死之前，把龙宫的三件宝贝——金锹、引水葫芦、阴阳钱托给了土地神，让他交给一个最诚实的人。果然，龙君死后，土地迅速干裂了，四处的水也渐渐枯竭。在无水可吃的情况下，许多地方的人都面临着死亡的威胁。

这时，有一个叫"黑郎"的年轻人——他病得也不算轻，但他不愿看着全村人全部渴死。他想：我要去找水，不能让乡亲们就这样死去！于是，黑郎备了一些干粮，拄了一根棍子，勉强支撑着身子，走上了找水的长路。

走啊，走啊，一个月后，仍不见水，黑郎只能在每天清晨太阳还没升起来的时候去舔舐一些草叶上的露水。有一天，黑郎耗尽了力气，昏倒在一棵枯柳旁边，而他的嘴里仍然喊着："水——水——"

忽然，走来一位白须白眉白发的老翁，他伸出手在黑郎头上拍了拍说："小伙子，找水很难，与其找水，不如去找那龙宫三宝，那三件宝贝能救活你们全村的人！"说完就不见了。待下午黑郎苏醒过来时，四周围满了仙鹤，每一只仙鹤的面前都有一瓶水——黑郎明白了，是这些仙鹤救了他。这些仙鹤见黑郎醒了，就"吱吱吱"地叫了几声，然后一起向东方飞去了。

黑郎站起身，惦记着老翁的话，仔细琢磨了一下，觉得有道理，便开始寻找宝贝——从此春夏秋冬，从不间断。

有一天，黑郎遇见一位老妈妈对他说："龙宫三宝全在土地神手里，土地神住在连峰山上，离这儿有三百多里。孩子，路途遥远，看你已瘦成这个样子，老妈妈我无儿无女，你就住在我这里吧！"黑郎含泪说："不，老妈妈，找不到宝贝，我决不回家，我要救活全村的人！"

老妈妈见他态度坚决，无可奈何地摇摇头说："孩子，你心里想什么我知道，现在我不拦你了，你去吧！可是那连峰山上无路可攀，只有几根老藤，多少寻宝的人都丧了命，你难道不怕吗？"黑郎仍坚决地说："老妈妈，你放心，只要能救活乡亲，我就是粉身碎骨也不怕！"

老妈妈听了，抹了一把眼泪，从怀里取出一颗小丸，递给黑郎说："孩子，这是一颗仙丹，你吞下它，到连峰山前，从右向左数第

七根藤——你攀住这根藤，就可上到连峰山上。"

黑郎记住老妈妈的话，吞下仙丹，就向连峰山走去。走了三天三夜，到了连峰山下，果然发现有许多藤条——黑郎于是按老妈妈说的那样，抓住藤条往上爬——他的手脚都磨破了，终于攀上了山顶。这时，黑郎发现，那个梦中的白发老翁就站在他的面前，他于是赶紧跪下磕头，同时说："土地爷，请赐给我宝贝吧，我们全村的人都等着我去救他们呢，还有我们邻村的许多人，也都等着我去救他们呢！"土地神感慨地说："人世间也有这样的人啊！"说完扶起黑郎，从怀中掏出三件宝贝，教给黑郎使用方法，然后让一群仙鹤送黑郎回家。

到家后，黑郎就选了一个让附近几个村的人取水方便的地方，然后用金锹往下挖，挖到一定尺寸后，又拿起引水葫芦对准坑底念道："土地爷保佑，水快出来吧！"刚念到第九遍的时候，"哗"的一声响，一股清泉即刻从坑底喷了出来，只见这股清泉喷上天空足有几丈高。黑郎太高兴了，他接着又按照土地爷的吩咐，将阴阳钱丢进水里——水立刻平静下来，缓缓外流，形成了一泓清凌凌的泉水。

泉开三天，黑郎就死了。原来，用这三件宝的人只能救人，自己却要献身——用自己的死换取乡亲们的生。

为了纪念黑郎，人们就将他埋在泉边。从此以后，这眼泉里的水逐渐地变黑了，但它流出来的时候却一点儿也不黑，喝进嘴里也是甘甜无比。人们都说这是黑郎感动了土地神，土地神为黑郎流出了眼泪。也有人说，黑郎的灵魂融化进泉水中。从那以后，人们逐渐把这眼泉叫成了"黑泉"，这个地方也叫成了"黑泉"。

后来，有人说，当年那个黑郎投胎成了当代的铁人王进喜——他又打开了大庆油田的第一眼油井——那个油井也是往外喷的，就像当年的黑泉一样——而石油也是黑色的，就因为铁人王进喜是黑郎转世投胎而来的——铁人王进喜手下的那帮人大多也都是高台黑泉一带的——都是吃了黑泉的泉水长大的，因此都和"黑郎"有缘。

太上灵岩和高台老席"八大碗"的由来

很久以前,祁连山下是一片汪洋,那时的王母娘娘就住在祁连山上,因此这一片汪洋就是王母娘娘后花园中的一个池塘——瑶池。瑶池中开满了各色莲花,栖息着仙鹤和鸳鸯,还饲养着各种珍奇的鱼类,每逢蟠桃大会或者三月三、九月九、七月七、中秋节,这里都是众仙聚会的好地方。

又一个蟠桃大会到来的时候,住在合黎山上的太上老君打算把自己的八位弟子引荐给王母娘娘和玉皇大帝,好让他们获得位列仙班的资格,成为众仙当中的一员。

太上老君当年就是在瑶池北岸的合黎山上修炼成仙的,那里至今还遗留着他的肉身化石——太上灵岩——"镇夷八景"和明、清"高台十景"之一。他的八位弟子也都是在那里修炼:张果老经常骑着一匹毛驴在山坡上放羊,曾经长期供给太上老君黎山瘦羊肉,使他在刚到合黎山修行的那段时间没有饿肚子。吕洞宾躲在合黎山上一个最阔气的山洞里修炼,他还邀请太上老君在他的山洞里居住了好几年,使他成为得太上老君真传最多的弟子。

钟离权是一个给财主家放牛的娃子,他经常谎称牛长着翅膀飞走了而将牛送给太上老君作预备坐骑和解馋食材。有一次,钟离权为了让财主相信他说的话,就和太上老君联手上演了一出"青牛上青天"的活剧。他在一个大晴天赶着牛到山坡上吃草,突然风云变幻,电闪雷鸣,一头牛身上长出了簸箕似的一双翅膀,眨眼间就飞上了云端,紧接着太上老君现身,骑上那头牛飞走了——这一切都是太上老君的法力所致,那位财主眼睁睁看着自己的牛飞走,也是无可奈何。后来这位财主想了一个挽回损失的办法，他对其他财主说他家的牛都是神牛，是太上老君和其他神仙坐骑的备选对象，因那些财主都想骑着神牛飞升，就高价抢购完了这位财主家的牛。这位财主大喜，又购进一批小牛，让钟离权继续赶着放牧，钟离权的吃穿待遇也得到了很大改善。

铁拐李是一个给财主家放猪的瘸腿老汉，他时常赶着猪到瑶池边上去饮水，这些猪一个个都不怕水，它们饮足了水还不罢休，又到淤泥中去寻找嫩藕吃，因而一个个都吃得膘肥体壮，滚瓜溜圆。这些藕都是有人管的，它们的管家就是何仙姑——她是替王母娘娘种莲收藕的佃户，她还带着一个帮忙的童子——蓝采和，当她发现铁拐李的猪吃了她的藕以后，就挡下了一头猪作为补偿。何仙姑把这头猪圈养起来，平时只喂它一些烂荷叶和糠菜一类的东西。时间不长，这头猪竟然产下一窝幼崽，原来它是一头母猪。何仙姑精心喂养着这些猪崽，经过一两年的繁殖，就变成了一群猪。仙姑心肠好，她把新产下的幼崽送给附近的乡亲喂养，让家家都有猪肉吃——时至今日，合黎山猪肉仍然很有名。后来，仙姑飞升后，这里的人们为了纪念仙姑，就修了一座仙姑寺——就是今天临泽县板桥镇东柳村的香古寺，因临泽人口音重，把仙姑念成了"香姑"，仙姑寺自然就成了香姑寺，再加上当地识字人少，又把"姑"简写成了"古"，因而就有了今天的"香古寺"。何仙姑平时还在瑶池周围的土地上种植小麦和豆类，她还发明了一道绝妙的面食——面筋，她经常做莲藕面筋汤给王母娘娘吃，她也把做面筋的绝活传给了附近的农家妇女，使这一绝活得以流传至今。

瑶池边上经常有一位吹箫的少年，他是唐朝宰相韩愈的侄孙，名叫韩湘子，他经常边看仙姑采莲边吹箫，他吹出的曲子悠扬悦耳，空灵出尘，不仅吸引了附近的村妇和牧童，还吸引了天上的鸟雀和水中的游鱼，真可谓："此曲只应天上有，人间哪得几回闻。"韩湘子身旁还有一位长须飘然的青年，他是宋代曹皇后的弟弟，他经常和韩湘子谈天说地，似乎很投缘的样子。他们二人因平日无所事事，衣食无着，也时常得到何仙姑的接济，有时仙姑农活繁忙，他们也帮着干干活，出出力，算是报答。

仙姑十分勤劳，她经常抱着碾子碾稻谷，抱着石磨磨面，十分辛苦。有一次，张果老骑着毛驴经过何仙姑家时，听到磨面的声音，就想去要碗水喝，结果发现仙姑用双手抱着磨杆磨面，汗水已湿透了她的衣衫，于是提议她把自己的毛驴套上试试。仙姑套上张果老的驴一试，速度快多了，省力多了。从此以后，张果老过几天就来仙姑家一次，好让她有套磨的驴。仙姑也经常做好吃的招待张果老，包括红烧肉、莲藕面筋汤等。后来，因为磨面快了，仙姑又试着磨豆子，并且发明出了一种新的食物——豆腐，同时做出了味道鲜美的招牌菜——麻婆豆腐，她用这道菜招待张果老，并且做给王母娘娘吃，王母娘娘直夸她手巧。

后来，太上老君相继将他们收为徒弟，并且决定带他们上蟠桃大会，只是担心拿不出见面礼。这时，钟离权提议送一头整牛，铁拐李提议送一头大肥猪，张果老提议送一只绵羊，吕洞宾提议献上一盘合黎山的沙葱，蓝采和提议献上一篮瑶池中的嫩藕，韩湘子提议由自己献上一曲《百鸟朝凤》，曹国舅提议由自己代表大家向王母娘娘献上一番参禅悟道之论，太上老君都觉得不妥。最后，何仙姑提议由自己烹制八道招牌拿手菜，每人端一盘，为王母祝寿，太上老君立刻点头，表示赞同，其他人也都觉得这个主意好。于是，何仙姑立即筹集食材，下厨烹调，制作出了八道精美菜肴。

蟠桃会这天，太上老君带着八位弟子，端着八道美味佳肴走上了灵霄宝殿，来到了王母面前。他先指着张果老说："这是我的大弟子张果老！"张果老将手中的清炖排骨献上，然后吟诗一首："山乡野味不足珍，根根肋骨表我心。但愿四海无饥寒，王母美德万民钦！"王母听了大喜，说声："赐座！"张果老拱手说一声："谢王母！"然后坐在了八仙桌的首席之位。太上老君又指着铁拐李说：

"这是我的二弟子李玄,人称铁拐李!"铁拐李将一盘斜花肘子献上,然后吟诗一首:"足跛心不偏,九州都踏遍。万民饥与寒,皆在吾心间。"王母听了微微一笑,又说声:"赐座!"铁拐李拱手说一声:"谢王母!"然后和张果老并肩而坐。太上老君又指着钟离权说:"这是我的三弟子钟离权!"钟离权将一盆牛肉烧萝卜献上,然后吟诗一首:"自幼放牛在北山,山坡山脚都一般。众生本是山坡草,只盼王母赐仙丹!"王母听罢又微微一笑,说声:"赐座!"钟离权于是挨着张果老坐下。太上老君又指着吕洞宾说:"这是我的四弟子吕洞宾!"吕洞宾将一盆红烧肉献上,然后吟诗一首:"洞中无他物,唯有三昧真。沧海泛舟罢,回看五岳轻。"王母听罢微微点头,说声:"赐座!"吕洞宾于是挨着铁拐李坐下。太上老君又指着何仙姑说:"这是我的五弟子何仙姑!""仙姑什么时候成了你的弟子,我怎么不知道?"王母娘娘接着说:"我本来早就想收她为徒,倒叫你抢了去!"太上老君赶忙拱手说:"微臣不知,请王母恕罪!""也罢,你的徒弟就你的徒弟吧,谁叫我慢一步呢!"王母娘娘接着说:"仙姑,你今天准备的什么好菜啊?"何仙姑将一盆麻婆豆腐献上,然后吟诗一首:"王母操劳天下安,祁连山下五谷繁。弟子无以报天恩,拙手奉上素玉盘。""好你个素玉盘!"王母娘娘接着说:"赐座!"何仙姑拱手说一声:"谢王母!"然后挨着吕洞宾坐下。太上老君又指着韩湘子说:"这是我的六弟子韩湘子!"韩湘子手捧一盘条子肉献于王母之前,然后吟诗一首:"我本潇湘人,乘风赴远程。六合为吾庐,民心即吾心。"王母娘娘又说:"赐座!"韩湘子拱手说:"谢王母!"然后挨着钟离权坐下。太上老君又指着蓝采和说:"这是我的七弟子蓝采和!"蓝采和献上一盆猪杂碎汤,然后吟诗一首:"瑶池荷花灿无垠,玉藕清波鱼化龙。日月星辰入我怀,池中自有大乾坤。""好一个池中自有大乾坤,赐座!"王母娘娘说道。"谢王母!"蓝采和遂挨着韩湘子坐下。太上老君又指着曹国舅说:"这是我的八弟子曹国舅!"曹国舅双手奉上一盆莲藕面筋汤,然后吟道:"金池玉藕绽仙葩,清风雅韵自天涯。五谷酿成超凡色,嫦娥仙子采桂花。""好,赐座!"王母娘娘接着对太上老君说:"你这八位弟子,个个道心淳厚,能言善辩,今后一定要以天下苍生为重,不可生贪嗔之念!""是,谢王母教诲!"太上老君和八仙一起作揖谢恩。

从此以后,这八道菜就被列为蟠桃会的御用菜品,并逐渐传至民间,沿袭至今。只有那莲藕面筋汤,因后来太阳神的九个儿子一起到瑶池游玩,晒焦了合黎山脉,晒干了瑶池之水,晒死了万千莲花,使莲藕在祁连山下绝迹,只好改成了油煎面筋汤,其余七道菜原封照旧,纹丝未改。后来,当地百姓又加上黏米饭、拔丝丸子、香肠、三鲜汤、醪糟汤等菜品,构成了"八荤八素"的完整菜系。

再说那太阳神的九个儿子,因晒干瑶池之水,晒死万千莲花,触怒了王母。王母派后羿前去追赶射杀,前面八个都应箭身亡,化为三足鸟坠落黄尘。只有那最后一个小儿子,因被太阳神挺身相救,得以幸免,而老太阳神却中箭身亡。见此情景,后羿动了恻隐之心,就收起弓箭,回去复命,向王母娘娘如实报告了太阳神及其八子坠亡、只有一幼子存活的情形。王母娘娘摆摆手说:"罢了,留着他照明吧!"从那以后,太阳神的幼子就继承父业,天天按时起床,按时休息,不敢怠慢,勤勉敬业至今。

后来,太上老君的八位弟子全部修炼成仙,他自己也在合黎山上坐化,只留下了他的肉身化石——太上灵岩。

这就是"太上灵岩"和高台老席"八大碗"的由来。

牛郎、织女和大湖湾的故事

从前,大湖湾旁边的西八里堡有一户人家,生了两个儿子,老大叫进财,老二叫添丁。过了几年,老大进财刚娶了媳妇没多久,老两口就都相继去世了。从此以后,老二添丁成了老大媳妇的眼中钉,她时常想着要把老二撵出去。

有一天,老大对刚年满九岁的老二说:"添丁,你去给程员外家放牛去吧,我听着程员外家想找个放牛的娃子哩,他们家生活好,你去了就能享福了!""行呢!"老二应道。老大接着又说:"我们家穷,父母亲也没留下什么家产,就这几间茅草屋,你就别惦记了,从此以后,你就自苦自吃去吧!""行呢!"老二又点点头,然后就跟着老大去了程员外家。

"叫个啥名字啊?"程员外问添丁。"我叫添丁!"老二答道。"添丁?学名呢?"程员外又问。"啊?"添丁不知道程员外说的啥意思。"我问你学名叫啥?"程员外又大声说。"我……"添丁不知道说啥。"回老爷的话,他没有学名!"老大赶紧替添丁答道。"没学名?那我给你取个学名吧!啊?"肚子里有些墨水的程员外喝了一口茶说。"谢老爷!"老大赶紧又替添丁答道,同时捣了一把添丁的胳膊。"谢老爷!"添丁赶紧也学着老大的话说道。

"我孙子这一辈是尚字辈,你就叫尚添吧!啊?"程员外又喝一口茶。"谢老爷!"老大赶紧又捣一把添丁说:"还不赶紧给老爷磕头!"

"谢老爷!"添丁说着赶紧跪下给程员外磕了三个响头。

"行,起来吧,我看这孩子还算听话!"程员外接着说:"我给你写个条,你拿着去找陆管家,他会给你安排伙食和住处的!"

"行,谢老爷。"老大又答应一声,然后立在那里等程员外写条。

"牛倌尚添,予以安置。程鹤龄。"程员外将写着这一行字的纸条递给老大。

"谢老爷。"老大和添丁又一次谢过程员外,然后去找陆管家。

"你是尚添?"陆管家问老大。

"我不是尚添,他是尚添——是老爷给他取的名!"老大指着添丁答道。

"就这么个小娃?"陆管家似乎不太高兴地问道。

"是的,陆管家。"老大赶紧又赔着笑脸答道。

"嗯——好吧,你先回去吧!"陆管家对老大说一声,然后领着添丁去了厨房。

"给他盛一碗饭。"陆管家对厨房里的厨师说道:"以后一日三餐,都给他一碗饭,他是新来的牛倌尚添。"

"知道了,陆管家。"厨师说着就给添丁盛来一碗黄米饭,上面还夹了些咸菜。

添丁接过碗筷,狼吞虎咽地吃完了那碗饭——他已经很久没吃过这么好吃的饭了,尤其是这天早晨起来他就没吃饭——他听见哥和嫂子吃饭,他赶去吃的时候,锅已经空了,嫂子还对他说:"不着急,待会儿有你的饭吃。"

"好了,我带你去牛棚。"看添丁一放下碗筷,陆管家就对他说。

"这二十头牛,每天早晨天一亮,你就赶它们出去,到湖边上去吃草,每天太阳落山的时候回来。要把它们看紧了,一头都不能跑了,也不能让它们跑庄稼地里去。"陆管家接着说:"你中午不用回来,我派人去给你送饭。"

"嗯。"添丁点头应道。

"晚上睡觉,你就睡这草料房里,一方面是看牛,另一方面也能看草料。"陆管家指着墙角一张用旧车排支起来做成的简易床说:

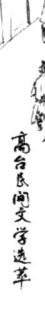

"那儿有铺盖,是以前的牛倌用过的,你就接着用吧。"

"嗯。"添丁又一次点头。

一转眼,九年过去了,添丁也长成了十八岁的大小伙子。这个时候,老员外已经去世了,老员外的孙子们一个个都结婚成家了,添丁看着他们结婚的热闹场面,瞧着他们一对对小两口亲亲密密的样子,心里直羡慕。

"尚添,你到天上去找媳妇呀,别人上不去天,你是上得去的!哈哈——"一个小伙子拍了添丁的肩膀一把说道——那是猪倌榆钱,他是榆钱成熟的时候生的,所以叫榆钱——他比添丁还小两岁,也是九岁到程员外家的,平时就和添丁挤在那一张旧车排床上。

"我上天的时候把你也带上,咱俩有福同享!"添丁笑着答道。

"行,一言为定!"榆钱笑着和添丁击了一下掌。

"尚添,小员外叫你过去一趟呢,他说有重要的事对你说!"榆钱收住笑容对添丁说。他们平时都叫现在的员外为"小员外",是相对于原来的老员外而言。本来今天他们都是要出去放牛放猪的,只因为小员外的小儿子今天结婚,就特赦他们这些下人也都入席共享喜宴——那些牛啊猪啊的都圈在棚舍内喂以草料,以示程府仁义。

"尚添,喝了这杯酒,我有话对你说。"小员外端起一杯酒递给添丁。

"我不会喝。"添丁谦辞道。

"没事,喝了。"小员外威严地说道。

添丁不敢拂了员外老爷的好意,赶紧一扬脖喝了那杯酒——这是他平生第一次喝酒。

"再来一杯,好事成双。"小员外又递过一杯酒来,添丁只好又喝了。

"尚添,坐。"小员外指着他旁侧的一个小圆凳说。

"不用,我站着就行。"添丁长这么大从没在老爷的屋子里坐过,只有刚来的那天在这里站过——那时的老爷还是老员外。

"没事，坐，坐下好说话。"小员外又一次客气地说道。

添丁受宠若惊，只好坐下了。

"尚添，你听我说，你到我们家快十年了吧？我们这一向待你也不薄吧？"小员外连问了两个问题，添丁只好连连点头称是。

"你也到了娶媳妇的年龄，按理说，我们应该帮你成家才是——只是我们家现在情况也不景气啊，这么大一家人，花钱的地方很多啊……"说到这里，小员外喝了一口茶，又咳嗽一声，然后接着说："我是这样想的，你如今也是一表人才，再让你放牛，实在也是委屈了你……"听到这里，添丁抬起了头，他的眼睛里放出了光芒，他感觉员外老爷似乎要对他委以重任。

"本来嘛，在我们家里另外给你安排个差事也是可以的，只是眼下我们这府上都是我父亲那时候用下的老人手，把谁辞了都不忍心啊，想来想去，还是你年轻些，离开了我这里，你的出路也还是有的……"说到这里，小员外又喝一口茶，然后清一下嗓子说："不如这样吧，牛棚里那头最老的老牛送给你，然后再给你两吊钱，明天早晨吃过早饭后，你就回家去吧。"

添丁心里咯噔一下，眼睛里顿时涌出了眼泪，但他还是冷静地站起身，礼貌地对小员外说："谢老爷。"

"你现在就去领钱吧，我已经给陆管家说好了。"小员外叮咛道。

"好的，老爷。"添丁说着就退出了小员外的书房。

添丁从管家的账房里出来就直奔牛棚，榆钱已经在那里等他了，添丁伤感地躺在了车排床上，闭上眼睛，呼出了一口气。

"尚添哥，你先躺会儿，我去给牛添些草去。"榆钱说着就去干活了。

第二天早晨，添丁一觉醒来，发现自己和衣躺在车排床上，而榆钱则躺在一旁的草料袋子上，还在打鼾呢。

天已经亮了，于是添丁叫醒榆钱，一起吃了早饭，一起赶着牛和猪出了门。这时，添丁发现，榆钱已经帮他给那头属于他的老牛戴上了笼头，系上了缰绳。

添丁牵着自己的老牛，随着牛群来到湖边，顿感怅然若失，不知道自己今后该怎么办？

"尚添哥，你的牛我先帮你放着，我听说邻村的彭员外那里也正找打短工的人呢，你到那里去看看吧？"榆钱对添丁建议道。

"那样也行，只是我现在连个住处都没有，这怎么行呢？"添丁说。

"我们一起搭个窝棚吧，我每天在这里放猪放牛，也好有个遮风挡雨的地方。"榆钱兴奋地说。

"好啊，你真有办法！"添丁夸奖榆钱道。

"你看这是什么？"榆钱从腰里拔出一柄斧头向添丁晃了晃。

"噢，原来你早有准备！"添丁的脸上露出了笑容。

"是啊，我觉得还是你好，自由自在，无拘无束，那才叫快活。"榆钱接着说："走吧，我们现在就行动吧！"

"好，你真是我的好兄弟！"添丁在榆钱的背上拍了一下，一起向一片树林走去。

搭好窝棚后，添丁就去邻村的彭员外家打短工，榆钱就替他照看着那头老牛。等添丁打完工、吃过晚饭回来，榆钱已经赶着牛群和猪群回去了，他把那头老牛给他拴在窝棚旁的木桩上。

两个月后的一天晚上，添丁正睡在窝棚里，突然听见有人在喊他："尚添，你出来，我有话对你说。"那声音仿佛是程老员外的声音，但感觉又不太像。

"尚添，你过来，我有话对你说。"添丁走出窝棚来，并不见有人，只有老牛在那里摇头晃脑——那声音就是从老牛那边传来的。

"尚添，你过来，我有话要对你说。"这声音又响起了，仍然是从老牛那边传来的。

添丁循着声音走到老牛跟前，满腹狐疑地东张西望着。

"尚添，你蹲下，我有话对你说。"添丁这回听清楚了，声音是从老牛嘴里出来的。

"老牛，是你在说话吗？"添丁又惊又喜。

"是啊，是我在说话，不是我还能有谁？"老牛像个老人似的，声音显得苍老而洪亮。

"啊，老牛，你会说话，真是太好了，我以后就不孤单了。"添丁高兴地说。

"我告诉你一个好消息，三天后就是中秋节，那天晚上，将会有一群仙女到这个湖里来洗澡，到时候，你把那个最漂亮的仙女的衣服藏起来，她就是你的妻子。"老牛说。

"好的。"添丁点点头。

到了那天晚上，添丁早早藏在湖边一棵大树的后面等着，等了好几个时辰，快到半夜的时候，忽然听见几个姑娘说话的声音。

"啊，这儿真美啊！"一个说。

"是啊，可以和我们天上的瑶池相比了。"另一个说。

"要是能碰见一位如意郎君就好了。"又一个说。

"哈哈哈，你真不害臊，说不定那个大树后面就有一位呢。"又一个说。

"小点声，那大树后面没准真有人呢。"又一个说。

"对呀，早点洗完了回去，别让母后发现了。"又一个说。

添丁屏气凝神地坐在那里，一动也不敢动。

"等等我呀！"又一个姑娘说。

添丁这回壮着胆子站起身来去看，结果发现其他的姑娘都已经下水了，只剩一个姑娘正摘下头上的金钗放在衣服上——她的面容是那样的美好，她的玉体赫然入目——这是添丁有生以来第一次看见姑娘的身体。

等这位姑娘下了水，添丁马上猫着身走过去取回了她的衣服和金钗。

过一阵，姑娘们纷纷走上岸来开始穿衣服了。

"七妹,快走啊,时间快到了!"一个声音在说。

"我再玩会儿。"一个声音从湖中传来。

"七妹,我们先走了,快点来啊!"又一个声音说。

"好的,我就来。"从湖中传来美妙而清脆的声音。

"哎呀,我的衣服呢,我的衣服被谁拿走了?"那个最后上岸的姑娘焦急地自言自语。

"姑娘,对不起,你的衣服在我这儿。"添丁从大树后面走出来说。

"哎呀,你,羞死人了!"那姑娘羞得双手抱住双腿蹲在了地上。

"给你。"添丁将姑娘的衣服放在她身旁的地上,仍然回到了大树后面。

"你出来吧。"那位姑娘穿好衣服后对着大树说。

"你从哪儿来?"添丁出来后问那位姑娘。

"我从天上来。"那姑娘答道。

"你叫什么名字?"添丁又问。

"我叫银梭。"姑娘又答。

"你的姐姐们都飞走了,你还不走吗?"添丁又问。

"按照我们家的规矩,谁第一个看见我的身子,谁就是我的男人,你今天……"说到这里,姑娘羞涩地低下了头。

"那,可是,我太穷了。"添丁说。

"我不嫌你穷。"姑娘抬起头说。

"我只有一个窝棚和一头老牛。"添丁又说。

"你的窝棚在哪?"姑娘又问。

"就在那边。"添丁指指远处说。

"我和你过去看看。"姑娘又说。

"好的,走吧。"添丁说着牵起了姑娘的手。

"老牛,她是银梭!"添丁向老牛介绍银梭说。

"对,就是她,你们快到窝棚里去吧,这儿冷。"老牛说。

"哎呀，老牛叔叔，你会说话，你在这儿受凉了。"银梭对老牛说。

"我不冷，你们快进窝棚里去吧。"老牛又说。

"好的，老牛叔叔，你也歇息。"银梭向老牛有礼貌地告别，然后和添丁进了窝棚。

转眼两年过去了，添丁和银梭已经修起了两间茅草房，银梭也已生下了一男一女两个孩子，儿子叫龙珠，女儿叫凤翎，都眉清目秀，十分可爱。

有一天傍晚，添丁又来到老牛跟前，老牛突然又说话了。

"尚添，我快要死了，我以后再不能帮你们干活了，我真舍不得你们啊！"老牛说。

"啊，你好好的，怎么会那样呢？"添丁有些不相信地问。

"我真的要死了，我死后，你把我的皮剥下来保存好，等你有了危难的时候，就把它披在身上——那样，我就可以帮助你了。"老牛说话的时候，眼睛里似乎闪着泪光。

"好的，你放心，我会记住你的话的。"添丁说完就起身进了窝棚。

第二天早晨，添丁起床后给老牛去添草，结果发现老牛已经死了，他禁不住一阵悲伤。

添丁把银梭和孩子都领出来，一起给老牛磕头，然后按照老牛的吩咐，把它的皮剥下来保存下，把它的躯体掩埋了。

又过了一年，两个孩子都会走路、都会叫爸爸妈妈了，添丁和银梭也更加恩爱了。

一天，添丁打短工回来，不见银梭的踪影，只有两个孩子在门前哭，再看锅台上的饭正冒着热气，织机上的布才织了半匹……

"爸爸，妈妈被人抓走了！"男孩说。"爸爸，我要妈妈！"女孩说。

"妈妈被啥人抓走了？"添丁问孩子。

"妈妈被天上的人抓走了!"男孩指着天空答道。

添丁知道肯定是银梭的娘家人把她带走了,于是赶紧找来一根扁担和两个小筐,把两个孩子放在筐里,又找出牛皮来披上,挑起担子就往外走。

刚走出没几步,添丁感觉身子轻飘飘地就渐渐上了天。又走一阵,就看见两个天兵天将挟持着银梭在前面不远处的一团云上。

"银梭,等等我!"添丁不自觉地喊了起来。

"妈妈,妈妈!"两个孩子也不停地叫了起来。

"尚添,龙珠,凤翎!"银梭也回过头来叫着他们的名字。

他们的喊声惊动了站在北天门上等女儿回去的王母娘娘,她眼看着添丁就要追上银梭了,于是拔下头上的簪子在天上划了一下。

顿时,一条波涛汹涌的大河出现在了添丁的面前,银梭就在对岸,但他怎么飞也飞不过去。

"银梭!"添丁喊着妻子的名字。

"尚添!"银梭喊着丈夫的名字。

"妈妈！妈妈！"两个孩子喊着母亲。

"龙珠！凤翎！"银梭喊着两个孩子的名字。

银梭被天兵天将带进宫去了，北天门的大门也紧紧地关上了，尚添在天河边上站了七天七夜，身上带的干粮都已经吃完了，孩子都叫着肚子饿，还是不见北天门有开的迹象，也听不到银梭有丝毫的声音——他知道，妻子肯定被关在了什么地方，不然，肯定会来见他们的。

"先回家去，过些日子再来吧！"拿定主意，添丁就先带着孩子飞回了家中。

从那以后，添丁过一段时间就带着孩子飞上天去一次，但每次都见不到银梭，任凭添丁和孩子喊破嗓子也无济于事。但添丁的意志是不可动摇的，他吸取了第一次的教训，以后他上天之前就备足干粮，每次上去在天河边上站上半月才回来，回来后打上半个月的工，准备好干粮再上去，如此循环往复，基本上半年在天上，半年在地上。

三年后的七月初七，太阳刚升起来的时候，北天门突然开了，紧接着看见银梭走了出来，添丁简直不敢相信自己的眼睛，他问两个孩子："你们看，那是不是妈妈？""妈妈！妈妈！"两个孩子首先叫了起来。

"龙珠，凤翎，夫君！"银梭在天河对岸边招手边大声地喊了起来。

"娘子！"添丁也边招手边回应着。

忽然，飞来了大群的喜鹊，它们用身体搭起了一座半圆形的拱桥。银梭踏上拱桥，向这边走来。添丁也挑起担子，踏上拱桥，向对岸走去。在桥的中央，银梭和添丁相遇了，他们紧紧地相拥在了一起，两个孩子也紧紧地抱着妈妈。

银梭明白，过了这一天，她又要跟丈夫和两个孩子分离了——这样的日子生不如死！想到这里，她毅然地拔下头上象征仙籍的金钗，愤然地掷向北天门，正好插在了北天门上方的横额上——这只钗上有七颗世间最珍贵的钻石，它们排列成一柄勺子的形状——它们就是后来的北斗星。

放弃了仙籍，银梭就和添丁以及两个孩子一起飞回了人间的家，从此以后，他们一家人过着幸福的生活。

银梭和添丁一进自家院门，就闻见一股扑鼻的奇香。循着香气走过去，发现原来是房前葡萄架下的那一排大缸里飘出来的——银梭和添丁离开家时，满架的葡萄都没有来得及采摘，那些熟透了的葡萄纷纷掉落进了那一排等待它们掉落的大缸里——如今已自然酝酿成了芬芳四溢的紫红色汁液。

"啊，真香！"银梭禁不住喊了出来。

"是啊，真香！"添丁也喜不自胜地说道。

"妈妈，我想吃葡萄！"两个孩子拽着银梭的衣襟撒娇道。

"好的，我给你们摘！"银梭伸手摘下几颗残存于藤上的葡萄，递给了两个孩子。

"嗯，真好吃！妈妈，你也吃一个！"男孩将一颗葡萄喂进了银梭的嘴里。

"是挺好吃的，爸爸，你也吃！"女孩将一颗葡萄塞进了添丁的嘴里。

"嗯，这葡萄味道挺特别的！"银梭把嘴里的葡萄咽下去后说道。

"葡萄经了霜，才是真正的成熟。"添丁像个哲人似的说道。

"你不会说，夫妻经了离别——才是真正的夫妻吧？"银梭盯着添丁的眼睛说道。

"葡萄离开了藤，会掉进这口大缸里——你离开了天庭，会成为我的娘子！"添丁深情地看着银梭。

"妈妈，你们在说什么呀？我还想吃葡萄。"龙珠揪着妈妈的衣襟说道。

"我也还想吃。"凤翎也跟着说道。

"好的，妈妈再给你们摘。"银梭顺手又揪下几颗葡萄："你们先吃着，妈妈待会儿给你们做好吃的。"

"妈妈，我口渴。"龙珠又说。

"妈妈，我也口渴。"凤翎也说。

"好，我去拿个碗。"银梭说着进屋，放下包袱。这时，她忽然想起自己的包袱里有一个从天上带回来的玉碗，于是赶紧取了出来。

只见那只碗闪着绿莹莹的光，煞是好看。

"来，先喝点儿葡萄汁吧。"银梭说着从葡萄架下的大缸里舀了一碗紫红色汁液，伸到孩子唇边。

"嗯，真甜，就是好像有一点怪味儿。"龙珠喝了一大口说道。

"是有点儿怪味，不过真的特别甜！"凤翎也喝下一大口后说道。

"我看。"添丁说着接过碗去。

"味道是不错，来，你也尝尝。"添丁喝下三大口后，将碗伸到银梭唇边。

银梭接过碗，尝了一口，然后说："就跟天庭的蟠桃酒味道差不多，我看这个，应该就算是——葡萄酒吧？"

"嗯，叫葡萄酒没错——这本来就是葡萄放得久了才变成这样的！"添丁真诚地回应道。

"我去取点粮食做饭！"银梭说着端一个瓦盆，盆里放一个粗瓷碗，向院子的北墙根走去——那里也有一排大缸。

"哎呀，这些粮食怎么也变成了这样？"银梭惊讶地看着缸里那些黑褐色的液体说道。

"怎么了，娘子？"添丁赶紧跑了过去。

"怎么了，妈妈？"两个孩子也跟着跑了过去。

"你看——你闻——"银梭指着缸里那黑黝黝、香喷喷的浓稠汁液说。

"嗯，挺香的，我来尝尝看。"添丁说着拿起银梭瓦盆里的碗，舀起半碗黑褐色汁液，大胆地喝了一口。

"啊!"添丁蹙着眉、紧闭着眼、大张着嘴,半天了才把嘴闭上,才把眼睛睁开。

"怎么了?"银梭赶紧问添丁。

"这种味道,真的太难以形容了,这种东西——简直不能喝呀!"添丁说着把碗里的黑褐色汁液倾倒进了大缸里。

"这不闻着挺香的吗?我来尝尝。"银梭说着接过添丁手里的碗,伸出舌头舔了一下碗外边的汁液。

"啊,是挺酸的。"银梭蹙一下眉,闭一下眼,咂一下嘴,然后说:"不过,也挺香的。"

"妈妈,我也想尝。"两个孩子几乎同时说道。

"来,尝一下。"银梭把碗放到两个孩子的嘴边,让他们如愿以偿。

"啊,是挺酸的,也有香味。"龙珠也照例蹙一下眉,闭一下眼,咂一下嘴后说出了自己的感受。

"是的,我也尝到酸味和香味了。"凤翎也在蹙眉、闭眼、咂嘴后说道。

"这种酸东西让我们每个人都蹙眉毛了,我们以后就叫它醋吧!"银梭说。

"好的,我们家有醋了,以后做饭的时候调一点,味道肯定会不错的。"添丁兴奋地说。

"我们家的粮食都变成了这种酸东西了,你舀一碗去送给程员外他们尝尝,顺便借一点他们家的粮食来。"银梭对添丁说。

"好的,我这就去。"添丁说着舀起一碗醋就要出门。

"等等,把那个也舀一碗。"银梭指着葡萄架下的大缸说道。

"好的。"添丁于是又舀了一碗葡萄酒,一手端酒、一手端醋,小心翼翼地走向了程员外的家。

没过几天,全村的人都知道添丁的仙女媳妇回来了,也知道他家有沾着仙气的醋和酒,纷纷拿着自家的粮食来换——他们家就不愁吃和穿了。

很多年后，酿醋和酿酒的方法就从添丁和银梭家传遍了整个中国。

几百年后，酿醋和酿酒的方法又跨出国门，走向了世界。

银梭和添丁虽然回到了人间，但他们的影子却永远地留在了天上，天河南岸的银梭的影子形成了一个梭子形的织女星，天河北岸的添丁的影子形成了一个丁字形的牛郎星——这两个星座永远记忆着她们俩忠贞不渝的爱情故事。

王母娘娘知道银梭又回到了人间，也再没有派人来捉拿她，而是听之任之，让她去做一位人世间最平凡的母亲和妻子。但王母也很思念女儿，她经常遥望着银梭一家人居住的地方暗自垂泪——她的泪水全变成了淅淅沥沥的雨水，全部降落在银梭和添丁生活的那个叫高台的地方，形成了七个湖泊——大湖湾、月牙湖、小海子、马尾湖、明塘湖、天城湖、后头湖，而最大的一个湖泊就是大湖湾——正是银梭和她的六位仙女姐姐洗过澡的地方，也是银梭和添丁

相识、相爱并共度一生的地方。

银梭和添丁是冬天回到家的,所以冬天的天空中看不到牛郎星和织女星,而夏天的天空中则能清晰地看到他们隔河相望的身影。还有王母娘娘的那个星座——仙后座却是四季如常,毫不动摇地挺立在天河边上——以前是要监督牛郎和织女,不让他们相会;现在是要时刻关注她的女儿、女婿以及两个小外孙一家人的生活,不能让他们挨冷受冻,忍饥挨饿,也不能让他们受人欺负。

十三年后,银梭和添丁的儿子龙珠考中了状元,并被皇帝招为驸马;他们的女儿凤翎也因天生丽质、仙女所生,被选为太子妃。他们兄妹俩为了报答父母的养育之恩,奏请皇帝恩准,在大湖湾北岸修了一座观星楼,以便于世上一切真心相爱的人们去仰望天河两岸不离不弃、坚贞相守的牛郎星和织女星。

后来,由于风吹雨淋,再加上地震,那座楼倒塌了很多次,但人们还是像牛郎守候织女的那样,一次次地把它重建了起来——至今,那座楼依然巍然屹立在大湖湾的北岸——只不过,它改了名,叫"崇文楼"。

丹霞龙的传说

很久以前，在祁连山下有一片辽阔的水域，人称西海。西海边上生活着两户人家，一户姓罗，一户姓卜。罗家是一户穷人，而卜家是员外。罗家是卜家的长工，经常给卜家放牛、种地、干活。罗家有一个儿子名叫罗丹——因为他左眼皮上有一块红色的胎迹，卜家有一个女儿名叫卜彩霞——她是太阳升起的时候出生的，两个孩子从小一起玩耍，情同手足。转眼间，十八年过去了，罗丹成为一个英俊的小伙子，而卜彩霞也成为一个如花似玉的姑娘。

一天，罗丹在山上放牛，突然来了一阵黑风把他卷走了。迷迷糊糊中，罗丹来到了一个山洞里，洞里坐着一位须发皆白的仙人，他问罗丹想不想成为一个员外？罗丹说："当然想，可是这不可能。""为啥不可能？"神仙问。"因为我生来就是一个穷人，我们家什么都没有，只能给员外干活，才能有饭吃，有衣穿。"罗丹答道。"你想不想娶媳妇？"神仙又问。"想。"罗丹答道。"想娶谁？"神仙又问。"想娶我们东家的女儿。"罗丹答道。"那好，把你的手伸过来。"神仙说。罗丹伸过右手去，神仙在他的手里放了一把沙子，那沙子闪了一道金光就不见了。罗丹好生奇怪，但也没敢多问。神仙又在他手里放了一把红色的小米一样的东西，并让他回去后撒在刚割过麦子的地里。罗丹捧着这些稀奇的东西，走出了山洞，他再回头看时，山洞已经没有了，只是一座高大的山崖。

罗丹掏出卜彩霞送给他的手帕，小心地将这些神仙赐予的东西包好，放在了贴身的地方，然后准备回家去。这时，他看到一条大路就在眼前，他就顺路前行，时间不大，就来到了他放牛的地方。

罗丹看看夕阳西下，也到了回家的时候，就赶着牛群回家了。

第二天，东家让罗丹去割麦，让他父亲去放牛。罗丹割完麦，又把麦子捆成了捆，码在了地埂上。他掏出手帕来准备擦擦汗，这时他想起了神仙给他的东西，于是将那些红色的神奇米粒撒在了刚割过麦子的地里。碰巧，天上又下起了雨，罗丹就匆匆回家去了。

过了几天，罗丹到地上来拉麦子的时候，他发现地里长出了许多嫩绿的东西，看上去十分可爱。又过了些日子，这些嫩绿的生命长成了翠绿的大叶片，再看叶子的下面还有一颗颗白嘟嘟、胖乎乎的可爱的根，还散发着清悠的香气。罗丹把这一切都告诉了卜彩霞，卜彩霞跑到地头看了一阵，也觉得十分稀奇。

又过了几天，卜员外突然生了一种怪病，觉得肚子鼓鼓的，什么也不想吃，十分难受。把各种草药都用了，也不见效。卜彩霞把他父亲生病的事告诉了罗丹，罗丹也很着急。

这天夜里，罗丹正睡得香，忽然看见那位仙人又来了。他对罗丹说："给你的宝贝，为什么不用？"然后就走了。醒来后，罗丹把这个梦告诉了父母，父母亲对他说："麦田里长出的那东西，说不准就能治东家的病！"

罗丹又把梦中的情景告诉了卜彩霞，卜彩霞也认为那麦田里的稀奇物肯定就是治她父亲怪病的良药，于是和罗丹一起到麦田里拔了好几颗回来给她父亲吃了，她父亲的病果然就好了。

卜员外病愈后，决定把女儿许配给罗丹，同时还送给他一座宅院和几十亩良田。卜员外和罗丹的父亲商议后，把罗丹和卜彩霞成婚的日子定在了八月十五。

就在罗丹和卜彩霞的婚期临近的时候，有一天突然来了一个银盔银甲的年轻人，他自称是西海龙王的儿子，想娶卜彩霞为妻。卜彩霞的父亲很为难，就说已经许配给罗丹，婚期就在八月十五。西海龙王的儿子提出要和罗丹一决高下，谁赢了谁就娶卜彩霞。

罗丹于是和西海龙王的儿子打斗起来，打了三天三夜不分胜负。

第四天早晨，太阳刚刚升起的时候，西海龙王的儿子将罗丹打倒在地，并且一脚向罗丹的胸口踏来。罗丹急忙伸手去托，结果突然金光一闪，西海龙王的儿子被弹出去几丈远。西海龙王的儿子仍不服气，又扑了上来。罗丹举起右手来说："算了，别打了！"突然一阵沙尘暴从罗丹的手心出来，把西海龙王的儿子卷得无影无踪了。又等了几天，始终没见西海龙王的儿子再回来。

于是罗丹和卜彩霞如期在中秋节这天成了婚。

这天夜里，罗丹做了一个梦，他梦见西海龙王的儿子对他说："你把我吹到黄土高坡上，我喝不到水，被太阳晒死了。今天我就要投生做你的儿子了，将来你好把你那一手也传给我！"罗丹刚想说不要，就见西海龙王的儿子一头撞向了他妻子卜彩霞的肚子，他被吓出一身冷汗，再看卜彩霞，正安静地打着鼾，睡得正香呢。罗丹这才知道是做了个梦，于是躺下继续睡觉。

第二年，卜彩霞生下一个男孩，取名丹霞。这孩子生得俊眉俊眼，一脸的福相，头顶上还长着两个肉嘟嘟的小角。卜彩霞望着自己怀里的孩子说："你长得真像一只小羊！""不，是一只小龙！"罗丹说。罗丹这才把头年他俩结婚那天晚上做的梦告诉卜彩霞，卜彩霞点了点头，表示明白了。

丹霞长到几岁的时候，身体就很壮实，像一个白白的大萝卜，再加上他父亲姓罗，母亲姓卜，人们都叫他罗卜，罗卜丹霞，或者丹霞龙。从那以后，罗卜家麦田里的那种神奇物种在西海一带广泛种植起来，也治好了很多人的病，它的名字也被叫成了萝卜。

丹霞这孩子生来喜欢游泳，他经常一个人跳进西海游到很远的地方，然后再游回来。丹霞跳进水里的时候，人们经常看见他浑身上下散发着金色的光芒，周围的水都被他照耀得一片光明。见此情景，人们禁不住说道："看来他真的是一条龙，没准真的是西海龙王的太子转世的呢！"

又过了十八年，丹霞长大了，他长得更威武了，人们都推举他做这里的首领，他推辞不过，只好答应了。丹霞率领着他组建的军队，四处征战，又经过十八年，他终于荡平了九州，成了天下之主——人们都叫他丹霞龙王。

在丹霞征战中原的时候，得到了一个有智慧的人，他名叫仓颉，成为丹霞手下的重要谋臣。仓颉为丹霞龙王造了一个字——黄，这个字远远看起来就像是一个头顶上生着双角的将军。丹霞龙王采纳了这个字，于是被人们尊为"黄帝"。再后来，黄帝就成了中华民族的祖先，中国人也因此自称为"龙的传人"。

这就是丹霞龙的传说。

白大人的故事

白驸马呀，他先前到了京里中举以后，封了一个九门提督的称号，九门提督以后才招了驸马。一招上驸马，就修驸马府呢。他修驸马府的时候，朝里有个人叫魏忠贤。魏忠贤打这个驸马府前经过，和一般人修房子一样，大家伙儿都跑去看一看，这个魏忠贤嘛，到了驸马府里也看给了一下。那个驸马府呀，人家皇上下来就是驸马大啦，修驸马府就按金銮殿的小样，减给了一下，少做了几样啥东西，魏忠贤就看下了。驸马府修起来以后，一天，驸马和公主就游着呢，见了一棵沙枣树。公主对驸马说："这棵树呀，真正是个宝贝树，金花银叶铁杆，真好看！"驸马说："你们京里的人，蹲在京城里知道个啥，见过啥世面？这种树我们西北沟沿上、田埂上、茅房门上都长的是，你们就成了稀奇宝贝了！"公主又说："你们西北真的有呢吗？""咋没有，沟沿上到处都长的这个东西，大量的当上柴砍着烧锅着呢，多得很！"驸马答道。"哎，按你说，你们西北好啊，是不？"公主又说。"当然好。"驸马说。"咋的个好法？"公主又问。"我们西北的妇女三月三踏青。到了三月三，一起穿着新衣服，一起踏了青以后，到了湖边上游着呢。夏天上地干活，路上有个梳妆桥，新衣服都在那个梳妆桥上脱下，也没人拿。过会儿收了工回家，到了梳妆桥上，把脸洗掉，擦上胭脂粉，新衣服穿上才走家哩！"听驸马这一说，公主兴致勃勃地说："照你这么一说，我们啥时间回一趟家，看看去！""行呢么，回家的个，待我禀告万岁，要是答应，我们就回。"驸马于是去请假，皇上就批准了，让他们回一趟家。

正好那一年回家呢，那一年挨的是搜府，搜府谁搜呢，就是驸马搜。驸马是皇上的亲信官，亲戚么，女婿么，没有假的。搜府是咋个搜的呢？就是每一个大臣的府里都搜。那个时候是一个大臣一个银碗，一双金筷子。其余的人没有，你做官，就是你一个人有。要是找出第二个碗来，你家里不是养刺客，就是啥——和你官一般大的人还藏有哪一个呢？这就犯了王法了，杀头哩！正好那一年，挨着搜府呀，驸马就搜府去了。搜的别的人家都没有啥事，正好搜到魏忠贤的府里搜出来了一个碗，就把这个碗给他拿回来了。拿回来就给公主说："了得呢，今年回家呢，偏偏到了魏忠贤的府里搜出来一个碗，你再给万岁说一下，人家要是批给我们办这个事情，就把我们回家的事耽搁掉了！"公主说："你先不要给父皇说么，等到我们家回着来了再说！""也行，这个金碗先压下，压下回家来了再说！"这就没给说，皇上不知道这件事。可是这个魏忠贤，心里着急得了不得，这个事情一说，就麻达得很，弄得不好就是杀头的罪。魏忠贤实际也是个奸臣，他就每天想办法呢，想得愁苦得不得了。

驸马么，想的是皇上批了假就要回家，哪一天动身，日子选好就行了。听说驸马要回家，文武百官都请着给驸马饯行。今日你请呢，明日他请呢，皇宫里的那个人么，多得了不得，一个多月了，还在京里饯行着呢，走不出去么。这些事，皇上也不知道，还当是早走掉了。只有魏忠贤知道，勤勤打问着呢。后来，饯行终于完了，明天就要动身呢，今日个，魏忠贤就到皇上跟前奏本去了，说是："万岁呀，你做错了。""啥做错了？"皇上问。"驸马要回家，你把假准给做啥？不让回去么。"魏忠贤说。"他回家的个，回了就回，不让回着做啥呢？"皇上说。"人家西北招兵养马着呢，一起把兵都训得好好的呢，这回人家就要领上兵马伐你来呢，你还凉着呢！为啥人家把公主也领上了？人家把家眷领上了，没有后顾之忧了，这回就伐你来呢！人家这回盖的驸马府你瞭了吗？那就是人家的新金銮殿，你那个旧金銮殿人家来了就要废呢！"皇上明知道驸马不会反，但是遇上魏忠贤那号人，和他纠缠去哪，驸马没在，麻缠得很，也就安顿了一下，说是："好，既然驸马造反，我赐你一道圣旨，你到卢沟桥提头来见，一过了卢沟桥，分毫不得动人家！"皇上想的是，这两天，人家家里也到了，咋能还在卢沟桥呢？我赐给的这道圣旨，也就是个假的，伤不着驸马的，等到将来驸马回来了，再和他魏忠贤对证也就是了。结果驸马还在京里，正准备第二天走哩，皇上不知道。

　　再说魏忠贤把这道旨意一拿，第二天早起五更里就守在卢沟桥了。太阳刚绕上花花的时候，驸马的人抬的轿子到了卢沟桥上，魏忠贤就高喊接旨，驸马忙跪下来接旨，一念是驸马有反国之心，撵到卢沟桥上提头来见。刚刚念完"提头来见"四个字，人家安顿好的人一拥而上，就把驸马杀掉了。白大人就这样死掉了，这就是白驸马的一段事。

闫大人的故事

闫大人先前有弟兄三个,只有这个闫大人吃饭饭量大得很,他家里的人把他养活不住。闫家也是小家子出身,种上一点点庄稼,自己一个人都不够吃,别说全家了。另外两个弟兄一商量,说是:"你就出去挣着吃去吧,挣多挣少你都吃下,家里我们一个也不要你的,你把你自己养活住就行啦。"闫大人嘛,是吃去歪(厉害)得很,小理了些儿,就说:"行啊,我挣了挣去。"在外面挣着吃不上,就要着吃,要上的也少得很。就这么转腾着,转腾着。有一次,遇到一个字号家里要着吃,叫掌柜的老两口看上了,"哎,那个闫小伙弄着来给我们拉骆驼去,他力气大大的,扛的个好麻袋。"就这样,闫大人就在这家住下了,吃饭不要饭钱,干活也没工钱,弄着就拉骆驼着呢。别的两个人搭一个垛子搭不起来,他一个人搭两个垛子,他还有时间在旁边站着望着呢。别的两个人抬一个麻袋,他一个人一回夹两个,走路去还直愣愣地,轻轻地夹着呢。嘿,歪(厉害)得很,就是吃去歪(厉害)得了不得。直到拉到后头就给了一个骆驼头儿,好像是一个骆驼队的队长,管那些拉骆驼的,吃的嘛,稍微比以前好了些。以后,掌柜的老两口子有了病,给儿子叮嘱道:"别的人不咋的,那个闫小伙要抓住,自从把那个闫小伙收着来,我们骆驼上的买卖没有倒过庄,只是一回赶一回好,看起来这个人命大得很,你们不要嫌那个人吃去歪(厉害),那个人的吃是他命里来的啦,这人命大得很,不要打发掉了!"时间不长,老掌柜的死掉了,到了小两口子的手里,可不是嘛,人家一下就把他打发掉了,"哎,挣一个不如省一个,与其叫他吃掉的,不如我们省下算了,哪里是他？买卖是我们的兴运，关他闫小伙的啥？"就这样把闫小伙打发掉了。

打发掉以后，这个闫小伙就没处去了，"噢，没办法了，投军吃粮去吧！"那个时候有个张镇台，张镇台打酒泉着呢，酒泉的是个杨啥，回族，反过来反到酒泉，多少打不过。那个镇台——就像现在的元帅那号子的人，就领着兵打着呢，闫小伙就跑到张镇台跟前投军吃粮去了。一投了军，论威望就低一头，他就是个没豁豁（编制），当了个马夫，喂着马呢。喂马以后，有个巡更的更夫，晚上一更里的鼓，打给一下；二更里的鼓，打给一下；就是个值更的。这个人可能是个酒泉人，人家回个家去呢，就说："老闫，你今天给我值一宿更，我回个家去，行呢吧？""把么个，咋的不行，行呢，行呢，我给你值一宿！"一更里的鼓打了，二更里的鼓打了，三更里他睡着了，是没有熬惯夜的缘故。张镇台就在这天晚上鼓打三更的时候，梦见鼓架底下趴着一只黑虎，一个爪子在鼓上搭着呢，呼地一下吓醒了，原来是个梦。"哎，怪得很，鼓架底下是哪里来的黑虎？"他起来把衣服穿上，又带了两个跟随跑到鼓架底下看去了：睡着那么个小伙，莽头莽脑的一个大个子小伙。"哎，值更的不是这么个小伙呀！"小伙还睡着着呢，一个手上拿着鼓槌，还在鼓上搭着。镇台没有惊动他，就回来了。又停了几天，又梦见马槽里睡着一只黑虎，又吓醒了，说："是不是我命里要遇见黑虎星呀？"又领了两个跟随，到马号里看去，还是鼓架底下睡过的那个小伙。"噢，原来这个小伙是个马夫么，想起来我也见过这么个人，是个马夫！"也没惊动他就回去了。

有一天晚上，张镇台换上士兵衣服，到马号里访查来了。他跑上去，一看马号里大烟小雾地冒烟着呢，"哎，这会子了，这个里头还冒的啥烟？"进了门一瞅，屋里盘着个锅头，锅头上坐着一口大锅，正了不得地烧锅着呢。"嘿，你做啥着呢？"张镇台问了一声。一下猛地一抬头，还是那个小伙，说："你知道啊，我的这个壳廊

（肚子）大得很……"人家那些官，心里早就明白，"哦，煮着吃马料呢！""我的肚子吃不饱。""你的肚子吃不饱了，那小豆子你不煮着吃咋呢？""就是的，我就煮了点小豆子。""好，我还没吃呢，今个你煮熟了，我也吃一点。""你不要往外言传啊！""不咋的，我们都是个当兵的，肚子饿了也没治啊，吃上些马料也不要紧。"闫大人也没仔细瞅，边烧锅边说："我这个壳廊大得很，三到四天就得煮着吃这么一回，平常的时候，把那个三头二斤半粮，吃了啥也觉不着，吃了跟没吃一模一样，人家有好多人是挨开了饿呢，吃这么一个饱，就能顶个两三天，我是没挨过。"喧着喧着，小豆子就煮熟了，舀了一碗给张镇台。

再看闫大人，他一个手往盆里舀着呢，一个手往嘴里抓着吃着呢，等舀满一盆，就把一锅抓着吃完了。给张镇台的一碗还搁着呢，就把那一盆又吃掉了。"哎，你干啥着呢？我都吃掉了，你还没吃啊？"闫大人问张镇台。"我也不吃了，你可是吃完了？"张镇台回问。"吃完了。"闫大人答。"我这个你也拿去吃。"——人家镇台么，还能真的吃你煮下的小豆子呢？于是闫大人把张镇台的那一碗也吃掉了。"你今日吃饱了没有？"张镇台问。"也就饱了。"闫大人答。"再有些儿你能吃掉不？""再有些儿也就吃掉了，没有了也就行了，就这么个。""嗯，这个就是个黑虎子，吃去先歪（厉害）得很，他肯定能出力的。"张镇台心里暗暗想着，又开口问道："你认得我吧？"闫大人细心一瞅，不对了，连忙跪倒，说："哎，原来你是镇台大人，今天晚上的事，请大人外置。""起来，起来，不要紧，不要紧，不给你降罪，肚子饿了煮点东西吃，这是应该的。"张镇台宽慰道。闫大人于是就起来了。"你坐下，坐下我还要跟你喧喧。"待闫大人坐下，张镇台又问道："你会啥武艺吧？""哦，我家难心着呢，从小吃苦，懂是懂点武艺，只是不好，都混了肚子了，也没学。"闫大人答道。"你有多大的力气？能拿动多重的东西？"张镇台又问。"能拿动个三四百斤重的东西。"闫大人答道。"好，如果要打仗,你使的是啥兵器?你会耍个啥?"张镇台又问。"我会耍长苗子(矛),再的都不行,苗子嘛,拿上贴手些儿。"闫大人答道。"好,过几天了,我就大考一次,你也来比武,谁要是赢了,我就给谁一个先行官。"本来镇台大人就想给他个官,但又一想:"凉凉地给个官,人家老兵不服气。"于是就提出了个比武的办法。张镇台临行前又叮咛道:"到了那天,伙夫也来,马夫也来,你也来,谁的武艺好,谁就升官!"

比武那天,镇台在校场里把人马召集齐,校场中间搁了一个石疙瘩。镇台当场宣布:"谁能把这个东西举起来,就挂为先行官,领兵打仗;举不起来,你就没相。"结果,谁都啃不动:有的挪也挪不动,有的能扳着动弹一下,有的扳都扳不动,有的跟前都不敢去,望着都不行。只有这个闫家小伙,跑上去举了三下,每次都是轻轻地就举起来了——人家就是第一名!于是镇台宣布:"好,这个马夫既然举起来了,从今天起,他就再不是马夫了,挂为先行,领兵打仗。"镇台又把自己的马牵来,让闫小伙骑上,练一练枪法;把镇台的苗子(矛)也抬来了,耍了一阵。搁下以后,张镇台又专门培训了他几天,又教了领兵打仗的方法。训练完以后,张镇台又说:"你骑的马,就在你原来养的马群中挑去,挑上哪个就是哪个。"谁知哪个马人家都能按倒,一按就趴下了,没有个能支住他的马。瞧来瞧去,有个大胯的黄骠马,膘也不圆(肥),但个子大,骨架大。这个马还凑合,恶(厉害)得很,按不倒。骑上跑了一趟,利着呢,这就成了他的坐骑。张镇台又给他特意锻制了一杆他拿着称手的苗子(长矛)。从那以后,他就领兵打仗去了。

你说你的武艺高,人家那家把什重得很,你招(架)不住;你的那个苗苗子、刀刀子砍过去,人家一拨拉就给你拨拉得跌掉了;人家那家把什去你挡不住么。不要说是用武嘛,碰到跟前,随便一按,就把你按下马去了。打仗胜得很,打一仗,胜一仗,一下就打到了酒泉城。他的马,也是个宝骑。拌马料小豆子,都是用战场上

71

的人血拌的，吃了耐饥得很，打起仗来不饿。打三天三夜仗，喂不上、饮不上也行。打到酒泉城里以后，酒泉城里那个杨啥亲自出来迎战。那个杨啥也恶（厉害）得很，人家把他打下马来了——把这个闫大人打下马来了。刚要结果他的性命，一下头顶上呼啦啦一声响，一瞅云里头一只黑虎张牙舞爪地扑了下来，把杨元帅吓得滚下马来就投了降，他就把酒泉收服了。

进了酒泉城，缓兵三天以后，张镇台进京奏明圣上，给闫小伙封了个协台——协台再一升就成镇台了。后来张镇台升迁进京，闫大人也陪着进了京，皇上封他做镇台，他不干，他说："启奏万岁，镇台我做不来，我是个苦出身，也不识字。"皇上问："你要个啥官呢？""我吃去歪（厉害）得很，要个一辈子能把肚子吃饱的官就行了，别的官我也做不来。"闫大人答。"你看哪个官适合你做？"皇上又问。思想了一阵子，闫大人说："哪里的关口唠叨（出乱子）了，我去哪里把口子去，我把个口子行呢。""也行。"皇上应道——我们红崖子那个生铁关，那人家京里有名字呢——生铁关、石灰关——皇上因而说："西北有个生铁关，你就把那个生铁关去。"就给了他五十个人，带上就把生铁关来了。来后在张掖站着呢，打那以后，再也没有发生过事，也没有打过仗，老死在张掖了。大官没做，做了个守备。这就是闫大人的一段故事。（其实，闫大人做到了甘肃提督，加赠太子太保；做守备的是他的儿子闫珮璋和孙子闫璞。）

（注：闫大人，即闫相师，甘肃高台人，清乾隆年间曾因赴新疆平定叛乱有功担任安西提督、甘肃提督等职，并图形紫光阁。乾隆二十一年（1756），随巴里坤办事大臣雅尔和善，讨伐厄鲁特降人勾结沙俄分裂祖国的叛乱，机智灵活，用兵神速，立歼敌众四千余。乾隆二十三年（1758）正月，升为肃州镇总兵，三月，赐花翎。随同靖逆将军雅尔和善讨伐参与阿睦尔撒纳叛乱的霍集占，征战库车、拜城、阿克苏等地，屡建战功。乾隆二十四年（1759），授安西提

督。是年九月调甘肃提督。十一月将军兆惠奏令移驻库车,谕赴乌鲁木齐办理屯田。后朝廷念其随征多年,战绩显赫,且大兵业已凯旋,传谕以内地总兵中派员更换。乾隆二十五年(1760),相师受诏进京,赏赐银两,加功三等,命图形紫光阁。乾隆二十七年(1762),因病奏请解任,奉旨得食全俸。是年病卒,朝廷深为珍惜,加赠太子太保,赠谥"桓肃"。)

附:阎相师碑文注释

"乾隆御赐祭葬碑",为汉、满文碑刻,右竖排汉字楷书碑文:"朕惟虎臣作镇,必资保障之材;麟阁铭勋,每悼宣勤之佐。是故生则锡之盘带,没则赐以嘉名,所以示国恩,励臣节也。尔原任甘肃提督,加赠太子太保。阎相师素娴武略,从任戎行。生长秦中,悉边陲之形势;奋身卒伍,有专闻之规模。方协镇于平凉,韬钤益展;逮建牙于湟陇,扬历恒多。属回部之归诚,佐军营而宣力。从征戈壁,威行葱岭之西;跃马崦嵫,勋策凌烟之上。何期痎疾,奄逝忽闻。特晋官衔,并恤典秩。谥曰'桓肃',肖厥生平。呜呼!听鼙鼓而兴思,眷怀弥笃;抚版图之式廓,克壮其猷。用纪贞珉,表兹华碣。钦予时命,贻尔后人。乾隆二十七年三月十八日。"

农家才女

从前,有个姑娘,才气挺高,那真是出口成章。有一天,她坐在家中绣花鞋,正当她穿针引线忙个不停时,忽然觉得鼻孔里刺刺挠挠的,说话不及,"啊嚏!"就打了个喷嚏。那些鼻涕星子都喷到绣花鞋上了。要说别人打完喷嚏也就算了,而她却自言自语地作起诗来:"针绣堆在怀,等你来来你不来,倒叫我为奴不自在。"

嫂子在屋里听到小姑子在叨咕什么,虽然没能全记下,一句半句也记点。她便对婆婆说了:"娘啊,你听俺妹妹在叨咕些什么东西?"

她婆婆支棱着耳朵也没听着,就问:"你妹妹在叨咕什么?"

"我就听了一句:'等你来来你不来',还有什么'好不自在'。"

婆婆一听这话,觉得里边的意思不大好,摸起棍子就去打姑娘。嫂子却在一边装起好人来了:"他姑呀,你快上咱大娘家躲一会儿吧,咱娘消了气就好了。"

姑娘一想,也对,抬腿就要往外走。可她一开门看见一个书生,骑着马从她家门前过。那个时候,女人不能随便见男人。她就急忙转身回家,慌里慌张把门一关,一下子把那双绣花鞋挤掉了一只。姑娘想,等那书生过去了再开门捡那只绣花鞋。谁知那书生看到鞋在外边却起了诗兴,摇头晃脑地作起诗来:"谁家花花一裙钗,慌里慌张跑出来。不见头面和首饰,抛下花花一绣鞋。"

姑娘在门里听得真真切切。听了就推倒,也就没事了,可那姑娘听了嗓子眼儿又刺挠了,在门里回了他一首诗:"公子骑马背硬弓,摇摇晃晃外边行。凭着大街你不走,小巷里面见花容。"

那书生一听,姑娘的诗作得还不错,便对她动了心。回到家中,饭也吃不好,觉也睡不着,拐弯抹角地叫家里给她说媳妇。条件只有一条,不管她丑俊高矮,只要她会作诗就行。他还说,在某某村庄就有这样的姑娘。

那书生的嫂子一听就说:"那是我姥姥家,我那表妹确实会作诗。我到那里一说就妥。"

她到那里一提,果然不错,一说就妥了。人家说,想攀门子都攀不上呢,有个书生找上门来还不是一百个乐意吗!

成亲那天,姑娘的母亲嘱咐她说:"你的活计还不错,炕上地下的活呀,都能拿得起放得下,就是说话好吊文。到了婆家,你可得少说话,多干活,可不能像在家里那样啊!"

姑娘可真听娘的话,打那以后,真就不说话了。该说的也不说,像哑巴。那书生逗她作诗,她也不作。书生没法便去问他的嫂子:"你错了,她是个哑巴。不光不会作诗,还不会说话。"

他嫂子说:"不对呀,她原来又会说话,又会作诗呀!"

书生说:"她确实不会说话。从结婚到现在,一句话也不会说,我得休她了。"

嫂子说:"我去劝劝她!"

书生说:"不用了,我一定休了她!"

兄弟休妻,嫂子也不好多拦挡。第二天,家人套上马车,叫媳妇坐上了,还派个丫环送一送。那书生骑着马背着弓在前边走,一路上,心里像窝把乱草似的,七股八岔,简直不是个滋味。

走着走着,猛一抬头,看见一只喜鹊在树上喳喳地叫。书生心情不好,看见喜鹊也不感到高兴。不高兴不要紧,他还摘下弓箭,一下子把喜鹊射下来了。

这时候,车上的媳妇憋不住气了,急忙叫丫环下车把喜鹊捡来。她摩挲着喜鹊,掉着眼泪,又作起诗来:"你嘴尖尾巴长,深山陡涧把你藏。你因为多言多语遭弓打,我因为不言不语休娘家。"

丫环一听高兴了,急忙告诉那书生:"她会说话了,也会作诗了。"

书生一听很高兴:"那可好,不休了,回家。"

书生一句话,马车就后转了。走到家门口,正好碰上妹妹在晒米场看鸡。妹妹说:"哥哥,你不是把我嫂子休了吗?"

"不休了,她不是哑巴,会说话,还会作诗。"

妹妹不大信:"嫂子,你会作诗,你作个我听听吧。"

媳妇说:"那你就出题吧。"

妹妹把看鸡的棒子一顿:"你就作它吧。"

媳妇张口就作起诗来:"这棒本是一棵材,深山陡涧砍它来。虽然不是亲夫主,你时时牢牢抱在怀。"

妹妹一听生了气,把棒子一扔,又把罐子砸了。她嫂子一看这情景又作了一首诗:

"扔了这根棒,打了灌酒瓶,跑了糠元帅,苦了猪公明。"

那书生和他妹妹一听都呆了。

盖房上梁披红绫的传说

我们高台农村有个传统,人们在盖房立木时,都要杀大公鸡鸣鞭炮,给大梁披红哩!这是为什么呢?据老人们讲,是为了盖房的吉利、顺当、平安和避邪,并且还有些来历。

传说很早以前,有个秀才叫季二。因为上京应试未考中,所带的盘缠也全部用光,吃饭、住宿都掏不起钱,无奈只好出了京城向西返家。这样一路讨要走了好几天。一天,季二正走得口干腹饥,猛然看见前面路旁长着一棵七八个人才能搂住的大杨树,树干交错,枝叶茂密,足足遮起了半亩地大的一座凉棚。季秀才一看,心想:唉!我已饥饿难忍,无处投奔,倒不如在此歇会儿再作打算。于是,他就靠着大树,半坐半睡,一会儿工夫便迷迷糊糊进入梦境。可是,不知怎的，他忽然听见耳边有人在轻轻唤他，连忙睁开眼睛一看，啊！原来是一个十七八岁的窈窕淑女站在一边。

这女子问："相公，为何在此歇息？万一受凉……"

"啊！这位小姐，你家住哪里，姓甚名谁，怎么也到了这里？"

姑娘答道："我家住西五里铺，母亲早已去世，我随父亲以磨豆腐为生。上个月，家父突然身患疾病，不久便与世长辞。我无依无靠，仍然磨豆腐挑担送给饭铺为生计。今天路过这里，见你睡在这里怕着了凉，故劝你回家。"

季秀才听罢，同病相怜地说："我哪有家，只身孤雁，到京城投考未中，现在已是穷困潦倒了。"姑娘见他与自己是一根藤上的两根苦瓜，便叫他到自己家先歇息歇息。季秀才答应了，两个就一同向西走去。

从此以后，这位秀才就在姑娘家借居了。他除了读书外，还帮姑娘淘豆推磨，闲余时，又教姑娘念书识字。久而久之，两人有了感情，不久就结婚了。

婚后，夫妻恩爱，姑娘在家劳作，秀才去送豆腐。两人辛勤劳动，彼此相依相伴，日子也越过越好。

却说当时的皇帝要修一座宫殿，急需一根很粗很粗的大梁。监修的官吏派人四处打听，终于找到了那棵大杨树，就派了几十个木工，去砍伐那棵大杨树。他们费了好大力气，却怎么也砍不倒。经常是白天砍个豁豁，夜里又长全了。人们感到奇怪，监工官吏也不敢让木工们再砍了，便把此事呈奏皇帝。皇帝一听，十分生气，决心非用这棵杨木作梁不可，并立即下了一道圣旨：谁要能伐倒这棵杨树，赏金千两，官封公卿。圣旨一下，到处张贴。

这天，季秀才送完豆腐，路过一个镇子，看见人们围着看一张告示，他也挤了进去，仔细看了一遍。晚上，季秀才就把这个消息一字不漏地说给了妻子，妻子听后没言语。

过了几天，在半夜时，季秀才老也睡不着，想那千两黄金显爵高官，就又对妻子说起了伐杨树奇事来。妻子说："那棵树是我们的月下老哩，伐不倒也罢。"季秀才说道："要是有办法伐倒那棵树，你就是官夫人，我们再也不过这辛苦日子了。"妻子说："那棵树是伐不倒的，要伐，有个秘诀，天机不可泄漏：要把杨树砍，需在三月三，时辰不能错，鸡叫头一遍。"

这位姑娘如何知道砍树的天机呢？原来她不是个孤苦伶仃的少女，而是个树精，就是这棵树变的。由于她过不惯空中飘游的生活，一心想到人间，看到季秀才生活贫苦，就发了善念，共同生活了一段时间，也觉得他忠诚可靠，所以，才把这知心话告诉了他。

第二天，季秀才便到镇上把告示撕下，并对公差说，他能砍倒这棵大树。公差把他带到京城，进宫禀报，监修官吏交给他几十名木工。在三月三日这天半夜，鸡刚叫着头遍，季秀才带着木工来伐树，果然将这棵大树砍倒了。

皇帝知道后，很是高兴，当面给了黄金，同时又封了官职，又把一个漂亮的宫女许给季秀才做妾。从此，季秀才就在京城吃酒作乐，把家里的妻子忘得一干二净。

可是，木工把那棵大杨树抬回京城作大梁，立木那天，怎么也抬不起来，像是长在地上一般，皇帝又为此事发了愁。一日中午，皇上想着想着，便迷迷糊糊伏在龙案，酣睡入梦，忽然有一个仙女告诉他说："大梁实难架，千人难抬它，要想架上去，季二人皮挂。"皇帝醒后，下令叫季二负责把梁架上去，否则就剥他的皮。季秀才费了很大的周折，梁还是无法架上去，终于被武士们剥了皮。说也奇怪，季二的皮披在杨木梁上后，大梁自动腾空而起，稳稳当当地架上了。

从此以后，人们在盖房立木时，就用兽皮披在大梁上，代替人皮。随后，又感到兽皮血淋淋的，有些心寒，就改为杀鸡儿（季二的谐音），梁上披红绫了，表示吉利、顺当、安全和避邪之意，以后也就形成了风俗。

"铁人"和"铜人"的故事

人都说"铁人"王进喜是玉门人,但也有很多人说他是高台人,有人说他是高台县宣化镇台子寺村的人,也有人说他是罗城镇盐池村或双丰村的人。

王进喜生于1923年,大约在抗日战争时期,他随父逃荒逃到了玉门赤金,然后在那里落户,后来又到玉门油矿招工,从而成为新中国第一代石油工人。据巷道乡东湾村六社村民许生奇说,他伯父也是玉门油矿的工人,和王进喜一个钻井队,那时候刚刚成立钻井队,都是自愿结合组队的,正因为王进喜是高台人,从而在他的身边团结了一大帮高台人,他们村还有好多人都和王进喜是一个钻井队。就本人所知,我爷爷孙守义,生于1922年农历五月十二,逝世于2006年12月9日,早年也在玉门油矿为苏联专家当勤务,后来因为老家要分田地分牛车,被我大爷爷召回。我爷爷说,后来成为王进喜接班人的孙德福,也是他带上去的,因为他和我们都是一个队的——黑泉乡定平村二队(社)。

除了孙德福,还有我四爷爷孙守智,也是与"铁人"王进喜同一个钻井队。我四爷爷生于1931年,1991年从胜利油田离休后,一直在山东东营生活,如今仍然健在。我四爷爷之所以享受"离休"待遇,是因为他建国前参加过高台县境内的游击队,当时我们村有一位红西路军的失散人员,大家都叫他"大老李",他就是游击队的负责人，他有一个女儿，本来想嫁给我四爷爷，就因为我大爷爷嫌他们家穷，不同意，就没找成。当时定安堡还有一位叫王开甲的人，也是游击队的成员，1991年夏天，山东东营来人调查我四爷爷当年参加革命的情况，他还出面作了证。2010年上半年，中央电视台播出了反映新中国石油工业发展史的连续剧《奠基者》，我四爷爷说，那里面的许多事情都是真实的，他就是其中的一员，他就和王进喜在同一个钻井队。

王进喜曾喊出"宁可少活二十年，拼命也要拿下大油田！"后来王进喜英年早逝，接替他领导岗位的仍然是我们高台人孙德福，继承他未竟的事业，继续创造辉煌的也仍然是一帮高台人！当时曾有人跟孙德福开玩笑说："王进喜是铁人，你是铜人！"

孙德福，于1927年出生于高台县黑泉乡定平村（新中国成立前俗称羊达子），高小文化，从15岁起，为生活所迫，先后在酒泉、高台、玉门等地务工。1949年9月在玉门油矿参加革命工作，历任钻井队钻工、司钻、副队长、队长，1955年11月加入中国共产党。1960年，孙德福带领钻井队参加大庆石油会战，历任钻井队队长、工程师、钻井大队长、勘探处副处长。1964年至1975年先后参加大港、四川、江汉等油田勘探开发会战，任副处长、勘探指挥部党委书记兼指挥、会战指挥部党委常委、副指挥等职。1975年开始，参加冀中石油勘探开发的领导工作，历任会战指挥部副指挥、党的核心领导小组成员、华北石油管理局副局长、局党委委员。1977年当选为第五届全国人民代表大会代表。

孙德福初到玉门油矿，就和王进喜是同一个钻井队的。有一次，他们辛辛苦苦刚刚打好一眼井，就在大功告成之时，钻头脱离了钻杆，掉入油井。眼看油井面临报废，再加上价值昂贵的钻头，巨大的损失震撼着每一个人的心。就在大家失望叹息之际，孙德福没有灰心，他经过冷静思考，大胆实践，广泛听取大家的意见，终于找到了一个挽回损失的办法。根据经验和试验，他发现羊毛的比重大于石油的比重，只要将足够的羊毛沉入油井中，羊毛和钻头相缠绕，就有可能将钻头捞出来。根据这一设想，孙德福与各位工友齐心协力，顽强拼搏，终于将钻头捞出，拯救了一眼油井。就因为这一次成功的探索和实践，孙德福被提拔为钻井队副队长，当时的钻井队队长就是后来家喻户晓的全国劳模——"铁人"王进喜。

孙德福在石油战线上奋斗了几十年，一心扑在事业上，辛勤工作，大胆探索，顽强拼搏，展示了非凡的才能，取得了令人瞩目的成就，是新中国第一代钻井工人中成长起来的具有丰富实践经验的深得群众爱戴的优秀领导干部。50年代，他带领钻井工人在西北戈壁滩上风餐露宿，奋发大干，先后打出全国第一口定向井和全国第一口双筒定向井，多次被评为先进生产者，他所在的钻井队被评为"标兵钻井队"。1959年，他光荣地出席了甘肃省和全国群英会。他长期担任领导职务，先后参加了玉门、大庆、大港、四川、江汉、华北等6个油田的石油会战，特别是对任丘古潜山高产油田的发现起了重要作用，为华北油田的勘探建设做出了突出贡献。1992年4月，孙德福病逝于河北任丘。在他病重期间，党和国家领导人余秋里、康世恩曾派员到医院看望慰问。他的追悼会会场上高悬着巨幅**挽联**"一生献赤诚历经神州春夏秋冬觅宝藏，九天无遗憾灵系钻塔东西南北竖丰碑"，他的悼词中评价道："孙德福同志是一位忠诚的马克思主义者。"集中概括和高度评价了他不平凡的一生。

1992年4月，孙德福的骨灰由其子女带回原籍——高台县黑泉乡定平村二社，并在其堂弟孙得安家中复设灵堂，在其门前播放了河北任丘追悼会的实况，本村男女老少争相围观，一睹这位"大人物"的风采。追悼会后，孙德福的骨灰盒葬入祖坟，其辉煌的足迹成为家乡人奋勇前行的灯塔和旗帜。

  大家知道，钻杆是很沉的，凭王进喜一个人是扛不起来的。王进喜之所以能够成为"铁人"，他所在的钻井队之所以能够成为全国第一号的标杆钻井队，客观地讲，除了他本人能干外，就因为他手下有一支钢铁般的队伍，而这支队伍的主体就是高台人，正因为有了勤劳智慧、敢打硬仗、忘我劳动、勇于牺牲的高台人，才成就了王进喜"铁人"的英名，也才成就了当年纵横北大荒、所向无敌的"1205钻井队"。由此可见，高台人民的艰苦奋斗精神是全国一流的，高台人民从事体力劳动的能力也是全国一流的，"铁人"精神的根源在中国共产党的领导，发祥地在玉门，也在高台，我们高台是铁人的"第二故乡"，就这一点，也足以让任何一个高台人引以为豪。

龙脉的传说

传说红沙河南面有个山头，山周围被人挖了一转儿，成了壕子。据说壕子跟前曾有人看过地脉，说那里要出一个真龙天子。当时的官府为了不叫这个真龙天子出世，就组织了一批人去挖这个山，一挖挖了几天，什么都没找到。有一天，这些挖山的人收工回家了，有一个人突然想起他的烟锅子撂在那里了，就回头去找。这个人刚把烟锅子拿上准备走的时候，突然听见地下有人说话："哎呀，今天危险极了，他们要是再挖挖，我们恐怕连性命都保不住了！"听到这里，这个人迅速赶回家把他听到的情况报告给了管事的人，管事人当即决定吃过晚饭后继续返回工地干活。

晚饭后，他们提着灯笼，打着火把，返回工地继续仔细地挖起来。挖着挖着，突然听到一声尖叫，同时一股子血从地底下冒了出来。大家吓了一惊，半天不敢动弹，不敢出声。这时，管事的人喊了一声："给我继续挖，看到底怎么回事？"几个胆大的人又挖了几锨，就刨出来两段毛棍，中间刚刚被斩断的那头还血淋淋、湿漉漉的。"原来就是这么个东西在作怪啊！"管事的人捡起两段毛棍，回去报功去了。从此，这个地脉被斩断了，所以红沙河没有出真龙天子，只出了一个扮演君臣将相的戏班子。

三媒六证的故事

一个地方有个员外，家豪大富，钱财多得不得了。他自己夸口："我这个家呀，发财也就到了这个地步了，这就我家里啥东西都有了；别人问我要来，没有拿住我的东西，要啥我有啥！"说了这个大话，一下叫天上的神仙听到了，"嗨，这个人夸的口太大了，我们偏要难他一难！"

到了这一年的大年初一，玉皇大帝打发了三个神仙，吩咐说："你们去找他要去，难住他的那个东西你们就问他要，看他能拿出来拿不出来！"这三个神仙就下来了。

先是一个道人，来到员外门口喊着："化缘呢，化缘呢！"员外迎出门来问："你化个啥呢？""善人，我化个馍馍呢！""哎，馍馍，你化多少？我们今日过年么，馍馍有的是！""我多了不化，只化一个。""噢，一个馍馍，随便，多化上几个么！""哎，我这一个馍馍是大得很！""有多大？""就那个山疙瘩那么大！"一下把员外给难住了，"哎哟，我家连那么大个锅也没有，你就不说粮食多少，你要在锅里蒸熟的么！"这下没说头了，只好说："好好好，我今天不便宜，你初四了来取吧！"就推了个初四，等到了初四再说吧！

刚把这个道人打发掉，又来了一个道人。员外又问："你化啥呢？""化些布呢，化些绸子呢！""你化多少呀？几丈还是几十丈？""哎，我化能包住天的那么一块么，包天爷去呢！""哎，你包天爷没个数量么，那个天爷怎么能包得过来？"又把员外难住了，还是说："你到了初四取来吧，今天不便宜。"也推到了初四。

刚把这个应付走掉，人家又来了一个，又化缘来了。"化啥呢？"

"化些酒呢。""哎，酒有的是，我们今儿过年着呢，你化几斤嘛还是化几十斤？""那些些不行么，我化海水的那么些儿，饮海去呢！""哟，那个海水么，哪里的个数儿，傻（shǎo）着呢？"也是难住了，也推到了初四。这就把三个神仙都打发上走掉了。

神仙走掉以后，这个员外愁苦得了都了不得："到了初四日，拿不出东西来，我跟人家咋的说呢？这个还没办法呀！"正愁苦呢，员外的娃子出来了，他问："爹，你一个人咕叨的个啥？""你这个娃子，把人躁的，你问着做啥？""你给我说一下，我听听么，啥事？""人家来了三个化缘的道人，一个化的山疙瘩大的馍馍，一个化的包住天爷的布，一个化的海水那么多的酒，你这些哪里做去？""哎，这么个，你愁苦个啥呢！人家几时取到着呢？""说下的初四。""初四了我给你支应，几句话还不把他们打发掉！"员外一听，觉得儿子可能有办法，于是就说："行行行，交给你！"

到了初四那天，先是化馍馍的道人来了。员外的儿子问他："做啥呢？""我取我那天化下的馍馍来了。""你拿馍馍来了，你的六证拿来！"神仙一听，这个"六证"是个啥东西？不知道了。就问："'六证'是个啥？""你连'六证'也不知道，你来要啥馍馍，你找'六证'去，把'六证'找来再说。""哪里有呢？这个'六证'？""你过了那一道大河，对岸有个张员外，你到张员外家，他们家就有'六证'。""好，走走走，我找这个'六证'去！""六证"是个啥，他还没问下，不知道，就走掉了。

又过来另一个，接着过来第三个，娃子仍然把这个话一说，都到张员外跟前借"六证"去了。跑上去一问张员外，张员外也不知道，"哎，我的家里没'六证'呀！""哎，我们听了么，你们家有'六证'，你借给我们使使了原给你拿回来，我们决不给你失遗掉了。""没听过这么个话，哪里来的个'六证'呢？"正嚷着呢，叫员外的一个丫头听见了，一趟子跑过来说："爹，'六证'我们有呢，你咋说的没有？""'六证'是个啥？我知也不知道，哪里有呢？""就有呢。""再有了你去找去！"丫头一趟子跑进去找来了一杆秤、一把尺子、一个斗，一人给了一个拿上走掉了。张员外"噢"了声："'六证'才是这么几样东西么！"

头一个神仙拿的杆秤又到了原先那个员外家，"哎，相公，'六证'拿来了，给，你这下给我称去！"娃子一看秤，说："对，要的就是这个，你这下称去，那个山疙瘩有多重，你把山疙瘩称好了，我就斤两不短地给你做那么大个馍馍。现在不知道那个山疙瘩多重，我给你多做了十斤也不知道，少做了十斤也不知道。一斤都不能错，你去称得准准的，回头告诉我再给你做馍馍！"一下把这个神仙难住了，山疙瘩在地上长着呢，能取下来称的个东西？思想了一阵，啥主意都没了，把秤扔下跑掉了。

第二个神仙拿的把尺子取布来了，"好好好，我要的'六证'就是这个。你这下量去，这天爷有多大，一转圈儿量好了，再给你量布。你没数儿么你，你包天爷的，小了包不住，大了又浪费了，你这下量去！"这个道人一想，这天爷没边没沿儿的，哪里量去，扔下尺子跑掉了。

第三个神仙拿的个斗取酒来了,"你的'六证'找来了吗?""找来了,给你!""哦,对对对,这样就好。这下你就盘去,那海里的水你盘下多少斗,我就给你多少斗的酒,斤两不短。""哎,这海里的水嘛,海水不可斗量呢,我能盘完的个?"也把斗扔下跑掉了。

娃子把三个神仙整得跑掉了,就把秤、尺子和斗拿进来了。原来,这个娃子小时候就和张员外的丫头定了亲的。原来他们两人商量过:"我们将来有了'三媒六证',就当个两口子;没有'三媒六证',这个两口子就当不成!"这件事只有他们两个人知道。正好这次来了这三个神仙,三个神仙就是"三媒",加上秤、尺子和斗,就是"六证"。这个娃子就把秤、尺子和斗拿上到丫头家去,把丫头接到家里结了婚。

现在结婚,还要搁一个方斗、一把尺子、一杆秤,这个风俗就是那时候传下来的。现在的"三媒",只剩下"介绍人"两口子了。

"盛世良民"的故事

红沙河我们陈家的先人会风水,到哪里,人家那地势都看得好得很。他们考虑的,是后人上来使个独沟水,不淘神,就看上的高台城跟前的现在的宣化镇陈家寨子,那里的陈家人和我们是本家子,选上了这一个;再一个是酒泉的东三坝,也是使个独沟水;最后看咧看咧,看中的就是这儿——红沙河。那时节红沙河就站的一家胡家,再没有人。下来看下后,就在红沙河占下了。占下把这儿的山头安顿好,是三个儿子,一头安了一个。以后,酒泉城里接了个童道台,童道台准备在酒泉屯升那个地方修个渠呢,想修呢是没办法修,啥治(办法)都没有。后来我们的先大人听到了说:"那个渠

呀,好修着呢,他们但叫我修,我一下就把它修上去了——那个地方,原来我都看了,我看不上,要是看上早就占下了——阴盛阳衰!"时间不长,这话传到了童道台的耳朵里,他派人把我们的先大人喊去问:"你是不是能修上那个渠来?""能修,咋的修不上?"我们的先大人答道。"你给我修行不行?""行!""你但真的能修上来,这个屯升就给你划给一角子,你一个人,其余的我安顿;修不上来咋办?""修不上来,把我的头献给道台大人!""好,好,好!"就把案立下了。立下以后,他就开始修了。修的时节,就是满山野的灯笼子,灯笼子一天就是白的,远远地就看见了;晚上就把里面的灯点着,哪个高,哪个低,就看得清清楚楚;灯笼上都编了号,一人提一盏灯,几号灯需要向哪面移都由他指挥。就是采用这种办法,他把渠道的走向确定了下来,最后就修成了。

渠修好后,屯升的地划给了我们一方子,这一方子地就成了我们的地方。后来这位童道台又送给我们的先大人一块匾,匾上写的是"盛世良民"四个大字。再以后,那一片划给我们的地也没人站,慢慢地就荒废掉了。

月牙湖石墩鼓子的故事

从前，高台有一家人，一个老汉，养了三个儿子，三个儿子的母亲已去世。这三个儿子，老大有媳妇子，老二有媳妇子，老三还没媳妇子。一天，老大和老二说老子："爹，你当风水着呢，你给人都瞧着发财着呢，为啥你不瞧着给我们发一个财？"老子说："你们不行么，你们的命薄得很，压服不住！"老大和老二又说："你瞧下，瞧下发起来了我们咋个压服不住？""唉，不行么，瞧也不行么，老三还有那么点点儿哩，你老大和老二都不行！"老子又说。"你瞧下，你瞧下我们咋的发不起来，我们非要发这个财！"老大和老二又说。"好，到明天晚上你们弟兄三个一人拿一根棒子，到那个大路上等着去，等着过来一个黄人黄马黄旗，你们着实地就打，打上个啥东西，你们就拿上个啥东西；如果打不下么，有白人白马白旗么，也打，打上个啥了你们就拿上个啥；如果过来的是黑人黑马黑旗，你们就不要打了，回来吧！记得牢牢的，要照我的话办，啊？"老子叮咛道。"行！"老大和老二答道。

第二天，他们收拾了一天，把棒子都收拾得好好的，到了那个大路上就等下了。等着到了半夜里，确实锣鸣鼓响地过来了一伙军马，黄人黄马黄旗，咦，凶猛得不得了。老三说："走哇，爹说的打呢！""嗨，你胡打的啥呢，那是国家的兵马么，你敢动人家的？人家那个刀枪苗子（矛），我们三个人过去，杀都不够人家杀，你还敢打？定定蹲着，不要胡打！"老大和老二说。老三又说："爹说的叫我们打呢，打走吧！""你定定的，动都不能动！"老大和老二硬拦住没让打。又等了一阵，白人白马白旗，仍然又是那个样子，嘿，声势好威风。老三说:"这回走啊,爹说白人白马白旗也能打,我们打走!"老大老二又说:"哎,人家明明望着和刚才都一样,你定定蹲着!"拉住还是没让打,一阵阵又过去走掉了。等了一阵,又过来的是黑人黑马黑旗。老大老二说:"这回打走!""爹说的黑人黑马黑旗不要打,打着做啥呢,算了吧!"老三不动弹。两个哥说:"哎,这就走完了,我们打着试当一下,打上个啥了我们拿上个啥!"这就跑上打去了。一打一阵子棒擂的,擂下了一堆锅铁么。老三于是说:"你看咋的个,本来说的黑人黑马黑旗不能打,你们偏要打呢,打下了一堆锅铁,你咋不要下呢?""噢,那就走吧!"老大老二说。

　　回到家,老子问道:"你们究竟打下了个啥?""打下了一堆锅铁!"老大答道。"打的黑人黑马黑旗呀?"老子又问。"就是的。"老大又答。"黄人黄马黄旗咋不打?"老子又问。"唉,那是人家国家的兵马,不敢打呀!"老大又答。"把你傻的,我说的你们没福,你们说你们有福呢,那个打下是金子,白人白马白旗打下了是银子,那黑人黑马黑旗我为啥不叫你们打,打下就是锅铁,我说你们没福,你们要说是有福呢!"老子叹道。"哎呀,你再重给我们算一下,一定照你的话办!"老大和老二又说。"行,等着吧!"老子说着把头转了过去。

　　过了一两年,老头子有了病。老大老二又说:"爹,你也病下了,你咋给我们瞧着发财呢?你瞧也没瞧,我们的财也没发!""哎呀,你们不行么,你们两人又发不起来么,老三要是想办法发个财还行呢,你老大和老二都不行,不听话么你们!"老子又说。"我们听着呢!"老大老二异口同声地说。"听着呢咋黄人黄马黄旗你们没打呀?"老子又说。"这回了打!"老大老二承诺道。"这回你想打了又没有了。"老子又说。"你再重新给我们瞧一个么!"老大和老二又央求道。"你们能真正听我的话不?"老子又问。"真正听呢!"老大老二答道。"那就听着我给你们说:我死掉以后,你们做一个铁棺材,做上一副铁绳,也不要外人,你们弟兄三个抬,抬到哪儿要是

93

把绳抬断嘛，你们就在哪儿把我埋下！埋的时候你们就挖坑，着实往里挖，挖出个啥东西来，你们就把啥东西拿上，挖不出东西来，你们就自性里往下挖！"老子交代道。"行！"弟兄三个应道。

过了一天，老子就死了。死掉以后，弟兄三个果然就做了一个铁棺材，做了一副铁绳，把父亲入殓好以后，弟兄三个就抬着出了门。从早晨抬到中午，铁绳不断；抬到下午，铁绳还不断；老大和老二压得呀，于是就抱怨道："不行啊，爹哄我们着哩，一根铁绳，几时才能抬断？干脆挖坑埋掉算了！"老三鼓励他们说："再坚持坚持，爹说的还能挖出东西来，还能发财呢，抬呀！""那铁绳是个抬不断的东西，不要说今日，就是明日、后日也抬不断，明明哄人着哩，挖坑埋掉去吧！"老大老二又说。"哎，不要急，还是抬上走！"老三犟住硬抬。抬上走上截截（一段），老大老二不抬了；又走上截截（一段），又不抬了。老三硬是坚持住，劝说着两位哥哥一直抬了个太阳落。"哎，这会子就该埋着了，太阳都落下去了！"老大老二又说。"我们抬上再走啊，它总断呢，现在还没到断的时候！"老三又勉励道。于是又耐着性子抬上走，抬了没几步，铁绳"叭"的一声断掉了。好，这下挖，照着铁绳断的地方就往下挖。挖了一人多深，还不见东西。"干脆埋掉了走吧，爹哄我们着呢，乱荒滩里么，他能知道地下有东西呀？"老大老二又说。"再少挖挖，爹说是挖上东西了再埋呢，还没挖出东西来呢，再挖！"结果老大、老二两个人不挖，老三就一个人挖。老三挖着挖着，老大老二就蹲不住了，也跟上挖。挖得深得很了，挖出来一个石墩鼓子。"哎，这个就是个东西，这回埋！"就把石墩鼓子拿出来，把棺材放进去埋掉了。

"我们这回把石墩鼓子拿上发财走！"老三说。"你就安稳走吧，明明爹哄我们着哩，石墩鼓子能发个啥财？又不是金子，又不是银子！"老大老二说。"爹说下的，挖上个啥拿啥，还是拿上！"老三坚持道。"你拿去，我们还拿不动，把人肚子饿得乏的！"老大老二说。这样老三就把石墩鼓子扛上，老大老二一拍手就走掉了。老三把石墩鼓子扛上，走了一天挺累的了，又扛了一个石墩鼓子，就跟不上老大和老二了。天也黑掉了，一走走得失散掉，把路给迷掉了，找不见路了。走到一家大户子人家，心想：我在这大门洞子底下蹲上一宿，明天天亮了，这家里要上些吃头，肚子吃饱了再走吧，他就在大门洞子里睡下了。睡到一个迷糊头，听见石墩鼓子和土地爷说话着呢。土地爷问："石墩鼓子，你干啥去着呢？""土地爷，我跟上老三发财去着呢！"石墩鼓子答道。"你咋发的呢？"土地爷又问。"就说的还没找到个门路呢，土地爷，你给我教个办法，行不行呀？"石墩鼓子又说。"哎，办法有的么，有的是我不想给你教，恐怕叫外人听见。"土地爷说。"哎，晚上没人哎，你给我教，教给了我跟人家老三好发财走！"石墩鼓子又说。土地爷于是说："要让老三发财，就要在这个家里发呢！""这个家是个啥事，咋的发呢？"石墩鼓子又问。"这个员外姓张，张员外有个姑娘病重得了不得，他要能把这家姑娘的病瞧好，这个姑娘还能给他当个媳妇子，他的财也能发上。这个员外也没儿子，这个员外的家就成了他的了。"土地爷说。"这个姑娘不知害的个啥病，人家老三恐怕给她瞧不好啊！"石墩鼓子又说。"哎，容易嘛，姑娘绣房的后墙，紧靠着一个花园，花园里靠墙有一棵柳树，柳树年成多得很了，成了精了。柳树地下有一股子根，已经钻过墙通到姑娘绣房的炕底下了，柳树精拔姑娘的血脉呢！老三要是去把那个柳树根一下砸断，到后花园把那棵柳树连根刨了放掉，姑娘的病一下子就能好了。"土地爷说。"噢，这么个呀啊，再有啥没啦？"石墩鼓子又问。土地爷又说："还有呢，这个员外家里，他的那个马又不起群，那个后花园西北角里，有一墩大大的马莲，这墩马莲妨碍了些儿，要是把那一墩马莲挖掉，马莲底下还有一股子水呢，这股子水出来，可以浇花园，又可以饮马，马上就起了群了。""再有啥没了？"石墩鼓子又问。"这个就够够的了，你还问呢，行了！"土地爷答道。这些话，老三都听下了。

　　第二天清早，员外家看门的人来把大门一开，看见了老三，问道:"你是个啥人,蹲到我家门洞子里做啥来了?""我是个走路的。"老三答道。"走路的把你的路不走,蹲在我们的门洞子里想做贼吧?"看门人又说。"做贼的话我早就走掉了,还能蹲在这里等你来问啊?"老三接着说:"我的肚子饿了,你们家有啥吃的给我点吃了再走吧!""我们家哪有吃的呢,就是有也要让我们的员外发话呀!"看门人又说。"你就给我说一下吧!"老三又求道。"说也是个闲的,人家的姑娘病的,这么也瞧不好,那么也瞧不好,神医、道人、和尚都瞧了瞧不好,正心烦呢!"看门人又说。"求你给说一声,让我瞧瞧行不?"老三又说。"你?你也能瞧病?"看门人有些不相信。"求你给说一声,我保管给姑娘把病治好!"老三保证道。"行。"看门人应着,半信半疑地进门去了。

进去一说,员外很高兴,说:"人不可貌相,海水不可斗量。先请进来瞧一下,如果能瞧好也是好的!"员外丫头的这个病,多少瞧不好,他原来就许下的,谁要是瞧好了这个病,这个丫头就给给谁。于是把老三请进去吃了喝了,员外就说:"你要是把我丫头的病看好,我的丫头就给给你!""先让我去看一下吧,小姐住在哪里?"老三问道。员外于是领着老三到了他女儿的闺房里。老三一看,那小姐已黄皮寡瘦的,病得起都起不来了。又跑去花园里检点了一次,果然就有一棵柳树。看完回来,老三就跟员外说:"你家小姐重移上一间房子,我好给她治病!""行,重移上间房子!"员外当即就安排下人们去做。"你给我给上四个小伙子,我有用。"老三又说。"小伙子家里有的是,挑上几个!"员外当即就派给了四个小伙子。"你们给我挖炕沿底下!"老三下令道。几个小伙子撬起地砖就开始挖,一挖挖了二尺多深,一下子挖出来个大树根。"找个斧头来把它砸断!"老三又下令道。于是拿来一把斧头,砍给了一下,那树根上"哗"地冒出来一股子血。老三于是说:"你们家小姐就是这棵柳树的过,如果没有这棵柳树,你们家小姐也不会有这个病!"再说那小姐,就在老三把柳树根砍了一斧头的同时,她身上像电击的一样,酥噜噜地就轻松了一截子。根砸断以后，老三又率众人到后花园里连根把那柳树刨倒。柳树刨倒后，小姐的病就一天好似一天，不几天就全好了，老三就留下没走。

过了几天，老三又对员外说："你们的那个花园里是不是还有墩马莲呢？""是啊，马莲能做啥？"员外问道。"那墩马莲妨碍你们的马呢！"老三又说。"可不是么，我们的马就是不起群！"员外应道。"你挖掉，挖掉还出一股子水，那马饮了水，马就肯起群了！"老三又说。"行，行，行，挖掉！"员外答应着，当即派人去挖。马莲挖掉后，果然就出了一股子水，把个员外高兴的。"这个娃子看去没相，本事还这么大！"员外从心底里喜欢上了老三。于是叫人把马牵来，马饮了水，没过多久就怀上了驹，自然就是起群的兆头了。

这下丫头的病也好了，家里的运气也旺了起来，员外就对老三说："我也没有儿子，我家豪大富，这就骡马也成了群，你若留下，给我当个进门的女婿，我们老两口死了以后，这一份家业都是你的！""也行！"老三应道。员外于是主持着让女儿和老三结了婚，老三一天就蹲在家里管个闲事。又过了几年，员外老两口都死了，老三的孩子也出生了，这份家业自然就成了老三的了，当初说的发财之事就成了现实。

有一天，老大和老二要饭吃，要到了这员外的门上。弟兄两个说："我们看一下，这是谁的家，这个家里看样子能好好弄点吃头吧！"老大老二于是进了门，正碰上老三出来，一看，怎么是他们的老三呀？老三也认出是两位哥哥来，于是抓住手问道："哥呀，你们两个人怎么成了这样了？""唉，说来话长！"老大老二应道。于是让进屋里好好招待一番，又给他们找了两套新衣服换上，当晚还留他们住在家里。老三为了和两位哥哥说话，也同两位哥哥睡在一个屋里。睡下后，老大老二问老三："哎，老三，你就是靠石墩鼓子发起来的吗？""就是的！"老三于是把前前后后的事情说了一遍。"你的财已经发起来了，这下该把石墩鼓子给我们发财去了吧？"老大老二同时问道。"行呀,你们就拿去吧!"老三应道。

第二天早晨,老大老二吃过了早饭就要告辞,出门时顺便扛上了石墩鼓子。半路上,老大老二都要抢着扛石墩鼓子,抢来抢去,一下把石墩鼓子打了两截子,这就谁也拿不成了——老大和老二只好悻悻地回去了。

这天夜里,这里的土地神悄悄地出来,把断了的石墩鼓子仍然对在一起,用手一抹,石墩鼓子就又重新长在了一起,跟原来一模一样了。

现如今,月牙湖大门东边柱子下的那个石墩据说就是当年那个让老三发家的石墩鼓子。

天城的传说

高台县城西北六十公里开外的罗城镇有个村子叫天城。这个村子占据着正义峡峡口前的一块沃土，村子里民风淳朴，风光宜人，是个世外桃源一般的地方。

据说，很久以前，有一位道人赶着一群石头从西边遥远的地方匆匆而来。刚到正义峡口黑河西岸的时候，正遇上一个老汉在那里放羊。那位道人于是问放羊老汉："你看我的这群羊能赶过河去吗？""明明是一群石头，哪里是羊！"放羊老汉答道。话音刚落，那群石头就停在了黑河西岸，一动不动了。那位道人也叹了一口气，转眼就消失了。事后，人们才知道，那位道人是个神仙，他是在赶地脉，要是把那群石头赶过河，天城就会出天子，结果因为那老汉的一句话，没赶过河来，所以只能出将相了——最后就出了清代的甘肃提督闫相师——加赠太子太保。

天城以前叫镇夷堡，关于镇夷堡，也有一个传说。

很早以前，天城不属于甘州管辖，而是属于肃州的地盘——那时天城还叫河湾。肃州有个州官很贪，一看见女人和金钱，连路都走不动了。手下人都不敢吭声，谁吭声就把谁发配到河湾去。

因为河湾地处边境，经常有敌寇和劫匪出没，在那里为官的人大多都有性命之忧，所以没人愿意去。为了免得被派去河湾冒生命危险，很多手下人都趁早贿赂州官，以防不测。但那地方总归得有人去，最后州官就想了个办法——把钟鼓楼下代写诉状的郑秀才派去河湾为官，代收钱粮——这郑秀才平时经常代写诉状，惹得州官大人不得安闲，这回把他派走，没人写状子了，州官大人岂不落个清闲?

郑秀才名叫郑义,听说要他去当地方官,自然高兴,于是就骑个瘦毛驴,哼着曲儿上任了。

到任一看,这地方田园荒芜,墙倒门斜,穷得像水洗了一样。一访问,才知道这地方鬼就鬼在穷安稳上。谁家有钱有粮有鸡有羊,谁家就得挨贼娃子抢,弄得爹死娘上吊、媳妇子往井里跳!咋办?郑秀才捏着扇子把儿直敲脑壳儿,驴推磨似地在地下打转转,转着转着,忽叫了一声:"有了!"

郑秀才申冤问案有板有眼,百姓交口称赞他"郑青天",可收取赋税钱粮的办法却有点怪。他不收钱粮,光收湿土,一斗粮食折合一车湿土。头一年的钱粮摊派得狠,但湿土到处有,没有交不齐的。老百姓满车湿土往地方上送,然后再打土墩。从东到西的土墩一字儿排开,郑秀才写好帖子往土墩上压,"某某家交粮某某石",让人看得啼笑皆非。只有一点大家公认,这老爷迂腐得可怜,但毛笔字却写得出奇的好,一笔一画像是刀刀儿刻出来的。贼娃子们一听郑秀才的这个古怪做法,都笑得上气不接下气:"世上哪有这号子当官儿的,这酸秀才八成是个羊角风!"

两个月后,贼娃子全都傻眼了,那些土墩子迅速连接一气变成厚墩墩的城墙,一座新崭崭的城池坐落在荒野中,把老百姓的房屋全部圈在里头了。贼娃子们这才如梦初醒,开始攻打城堡了。

激烈的战斗持续了三天三夜,郑秀才率领衙役和青壮百姓守城,贼娃子急得像热锅上的蚂蚁似地攻城,城没攻开倒伤了好些子人。

老百姓经过这场战斗才懂得秀才的用意,于是敲锣打鼓地来谢秀才。他们抬着一块挂红绸子的匾请郑秀才写,写什么呢?老百姓说写"郑义城",郑秀才笑笑说:"众志成城,天成锁钥,我一个人算什么呢?写'天成锁钥'怎么样?"

老百姓佩服得五体投地,黑压压一大片人全跪下来磕头:"全凭老爷做主!"

郑秀才于是手起笔落,如行云流水,写成"天成锁钥"四字,让大伙儿悬挂在城楼上。

此后,郑秀才引导百姓开荒垦田养鸡养羊发展生产,城内开店开饭馆方便了往来丝绸路上的客商。后来,贼娃子又来攻了几回城,还是攻不开。镇夷城保护了百姓的生命和财产,可是郑秀才却因为没有收钱粮(收了打城墙的湿土)而被革职问罪。郑秀才被钉上沉重的榆木枷离开镇夷城的那天,全城的老百姓跪在街上哭成了一片。

为了纪念郑秀才,这个城起先老百姓称为"郑义城",后来官方定名为"镇夷堡",那个黑河峡口也被称为"镇夷峡"——新中国成立后更名为"正义峡",镇夷堡也改称天城了。

厨师教子

很早以前，高台大湖湾旁边有一家姓王的，男的是个厨子，两口子过日子，三十余岁没有生过孩子。到三十五岁时，王厨子的妻子生了一个男孩，两口子很稀奇。养到五岁时，王厨子每到一家给人做席时总要领上儿子。走东串西，一次不少地带上儿子去吃。一直吃到八岁时，老婆让厨师再不要领上娃娃去白吃人家了，应当送到学堂里去学点文化。此后，王厨子就把儿子送到学堂里去念书，但是一遇到给人去做席时，王厨子仍然还是领上娃娃去吃席。这样一直吃到娃娃长到十二三岁时，老婆劝他说："现在娃娃大了，领上到别人家去吃席，也太丢人了，还是让娃娃好好地去念书，不要惯养了。以后你做完席给他带点来让他吃也就行了！"王厨子听了老婆的话。

有一天，王厨师又去给人家做席，没领儿子，儿子已去上学念书。到中午放学回来，儿子问："妈妈，我爹做啥去了？"王老伴说："娃娃，你爹去给人帮工，可能是喧慌（聊天）去了吧！"把儿子哄信了。到了下午，娃子放学回来又问起他爹干啥去，问："妈妈，我爹干啥去了？"答："娃娃，你爹喧慌（聊天）去了，还没有来。""没有吧，他可能去给人做席去了吧？"儿子推测道。"没有！"娘答。娃子又说："为啥他一天不来，肯定给人做席去了！他今日为啥不领我？他如果再不领我吃席去，我要把他杀掉！"说罢，儿子把老子做席用的一把刀拿来放在磨石上磨快了。老婆子一看，心里想："娃大不用爹娘管，如果把老汉别一刀，咋办？"老婆子趁娃子出去解手时，赶紧到老汉睡房中，把炕上的被子拉下来，被子里放了枕头,装了一袋小豆子,放在枕头上,扣上了老汉戴的小帽子,从外表看好像睡着一个人。

娃等老父亲不来,到外面玩耍去了,玩了一大会,回来问妈妈:"我爹回来了没有,妈?""娃娃,你爹回来、已睡下了!"娃子一听,拿起刀奔到上房,在枕头上猛剁一刀,把小豆子袋子剁烂了,小豆子哗啦啦一淌,把娃子吓坏了。"这一回闯下大祸了,把我爹给杀掉了!"因天黑,娃子听得哗啦一声响,以为是血喷出来了。这一吓,把娃子吓冒了,出门就跑,跑到了一个大财主家中。这财主家中骡马成群,就缺个儿女,就把这个娃子收养下来,供他念书。后来,这个娃子考上举人,中了个县官。

再说他的前老子——王厨子,已六十有余,老伴死后,无人照管,生活很苦,无奈了只好讨要吃饭。有一天,王厨子讨要吃饭路过县衙,这时王县令正好出来散步,一看这个讨饭的老头子背影好像他的父亲。上前一问,老头就把家史和咋长近短之事向县官说了一遍。县官回府后再思再想,断定这老头就是他的亲生父亲,就马上派人把这王老头请进府中,好吃好喝地招待。日子长了,这老汉也没有啥干的,向手下人要活干,手下人就让王老汉掰条子、编筐筐。开始编筐筐,树秧很软,编下的筐筐很圆,也非常紧密,后来越编越不行了。因为树秧也长大了,也长粗长硬了,也脆了,一编就折了,筐筐也编不圆了。老汉无法子,到县官跟前说:"现在不能编筐了,

编不圆了!""为啥开始能编,为啥开始就编圆了?"县官问。"开始是条子小,很软,嫩,条子就听人的话,人想让它怎样,它就怎样;现在是条子长大了,长粗了,也长硬了,它就不听人的话了,就不能编筐了,也编不圆了!"老汉答。县官听着老汉的话,额上直冒汗,觉得他说的就是当年的自己,于是定了定神,对老汉说:"你看看我是谁?"老汉抬起头,望着县官:"你……你……"县官扑通一声,跪在老汉面前说:"爹,我就是你的儿子,当年都是我的错,请爹爹原谅,儿子给您磕头了!"说着连磕了三个响头。"儿啊,我找得你好苦啊!"王厨子和儿子抱在一起,哭了一阵。

起来后,儿子又询问母亲的情况,王厨子说:"当年她因为想你想得厉害,经常哭,后来哭瞎了眼睛,再后来就死了。"王厨子接着说:"我也因为想你,也无心给人做席,就想着出来找你,终于就把你找到了!""爹,我以后一定好好孝敬你,绝不再惹你生气!"儿子说。

过了一段时间,王厨子和儿子一起坐着马车回到老家,给老伴儿上了个坟,烧了个纸,然后又回到儿子的县衙,跟上儿子享福去了。

南山、北山和黑河的传说

高台县境内的南山，称祁连山；北山，称合黎山，又俗称火烧山。南山巍峨险峻，气势磅礴，高峰峻岭，直插云霄，终年积雪，紫气环绕，以祁连晴雪享誉四方，凭榆木晴岚冠带十景，如翠屏一道横断南天，似苍龙一条倦卧西陲。半山腰里郁郁葱葱，苍苍茫茫，苍松翠柏遮天蔽日，珍禽异兽成群结队，奇花异草遍布山巅溪侧，矿产珍宝随寄涧底岭表。而北山最高峰也不过百丈，干枯焦燥，黑石遍野，寸草不生，真好像被火烧焦了一样。两山同出一脉，却为何会有如此差别？

传说，很久以前，南山和北山一样高，都是满山松柏，鸟兽繁衍，奇花异卉，珍宝璀璨。而且两山情同手足，相互倾慕，是一对知心的朋友。他们南北相望，遥相对峙，是"河西走廊"的两道天然屏障。有一次南山和北山互相约定，订下了"白天长高，夜间不长"的盟约，并邀请各路山神作证，相互监督。南山信守诺言，白天长，夜间不长。而北山呢，为了显赫于众山，不守诺言，不分昼夜地偷偷往上长。不到两三年时间，北山就比南山高出数十丈。后来不知哪路山神诉至玉皇大帝，玉皇大帝听后十分恼怒，认为不守信者理应受到惩罚。于是就派火德真君放出三昧真火，把北山点着了，整整烧了七七四十九天。直烧得北山山石崩裂，草木成灰。多亏好心的南山向玉皇大帝求情，从南山脚下引出一条河才把北山的火浇灭。由于北山的山石、泥土被烧的像焦炭一样黑，扑火返流下来的水把河水都染成了黑色，"黑河"由此而得名。却说南山为了尽到朋友情意，终年头顶白雪，表示对北山永远悼念。

"年"字及过年的来历

很早的时候，有一种野兽，叫作"年"。其形似牛，身体比骆驼还大，头上长一独角，横冲直撞残暴无比，见人吃人，见畜吃畜。天神为了保护人类，就把"年"赶进了深山，只允许在每年的大年三十晚上出来进食一次。

但"年"的本性凶劣，照吃不误，祸害人间。人们只能供献祭品，上香烧纸，祈求上天显灵，派天兵镇压驱赶；点上长明灯守岁，时刻准备反击进犯的"年"，不时放鞭炮虚张声势，惊吓"年"的入侵；使用放火或张贴对联，引起"年"的惧怕等。第二天早上（大年初一），邻里互相走动拜访，看被"年"吃了没有，这就形成了拜年的习俗。

人们的真诚行为感动了上帝。上帝派天兵天将再次镇压了"年"的野蛮行动，并采取了天条措施。一、人可以骑在牛背上，这就是"年"字。二、打去牛嘴上齿，允许它咀嚼植物，不准进食肉类；三、让牛服务于人类，拉车耕地，供人役使。

从此"年"的劣性收敛，变成了人的好伙伴，"年"字由此而来，年俗沿袭至今。

牛魔王受骗

据说,古时候天宫每年年终开一次总结大会,考评各仙司管的工作,灶王爷在腊月二十三日祭灶后,收受了人间的糖果祭品,背了两褡裢,又吃又走,赶路上天宫述职,中途遇见了牛魔王。牛魔王看他高兴的样子,就问发生了什么事。灶王爷又吃又说,说人间太美了,有吃不完的好东西,并抓了一把褡裢里的糖果让牛魔王品尝。牛魔王一吃,果真香甜可口,糖果将自己的牙齿也粘掉了,高兴不已。灶王爷说,你家族大,何不叫牛子牛孙下凡到人间享受一番。牛魔王考虑再三,决定派牛孙落户人间,但又怕灶王爷话里有假,就说"若人间不是你说的那样,你骗了我就应该吃我的屎"。灶王说:"对,我就吃你的屎。"年节过后,牛孙随灶君来到人间,虽有吃不完的青草饲料,但经常犁地套车够辛苦的,它把这事向牛王爷作了汇报,但后悔已晚矣!牛魔王只好命灶王爷吃屎。这就是牛没上牙,牛屎烧灶糖的来历。

叫花子学仙

有个体魄健壮的叫花子在闹市里跪着沿街乞讨,被一位路过神仙看见,故生恻隐之心,想收他为徒。于是上前问道:"我愿收你为徒弟,你是否愿意跟我修炼成仙?"叫花子抬头问道:"只要能吃饱穿暖,又不受劳累之苦,我愿意。"神仙说:"完全可以,起来跟我走吧!"

二人相随出了城,行至中午,走到一座大山前休息。叫花子说:"师父,我饿了。"神仙说:"把碗给我。"叫花子从怀中掏出碗递给神仙,神仙把碗对在屁股上拉了半碗粥,递给叫花子:"吃吧!"叫花子说:"我不吃。"神仙问"真不吃,还是假不吃?"叫花子坚决地说:"我真不吃,绝不后悔。"神仙顺手将饭倒在了地上,把空碗扔给叫花子。孰料被倒掉的粥变成了满地黄灿灿的金子。叫花子连忙伸双手去抱,却扑了个空,金子变成了石头。他又回头看神仙,只见一缕青烟冉冉上天,不知神仙去向,他又不得不去街头乞讨了。

金镯子

从前有兄弟两人同住一院，轮流照顾年迈病瘫的老母。大儿媳贤惠能干，像亲闺女一样侍奉婆婆，为她端屎倒尿从无怨言，二儿媳刁蛮凶狠，像仇人一样对待婆婆，稍不顺心就破口辱骂，拳脚相加，毫无温存之意。

一日，雷声在头上天空响个不停。老母想自己已年逾八旬，身体偏瘫拖累了儿女，气数已尽，老天爷该收自己了，于是就喘着气爬到院中，等候老天爷的惩罚。大媳妇看见了，又是劝又是背地把婆婆往屋里拉，但婆婆执意不肯。这时突然雷声大作，大儿媳忙爬在婆婆身上，连手脚都给她盖了个严实。只见一道金光闪过，大儿媳右手腕上套了一个金镯子。

大儿媳孝敬婆婆被上天赐赏金镯子的事，在村中传为美谈，二儿媳产生了效仿之心，决定一试。某日，天空雷声初响，二儿媳就把婆婆背到院中心，并像大媳妇一样爬在婆婆身上。这时响雷猛炸一声，二儿媳的左手不翼而飞，左胳膊鲜血淋淋。村里人说，二儿媳被雷电砸掉的是他打过婆婆的那只手，如果另一只手再打婆婆，下场可想而知了。

阎王爷失职

马屁精在人世间见好说瞎，吹胀捏塌，造谣生事，煽风点火，讨好上司，尽其能事，三寸不烂之舌胜似刀枪利剑，冤屈了不少好人。根据冤魂和小鬼汇报，阎王爷决定提审马屁精问罪。阎君在晚饭后，破例坐堂问案，无意中放了个响屁，恰逢马屁精被牛头和马面押着，经过阴曹地府窗前听见，进门后就奉承说："方才我还以为神仙鲍波牙再生，有抚琴宏股之音，进门后香气四溢，还真有皇上御膳房飘出的气味。"阎君顿时心血来潮，觉得来人嘴甜心善，提前问斩实在冤枉了他，下令进餐后仍让他还生去吧。马屁精仍被牛头和马面押着进餐后放还人间，在还阳路上，马屁精对牛头说："你老兄两角弯弯像明月，一对大眼炯炯似灯塔，天庭饱满，地阁方圆，乃大富大贵之相，做个阴府衙皂太屈才了。"转面又对马面说："你老弟浑身锦缎，昂首阔耳，行如风，站如松，鸣如钟，天马的坯子，应在天庭掌管玉帝的天马。"

就这样，马屁精又回到了人间，继续祸害人民。

领岁数

接天宫御旨，人和百畜前去领岁数。到齐后，玉帝爷宣布："我一视同仁，都给你们三十岁的寿数，看谁还有什么意见？"

人第一个站出来说："我嫌太少。"

驴说："我的太多，我只要15年就够了。拉碾上磨挺辛苦的。另外15年给了人吧！"

玉帝问人："如何？"人说："行。"

猴儿接着说："我的岁数也要15年，我被人拉着玩，挨打受气够累的，剩下的那15年也给了人吧！"玉帝又问人如何，人回答："好"。

狗又接着说："我也要15年，另外的15年也给了人吧！饥一顿饱一顿，受人打受人骂，多划不来。"玉帝又问人怎么样。人回答："可以。"

就这样，人在三十年的基础上又可活75岁的寿禄，30岁之前，活得无忧无虑，自由自在，31－45岁，活的是驴给予的岁数，因此像驴一样，要劳累奔波。46－60岁活的是猴给予的岁数，因此像耍猴一样，把小孙孙架在头上抱着玩；61－75岁，活的是狗给的岁数，儿孙长大，家务事无须操心，闲坐着又急，只好蹲在门边晒太阳看门，吃饭了儿孙舀一小盆递给他，就这样了却残生。

吕蒙正赶斋

吕蒙正，北宋初年宰相，太平兴国二年（977），考中状元后，授将作丞，出任升州通判。步步高升，三次登上相位，封为许国公，授太子太师。

相传他年轻时曾穷困潦倒，靠乞讨为生。有年冬天大雪封门，讨饭无路，许多叫花子龟缩在城南贫民窟里眼巴巴地望着等死。只有那行善积德的大户人家施舍斋粥，才幸免一难。第一天，吕蒙正排在最东头，可是那发粥的人却从西头放，到他面前粥已经发完了，他马上夺去粥桶就舔。第二日，他又排在最西头，可是那发粥的人却又从东头放，到他跟前又没粥了。粥桶已被他人抢去，他夺过粥勺舔了个干净。第三日他得了教训，干脆排在中间，心里想，不管从哪头发放，都能轮到我。可是那放粥的人又从东西两头开始施舍，赶到他跟前又成了空桶，粥桶、粥勺都被人抢去舔净了，他干瞪着眼，饿得头昏眼花。

后来，吕蒙正时来运转，当了大宋的宰相，一日三餐，除了山珍海鲜外，又吃一碗鸡舌头。时间久了，厨子想，自己每天这样杀生，我将来死了，阎王爷会不会把我打入十八层地狱，永世不得超生？于是，便自杀了。在阴间，阎王爷提审厨子，问："你为什么自杀？""我给吕蒙正做饭，他每顿吃一碗鸡舌头无疑。我怕遭报应，不忍杀生，就自杀而死。"阎王说你想错了。叫牛头和马面领厨子在后山看一看，一到后山，只见满山遍野的鸡数不完，也看不透。牛头指着鸡群说，这就是专门为吕蒙正备下的鸡，当初讨饭时那破烂不堪的衣衫上絮絮吊吊下布满了无数的虱子，他虽忍饥挨饿，但不忍心掐死他们，如今这些虱子要报答他，投生作鸡，专门为吕蒙正吃，厨子听了见了，满怀高兴地说："那我回去仍给他做鸡舌头吃。"马面说："晚了，你已到另一个世界里去了，这里属阎王爷管辖。"

吕蒙正养尊处优，出门便乘轿而行，轿夫问他去哪里？他用中指一指方向，久而久之患了一指风而死。

晾经台

高台县城西 15 里的台子寺村有一座高高的方形土台，叫晾经台。据《高台县志》记载，高台县因此而得名。

相传，此台为西凉王李暠举兵迎击来犯的北凉沮渠蒙逊时为誓师点将所筑，至今已近 1600 年。李暠是西汉前将军李广的第十六代孙。他"性沉敏宽和，通涉经史，尤善文义。及长，颇习武艺，诵孙武兵法"。公元 400 年，北凉晋昌（今安西县东南）太守唐瑶向敦煌、酒泉、晋昌、凉兴、建康、祁连六郡发出倡议，推举北凉敦煌太守李暠任冠军大将军、凉公，领秦凉二州牧，护羌校尉。同年，李暠在敦煌建立西凉国，疆域东自建康（今高台县骆驼城），西至鄯善。李暠是一个很有政治才能的人。他建立西凉政权以后，招贤纳士，整兵经武，与盘踞甘、凉二州的北凉沮渠蒙逊政权对峙。曾经三次大破凶悍的沮渠蒙逊，使对方罢兵求和。他的儿子李歆继位后孤军远征时被北凉所灭。从此，给名震河西的点将台平添了许多悲壮传奇色彩。多年来，台上荒草萋萋，四壁蚀痕累累，

让登临者无不生出沧桑变幻、世事纷纭之感叹。

该台被当地人称为晾经台。相传唐玄奘印度取经返回途中,随从人等牵马步行,背箱挑担,行装重负,步履艰难,一路风尘,千里迢迢,疲倦劳累。因路过高台羊达子河时,如锦如缎的红泥稠水,蜿蜒流过,水荡西麓,湿了经箱。东行十余里,恰好前面有一片风景雅秀之地,青山绿水,云淡天高,林秀风清,飞鸟翱翔,田野含烟滴翠,湖水浮光跃金,村庄炊烟袅袅,近旁一座点将台雄浑壮观,不是仙境,胜似仙境。师徒顿觉心旷神怡,正如走到净土清规之地,很想在此静安几日,再行登程。于是就此歇脚,当即打开束装,整理翻晾经卷,数日后起程东进。这就是"晾经台"的由来。这故事是历史长河中的轶闻趣事,历久弥新。当地群众妇孺皆知,家喻户晓。

后人在这土台上修建了庙宇,名曰西极寺,又名台子寺,亦称"西寺崇台",为高台古时十景之一。此寺层楼挺耸,傍临驿路,村外绿野青苗山川掩映。具有集寺庙精华与佛教文化为一体、浓荫村景与屯兵要地相映衬的效果。每到傍晚,金光闪闪,佛光返照,煞是引人注目。《新纂高台县志》总纂陕西钱昌绪有"崇台创筑溯西凉,想是行军守建康。十亩雄墩千载旧,九重楼台一炉香"的诗句。寺建有山门、陪殿、厢房、正殿、牌楼、天棚,寺外有戏台。殿宇宏丽,雕梁画栋,飞檐斗角。山门横额书"西极寺"三个大字,楹联是:"台虽不高,县名因斯而立;寺本甚大,圣经赖此以藏。"正殿两侧有钟鼓和风门。殿内匾额多幅,精彩醒目。附近筑有城堡,曰镇西堡。堡城周围一百丈,开东门,旧址颓废,今为台子寺村所在地。

胭脂泉的故事

杨延昭、杨宗保父子战死沙场以后，杨家男丁渐少渐弱。这时候西夏的势力渐渐强大起来，经常在边境挑起战端。宋真宗没有征西的良将，只得发出榜文，向天下招募有文武超群的人才挂帅西征。穆桂英应招挂帅率杨家十二寡妇出征。

一日，她们来到河西走廊黑河中游北岸的一个村庄安营扎寨。这个村庄是个古城堡，四四方方一座城，城里有一眼清泉，泉水甘冽爽净，清澈见底。穆桂英等十二寡妇和将士们就用泉水做饭，也用泉水洗脸。没过多少日子，杨门女将个个容光焕发，两腮红润，精神抖擞。她们个个对看着对方，以为对方从哪里弄来了上好的胭脂在涂脂抹粉，都在暗自责备对方，大敌当前，还有心思打扮呀！一天，穆桂英问杨排风这是怎么回事。杨排风答道："军中都在窃窃私语，说是元帅带头偷偷擦的胭脂呀！"穆桂英找来当地的老百姓问其中的原因。原来与这城中的泉水有关。秦五爷告诉穆桂英道："这泉水女人喝了，面似桃花，如涂了胭脂一般，内心却如同烈火燃烧，怒冲霄汉哪！"穆桂英召集众将士操练，女将们个个意气风发，身轻如燕，斗志昂扬。

一日，西夏王子李元昊在合黎山布下天罗地网，想一举擒获杨家十二寡妇。

穆桂英率杨家女将与敌军交战，杨延昭遗孀黄琼女一马当先打头阵。她手持双刀，率众女将士直奔敌阵而来。远远看见敌酋李元昊手下一部将束天神，生得面如青靛，眼若铜铃，须发火红，甚是可惧。束天神排开阵势，左手汪文，右手汪虎，张牙舞爪，口念邪咒，顷刻间乾坤黑暗，飞沙走石，半空中黑煞魔君各执利器劈头盖脸地杀来。黄琼女不慌不忙，众女将一字摆开，刀枪剑戟，各自施出招数迎敌。一霎时，昏暗的天空中照射着缕缕诱人的粉红色光芒，刀光剑影中飘逸着淡淡的胭脂香气。敌军被骁勇善战的杨门女将打得落花流水，同时也被粉红光照得眼睛发痒，被胭脂味沁得内心发怵。杨门女将虽然占了上风，但也被束天神的黄风恶浪弄得个个睁不开眼睛，有的险些在飞沙走石中丧生。看到爱将束天神被杀得丢盔卸甲，李元昊吩咐手下抓来一个名叫"菩萨保"的上山砍柴的老百姓严刑拷打，并且怒吼道："这粉红色的光和胭脂味是怎么回事？说了，我放了你；不说，我杀了你！"菩萨保考虑到自己和老母亲相依为命，再说也经不住拷打，终于说出了泉水的秘密。李元昊言而无信，丧心病狂，得到杨门女将粉红光和胭脂味的真谛以后，还是把"菩萨保"给杀了。

　　杨门女将收兵回营以后，用城内的泉水洗眼睛，每过一个时辰洗一次，三天三夜，洗了三十六次。终于，女将们的眼睛能慢慢睁开了，红肿渐渐消失，体力渐渐得到恢复。

　　李元昊召集部将商议，千方百计要盗取这泉水。是夜三更，李元昊手下在城的南面学狗叫，南城的狗一起叫了起来。穆桂英整点军马，向城南面集结，北城一时空虚。毛贼从北城墙下的狗洞钻进来，趁机偷得几桶泉水。不料被穆桂英发现，当即堵塞了狗洞，断了敌人取水的路。李元昊诡计多端。偷水不成，他就在离宋营五十里的地方摆下八卦阵，并且放火行凶，杀死了许多无辜的百姓。穆桂英得到消息后，当夜发兵去救老百姓。结果，李元昊的八卦阵是个空的，只有擂鼓呐喊的士兵而已。等穆桂英回营以后，才发现城墙下有一个大洞，还汩汩地流淌着泉水。原来，李元昊摆下八卦阵和放火是假，盗泉水是真。他邪法加人力，很快挖开了一个洞口，从城外取走了泉水。他们每天都喝大量的泉水，梦想着也像杨门女将一样一个个生龙活虎，勇猛无比。他们喝了泉水以后，部将和士兵一个个面色红润，走路动作如杨门女将一样，说话声音也柔弱细腻了。

李元昊与二王子为了争夺王位，急需建功，求胜心切。他率众将士偷袭杨家军，他希望喝了神泉之水的将士也会像杨门女将一样发出粉红色的光芒，把杨门女将打个一败涂地。没承想上了战场，李元昊的将士打起仗来个个像女人跳舞一样，扭扭捏捏的，根本没有什么斗志。李元昊不甘心他的失败，尤其是对这泉水恨之又恨。他生出一个恶毒的计谋：放毒！夜半三更，李元昊命束天神用箭把毒药逍遥散射到了泉水里。

穆桂英等十二寡妇和将士们不知内情，吃了泉水洗了脸以后，毒气发作，浑身瘙痒，脸上长出了一层层的紫斑。一天一夜之后，毒气渐渐扩散，将士们昏迷不醒。第三天，一些羸弱的士兵奄奄一息，有了生命危险。恰在这个时候，一位云游的逸仙道长路过此处，把一袋解毒的神药五十散给了穆桂英。杨门女将吃了五十散，命是保住了，但人却变得迟钝了。逸仙道长告诉穆桂英："黑水国有一位灵长大师，他可以治这中毒迟钝症。"穆桂英派杨延嗣之妻杜夫人前去请灵长大师。因为杜夫人是天上麓星降世，幼受九华仙人妙法，会藏兵接刃之术，武艺出众，使三口飞刀，百发百中，杨府内外皆尊敬之。李元昊放毒以后，得到密探来报，杨门女将大多将士饮水后中毒。李元昊趁机叫阵，穆桂英坚守军营，不与之交战。李元昊深

119

知杨家将足智多谋,他不清楚杨门女将是真中毒还是假中毒,所以不敢轻举妄动。灵长大师用神功给杨门女将和士兵驱毒,又给将士们服了六合神丸,将士们渐渐地恢复了健康。

　　李元昊掐指一算,杨门女将中毒已经七天七夜,再说了,穆桂英坚守不出,李元昊断定中毒的杨家将命将休矣!于是,他率部趁黑夜疯狂地向穆桂英军营发起进攻。他给部下下的命令是:誓取十二寡妇首级,不灭宋军,绝不收兵!不料,受过重创的杨门女将和士兵经过生与死的考验后,越发雄姿英发,勇猛无比。李元昊的卑劣行径使他们同仇敌忾,不共戴天!杨延德之妻马赛英使九股链索,杨延定之妻耿金花使一柄大刀,重阳女使双刀,杨延辉之妻董月娥百步穿杨……她们各显神通,把个西夏军打得狼狈不堪,仓皇而逃。穆桂英大获全胜后,以泉水当酒,与众将士痛喝豪饮。并亲自给这眼泉起名为"胭脂泉"。

　　听说穆桂英打了胜仗,十里八乡的老百姓都来祝贺。老百姓还争着饮用胭脂泉的水,用胭脂泉水洗脸、洗手。临走时,还驴驮车拉,给家人带了许多胭脂泉水。胭脂泉从此天下扬名。

金鸭子的传说

正义峡口有座山头,峰顶形似壶盖,质硬不能开凿,当地人称这座山头为石鳖盖,传说里面有一对金鸭子。

相传在古老的时候,有一对恩爱的夫妻,住在这里以渡船为业,并兼捕鱼虾来维持生活,后来由于河水下沉,过渡人也随之减少,他们的生活逐步衰落。有一天,夫妻俩坐在石鳖盖上闲谈家务,只觉得山顶摇动,一道白光折射而起,顿时从里面走出一对金鸭子,振翅鼓翼,金光照人,非常招人喜爱。一会儿,金鸭子又走进了石鳖盖,原先走过的地方还在闪闪发光。他们上前一看,原来是两块金子,形状像鸭粪。从此,夫妻俩有了金子,生活一天比一天好了起来。

一天,一位商客从此渡船而过,由于天晚不能上路,就住在了他们家。这年夫妻俩已年过花甲,无儿无女,就把看到金鸭子的事告诉了商客。几年后,这位商人带了礼品来看望两位老人,可是他俩已经过世了。于是他在坟墓祭奠后,就来到了石鳖盖前看个究竟,正好发现了几粒金粪,后来他就带人开凿石鳖盖,可是怎么也打不开。于是就有了"谁能揭开石鳖盖,狗都不吃珍子饭"的说法。

大禹劈石峡的故事

高台县罗城镇天城石峡，古称镇夷峡，黑河由此流入毛目，两岸石山壁立若门，山巅有老君石像，峡内有神斧凿痕，相传为大禹所开。

很久很久以前，此处由于水患未治，下流壅塞，蓄水泛滥，水势浩荡，便成了一座坚固不破的石海。传说石海与天河相通，有上天下地的天梯，目光中没有影子，呼喊它没有回音，它是仙人出没的场所，也是凶怪逞能的地方。西部邑人经常在这里受害。有一天，八骏游天下的周穆王在石海边巧遇西王母在这里沐浴，便大摆宴席邀请西王母，在宴会上，你歌我唱，赠物酬诗，十分欢乐。西王母唱："白云在天，山陵自出，道里悠远，山川间之，将子无死，尚能复来。"西王母邀请周穆王再来，周穆王诗曰："予归东土，和治诸夏，万民平均，吾顾见汝，比及三年，将复而（你）野。"周穆王回答她三年后一定再见。这种深情厚谊表达了中原人民和西部邑人的交往和友谊。在临别时，突然狂风大作，海水膨胀，海大王带领乌龟

王八上前拦截,并破口扬言道:"此山是我的城堡,此海是我的王室,你等在此寻欢作乐,今日取了你们首级让大王下酒吃"。海大王便即做法,顿时天旋地转,黑雾弥天,飞沙走石扑面而来,西王母抵挡了一阵后,便托起昏迷不醒的穆天子从无形的天梯上天了。周天子回到中原后,从此卧床成疾,再也没有见到西王母的影子,作恶多端的海大王激起了中原人民的愤慨。为了帮西部人民摆脱灾难,东方圣仙大禹率部前来治水除害,一怒之下,大禹抡斧劈开了石峡的通道,海水流出塞外,西部人民从此安居乐业,并在石峡处建禹王亭作为永久纪念。

观财坑的故事

在正义峡终端黑河南岸百丈悬崖之下，急促的流水因山崖的阻挡，打上一个大漩涡后又向西倾泻而下。由于长期的冲刷，此处形成一个大大的深坑，这就是正义峡有名的"棺材坑"。它常年积水，水深莫测，永不干涸，绿澄澄，阴森森，怪吓人的。

传说，从前这漩涡深坑的石底上有一轮金月亮，金光灿灿，时隐时现，神秘莫测。只有走好运之人才能偶尔见到。如果谁能见到金月亮，谁就交好运，经商的发财，务农的粮丰，养牛的牛壮，读书的人必能高中，且平安吉祥，心想事成。当地人给它起了个美好的名字叫"观财坑"，由此就引来了很多人前来观景，想见见金月亮，碰个好运气图个吉祥如意，这无疑是善良人们的美好愿望。但是也有一些贪财如命的势利小人，为了大发横财，想把金月亮打捞出来独自占有，就挖空心思地强迫穷人为他下水打捞，但连金月亮的影子也见不到，结果十有八九都溺死在坑中，成了贪财者的替死鬼，同时也给观财坑蒙上了一层可怕的阴影，后来人们索性把"观财坑"

称为"棺材坑"了。

　　自古以来,也不曾听说有谁捞到过金月亮,只是有人谣传,不知在什么时候,金月亮已被俄国人用先进技术悄然盗走了。后来观财坑再也不见金月亮显现了,同时也失去了原来的神秘色彩,坑没有那么深了,水也没有那么绿了,不过坑中还是常年有水,就是黑河长期断流,这坑也不干涸,阎家峡中的人把水引去浇灌良田,抗旱夺丰收,"棺材坑"又变成了"抗旱坑"。

南北二山的传说

高台境内的南山叫祁连山，山顶常年有积雪；北山名叫合黎，山势平坦草木不生，焦石嶙峋。同样是山，为何有如此大的差异呢？这里还有个鲜为人知的故事哩。

上古年间，天宫王母身旁负责司时的启连、黑藜，每逢天明日落，各自花开报时，天幕旋转，变换昼夜。它们都是花季少女，思春贪玩，启连爱上了天庭侍卫松，黑藜爱上了柏，经常在王母的后花园里幽会，竟误了报时，有道是天上一日，人间五百年，耽误一半个时辰，世上至少黑暗几十年，土地、灶君赶忙反映给天庭，玉帝怪罪下来，将松、柏监禁，把启连和黑藜贬罚到凡间造山，戴罪立功，以观后效。

天地初开之时，万物都在孕育之中，造山是件艰苦而又功德无量的事，它能使动物植物有个休养生息的场所，江河湖泊有个依托，启连造南山，黑藜造北山，余暇时互相来往，叙旧谈心，倒也自在快活，姐妹俩私下商定：白天工作，晚上休息，充分享受时间自由。

不料那黑藜多了个心眼，想早日完成任务，以期赎罪获免，重返天宫与那心爱的人团聚，竟趁黑夜偷偷地干起来。可那山不属阴性，与黑夜成反比，陡增猛长，山顶崩坏了王母后花园围墙，致使整个天宫摇摇欲坠。王母一怒之下，放一把大火烧了黑藜山，突然间黑藜山被夷为平地，变成焦石烂块，寸草不生。

怀着对初恋情人的歉意，松、柏向玉帝请罪，请求为黑藜悼念送行。玉帝恩准，但生气地叫他们永远不要再回来。启连失去唯一的亲人，悲痛不已，终日里号啕大哭，两行泪变成一条河（祁连山隆畅河与山丹龙首山羔谷水在张掖西北汇成黑河），流淌在黑藜安息的身旁，悲悲切切缠缠绵绵，为妹妹唱挽歌千古不停，他头戴孝帽，使祁连白雪，愁容不展，老泪纵横，使沟宽壑深，山溪水泉密布。松、柏失去了黑藜，也没去处。启连婉转相邀，到她初皱造型的南山落脚，与她为伍相伴，共度一生。这便是北山低，什么也不长，南山高，松柏常青的来由。后来，人们把黑藜造的山取名叫合黎山，把启连造的山叫祁连山，流传至今。

珍珠白玉汤

据传，朱元璋年轻时当过叫花子，要过饭，后来参加了农民起义军，当了大明朝开国皇帝。整天吃山珍海鲜，美味佳肴还嫌寡味。他记得以前乞讨时，有一年冬天得了大病，三四天没出去要饭，饿得奄奄一息，幸而同伴们在菜市场捡了点烂白菜辣椒干，张三李四又把要来的珍子（青稞或玉米碎粒）拿来煮了一锅粥，他吃了三大碗，治好了病，吃饱了肚子。还觉得美味可口，久久难忘。他提出吃这样一顿饭，才觉得解馋。

于是，皇宫派人四处寻找张三、李四的下落，几经周折，找到了两人。朱元璋接见了他们，并言明自己想吃当叫花子大病时的那顿饭。那张三李四会意即退出，在皇宫后院搭了个帐篷作为简易锅灶，又从御膳房取了白菜辣椒，又在市场买了珍子，煮了一大锅白菜珍子汤，朱元璋要大宴群臣说，这是我平生最爱吃的珍珠白玉汤，请大家共享。那些大臣们看着皇

帝赏赐的玉食粮粒,赞不绝口,先睹为快,不料刚喝了一口,就感觉苦涩生硬,很难下咽。朱元璋也有同感,但话一出口很难收回。君无戏言嘛!他强忍着把那碗汤喝了,众大臣也硬着头皮喝了。事后,他打发人给了张三李四一些银两,叫他们成家谋生去了,再也没提到过此人此事。

后来,朱元璋问丞相,这个饭先前好吃,如今又这么难吃,为何?丞相说:"饥不择食,先前你肚子无物也,又有病,富而生娇,如今你当了皇上,整天都大鱼大肉,反而口淡寡味,又想吃点别的什么。"朱元璋点头沉思。朱元璋曾教育皇子皇孙,要善待老百姓,这是大明江山长治久安的主要原因之一。

白孤墩的由来

罗城镇北面有一座大黑山,古名崆峒山,是黄帝问道处,今佚名。山下有一峰墩,叫白孤墩,相传是天城白大人在燕京被陷害后,回家时孤身死在这里而得名。

相传白兆庆在明朝时期做了九门提督,因皇宫内长了一棵沙枣树,开花时香气馥郁,很讨皇上喜欢,并命名为金花银叶树。正在开花的时候,大臣们都来观赏,唯有白大人未到,皇上下令要问个明白。白兆庆说这棵树并不奇怪,我们家乡遍地都有。第二天,魏忠贤上朝奏本,说是白大人觉得金花银叶树很不好看,他的家乡厕所门前都长有此树,这明明是欺君之罪。皇上大怒,马上命魏忠贤将他斩首。白兆庆听到消息后便骑马逃走。因他骑了一匹骡马,追兵骑的马一叫唤,骡马走不动了,刚到卢沟桥上就被杀了头。后来不知何方神仙给捏了个面头,让他骑马回家,说是如能避免阴人(女人)答话,回家后就能复活。不巧到了夹城(今万丰后)就遇见了两个抬水的女人,一个指着说:"看那个人,怎么是个面头。"这样一说,白大人的头就掉在地上了,马到了白孤墩的地方,身子也掉下来了,一道士口中有词:"孤王,孤王,你孤身到此,家乡人非常想念,今天为你筑墩,叫作白孤墩,祝你早日升天,到玉皇大帝那里再显灵吧!"修明长城时又将此墩加高后作为烽火墩用,后来就叫白孤墩。

"羊达子的秧歌子重来"的原委

"羊达子的秧(歌)子重来",这句俗话十里八乡妇孺皆知。但这些话并非有些人所说的"戏言",也不是空穴来风,而是大有来历的。

清雍正三年(1725)改卫所制为府县制,废高台、镇夷两个千户所置高台。设县乃千载难逢的盛世,况且近年来风调雨顺,万民乐业,于是县令想乘此机会大张旗鼓地庆祝一番,共襄盛举,既可表示与民同乐,也不虚此任。县令有此雅念,下属闻之喜不自禁,均表赞同。于是,县衙通令各堡寨早做准备,参加元宵节期间贺建县、迎新春、祈太平社火表演,届时还将择优嘉奖。

从清朝初年结束战乱到此时,经过几十年的休养生息和发展,高台虽地处偏僻,但境内依然物阜民康,呈现一派太平景象。大宁堡(今定平村,俗称羊达子)是高台所领33堡之一,而且是自然条件优越、人口众多、经济实力强的大堡,对社火表演自然不甘人后。会首全力以赴抓社火队的操练,里长负责筹资购置服装道具,还组织

几位文生编写小曲、膏药词,帮会首设计新的表演套路。大家同心协力,八仙过海各显神通,忙得不亦乐乎。经过几个月的准备,上县前先在本地表演。大宁堡的社火队原来就颇有名气,不仅本地人喜闻乐见,左邻右舍的人们也在过年时争相观看。这次表演,更令观者耳目一新,啧啧称奇。得到家乡父老的赞赏,演出人员深受鼓舞,个个摩拳擦掌,跃跃欲试,决心在县上表演时取得优异成绩。

社火表演于正月十三日开始在县城大校场进行。表演分三拨,各取前两名进入复赛。各社火队劲头十足,表演者九牛爬坡各个出力,志在必得。经过两天紧张而激烈的角逐,大宁堡社火队马到成功,以精彩的表演获得小组第一名。

第二轮的表演在正月十五上午进行。六个队龙腾虎跃,使出浑身解数表演,一气呵成,个个引人注目。县城一时万人巷空,观者比肩接踵,不时响起热烈的掌声和喝彩声。表演结束后,评判者却深感为难,因为前三名在伯仲之间,难分轩轾。大宁堡社火队会首见状,恳请再加赛一场,以决高低。评者认为言之有理,其他会首也是英雄所见略同,同意再度较量以求一逞。当晚,月明星稀,火树银花,大校场人山人海,热闹非凡。参赛的三个社火队人人奋勇,个个争先,表演异彩纷呈,令人眼界大开,拍手称快。大宁堡社火队更是一鼓作气,大显身手,特别是膏药匠触景生情,即兴发挥,出口成章,妙语连珠,令人交口称誉。最终大宁堡社火队因表演队格调高雅,自成一家而独占鳌头,一举成名。

从此,羊达子的"秧羔(歌)子"表演为同行所称赞,"羊达子的秧羔(歌)子重来"这句话不胫而走,成为世代相传的一段佳话。

九眼泉的传说

　　九眼泉位于定平村1公里处的山水河桥以东、高石公路以北处，直径约4米。泉水甘甜爽口，四季汩汩流淌。

　　相传唐朝圣僧玄奘西天取经返回途中，在渡羊达子河时，因风高浪大将经箱掉落河水之中，浸湿了经卷。师徒奋力将经箱捞出后，先在羊达子河东岸边的白茨墩上控水。由于有此圣经的感化，在明代时，一老僧多次托梦给羊达子河东岸孙家庄老翁，说羊达子河东岸边的白茨墩下有一神灵感化的神泉。老翁将梦中之事告诉家人，家人遂邀邻居挖去河东岸边的白茨墩，下面果真有一口清澈诱人的神泉。泉中间有一大泉眼，周围有八个小泉眼突突冒水，人们因此将该泉眼称为"九眼泉"。更为奇特的是，泉中还有一对金鸭子，每逢毛毛月亮上来时，就出来戏水玩耍，老远看去金光闪闪，人走近就不见了，令人啧啧称奇。据说，许多财迷心窍的人都想得到这对金鸭子，但费尽心机都没有得逞。后来，西域一妖道慕名偷偷潜入羊达子，施魔法将金鸭子掠走。

　　九眼泉长流不断。中间的泉眼有斗口大，一尖担都探不到底。本地居民不仅把甘甜的泉水作为饮用水，而且用泉水酿醋、酿酒、做豆腐。用泉水酿的食醋，酸味浓有香气，隔年不坏。用泉水酿的白酒醇香味浓。用泉水做的豆腐松软可口，做饭、做菜不碎不破。用泉水熬的小米稀饭，色鲜味香，特别是哺乳期的妇女喝后，奶水足，婴儿发育健康良好。牲口饮用泉水，也个个膘肥体壮。

羊达子的由来

羊达子（现称定平村），位于山水河下游，由羊达子河（山水河）而得名。汉武帝元狩二年（公元前121），汉武帝诏令霍去病为骠骑将军，率军征讨占据河西走廊的匈奴浑邪王和休屠王。霍去病西出长安，一路横扫顽敌匈奴，很快就进入了河西。当时的高台一代，南山原始森林遮天蔽日，川区水丰草茂，是优良的天然草场。发源于南山冰封雪岭的山水河，水势浩大，河面宽阔，奔流不息。传说汉军西行至山水河时，正值雨季，数日阴雨连绵，山洪暴发，河水凶猛，将先遣部队与大本营阻隔在河东西两岸，军情无法传送，失去了联系。匈奴乘机包围了先遣部队。先遣部队只得依河坚守待援，战情十分危急。河东岸大本营将士一面修筑工事、碉堡，一面想方设法向河西先遣部队传递情报。就在这个时候，军营中一位放羊娃出生的军官，想出了用羊驮羊皮褡裢子渡河送情报的方法。先遣部队接到羊驮羊皮褡裢子送来的情报后，英勇战斗，拖住敌人，为从山水河上游密林处秘密渡河包抄敌军赢得了时间。汉军两面夹击，歼灭

了先头部队的敌军。霍去病指挥部队乘胜西进,将匈奴逐出了河西走廊。后来,为纪念在这次战斗中立下赫赫战功的羊驮羊皮褡裢子传送情报的壮举,便将山水河称为"羊褡子河",并将山水河渡河处叫作"羊褡子"。古史书中有记载,到元末明初才改为"羊达子河"。20世纪初,河东岸边的碉堡遗迹犹存。

　　传说唐僧师徒历经千辛万苦赴西天取经后,马驮肩挑,晓行夜宿,直奔东土。当到达羊达子时,羊达子河波浪滔天,令人望而生畏。在渡羊达子河时,唐僧师徒虽小心翼翼,但终因风高浪急,经箱被水浸湿。师徒奋力前行,上岸后迅速将泡湿的经箱放在河东岸边的白茨墩上控水,随后继续东行。当走到古台基即今台子寺时,见这儿远山近水,碧野无痕,飞鸟翱翔,是一片难得的净土,大家顿时心旷神怡,就此歇脚,开箱晾晒经卷。从此,古台基因晾晒经卷而扬名。只是先有羊达子河之后,才有"上有佛楼下有台,星霜历尽劫难灰"、"天心不与西凉霸,直把墩台做法台"和"台虽不高,县名因斯而立;寺本甚大,圣经赖此得存"的诗句联语。

　　此传说历史悠久,在《高台县志》中也有记载。因得河水之力,羊达子五谷丰登,草茂畜壮,绿树成荫,景色宜人,成为远近闻名的地方。

"黄家皮袋"的传说

北凉以后，驼罗王占据骆驼城，号称"驼罗王国"。当时，各少数民族互相争夺地盘，战争连年不断，骆驼城成为攻取霸占重点。驼罗王因寡不敌众，难得生存，就从城内挖掘地道，向西北延至罗城红寺坡下，出洞向蒙古逃跑。临行之前，采取"填井断水""悬羊打鼓""饿马摇铃"的策略。两天后，城内鼓无声音，铃不作响，围攻者越城而进，只留空城一座。从此，骆驼城至许三湾变为荒漠。

明嘉靖二十三年，定安堡王宪考为大学士，官居五品，在翰林院供职多年，因病而殁，皇帝赐银在家乡立祖修庙。由于经费不足，县衙减赋，批拨镇远堡王姓学粮地二百多亩，定安村王姓批拨学粮地一百多亩，地租交王氏祖庙，以供修庙、办学、祭祖。但收租种田需要牲畜，指定把定安村西南一处地划为牧场（现为青草湖）。由于王氏族大户多，牲畜不断增多，牧草不足，便限制外姓牲畜放牧。黄姓牲畜没有草场，在大湖西南找到一处草地，有块长条黄土平原，草密茂盛，形似皮袋，放牧者称为"黄家皮袋"。春耕后，黄姓有畜者在此住宿放牧，沿至清末。说有黄姓一人打柴，刨得银钱一罐，购置农具，家庭逐渐富裕。黄家皮袋有了名声，放牧者越来越多，草场逐渐扩大，东至五座窑，西至柳沟墩滩，南至许三湾，为放牧草地。民国二十年，定安村黄法新购买骆驼60多峰，固定放牧于此地。

三凤村的由来

红沙河村,据出土文物考证,早在石器时代已有人住,到汉、魏、南北朝时期,其地已为一富庶居民区。但村名源自何时,史籍难稽,至明朝初年,始有"三凤村"之称;清朝雍正年间,因修成"红沙渠"得到朝廷褒扬,村名逐渐改称"红沙河村";民国建立,有人因"三凤村"代表祥瑞,呈报恢复村名为"三凤村",1949年10月,成立高台县第八乡时,村名仍改称"红沙河"。但"三凤村"村名之来历,在村民中却流传着一个美好的传说。

明朝洪武五年(1372),征西大将军、宋国公冯胜平定河西。南挑五岭,北打长城,修筑烽燧,以固边防。筑红柳沟墩烽燧兵丁中

有一姓王的兵丁，勇武有力，箭法高超，将军派其打猎获取肉食。一日，兵丁偶遇三只斑斓美丽的鸟儿，如传说中的凤凰一般，因为鸟儿太可爱，不忍射杀，就尾随其后，至一风景灵秀之地而不见。兵丁见其处山河环绕，林茂草丰，认为是一块吉祥宝地。烽燧修成，该兵丁被委以烽燧长，与胡姓、樊姓三人守烽燧。

过了几年，按规定轮值，三人不愿返籍，乃留凤鸟停没之处，娶妻生子，安家定居。因有三凤鸟停落之祥瑞，观风水者又谓村南之山形如展翅之凤凰，加之王、胡、樊又为三姓之故，因名其村为"三凤村"。

榆木山走路

　　和平村隶属红崖堡,东临榆木山,南依祁连山,西靠祁连山第二高峰冰沟和红山,北有合黎山脉为远景照壁。传说远古张果老骑毛驴驮两褡裢土从西向东走,榆木山自动向西走,只要接触张果老的毛驴驮的土倒下就是两座小山,与榆木山接连为一体,红崖堡将形成一个小盆地。遗憾的是榆木山和马营河边的褡裢山没连接着,天然小盆地也未形成。据说张果老的驴到酒泉黄草坝走不动了,就把土倒在那里形成了现在褡裢山,而榆木山也停止了移动,天然小盆地北边没堵上,就形成了现在的地貌景观。红崖堡和红沙河村相隔的一座红土山,传说是唐僧师徒到西天取经时路过的火焰山之一,待孙悟空借铁扇公主的芭蕉扇扑灭大火,山就成了这样的焦红土,晓日远望霞光普照。红山下端还有一处称黑崖。当日霞光普照,红崖殷红而黑崖暗淡,红崖就由此得名。1949年后把这里的两个村一个命名为红崖,一个命名为光明。

石龙化石

相传红崖子西上坝赵家的青龙被斩后，红崖子周家的石龙也相继炸碎了。因青龙是帝王，石龙是相府，君崩臣薨，这是天命。当赵氏的真龙天子在孕育中，周家的保家臣也在萌生。周家的坟地在小泉村和光明村（原黑崖）以西的红山耙齿沟里，也是一块风水宝地。据说周家坟里长着很茂盛的灌木——白刺，这灌木丛已形成坟地的严实的墙篱。周氏后裔每年七月十五都要杀牲祭祖，焚烧纸币。有一位以牧羊为生的妇女，每年不辍地到周氏坟上来收受祭品。

这年周氏几位年轻人对此妇女产生了反感，议论道："这骚婆姨每年都收我们的祭品，今年不给她。"商量定后，这年确定不给她祭品。这女子待祭奠者走后，心头愤恨，就把坟周围的刺篱墙给放火点着了。大火熊熊烧了一天，最后轰的一声巨响，坟墓破裂了，而萌生的石龙也炸碎了。原来周氏坟中有红绿两块巨石。人们从远处看时似两顶乌纱帽。石龙被焚，纱帽也不翼而飞。石龙的化石就四溅到红山一带。在残留的化石中有肌肉带脂的龙肉，也有圆柱形中间空的龙肠，还有龙骨。这些中空的肠、骨，当地孩童捡来从中间穿一根木棍，两端系上绳子可当石磙子玩具，拉着取乐（这实际是一种植物化石）。

刘秀走南阳

西汉时，王莽篡权，下令对皇室刘姓满门抄斩，诛灭九族。有好心的太监将刘氏嫡传皇子刘秀从御花园水洞塞了出来，放了一条生路。在清理被斩人犯时，发现少了刘秀，王莽布下天罗地网，派大兵追赶捕杀。那时刘秀才五六岁，早已逃出城外。

捕杀大军追到城外，发现了刘秀，相距不过半里地。那里地势平坦开阔，毫无隐蔽之物藏身。刘秀见有一农夫正在犁地，忙跑到跟前遮拦住身子。这时农夫猛一按犁，犁出来半米深，一米多长的深沟，刘秀急忙躺在沟内。又一来回犁，人影不见了。第三犁到埋人处，牛停下照埋刘秀处撒了一泡尿。这时官兵从四面八方向这里包围而来，用矛头刀尖挑挖犁过的地，均未收获。燕子在树上叫："喳，喳，喳，犁沟里爬。"乌鸦骂道，"瞎话，瞎话"，来混淆是非，官军询问犁地人，又用天镜照射，均未发现刘秀踪影，然后离去。原来老牛那一泡尿盖到了刘秀上面，把身子遮挡，反天镜也照不出异样。

后来刘秀在这里给人放牛，住在人家昔日房里，夏天蚊虫叮咬，冬天寒风刺骨，苦受煎熬。挨打受饿吃不饱。小刘秀天资聪慧，某年遭荒，农家半糠半菜度日，他做主杀了一头小牛犊，与小伙伴偷着吃了。将牛尾巴埋于山腰，向主人谎报牛钻了山。主人前来寻找，并拉住牛尾巴向外拉，只听牛"哞哞"地叫着往里钻，尾巴梢也不见了。

小刘秀经受了千辛万苦，饱尝了人世间艰辛，品出了治国平天下的不易。稍大一点，他与小伙伴玩审官司的游戏，由两人扮衙役，押一名打架小儿跪地，另一名做主差，刘秀扮判官，经审判后，他大喝一声："拉下去斩了。"衙役把被告推出午门斩首，刀起头落。刘秀闯了祸，赶快连夜逃走。

这就是刘秀十二走南阳的故事。在那里召集父辈旧部余党，参加了农民起义队伍，一举推翻王莽王朝，建立了东汉。老牛当年护驾有功。他颁旨封王，诞辰祭礼；乌鸦乱言充真，力保皇脉，赏粮万石，子孙永袭；燕子巧言利舌，狡猾多端，让它脖子六月生蛆，腐烂溃变。习俗流传至今。

王木通祭母

从前,有个人叫王木通。王木通从小丧父,母子两人相依为命,靠父亲留下的三亩薄地,两头牛为生。木通长成十八九的大小伙子,人大心大,不知是想媳妇还是其他原因,脾气变得暴躁,稍不顺心,对母亲不是骂就是打,来发泄心中的怨气。

王木通务弄好自家的地以后,经常吆着牛给别人犁地打工挣钱。鸡叫头遍出工,吃早饭时收工,因中间时间太长,家里要备烙饼米汤垫底提神,家中老母必须在太阳冒头送到工地,送早或送迟,都会遭到木通牛鞭的抽打。

这天,犁到东方拂晓,木通感到精神欠佳,坐在地头小歇,歇着歇着,天已大亮,看见眼前二三十米处一棵大树上,鸟儿一阵叽叽喳喳乱叫后,一只老鸟飞下来觅食,一会儿口衔一只幼虫,飞向鸟巢,用尖嘴递给昂首待哺的幼鸟,反复飞旋搜索捕食,实为苦,木通之心深受感动。禽鸟能如此,作为万物之灵的人,我怎么稍不顺心就打母亲呢?于是下决心,从今天起再不打母亲了,要好生待之。

此时东方已发白，母亲摇摇晃晃地挪动着圆锥式的小脚来送"腰食"。王木通连忙起身前去迎接，忘记了手中的牛鞭，母亲误以为又送迟了，这会儿提着鞭兴师问罪来了，就把饭食放在一旁，一头碰到大树上死了。

　　王木通后悔不已，要买碰死母亲的那棵树，树下身粗处，木通请人雕了母亲的塑像，上半部分打成木板做棺材把母亲葬埋了。从此，王木通在家尽孝，一天三炷香九叩首，诚心跪拜老母塑像三年有余。

　　这事感动了上天，王母打发一仙女下凡，与王木通结为夫妻，恩恩爱爱白头偕老。

贫贱不可欺

当年孔圣人游历各国讲学,派学生子路为前站,联系授课议馆和安排住宿的地方。某一州县的课授完,子路就提前一天出发,(比方说)要从酒泉往高台联系,骑一匹骏马带上中午打尖的干粮和西瓜,清早从酒泉启程在烈日下奔波,中午行至高台崖子坡下,人困马乏,找个山崖下歇还给马戴上料兜喂马,掏出干粮就吃,剖开西瓜就啃,狼吞虎咽津津有味。那时,山崖旁躺着一山毛贼,好几天没有进食,饿得奄奄一息,见有人歇脚,挣扎着前来讨吃喝。哀求子路给点剩馍或瓜皮,遭到子路拒绝,并把吃剩的瓜皮也喂了马。那马吃后还伸舌舔唇,余味未尽。山毛贼看到马舌头背面有一黑痣,真真切切记在心里。

子路吃喝罢,又继续赶路,大约后晌到了高台城,住驿馆休息打算第二日去办正事。第二日天还没亮,两个巡捕公差拘留了他,称有人告他偷马交县衙问罪,县官升堂问案,原告就是昨天中午的山毛贼。

子路理直气壮骂道："你这山毛贼，尽敢诬蔑圣人的学生偷马，活得不耐烦了，说是你的马有啥凭证。"县官叫他息怒，首先问子路："你说是你的马，你说说有啥凭证。"子路说："我的枣儿红儿马，三岁口，我骑我喂就这凭证。县官又问毛山贼说："说出自己马的凭证及被偷经过。"山毛贼说："我的枣儿红儿马也是三岁，舌背有一蚕豆大的黑痣。昨日中午，我下马在高崖子小解，被一学生模样人跃马骑走。我连夜爬着滚着到县城报案，请青天大老爷明鉴。"

县官略加思索，断案的焦点在于马舌头背后的黑痣为凭。他再次问子路："你俩的马毛色口齿一样，你的马舌背后有无黑痣？"子路斩钉截铁地说："一点没有。"县官又问山毛贼："你的马呢？"答曰："我的马，舌背面黑痣椭圆形，若没此凭证此马归他，我甘愿服三年劳役。"

县官破例令衙役将那匹马拉上公堂，叫原、被告、衙役同揭秘底。山毛贼熟练地将马舌头背面拉出示众，黑痣清晰无疑，子路呆若木鸡，脸色苍白。县官宣告结案，马归原告牵走，被告盗马贼子路责杖二十大棍，收监三年苦役。

用刑后，满城传得沸沸扬扬，时逢孔子一伙赶到。孔子向县官再次说明原委，才释放了子路。但马又断给了别人，子路又受了罚，后悔晚矣，孔子在后来作《论语》时，把子路教训写了进去，这就是：子曰"子路闻过则喜"一词的由来。

孟母搬家

春秋时期，鲁国人孟子幼时与母亲相依为命，住在闹市一大杂院里。院内住着一个屠户，那人每天起来就杀猪宰羊。畜生临死前挣扎的嚎叫声，吵得四邻不安，人人都早起，忙碌一天的营生。

看到屠户开膛破肚，鲜血淋淋的样子，幼小的孟子也跟着效仿起来，他把猫呀，小狗呀用绳子捆绑起来，然后白刀子进，红刀子出的干起那玩意。见此情景，孟母决定搬家，搬到一个冷僻的街巷。这里斜对面有一寺院，每天见和尚们晨钟暮鼓，哼哼哈哈诵经念佛，孟子也学起来。每日静坐蒲团。双手合十，阿弥陀佛的诵念不停。孟母又决定搬家。

这次搬到一所小学堂附近，见学生们每天早晨上学就开始读书，琅琅书声传出，十分悦耳。孟子深有感悟，于是潜入教室窗下旁听。未上学前，已能将启蒙教材背得滚瓜烂熟，最后终成大器，成为历史上仅次于孔子的儒学大家，后世尊称"亚圣"。旧时《三字经》上有"昔孟母，择邻处"，说的就是孟子的母亲搬家的故事，讲的就是吉地高邻——生活环境对人的成长所产生的潜移默化的、不可忽视的影响力。

父亲为何称"老子"

老子姓李名耳，也叫老聃，春秋时期楚国人，孔子的老师。老子是个遗腹子，生下来就满头白发显得老了。所以取名叫老子。那年该地遭灾荒，母子两人颠簸逃命行至路旁一棵梨树下歇息，仰望树上梨子满枝头，采摘下来充饥保命。

老子母子二人相依为命，靠乞讨度日到过很多地方。少年时刻苦好学，道德文章名扬四海，后在周朝宫廷担任守藏史，老年时周游各国讲学，传播他的道德思想，行至西岐而消失。有老子骑牛入流沙的故事，遗址大概在黑河下游镇夷峡境内。

叫父亲"老子"，一是圣人孔子的老师，二是生下来就发白。世人称父亲为"老子"，证明他有学问、年龄大、道德高尚。

蟒墩的传说

在高台罗城镇天城村的北山岗上,有一古老的土墩,人们把它叫作蟒蹾。这个墩的名字是怎么来的呢?这里还有一个故事。

很久以前,此地有个后生,靠打柴度日为生。他每天天不亮就出门,星星出来才进门,早晚两顿饭都在黑灯瞎火中做的。为了图个方便,他每天上山打柴前,把两顿饭并作一次做好,吃一半,留一半等晚上回来再吃。有一天,他回家后,见剩在锅里的饭没有了,以后连续几天都如此,后生觉得此事有点蹊跷。一天,他像往日一样,把做好的早饭吃了一半,在锅里剩下的一半饭里撒上早已准备好的毒药,拿上砍柴的家什,关好门户,悄悄爬上房顶想看个究竟。

不大时辰,后生听见屋里有锅盆撞击的响声,他爬到天窗边往下看;见一条水桶粗,一丈多长的大蟒正爬在锅台上吃着锅里的饭,后生见此景,一惊一吓,两眼发黑,从天窗里栽了下来,便气绝身亡了。

却说那条大蟒吃了有毒的饭食,翻咕噜打滚地挣扎了一阵也死了。

　　乡民们发现后，把后生的尸体和死蟒分别埋葬在村北山岗上。过了数月，埋葬蟒的地方逐渐鼓起了一个土丘，后来土丘越鼓越高，长成一个四四方方，高十几米的土墩。这可吓坏了土墩附近的乡民们，随之谣言四起，有人说，那条死蟒要成精，作怪了；有人说，从此这里不太平了；有些胆小的村民还把家迁到很远很远的地方去住。这一下可急坏了地方相约。就在这天，一个云游出家的道人路过此地，见人们走路说话慌慌张张、战战兢兢的样子，便上前问明情由，找来地方官员相约商量一番，随后召集来十多个身强力壮的小伙子，抬了一片两三百斤的磨盘石来到葬埋大蟒的土墩旁，道人摆设法场，作法后，命小伙子们七手八脚地把磨盘石抬上墩顶，压在土墩的顶端正中，用狗皮鞭子把磨盘打进墩里半尺深。

　　从此，那个埋蟒的土墩再也没长过，后来，人们把这个墩叫作"蟒墩"，一直流传到现在。

吴道子画测阴晴

相传唐朝大画家吴道子,由敦煌返回长安,由于他画技高妙、慕名求教求画者涌破门,弄得他寸步难行且觉俗不可耐烦恼不已。翌日从街上回来,从当铺里弄来一套破衣帽,黎明时装扮成一个叫花子出城东归。哈哈,一路上竟然畅通无阻,游山玩水好不自在。

行至河西走廊甘州一带,其实正值炎夏暑天,农户们正忙着打碾麦子。吴道子口渴难耐,就到一家农户场上讨水喝,不料这家农户的主儿眼珠子一瞪说:"你向我讨,我向谁讨去?世上哪有白送人的东西?"这话说得吴道子很不好意思!是啊,农户都很枯焦,烧碗开水也得柴火,怎好白喝人家的开水呢?心里一琢磨,就打背囊中取出一张画来,双手递上说:"请恕冒昧,路途缺少驿店,只得相扰,这幅画儿奉赠,望请方便。"

"谁画的?"

"我。""你?吃吃吃,叫花子能画画儿?我瞧瞧。"那农户主儿轻蔑的嘲笑着打开画儿一瞅:呦,水灵灵一棵白菜,活灵活现的,可就是缺了一瓣儿叶子!"你哪儿弄这十全画儿来诳人?别说换开水,凉水都没人给你!"

"看我是个庄稼汉好哄,我赵大杏可是见过大世面的。大前年大画家吴道子路过凉州,送给一对孤儿寡母一幅画。那幅画凉州商行出价一千两银子都不卖,啧啧啧,了得哩!你猜画上画的是啥?是一支蜡烛。那孤儿寡母得了这幅画,钻黑窑洞眼前豁亮,睡冰滩上心里暖和。我也见那个场面了,你当我是傻帽,就那么好哄?拿上你的破烂货往远里滚!"话音没落,画儿就被摔在场上。

吴道子常常叹息一声："唉！"弯腰捡起画儿一卷就走。

路旁过来一老太太，站在旁边听得仔细，见叫花子要走，忙喊住："花郎儿，且站下。"老太太提半罐子小米米汤，罐子口上摞个碗，跪在路沿上倒一碗米汤说："你别嫌弃，喝碗米汤解解渴了再走，出门在外，就凑合凑合吧！"

吴道子一听呆住了。他执意要老太太收下画儿才肯接米汤碗，老太太只得收下。吴道子连喝米汤带问话才知道老太太是去场上给老汉和儿子送米汤的，由不得心里嘀咕："唉，越是穷人家小户人家越大方，越善良。"喝完米汤抹抹嘴说："天要下雨了，你引路，我帮你家去起场吧。"

老太太抬头望天，一轮红日当空，烈焰滚滚，不禁怔怔地望着叫花子，疑心是不是中暑说胡话。

场上打场的赵大杏笑得吱嗟吱嗟地打呜儿，说老太太不如把米汤倒猪槽里喂猪算了。

财大气粗的人说话胀折肋巴，老太太偏引了叫花子向她家场上去了。

时隔一顿饭工夫，忽然西北角雷声大作，乌云滚滚吞没了日头，不一时便下起了瓢泼大雨。赵大杏一家子忙成了没头苍蝇，赶快起场，紧起慢起起不及，一场麦子泡雨里头了！事后打听，老太太家的场起得早，没泡到雨里头，赵大杏很后悔。

时隔几天，天放晴，赵大杏又打场，天宫偏不作美，又打了塌场，麦子泡雨水里头出芽了，一打听方圆百十家都没摊场，因为那老太太家没摊场，大伙鞋样儿照袜样儿剪，都没摊场。

赵大杏觉得奇怪，跑到老太太家里去问究竟，却见老太太家门里外都挤满了人，说是在看吴道子的画。赵大杏钻进去一看傻眼了：这不就是我扔掉的那张少一瓣叶儿的白菜画吗？怎会是吴道子的画？吴道子是叫花子吗？

甘州商行的行家说，正是从点化之间见缺落才识出是吴道子手迹。并介绍：吴道子远师南梁张僧繇，近学张孝师，其画笔势磊落，遒劲圆润，设色清雅、生动而有立体感，有笔不到而意到之绝妙："唔，看吧看吧，这下角印戳正是吴道子！怎么样，我没有说错吧？来呀，抬过纹银一千五百两，锦缎十五匹……"

怎么个神法？

原来这画能预测天气阴晴。吴道子临走告诉老太太一家人说：太阳出来一竿子高时候，把画儿挂出去，见飞虫落菜叶子上边是晴天，可以打场；见飞虫落菜叶子下边是阴天有雨，不可打场。照吩咐办事，果真灵验。所以这画儿说成啥也不买！一屋子人听此画神奇更是惊讶，脖子伸得雁似的不错珠地瞅那画儿，甘州商行的行家们又出了新价码……

赵大杏悔得直抡拳头砸胸膛，脸都气成了绿的。

大禹治水的传说

在四五千年前的帝尧时期,黄河流域经常发生洪水。往往是恶浪滔天,危害百姓。面对到处是茫茫一片的洪水,庄稼被淹了,房子被毁了。不少地方还有毒蛇猛兽伤害人和牲口,叫人们过不了日子。老百姓只好往高处搬,有的逃到山上去躲避。

为了制止洪水泛滥,保护农业生产,尧帝曾召集部落首领会议,征求治水能手来平息水害。尧帝问道:派谁去治理洪水呢?首领们都推荐鲧。我国人民与洪水搏斗的古老故事,就是从鲧开始的。鲧接受任务后,简单的采用做堤埂的办法把居住区围护起来以防洪水。也就是说,鲧只懂得水来土掩,造堤筑坝。结果洪水冲塌了堤坝,水灾反而闹得更凶了。鲧治水九年而不得成功,最后被放逐羽山而死。舜帝继位以后,任用鲧的儿子禹治水。大禹请来了过去治水的长者和曾同他父亲鲧一道治过水害的人,总结过去失败的原因,寻找根治洪水的办法。有人认为:"洪水泛滥是因为来势很猛,流不出去。"有人建议:"看样子,水是往低处流的。只要我们弄清楚地势

的高低，顺着水流的方向，开挖河道，把水引出去，就好办了。"这些使大禹受到很大启发，他经过实地考察，制定了切实可行的方案：一方面加固和继续修筑堤坝，另一方面，改鲧过去"堵塞"的办法为"疏导"来根治水患。大禹治水经过13年，终于疏通了9条大河，使洪水沿着新开的河道，服服帖帖地流入大海。

其中的一条河流就是发源于祁连山的黑河，重点地段在现今甘肃省高台县城西北67公里处的天城村西，黑河下游合黎山与祁连山会合之处。大禹首先带领契、弃等人和徒众助手一起跋山涉水，把水流的源头、上游、下游大略考察了一遍，并在重要的地方堆积一些石头或砍伐树木作为记号，便于治水时作参考。据说有一次他们走到黑河正义峡观财坑附近，突然狂风大作，乌云翻滚，电闪雷鸣，大雨倾盆，山洪暴发了，一下子卷走了不少人。有些人在咆哮的洪水中淹没了，有些人在翻滚的水流中失踪了。他们来到高山中段，有一个天然的缺口，涓涓的细流就由隙缝拼命地下泄。但是，挡水的是一座座的巨石大山，特大洪水暴发时，河水就被大山挡住了去路，在缺口处形成了旋涡，奔腾的河水危害着周围百姓的安全。他借助自己发明的原始测量工具——准绳和规矩，对每一处需要治理的地方都进行了认真的测量和记载。考察完毕，大禹对各种水情作了认真研究，最后决定用疏导的办法来治理黑河水患。大禹亲自率领徒众和百姓，带着简陋的石斧、石刀、石铲、木耒等工具，开始治水。他们露宿野餐，粗衣淡饭，风里来雨里去，扎扎实实地劳动着。起早贪黑，不辞辛劳，废寝忘食，夜以继日，腰累疼了，腿累肿了，仍然不敢懈怠。他和老百姓一起劳动，头戴箬帽，手握木锸，带头挖土、挑土、凿石。禹带领人们开凿石山，皮肤晒得黝黑黝黑的，手上磨出了血泡，磨光了小腿上的毛，脚指甲也因长期泡在水里而脱落，身体都瘦了一圈。艰苦的劳动损坏了一件件石器、木器、骨器工具。人的损失就更大了。有石砍伤了的，有的上山时摔死了，有的被洪水卷走了。可是，他们仍然毫不动摇，坚持劈山不止。在他的带动下，治水进展神速，大山缝隙渐渐宽了，形成两壁对峙之势。

终于，他们把这座大山凿开了一个大口子。河水由此而下，奔腾咆哮，声如巨雷。洪水由此一泻千里，向下游流去，河流从此畅通无阻了。水流下去了，这里终于出现了峰峦奇特、巍峨壮观的雄姿，犹如一座东西走向的天然屏障。他们又回过头来，继续疏通各地的支流沟洫，排除原野上的积水深潭，让它流入支流。从而制服了灾害，完成了流芳千古的伟大业绩。大禹用疏导的办法治水获得了成功。他们培修高处使之更高，疏浚低处之障碍使之更深，洪水顺势而下流向流沙，黑河通道逐步形成，使原来是西海的地方变成后来甘州、临泽、高台一大片沃野绿洲。人们欢呼雀跃，庆祝大禹治水成功，也庆祝自己又有了美好的家园。

在治理洪水的过程中，大禹曾三次路过自己家门口。第一次，他的妻子刚刚生下儿子没几天，恰好从家里传来婴儿哇哇的哭声，他怕延误治水，没有进去。第二次路过家门，抱在妻子怀里的儿子已经会叫爹了，但工程正是紧张的时候，他还是没有进去。第三次过家门，儿子已长到10多岁了。但黑河治理好以后，他又到别的地方去治水了。

在治水的同时，大禹和治水大军还大力帮助老百姓重建家园，使大家过上了安居乐业的生活。大禹指挥人们花了几年的工夫，开了一条又一条河渠，整了一块又一块田地，植了一片又一片树林。他叫伯益把麦种和谷子发给群众，又叫后稷教大家种植不同品种的作物。还在湖泊中养殖鱼类、鹅鸭，种植蒲草，水害变成了水利。伯益又改进了凿井技术，使农业生产有了较大的发展，到处出现了五谷丰登、六畜兴旺的景象。大禹治水后还在正义峡腹地种植了胡杨。千百年后，胡杨树有的茂密葱茏，有的像羚羊，有的像瘦骨嶙峋的老人，形态怪异。古老的胡杨林在粗犷、深厚、庄严、豪放的黑河水映衬下，显得格外神奇、迷离。治水成功之后，大禹召集他的部下和老百姓，计功行赏，还鼓励老百姓多种谷物，多种稻麦。

大禹姓姒，名文命，因治水有功，后人称他为大禹，也就是伟大的禹的意思。他是中国历史上第一位成功地治理了水患的治水英雄。舜年老以后，也像尧一样，物色继承人。因为禹治水有功，大家都推选禹。到舜一死，禹就继任了部落联盟首领。禹继位后，称国号"夏后"，又称"夏禹"。他在涂山大会诸侯，建立了奴隶制国家的雏形。帝禹元年，封禹少子于西戎，世代为首领。大禹少子受封的地方在黑河流域，由于他是黑河之祖的儿子，被尊称为河宗，管理黑河水系与当地部落。周穆王西巡河水之阿，观看了当年大禹开凿的峡口。后亲自选择戊午吉日（二十一日）举行祭河大典。这天，穆王身穿天子大服，乘八骏之乘来到河边，奉璧，南面而立。典礼开始后，穆王向黑河宣念颂词，然后将全牲50具投入河中。二十八日渡过黑河西行。

为了怀念大禹治水，明代在镇夷峡建造了纪念大禹治水的大禹祠，修建在洄澜山北侧，相传是大禹勘察水情、并在河边的树上拴马歇脚的地方。大禹祠气势雄伟，古木参天，丹廊碧殿，金窗玉槛，车水马龙，川流不息。其正殿，左右廊庑，门厅等，朱棂秀户，檐角舒展，端庄雅丽，古粹飞奕。庙内供奉着大禹像，有后稷、伯益、八元、八恺等先贤像。宫内还陈列有大禹治水文献，以及关于纪念大禹的遗迹记载等。清光绪年间由天城村人闫伯宽、肖裕本等人筹资重建，到1958年被毁。凝重的历史形成了大禹治水精神。当地群众自强不息、艰苦奋斗求生存、求发展的坚强意志和公而忘私、为民造福的奉献精神是大禹治水精神的灵魂。人们来到正义峡，总忘不了凭吊追寻大禹治水的遗迹。

魁星楼的传说

位于甘肃省高台县罗城镇红山村的魁星楼，始建于明代永乐年间，公元1679年毁于地震，1765年重建，为黑河北长城防御体系中沙湾堡堡城东南角墩上的建筑。楼基为夯土台，高6.6米，楼高9.6米，为三枋、三檐、攒尖顶六角阁楼式建筑。

红山，旧时称沙湾堡，也叫上堡。曾有"上下五堡，沙湾居中"的说法。当地因历史上未曾有人高中过，便有当地富豪集资在上下五堡中心地带的沙湾堡建了魁星楼，期望能以此引得魁星下凡，在建楼地域投胎转世，多出文武人才。因传说中的"魁星"一直被人们视为主点文武状元的星宿神，能保佑读书人级级高中，功名圆满。为了祝愿学子们学习努力，文运亨通，金榜题名，魁星楼东侧是学校，西北侧是文庙。学生们放学路经此地，总要对它驻足仰视，品味它的高大与苍凉。高大，表现在夸张的飞檐斗拱和岁月不掩的画栋雕梁；苍凉，则写在檐漆斑驳处与长在楼台风雨中。楼中的魁星木雕像（现已损毁）极不中看，披着头发，赤着脚，左手提一只斗。据说是

照那"魁"字设计的,鬼头鬼脸的一副狰狞相,鬼头左下一撇塑成鬼的右脚向后撅起,鬼头右下的大弯钩塑成此鬼左手,向前伸出托着一只量米的斗,而右手高举毛笔,笔尖指斗。此动作谓为"魁星点斗,独占鳌头"。中国的旧星象家说,魁星是"十八星宿"之一,魁者,第一也。如今,晚侪后学,经常去看看魁星楼,当地的文人雅士也常常在此登高望远,极目抒怀,其意在楼辉文运,以壮大观。读书人的抱负、读书人的自豪,也许在此时此楼最为充盈。人们每当提起此楼,往往赞叹不已。2001年,当地群众和从此地出去的工作人员自发捐款投劳进行维修。魁星楼有如此之凝聚力和吸引力,大概和它兴建的众多传说有关。

相传合黎山下,黑河北岸,上下五堡间自古就有一金马驹,白天往来于肥美的水草之中,夜晚把吉祥和幸福悄悄地送给千家万户,累了就在沙湾堡一隅休息。后来,修建魁星楼的时候,就把楼址选在了金马驹常常休息的地方,祈盼着能借金马驹采来的天地山川灵气,滋润出当地文武人才。武能征战获将帅,文能科举中状元。神话传说是现实生活的理想寄托,故事虽属子虚乌有,但它却给人们以更大的精神鼓励,而魁星楼从此也蒙上了理想化神秘的面纱。

钟灵毓秀,人杰地灵。魁星楼及其美好传说激发了当地的众多人才。据《高台县志》记载,明清及民国初,上下五堡中曾出过明代九门提督白兆庆,清代甘肃提督闫相师,县级以上官员26人;当代有2人为地师级干部,10多人担任县(处)级领导,有10多人获得英烈称号;恢复高考制度以来考上大学的大中专生在全县位居前茅。上下五堡古今文化底蕴深厚,人才辈出,是否蒙魁星偏爱无从探讨,但报效祖国、热恋家乡的赤子之心却是代代相承,一样炽烈的。

如今,魁星楼已是高台县重要的旅游景点。尤其是每年的六七月间,一些高考学子及其亲朋和父母,往往要到此楼默默一拜,希望魁星手握的大笔能点到自己的头上。但那支笔是不轻易落下的,只有见到下过彻骨透心功夫、志向高远的人,才肯于指点。

红山魁星楼姿态雄伟，气势恢宏，造型新颖，结构精巧，工艺高超。白日仰望，氤氲缥缈；夜晚远眺，星空相接。作为文化品位凝重的璀璨景点，使山川披彩，村镇生辉。它的建筑风格，代表了当地人民超群的创举和智慧，体现了古建筑工艺的精湛水平。

张果老考子

八仙之一的张果老成仙之后，精通风水懂阴阳能掐会算，神通广大，口碑较好。给人选下的坟茔，主人家子孙兴旺人才济济；给人择下的庄基地，主家当年发财钱帛广盛。他有三个儿子，大都平庸无能，勉强度日糊口。儿辈们时常抱怨他偏心，不给自己留个好前程。某日晚，张果老把三个儿子叫到跟前说："你们天亮动身进城，天黑投宿，后天赶回来"。第二日早，兄弟三人出发，为安全起见结伴同行，但都发现，很奇怪的是眼前却没了往日的大路，郊野、村庄全是坑坑洼洼的不平地和难走的沼泽小溪。行至上午，口干舌燥，没遇见一个行人，大约到太阳快落山时找到一个落脚点。谁料到了跟前大失所望，是一座废弃的城堡，没有人家，没有房屋，只有残垣断壁的城墙。三人胡乱吃了点干粮，就在城角的打更房睡了起来。劳累了一天，躺倒就睡着了。

约莫到了午夜时分，夜色漆黑，伸手不见五指，一阵急促的响声惊醒了兄弟三人。先从巡墙上走过一队人马，是黄人黄马黄旗号，

巡视城堡，威武雄壮，吹吹打打，列队而过。三人吓得龟缩一团，六神无主。紧接着是一队白人白马白旗号，阵势如前所述；最后一队是黑人黑马黑旗号。这老三壮着胆子，一棍子打倒最后面的一个黑人，却发现是一块铁。第二天他们就回来了。

张果老问兄弟三人遇见什么，三人把昨夜见到城堡巡兵的事细说一遍，还夸奖老三胆子大，把一个黑人打倒变成了铁。张果老笑眯眯意味深长地说："这就是命，放过金子银子你不要，老三还有块铁的命，你们怎么能怪我呢？"

兄弟三人醒悟，感到无地自容。

铁拐李偷油

铁拐李潜心修炼成仙，衣食自保，过着清贫的生活。除夕家家户户守岁，点着长明灯，供桌上献着祭品，一家老小在热炕上围着火盆，恭迎新年的到来。铁拐李家无油点灯，与妻儿围着火盆在黑暗中守岁。妻子唠叨说，你虽成了仙，家中连点多余的点灯油也没有，儿女们抱怨说，神仙不如凡人，别人家除夕明灯蜡烛，哪像我们家年漆黑如锅，叫人难熬。铁拐李在妻儿的奚落怂恿下，深感无地自容，决定做一回贼——偷油。

妻子找出油葫芦，儿女拿来铁锨，铁拐李带上作案工具，黑暗中摸索着走近一户人家墙根。选好位置，开始挖洞行窃。费了好大劲，挖了一个多时辰，很厚的墙壁才挖了一个脸盆大的洞。人猫身才能进去，铁拐李拿下油葫芦爬入洞里面，想试探墙里面有无动静，只听"咔嚓"一声，葫芦头被砍掉了，他转身就逃。

却说深夜那家妇人小解，听到墙外有铁锨挖墙

的声音，忙返回告知丈夫，丈夫叫妻子端着灯。自己提把菜刀，赶到茅厕。眼见墙角洞口挖开，故蹲下视控，黑暗中见一圆状物伸进，用尽全身力气一砍，原来是一个葫芦头。

那时天刚微亮，已有人早起走动。苍天有眼，看到神仙做贼也感到羞耻，故抛出一把黑沙，满天迷雾掩护铁拐李回家，就是现时天文学上的黑寅时。

铁拐李做贼的事后来人们还是知道了，编了四句顺口溜：

铁拐李仙家去偷油，一刀铡了葫芦头；

儿孙自有儿孙福，何须为儿孙做马牛。

小时偷油，长大偷牛

从前，某地有个小户人家，丈夫早亡，母子相依为命，日子过得紧巴。母亲把占小便宜当作传家之宝，教授给儿子，儿子也心有灵犀一点通，小小偷油，长大盗牛，发展到不可收拾的地步，最后终于被处以极刑，酿成千古遗恨，很有警世醒民的哲理，引人深思，值得一读。

要说儿子偷东西的启蒙教育，还得从一根小小的针说起。有一天儿子到邻居家找小伙伴玩耍，那孩子的母亲坐在门槛上做针线活。在纫针时，不小心将钢针失手掉落于衣襟的褶皱中，用眼在地上找，毫无踪影。她觉得自家孩子小眼尖，站起来招手唤孩子来找。就在她站立时钢针抖落地上，那小子抢先赶到，一眼就瞅准了明晃晃的钢针，把它一脚踩于地下，假装脚踩扭了，哎呀呻吟地蹲下。那妇人和孩子没找着针，转身进屋另取针去了，那小孩乘机用左手捡起针，放入手掌中，托住右腿下腋，一瘸一拐地回了家，把钢针交给了娘，还说了捡针的经过，受到娘的夸奖，吃饭时，娘破例打了个

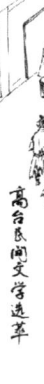

荷包蛋犒劳他。

那孩子遵母训，小偷小摸成性。吃了荷包蛋不行，还想吃顿煎鸡蛋。

趁和小伙伴玩捉迷藏时，悄悄躲入一家厨房，将备用的小油罐夹入胳膊肘腋下，假装逃跑回家。五六岁时和小伙伴打架，总要多打对方一把，或把站着的对方推倒在地；七八岁时，路过田间坡头，要偷拔别家黄瓜或萝卜；十几岁就偷鸡摸狗，顺手牵羊；十五六就盗牛偷马，胆子闯大。从默默无闻的小人物一下子成头面人物，有钱人惧怕，穷人害怕，成为十里八乡一大公害。

那人长成大人后，由夜晚入室发展到白天明目张胆地偷窃。他先在集市里安排好眼线，然后和卖主讲好牛价，言明牛送到家即付钱。卖主拉牛在前面走，他佯装安全顺势也牵着缰绳，在经过无人深巷时，眼线人尾随闪出，用利刀割断缰绳，将牛转移。再走到有人处，他大呼小叫说牛没了，不费吹灰之力就得到几千元的外快，已属常事。

俗话说："多行不义必自毙。"那盗牛贼经警方查获，共作案一百多起，其中盗牛五十多起被处以死刑，刀斩示众。临刑前，法官问他还有什么遗嘱要求。他说，他要见母亲一面。吃一口她的奶，死而无憾。法官准许，母亲前往，解开衣扣，满足儿子的欲望。儿子在吸吮前对母亲说："当初我偷了一枚针，你夸奖我，使我走上犯罪的道路，我死了你活着还有什么意义？今天，我再吸你一口奶，报答你的养育之恩。"说罢，一张嘴咬牙，将母亲奶头咬断，吐于地下，走向断头台。那母亲因剧烈疼痛，不久也死了。

争睡热炕的故事

从前,有三个商人上省城采购年货,又同进一家客栈住宿。时值严冬腊月,大雪纷飞,寒风刺骨,天特别冷。都想赶快暖和暖和。进门后,就给店家打招呼:"先弄点吃的,把炕煨热些!"店家老两口,男的烧火做饭,女的煨炕去了。

这三人是河西地区三县市的人。一个张掖人,一个高台人,另一个酒泉人。他们跑了一天生意,茶饭没进一口,又饥又冷。店家善解人意,转眼间三大碗热腾腾的面条端了上来,客人无须谦让,就狼吞虎咽地吃了起来。饭吃罢,茶喝足,店家领上看客房。开门点上灯,说:"三位客官上炕歇息吧!劳累了一天也乏困了。"言罢关门即回。俗话说店家的炕头底下烫。三人都想睡热炕。同时用手一摸,炕冰得像一块石板,唯有炕洞前,有猫儿焐嘴的那么点儿热气,又赶紧把店家叫回,老两口只是好言好语解释。男的说:"这是间古炕,没煨着,平常客人少,尽住前面那几间。今晚诸位来迟了,明晚一定有暖和的热炕伺候。女的说:"这鬼天气,大雪把煨炕的下湿了,我掏了个洞,才刨了些干的煨上,稍微吸一吸,慢慢就热了。"觉得抱歉,又说出个折中的办法,叫三位分别加到前三个房间。

看着店家为难的样子,三商人也动了恻隐之心,好在一大碗热饭下肚,身上暖和了很多。若贪热炕分住,身带巨资又不安全。也只有委曲求全。叫店家将房里的火盆端来。驱驱寒气再睡。

炕冷屋寒,难以入睡。三人围在火盆周围抽烟。暗自心不在焉,都试想着咱能睡上炕洞前那方方热炕。他说他年岁大,经不住冷;

你说你有关节炎，应该照顾，我说我正在感冒，急需睡热炕出汗。争执不下，互不相让。抽了阵闷烟。张掖商人提议，每人说一个本地的名胜，谁说赢了，谁睡热炕，酒泉商人拍手称快，唯高台商人闷闷不乐，出于无奈也只好点头同意。

　　机灵的张掖商人早胸有成竹，抢先开了口："我张掖有个木塔寺，离天只有七八尺。"说罢用右手指比个"八"，满脸洋洋得意，胜券在握的样子。

　　酒泉商人不甘示弱，狡黠的眼皮忽闪了几下，噘了噘嘴，放大嗓门说："我酒泉有个钟鼓楼，半截子入到天里头。"说完向两人得意地笑了笑，那眼神表明，睡热炕他是灶王爷吃糖瓜子，稳坐稳拿了。

　　高台商人想苦中取乐，故不显出露水，装着无可奈何的样子，将长长的旱烟锅朝嗑了嗑，站起来到炕门前，微笑了一下说："我们高台没个啥，这方方热炕我睡下。"言毕，随即躺在那热炕上。

　　这可急坏了另外两个商人，他俩一人拽住高台商人一只胳膊，异口同声地说："你怎么耍赖，说出的名胜古迹赢不了我们，想睡热炕没门。"

　　高台商人又笑又点头："我说，我说，我高台有个鸣家坡，站在坡上能摸着天爷。说罢向两位友好地笑了笑，认为这总可以了吧！"

　　谁料，聪明的两个外地商人仍说不行："这坡呀、山呀，哪里没有？又不是先祖修造，久负盛名的古迹。我们走南闯北，把你个小小的高台都踏遍了。谁家灶伙门朝哪个方向开，闭上眼都能摸到，也丝毫没听过这么个地方呀！"

　　高台商人细想，这话也在理，这鸣家坡在孩提时绕口令听过，到竟在哪塔（儿）？还真的不知道。他又深思片刻。站起身，反剪背手，迈着八字步，不慌不忙地说："我高台有个财神楼，楼顶能通南天门。"接着他又咏了一首打油诗作补充：

　　　　三六年严冬响春雷，红军来到高台城；

减租反霸打土豪，开仓放粮救穷人。
　　马匪攻城兵六万，我军三千不挂零；
　　浴血奋战连半月，阴风怒吼天地愁。
　　将士英灵化彩虹，董军长踢开南天门；
　　玉帝吓得直发抖，王母传令忙备酒。
　　宴好请忠魂赴长空，化作星辰照宇宙；
　　众星绕着北斗转，迎来解放天地新。

　　有关高台财神楼、董振堂、红军的故事，他们也略有耳闻，经高台商人用地方名胜的典故一拔，越发熠熠生辉。这回使两个外地商人心服口服。张掖人说："想不到，老弟是红胡萝卜沾辣子，吃出看不出，这热炕非你莫睡了。"

　　酒泉人则说："我们那个古迹，图的顺口押韵，没啥实际意义，不过是门窝子尿尿蒙钻。哪像你财神楼有那等崇高的悲壮义举。今儿有缘，你给咱把董军长率红军血战高台的事儿，详细说说。"

　　三人脱鞋上炕，高台人位居正中，取过烟袋，一连吸了几口，清了清嗓子开始讲了。他先从张国焘假传中央命令，红西路军孤军转战河西走廊说起，继而讲到董军长率部血战高台的过程。红军将士开一条血路自救东返。而蒋马匪帮自恃兵多粮足，资金积累精良而趾高气扬，调集大于我军二十多倍的兵力围攻高台，妄图一口吃掉红军，民国二十五年腊月初七夜晚，趁风雪交加，敌兵像洪水猛兽倾巢出动,从四面八方包围了高台城,只见刀光剑影,杀声震天。英勇的红军战士尽管体衰力弱,但勇猛善战,气壮山河,打得敌人惊慌失措、溃不成军,来不及反抗,就成了刀下之鬼。

董军长位于城南财神楼指挥部,灯火镇定自若。终因敌众我寡悬殊,不幸的消息接二连三,先是城门失守,城墙毁塌,短兵相见,街战巷打。继而敌兵又以人海战术,节节逼近。电话线中断,指挥失灵。弹如雨,血成河,尸骨堆山,我军幸存无几。

董军长像发怒的雄狮,带领警卫连组成敢死队,领头纵身跳下财神楼。手握机关枪对着敌人闪电般地扫射。子弹打完了,就用枪托抡打顽敌。这时身旁警卫员全部壮烈牺牲,敌人狼嚎鬼叫般地扑向董军长。这时的董军长浑身鲜血淋淋,面部眉眼难分。踩着堆积如山的尸体。跨越房顶上空,跃身于财神楼顶,变成了一个顶天立地的巨人。

刹那间,财神楼火光冲天,董振堂屹立于烈焰上面,霞光四射,冉冉升天。传说把玉帝吓得直打哆嗦,忙命打开南天门,入下天梯迎接宴请红军英灵,尔后,一道红光亮如白昼好似董军长失落未归的红军英魂,过了一会儿,大雪席卷银装素裹,天掉泪,地致哀,为殉难红军将士送行。

高台商人说完,已泣不成声;两个外地商人也深受感动,默不作声,停了一阵,酒泉商人说:"你县财神楼有这等悲壮故事,天庭里也许有个名分。军长是神仙下凡,凭借神楼上天,也在情理之中,这财神楼就是高,这热炕你睡定了。"

高台商人再三谦让:"说归说,闹归闹,出门在外友情还得要,酒泉老兄年长,睡热炕最妥当。"打炕拉铺,一摸炕全热。大家哈哈大笑,一阵儿古今闹,胜过热炕睡觉。

由《荷戈纪程》想到林则徐

《荷戈纪程》是清道光年间，朝廷罪臣林则徐被发配到新疆伊犁的行程日记。他记载了跋涉途中历经各地沿途的风土人情，地域概貌。其中在高台历时三天，有过芦湾墩龙王庙、高台城、黑泉及其他地方古色古香的乡土景物的记叙。细看平淡无奇，细想发人深思。也有文人墨客或达官贵人养尊处优，酒醉食饱之时发泄的一些感慨称之精品，让后人顶礼膜拜。而此文又是在怎样的心情下写的，不由人寻思。

林则徐虎门销烟是震惊中外的壮举。由于他禁烟，得罪了洋人，触怒了朝廷，从统率千军万马的两广总督到被革职查办的孑然一身的罪臣。罪臣不算，还要戴罪立功。朝廷对林则徐的处罚并非一步到位，而是拖了三年时间，一次比一次严重，一次比一次令人伤心。

从1840年9月到1842年3月，林则徐被以"四品铁卿"遣伊犁，改遣开封协助王鼎治水，因治水有功，按惯例可将功折罪，道光帝仍将林则徐发配伊犁。王鼎向皇上当面保荐不成则自杀，成为一时

震惊朝野的"尸谏"事件,然而道光帝无动于衷,此时林则徐身心俱焚,在国难当头、报国无门的绝望中,加上治水劳累,路戍途奔波,林则徐在西安大病两个多月。到1842年8月才从西安起程,踏上流放伊犁的漫漫戍途,就是在此种心情下写的《荷戈纪程》。由于他心里装着国家和人民,才能笑对人生,写下看似不起眼的日记,虽不是辉煌壮举,也拼出了这个风云将军的不朽人生。

林则徐在新疆伊犁三年多时间里,强忍身体的极度不适,拖着多病之躯,为新疆人民呕心沥血,行程两万多里,所到之处,兴修水利,开荒屯田,他亲自设计并带领民夫修治龙口,修水井,被后人称之为"林公渠""坎儿井"。由于他在新疆治水有功,被朝廷二次重用改任陕甘总督,返回经张掖时,到扁都口视察军事防务(扁都口为河西要塞),安境抚民。

细想起来,有的人不可以比拟,取得了一点成绩,把蚂蚁说成大象,把豆瓣说成车轱辘;受了一丁点儿打击,灰心丧力,万念俱灰,一落千丈。俗话说,天有不测风云。人生不如意事常八九,哲理人生才是真正人生。

关帝显灵退盗贼

现在的高台县宣化镇乐一、乐二、乐三村,新中国成立前叫大寨子,也称乐善堡。很早以前,和其他村一样,一个时期处在兵荒马乱,水深火热之中。有一年的五月初某一天,从东面来了一股盗贼,头缠红巾,骑马列队,明火执仗,他们所到之处杀人抢劫、奸淫妇女、无恶不作。这伙盗贼打算对大寨子进行抢劫,当他们行至寨口时,匪首领突然发现寨子的西北方向一股红色煞气冲天,随后显出一座高大城墙,上面关老爷手竖青龙偃月大刀,有威武雄壮的大队,头戴钢盔,手持长矛、短刀严阵以待。匪首见此情景,吓出一身冷汗,随即喊了一声:"此地有神灵保佑,不得进去!"劫匪仓皇撤走。这样就使寨子的百姓避免了一场大灾难。事过之后,寨子头领召集众人说:"盗贼撤走,并非我们强大,而是关老爷指挥队伍显了灵,拯救了我们。"

从此以后,每逢农历五月十三,寨人聚集,向关老爷焚香叩头,以表显圣避灾之恩。但场地简陋,人挤供多,不适众愿。寨主就因

势利导，让寨民赏布施，助劳力，捐粮款，四乡化缘，动员能工巧匠献艺显技，在较短时间内建起了关帝庙，塑上了圣人像。加之大寨子在明洪武十一年就有秦腔戏曲"忠义班"，以后伴随各种教派的兴起，寺庙的修建，逢年过节演大戏，对古之先贤歌功颂德，对奸邪之徒鞭挞惩诫，传承民族精神魂魄，各寺庙香烟缥缈，朝佛敬供，诵经启善，倡导乐善好施之风，乐善堡由此得名。

从此，大寨子人更加团结向上，尊老爱幼，济贫扶困，扬善抑恶，敦厚淳朴之风日盛。

仿龙建堡

从古至今，没有人目睹过龙的风采。但国人千百年来一直把龙当作大吉大利、期盼未来各项事业腾飞发展、前途光明的吉祥物，像对待祖先一样信奉崇拜。

在乐善堡的设计修建过程中，能工巧匠们独出心裁，用腾飞巨龙的姿态对堡进行了精心布局，实属用心良苦：一条蛟龙头南尾北，新庙是昂首向上的巨龙龙头，新家泉是挺胸龙的心脏，罗家湾路是龙的右前腿，西庄子（乐一村）是龙的右前爪；小路是龙的左前腿，东庄子（乐三村），是龙的左前爪；古城是龙身，城外四周的民宅是龙鳞；通往明堂湖的后路，是龙的右后腿，明堂湖是龙的右后爪；官湖路是龙的左后腿，官湖是龙的左后爪，通往黑河的下头路是龙尾巴。

看图示形，对照庙、泉、路、湖的命名，寓意深刻，耐人寻味。真可谓蛟龙出水腾空跃，前程似锦永向前。

神鹿之死

高台红崖子乡（现属新坝镇）红沙河村流传着这样一个故事：早年间，有一姓赵的猎人，有一手打猎的好武艺，常常背上一杆叉子火枪，出没在深山老林之中，倒在他枪下的野兽不计其数。

一次，他到肃南西柳沟里狩猎，转悠了一天，连只狐兔的影子也没见到，他只好悻悻而归。刚翻过一个达坂，忽见前面山坡上站着一只鹿，他悄悄溜进沟槽，接近鹿，鹿还是没有跑，他举起枪"啪"的一声，鹿应声而倒下。

猎人上前去看，见那头鹿头上有带了辔头、身上有备了鞍子的痕迹，眼里淌着眼泪，鞍迹上的汗水还未干。他不由得浑身一个激灵打了个寒战，连鹿也没捡，就失魂落魄地往回家的路上跑。还没跑回家，猎人的双眼就瞎了。原来，猎人打死的那只鹿不是一般的鹿。据老人们相传，那是一只山神爷巡山的坐骑，山神爷为了惩罚狠心的猎人，使出法术弄瞎了他的双眼。

儿女的心在石头上

民间有句俗语"父母的心在儿女上,儿女的心在石头上"。这句话是怎么来的呢?

从前,有一家老婆婆生了四个儿子,刚刚生下四儿子,老头子就过世了。老婆婆吃了上顿没下顿,屎一把、尿一把,含辛茹苦地将四个儿子拉扯大。大儿子当了个商人,二儿子当了个画匠,三儿子当了个县衙里的小差役,四儿子当了个木匠。老婆婆指望儿子们养老送终,谁料想四个儿子一个个娶了媳妇忘了娘,谁也不愿意养活她。老婆婆缺吃少穿,孤孤单单地住在一间破草棚里。

一天,从外地来了一位串乡郎中,路过老婆婆门口讨水解渴时,见老婆婆十分可怜,便问了她的家事。老婆婆把四个儿子的不孝行为如实告诉了郎中,郎中听后十分气愤地说:"天下还有如此不孝之子,你去找一块石头来,我保你四个儿子今后争着养活你老人家。""那门背后就有一块。"老婆婆指着门背后一块腌菜缸里压了菜的石头说。

郎中抱起石头，显出十分惊喜的神色说："哎呀呀！这哪是石头呀！明明是个百两重的金元宝哇！"说着他解开自己的包袱，取出了一块红布，把石头包好，放在老婆婆的箱子里。

第二天，郎中在老婆婆门前摆起了看病摊，对所有前来看病的人宣扬说，他是老婆婆丈夫的生前好友，二十年前他曾经借了他老朋友的一百两银子，今天特意拿上二百两金元宝前来报恩还债。说着他把那块石头拿出来让大家看。人们见他说得情真意切，又见到了实物，都信以为真。

老婆婆得二百两金元宝的消息，经过众人的宣传，很快就传到了四个儿子的耳朵里。他们各怀鬼胎，不约而同都来看望老娘。

老婆婆按照郎中的吩咐对儿子们说："这块金元宝是你们爹一生的心血，现在我不打算分给你们，我把它放在箱子里，等我咽气的那一天，我再把它分给你们。不过，我要在没死以前看看你们兄弟四个谁对我最孝顺，我将来就给谁多分些！"

四个儿子各有各的心计，都怕自己离开后金元宝被其他兄弟拿了去。老大拿出一截锦缎包在石头上，老二在箱子四周画了图案记号，老三拿出一支火签别在箱扣上，老四用胶和钉子把箱子加固了一番还不放心，又在箱子上加了锁扣上了锁。

从此，四个儿子和四个儿媳妇争着给老婆婆做吃做穿，谁都想多分些金元宝。

老婆婆死后，四个儿子打开箱，取出元宝，分不停当就往开砸，结果得了个猫咬尿泡——一场空。从此"父母的心在儿女，儿女的心在石头上"这句俗语便在民间传开了。

南华"会仙聚"与"杂烩菜"的来历

高台南华镇是古今丝绸之路必经重镇之一,自古以来该镇商贾云集,市场买卖兴旺。就在这个镇子上曾发生过这样一个神奇的故事。

相传,不知哪朝哪代,南华流落来一姓赵的人家,最初家道贫寒,为了养家糊口,这家主人每天到屠宰厂收罗些屠家们扔弃的肠肠肚肚来烫洗干净,加工做成一种杂烩菜经营。一天,不知从哪方

来了位银发白须、面目慈善的老人,在杂烩菜摊前要了两碗烩菜,蹲在一边吃起来。老人吃完了一碗,往腰里一摸索,发现没有带钱,忙上前给摊贩主人赔礼,这摊贩主人心眼好,见老人偌大年纪,便

让老人白吃不要他的钱。老人吃了一碗就起身走了，摊贩主人把剩下的那一碗倒回锅里，谁知一回锅，锅里的菜就变味了，比三鲜汤还鲜美，并且总也舀不完。这下摊贩主人明白了，原来是有神仙相助，他忙搁下手里的勺头，沿街寻找那位老人，找遍了街头巷尾已了无踪影。在返回的途中捡了一副用纸写的匾额，上面写着"会仙聚"。摊贩主人马上明白，这是神仙赐予他的招牌。为了感谢神仙相助，就地盖了三间铺面，挂起了"会仙聚"的招牌，专卖杂烩菜。正式开张的前三天，"会仙聚"无偿供应了三天杂烩菜，过往的游客都尝到了杂烩菜的鲜美味道。据传说，就在清朝末年，南华"会仙聚"的杂烩菜还一直享有名气，一些早年过路曾品尝过南华杂烩菜的食客，还在打听"会仙聚"与杂烩菜的下落。

石榴的传说

相传中国最早没有石榴这种水果，那后来怎么又有了呢？当你看完这则传说便知。

汉武帝时（公元前139年），汉使张骞出使西域，他在所住的安石国（指古代波斯帝国之前的"安息国"）驿馆门前种了一棵石榴树。后来因天气干旱，石榴花叶一天天地枯萎了，眼看就要死了，张骞便从很远的河里担水亲自浇灌。在他的精心浇灌下，石榴树又花红叶绿了。十三年后，张骞完成出使西域的差遣，奉命要回国了。那天夜里，张骞因回国心切，没有一点睡意，正在忙忙碌碌整理文书，忽有一身着红衣绿裙的女子推门而入，哭得泪湿粉面，跪倒在张骞面前，请求张骞带她回中原。张骞身为汉使，怕惹是生非，便正言厉色地回绝了。第二天，安石国国王为张骞送行，张骞请求把石门的石榴树带回中原，国王答应了他的请求。不料返回途中遭到匈奴拦截，张骞率部将冲击，石榴树却失落了。等人马回到长安，张骞正与汉武帝相见交差时，忽听大殿外一女子在

呼唤，他回首往殿外一望，原来是那位在安石国见到的女子，张骞于是向汉武帝讲述前因，汉武帝听后传旨下来，命那女子上殿，那女子上殿叩拜汉武帝后，垂泪诉说："路途被劫，奴不愿离弃天使，一路赶来，以报主人昔日浇灌之恩！"说完跑出大殿扑地化为一棵石榴树，众人见了惊奇不已，汉武帝忙命武士将树移至御花园中。

从此中原就有了石榴树。

龙泉寺的传说

新坝镇暖泉村原有一寺叫"龙泉寺","文革"期间被拆毁。据传说,这个寺虽然小,但寺的来历却深着哩。

很久以前,暖泉村有个牧羊人,一次赶着一群羊到南山的山坡上放牧,眼看太阳就要落山了,一只只羊顺着羊肠小道下山了,可牧羊人却怎么也找不到下山的路径。他往山下一瞅,到处都是百丈深的悬崖,平时走熟的山路根本就看不见了,急得牧羊人站在山头上直哭。就在这时,从南面刮来一阵清风,把牧羊人卷下山来,牧羊人闭上眼睛,听见风声呼呼地从耳边吹过,心想这下可完了。刹那间,随着风声而止,牧羊人轻轻摔倒在地上,他急忙爬起来,一边拍打身上的灰土,一边瞅羊群的下落。就在他瞅羊群的瞬间,见一条昂首长须、头上长着角、身上长着鳞甲、发着绿色金光的东西,扑通一声跃进暖泉里,溅起了一丈多高的水花。牧羊人顾不得收拢羊群,跑到泉边想看个究竟,来到泉边只见泉水波波荡荡地翻着浪花。

牧羊人回到家里，把看到的一切告诉了庄寨上的老人们，老人们根据牧羊人的描述，都说那是一条龙，又说龙是吉祥的征兆。这一传十，十传百，惊动了方圆百里的人，每天来暖泉烧香叩头者络绎不绝。暖泉的掌头人找来当地的老者们议事，决定在此建造一座寺庙，供人们敬香叩拜求吉利。从当年四月初八动工，次年八月十八完工。寺庙建造竣工那天，请来了远近一些文人墨客，还有一些慕名而来的僧人道士，为该寺题名悬匾。不知咋的，先后悬的几块匾，怎么也挂不住，刚刚挂上去就掉下来摔得粉碎。正当人们站在寺门上为此犯疑时，从人群中挤进一个鹤发童颜、手持一块锦缎盖着匾牌的老头，笑呵呵地向人们说："来、来、来，试一试老夫悬的这块匾额。"围观的人群忙闪开一条道，老头把匾牌递给几个小伙子，悬挂在寺庙门楼上。匾额就像是钉子钉的，胶粘的一样结实。几个小伙子试着摇了几下，怎么也摇晃不动，盖在匾牌上的锦缎随风飘落下来。霎时，匾牌上发出金光异彩，耀得人睁不开眼。人们定睛再一看，三个金光闪闪斗大的字"龙泉寺"镶嵌在牌匾上。待人们赞口不绝地欣赏毕牌匾、回头酬谢悬匾额的老头时，那老头早已不见了。这时，只见南面天空上方有朵祥云飘过山顶而去。

"鼻屎监生"救村民

清朝末年，继太平军后，还有一些民间反清组织在各地活动。有一个叫"悄悄会"的组织，在高台宣化、永丰、酒泉沙山、马营、九家窑等地活动，常与官府作对，被清廷视为叛匪、乱党，多次遭官府围剿、镇压。

光绪十年冬，红崖营守备报称：红沙河万永金、张玉美等人与"悄悄会"有瓜葛，且言之确凿。高台总兵统领童大人接到禀报，因红沙河与酒泉沙山、马营、九家窑毗邻，就信以为真，率兵前来红沙河围捕，数天内，竟有一百多人被诬为悄悄会同党被抓捕。那时，红沙河还不足两百户人家，竟有"乱党"一百多人，几乎家家有人被抓。一时间，全村乱作一团，连一向遇事沉着、多谋善断且以雄辩著称的长斋爷都乱了分寸。在这紧要关头，被人们称为"鼻屎监生"的陈兆福出面了。

陈兆福，红沙河人，考取生员后，入省学读了几年书，随着年龄增大，自感功名无望，花钱捐了个监生，就回村赋闲了。因其小时多鼻涕，

到了老年，偶尔也会拖点鼻涕出来，"鼻屎监生"的诨名就被暗暗叫开了。因小孩子才流鼻涕，叫他这个诨名，显然含有贬义。他读书多年，虽无满腹经纶，却也学识渊博，因家境富足，不事农桑，只是闭门读书以自娱，加之不与村民往来，虽然年届古稀，在村民眼中仍是个不起眼的角色。这时，陈兆福未经禀报就闯入公堂，总兵大人颇感懊恼，刚要斥问，却见是一位高寿老人，又身穿监生礼服，便收敛怒容，很客气地让座。陈兆福不慌不忙，与童大人见过礼开口便问："童大人，你是凭什么抓这一百多人的？""这是你们自己人供出的。"童大人答道。陈兆福接着问："既然有人供出这一百人都是'悄悄会'同党，总会有证据吧？他们都是什么人引诱，在什么地方入会的？再问童大人，他们这些人中谁知道'悄悄会'是干什么的？以什么作标志？敬的什么神，念的什么经？"一席话问得童统领张口结舌，不知怎么答复。在这当儿，几位地方头领及红沙河头面人物，包括坐家道台陈洪章都跪在门外为这一百多人求情。此时的童统领已无话可说，没有别的证据，单凭这一二人的供词抓这么多人，也难通情理。只是红崖营守备坚持说确实有人看到有十三个头裹红巾的人从红沙河翻过山头，向红崖方向走去，这是铁证，若不交出这些人，这一百人谁也走不脱。求情的跪了半天，童统领仍认定红沙河至少有十三个"红头贼"，非杀不可，只好由张玉美、万永金、陈兆华、赵福仁等九人出面自首，当即被绑到山疙瘩洼（西涝池处）砍了头。杀了这九个人后，守备大人的疑心和戒备心一直没有解除，后来又借口抓取四个嫌疑人杀于东路沟沙河方才罢休。

陈兆福虽然没能使这十三个人免于一死，但毕竟有一百多冤民没遭杀害，所以"鼻屎监生"救村民的佳话至今尚存。

左宗棠赠联

　　1870年，清廷任左宗棠为陕甘总督，总理两省事务时，新疆阿古柏受英、俄支持，搞叛乱分裂活动。朝廷授权左宗棠留心戒备，做平叛征讨之准备。三凤村村民之习武传统，传之已久，加之肃、甘两州拜祥云寺之信徒众多，更使三凤村习武之事遐迩闻名。莅甘不久之左宗棠对此亦有耳闻。出于西征调兵运饷之需，左共发起修筑自潼关横贯陕甘直至新疆精河之大马路，饬路边植树两行。所植树木，即后来闻名之"左公柳"。因其工程浩大，左公数次沿途督察并坐镇肃州。

　　1874年，左公召地方耆宿于苏州行辕了解民情，特指"三凤村"坐家道台陈洪章赴肃参议。左公向陈洪章详询了当地民情及村民练武情况。对村民开渠引水、王祥杀匪献身之典故深为赞叹，以平叛保国需武为要务，鼓励其村民永葆练武之村风。尔后欣然命笔，题"天地正气"四字及对联两幅为赠。

　　一联为：老竹当天清荫可托；绿柳垂地英气堪恃。
　　二联为：路通边靖国泰民安；珠藏川媚玉韫山辉。

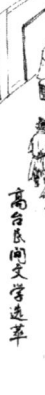

在落款"左宗棠"之后,钤"清宫太保""恪靖伯印"两印为记。

联文高度赞扬了红沙河村民练武为国之天地正气,希望代代清音托佑,传之久远;村民之淳朴美德,献身精神,犹如珠玉蕴藏,使山河增媚生辉。尔后,左公以平叛保国需武为要,励其村练武不屑,使之代出英才。

时日本攻占台湾,清廷赔款五十万两白银,朝廷中以李鸿章为首的一派力主加强海防,不主张出兵新疆,认为疆防无海防重要。但年近古稀的左宗棠力主西征,为表誓死平叛为国之决心,1880年4月,"左公舆榇发肃州"。红沙河村十多个热血青年随军西征,并从俄人手中收回伊犁,大大激励了国人保国守土之信念。经两年奋战,讨平了阿古柏的叛乱。

左公逝后三年,即1889年,"大老爷"陈占科(左廷)中光绪乙丑科武举,钦任宣慰将军,后分发甘州提标,民国十八年曾任高台警备队长。1893年,"小老爷"陈保廷中光绪癸巳恩科武举,分发肃州镇标,差可慰左公之嘱云。

左公所题"天地正气"条幅,珍藏于村民赵爱学家中,1984年被红崖子乡文化工作站一工作人员以鉴定为名"借去",今已下落不明。两副对联珍藏于陈洪翔家中,后其家遭劫,在劫后的一片狼藉中,被人收存,不知是当时忙乱中弄错还是以后辗转中失落,现存于村民陈运畴家中的对联成了错联,另一半已无从查找。

"龙爷" 朱万因的故事

朱万因，东联二队人，与朱海南同队同族同岁且个头、体形、相貌大致相似，不同的是朱万因微胖，面色红润；朱海南清瘦，面部蜡黄，两眼下陷。朱万因成分富农，朱海南成分雇农。

朱海南因救助过红西路军，有功于共产党。《全国劳模朱海南》一文中有详述。在解放大军行进西北时，原红西路军首长委托西进部队首长寻找过朱海南。在部队西进过程中的古浪会议上筹建各县工委组成干部时，部队首长又把这件事交嘱于高台工委负责同志（那时地区、县委负责同志均由部队连团以上干部担任）。高台工委在走访群众的过程中，又阴差阳错地把在站家渠任过农官的朱万因当作朱海南，请到了高台县委。好吃好喝地招待了三天，在庆祝高台解放大会上，在大操场主席台上与新任县委书记郝子君、县长殷序正坐亮相。

在大会程序进行到农民代表讲话时，新任县委书记请朱万因讲几句话表个态。朱万因紧张得缩头缩颈，不知道说什么好。会后，还是朱万因提供线索，工作人员在南华镇西边的破房烂屋里找到了朱海南。

朱海南，1949年10月上旬参加工作，11月份当选高台各界人民代表大会第一届副主席（正职由县委书记担任），由于他忘我的工作，1950年邀他赴京参加庆祝建国一周年盛典，受到毛主席、朱委员长等老一辈革命家的接见，曾为高台历史增光添彩。

朱万因也干过些鲜为人知的好事，在当地群众中口碑较好，享有盛誉。他在任站家渠农官二三十年里负责管理站室渠三乡（巷道、正远、宣化）五号（站上中，站上中中，站上中上，站上站下，站下站下）二万多亩农田用水，有章可循，有条不紊，治水有方，群众拥护。当地人称他"龙爷"，在一般人心目中，他是仅次于县太爷的大官。

那时站家渠龙王庙（水管所）设在下庄子（临泽地界），他和那里的人相处非常友好。每年在清明前一月开始清淤"挖沟"，清到渠首后，遣散民夫回家。他和三名渠管人员轮流看庙（其中一个助理，一个会计，一个保管），这三人中又有两人经常巡回各队催差，催柴草物资，另一人与他做伴，也就是留守看家。在看家这段时间里，他也闲不住。只身前往五里地下庄子走走看看，替当地人阉个猪，骟个牛羊，或用小土方给人治病，关系融洽，胜似兄长，逢端阳或八月十五中秋节，还有当地人给他送礼。所以水库的水能放足，渠首进水闸能挖深（多来水），当地的群众满意，他也赢得较高的声誉。

朱万因在管理站家渠系用水上，尽职尽责，身先士卒。每到春、冬轮水时，需要在水中加一道拦坝，让大量河水流入渠首。即是冬灌也如此，他带领民夫到渠首岸边，先喝半斤烧酒，扒光了衣服，纵身跳入渠上游水中，上下勘查水流趋势，地形高低。然后招手，民夫下水打桩，夯扫，拥土，筑起一座拦水坝，使汹涌的水流流向渠首。无声的命令胜过有声的呵斥，民夫们很敬重他，"龙爷"长，"龙爷"短的。

朱农官在新中国成立前，为丰、站两渠人民办了两件好事，使他成为当地家喻户晓的人。一是他在任农官期间，瞅中站家渠渠首南，丰稔渠渠首北，临泽的一块荒滩，和丰渠农官一道，说服归政府，修建了芦湾墩水库。使丰、站两渠受益地可灌三遍水，大大缓解了缺水矛盾。只是在与临泽签订征地补偿合同吃了点亏。那时张掖公署秘书（临泽人）在合同后面又写了这样两句话："库堤建成后，效益归公，利益归私。"朱农官要秘书解读其意，秘书说，很简单，水库建成了，不是你当渠管吗？农民受益用水，这不是利益归私又是啥？他不知其中有诈，默认了下来。第二年端午过后，三个水排完，临泽有人在库区裸露湿地开荒种田，朱农官拿着合同据理力争，临泽人也拿着合同理直气壮地说："合同最后写着利益归私，你们水放完了，我们种点地有何不可。"从新中国成立前至今七八十年沿袭至今如此，现在听说库区被蚕食，变得很小了。

　　还有一件事，丰稔渠在修下庄进水闸时，临泽人不让北高西低，要北低西高，有利于他们灌水。丰稔渠官、民夫与临泽人打打闹闹，还出了人命，站家渠农官朱万因知道后，动员丰站两渠民夫千余人，把临泽人的炕全给砸塌。官司打到临泽县政府，幸有本县藉任秘书的段某君帮忙，高台方面没有吃大的亏，闸还是北高西低修好了。

　　根据原西路军提供的情况，朱海南系朱家楼庄子人，大高个，微驼背，苦大仇深，因在当地群众中有一定声誉的特点，才找到朱万因的。但他不属于"苦大仇深"，名副其实的富农，但他又是干过好事的人。

督军审杨树

民国年间，内地儒将杨天应调任新疆督军。陕甘道官员尽地主之谊，恭迎送行。某日，杨行至甘肃某县夜宿，县长为督军设便宴饯行。在饭饱酒足闲聊时，县长谈到最近涉足一桩较棘手的公案，说者无心，听者有意。杨督军当即表态，要小住一日，帮县长断了这桩案子。

案情说来简单也简单，要说复杂也复杂。大致情况是这样，本县杨家镇人杨大，三年前外出打工挣钱，最近返回家中，在行至离家一里多地时，头脑里突生挂念，媳妇是否还贞洁？所带钱两是否还会安全？对自己性命有无威胁？一系列疑问迫使他做出临时决定。银钱暂不能带回家，先回去打探一下，再做决定。

在这前不着村、后不着店的地方，钱在哪里寄放，又是一大难题，突然，眼睛一亮瞅准了一棵杨树的树杈，枝叶浓密，是个理想的隐藏之地，便把钱藏了起来。

一进家门，见妻儿健在，互道问候后，情意缠绵，妻子急着去做饭，丈夫推托小解去取东西，谁料到树下一看，钱袋空空的。他又爬上树仔细一查找，仍无丝毫痕迹，回到家他六神无主，全身散架，像一堆泥倒在炕上。这时左邻右舍来看望他，他沮丧地道明了原委，乡亲们都鼓励他去县衙申诉，县长就接了这样一桩无头公案。

消息传开，埂城八乡为之震惊，老百姓大老远赶来看杨督军审杨树案，既然惊动了远乡，本村人也无一幸免，都来参加，在杨树前设立了临时公堂，杨督军担任主审，县长做陪审，审讯开始后，先由失主杨大诉说丢失银两包袱的经过。然后杨督军提问："讲完了没有？"回答是"讲完了"杨督军质问杨树，怒目圆睁，威光逼人地说："你可偷了杨大的银两？"这时督军大发雷霆之威，命衙役责打杨树二十大板。用刑后，杨树纹丝未动，好奇者交头接耳。督军说打到致命处，叫人找来三四根长木棍，照藏过银两袋的树杈再打三十大棍。这回没打几下，那树枝"唰、唰、涮"地落下三片。督军叫停刑，然后自言自语地说："杨三爷，我看你有什么话要说。"在前面看热闹的杨三爷说："督军大人，我杨三爷无话可说。"督军大喝一声："大胆刁民，谁让你说话来着！"杨三爷吓得腿如筛糠，顺势跪倒，陪审县长说："杨三爷，你做贼心虚，理应从实招来，免动大刑，杨督军大名天应，喊天就得答应，莫说你个小毛贼，砸烂骨头有几斤几两，也不掂量掂量。"杨三爷头磕得如捣蒜锤，如实交代了作案经过。

原来杨三爷是称霸本地的乡绅、大财主，吝啬出名，刻薄成家，这儿是他的地界，遇五黄六月，常有穷苦人偷青掐黄，他冒着酷暑炎热，巡视于田间地头，这不就瞅准了猎物，偷了杨大的钱袋，因杨督军了解巡视到，苦主在杨三爷地界丢钱，其他小偷不便在这里自由行动，故判定盗贼为杨三爷。

杨三爷被责打三十大板，如数取来所盗银两，百姓拍手称快。杨督军又昼夜兼程，远道赴任。

忠烈义女赵娥

东汉时,福禄县(许三湾)有位老实巴交的农民叫赵安,夫妇生下一女三男,女儿为三兄弟之姐,芳名"赵娥"。赵安务农为生,略通文墨,农闲时帮人家写个书信,小有名气。某日里,一农民要状告当地恶霸抢占私田一案,远道来恳请赵安代写诉状。后来该案以告李寿败诉结案,将耕地退回原告,还另外赔偿原告占地补偿金额。李寿对写状之人心怀不满,私下里收买几个打手,将赵安杀了。

那时赵安的大女儿赵娥已嫁表氏县(骆驼城)平民庞子夏,随夫姓取名庞娥。且三个弟弟年幼,家中无人替父申冤,而且贼人李寿对赵安是暗杀,无凭无据,也难以立案。李寿是个大恶霸,历来就与官府有瓜葛。后来,三个弟弟相继长大,已成了李寿的心腹之患。不幸的是,祸不单行,一场瘟疫降临人间,赵安即将成人的三个儿子突患瘟疫相继死去,也就失去了为父报仇的依托。

赵家的噩耗成了李家的喜讯,李寿暗自思忖"天助我也",侥幸地认为赵家再没有人替父报仇了。谁知赵娥要替父报血仇。赵娥与

丈夫庞子夏商议，两人共同去对付李寿，丈夫也同意，陪她去福禄为岳父报仇。但在商议中，赵娥觉得不妥，还是只身前往，由丈夫在家中陪儿子小清，自己早已将生死置之度外。

赵娥返回娘家福禄后，准备伺机寻找李寿报杀父之仇。公元179年的二月上旬的一天中午，她女扮男装，袖藏利刃，单人乘坐车行至城郊一凉亭，打发了轿夫，独自一人等待贼人的到来。她坐在凉亭栏杆上静候观看，真是冤家路窄，忽见李寿孤身单马悠闲地从北朝亭子走来。宛然一个凶神恶煞的鬼怪影子映入眼帘，赵娥"嗖"的一声跃起，对准李寿刺杀过来。先一刀砍向马头，马惊人摔，李寿跌落到沟里，赵娥又跳到沟里，骑在来不及翻身的李寿身上，从背后一刀戳进李寿心窝，霎时，李寿四肢瘫伸，气绝身亡。

赵娥提了李寿的人头到县衙自首。面不改色，神态自如地向县令尹嘉原原本本地诉说了李寿在地方称王称霸，无故杀害家父，三个弟弟一起病殁，自己奋勇为父报仇的全过程。县令和当朝官员听后，不仅不予治罪，反被弱女子为父报仇、大义凛然的精神所感动，尹县令摘官归故里，赵娥由衙役送回庞家。

这件事被凉州刺史周珙和肃州太守刘班闻悉后，对忠烈义女赵娥的行为和尹县令的公正处置十分赞佩。一面召回尹嘉继续当政，一面向朝廷禀报赵娥为民除害的忠烈之举，还在福禄县城为其刻石镌碑修建忠烈女牌坊。朝廷官员对赵娥的英烈事迹，莫不肃然起敬，在《列女传》《秦女修行》《庞娥传》都有咏颂。新中国成立前还传得家喻户晓，人人皆知。

一对金手镯

从前,有一户人家,老婆婆很早就失去了丈夫,好不容易将儿子拉大成人,为儿娶了媳妇。谁知新婚不足一月,儿子又暴病夭折了,只有婆媳二人相依为命。婆婆先失去丈夫,又丧失了儿子,悲伤交加,过早地哭瞎了双眼,全靠贤惠善良的媳妇养活着。媳妇在一家大户人家当做饭的佣人,只能养活自己一人,婆婆在家没饭吃,把媳妇愁得不行。最后她想了个办法,给人家和面的时候尽量手上多沾些面,趁人不注意,悄悄溜出后门跑回家,把手上沾的面用清水洗下来,等晚上回来,给婆婆烧上些面糊菜汤喝。

这样的艰难日子持续了两年,时间长了被主家给发觉了,把媳妇做饭的差使也给丢了。从此,婆媳二人日子过得更艰难了。

有一天,婆婆因一连几天没有吃东西,饿得昏死了过去。这可吓坏了媳妇,在万般无奈的情况下,她忍着剧痛,从自己的大腿上割下了一片肉,煮成汤给双目失明的婆婆喝下去。却说老婆婆喝了汤,渐渐苏醒了,醒来后,听到媳妇痛得在炕上直翻滚,上前一摸,浑身是血，抱住媳妇就哭。这时，突然狂风大作，雷声震耳欲聋，吓得媳妇一头扑到婆婆的怀里直哆嗦。婆婆问："娃娃，你怎么啦？"媳妇说："妈呀！我还从来没有见过这么可怕的天气，是不是我给你吃了用我身上的肉煮的汤，雷神来收我了？"婆婆说："怕啥哩，你是我的好媳妇，老天爷是长眼睛的，不会找你麻烦的！"婆婆把媳妇拉到窗前，叫她把双手伸到窗外，然后紧紧闭上眼睛。这时，天空一个巨大的闪电，把大地照得通明，闪电过后，一颗红色的火团直向窗户射来，媳妇只觉得手腕子冷冰冰的，吓得不敢睁眼睛。过了一会儿风声、雷声停了，乌云散了，天晴了，西边出现彩虹。媳妇觉得手腕子上冰凉冰凉的、沉甸甸的，睁开眼睛一瞧，呀！戴了一对金手镯。她吃惊地问："妈呀！这是哪里来的？"婆婆笑嘻嘻地说："好媳妇，这是你的一片善心、孝心、诚心换来的，老天爷赐给你的呀！"媳妇又惊又喜。从此，她对婆婆更加孝敬了。

里宝和外宝的故事

有一家兄弟俩，老大叫外宝，是前母所生，老二叫里宝，后娘养的。后娘是个尖酸刁顽的泼妇，他怕外宝将来分家产，一心想把外宝撵走，好让自己的亲生子独吞家产。所以，常常瞒着丈夫背地里折磨外宝，还在丈夫面前搬弄是非，嫌弃外宝。可是，丈夫总是袒护着老大外宝，这样一来，后妻就不依了，又哭又闹。丈夫是个爱面子的人，怕把事情闹大，让街坊邻居笑语，只好暗自流泪，后悔自己当初不该为儿娶后娘。

却说外宝是个聪明懂事、憨厚善良的孩子，他把家里所发生的一切事都看在眼里，记在心上。为了不让爹爹再受气，能安度晚年，有一天，他从地里回来，笑着对父亲和后娘说："爹，娘！我如今长大成人了，俗话说'树大分枝，人大分居'，我想一个人过活。至于家产，就留给爹娘和弟弟，我只要一间茅草房和一亩薄地。"后娘一听高兴得不得了，当下就答应了外宝。可是父亲听

后,抱住儿痛哭了一场,好歹就算把家分开了。

自分家后,外宝除种一亩薄地,还要到山上砍柴。一次,他在山上砍柴,失足掉下了山崖,幸被架在崖下一棵树杈上昏死过去。夜里,迷迷糊糊地醒来,听见树下狼群虎豹在喧慌:

老虎问豹子:"豹兄弟,你今天寻了个啥吃头?"

豹子说:"在树林子里捡了只死羊羔。"

"虎大哥,你今天收获不小吧?"豹子问老虎。

老虎回答说:"我到村东头叼了财主的一个小孩,吃了个饱。"

老灰狼垂头丧气地说:"唉!就数我最倒霉,今日赶早,西坡上拴着一匹大叫驴,我正想下口,不巧赶来了猎人,幸亏我跑得快,险些一命呜呼了!"说着,老灰狼用鼻子一嗅说:"虎哥、豹哥!我怎么嗅到了一股子生人味?是不是我们附近有人?"

老虎说:"狼兄弟,你别做美梦了!你想吃人肉心切,你嗅的生人口味可能是我今天吃了人肉的腥味。既然大家都没有吃饱,就动用一下咱们的宝贝吧!"老虎钻进洞里叼出一个小喽啰,"当、当、当"敲了几下说:"要几只猪腿。"一霎时,狼虫虎豹面前就摆了几只猪腿,众野兽它争你抢,狼吞虎咽地吃起来。老虎吃完了肉,用舌头舔了舔口角上的油说:"我们的这个宝贝要是让人弄去,要金有金,要银有银,那可就发大财了。"众野兽嚷嚷着说:"大哥,要藏好咱们的宝贝,万万不能让人弄走了!"老虎伸了个懒腰说:"众兄弟放心好了!"老虎叼着宝贝放进洞里,狼虫虎豹四分五散各回自己的洞穴去了。

外宝在树上把野兽们喧(说)的慌(话)全记在心里,悄悄地溜下树来,爬进洞里,拿上宝贝离开了此地。

外宝回到家里,把宝贝锣锣"当、当、当"敲了几下说:"宝贝锣锣我要一两金,一两银!"只听"嘣"的一声,从锣锣里蹦出了一锭金、一锭银,外宝高兴得跳了起来。

从此以后,外宝的日子过得富裕起来,不久在村外盖起了三间新瓦房,摆了一桌酒席,请来了父亲、后娘和里宝弟弟。后娘见外宝不但没有受穷,反倒生活过得比自己富有,感到格外的奇怪。酒席间,后娘厚着脸皮问外宝是怎么富起来的,外宝便把事情的经过当着父亲、后娘和里宝的面,原原本本讲了一遍。酒席还未毕,后娘拉着里宝上了山,找到了外宝说的那个地方,叫里宝爬上树等候着,自己却跑回了家。

夜里,众野兽又聚集在洞穴的那棵树下,个个唉声叹气……

老灰狼用鼻子一嗅说:"虎哥、豹哥,咱们今天被猎人们撵了一天,啥东西都没有吃着,我咋又嗅到了一股子生人味?"

豹子说:"上次我们大意了,让人弄走了宝贝,害得我们这些天,天天饿肚子,不妨我们搜索一下。"里宝一听,吓得腿骨酥麻,尿水直淌,正好撒在老虎的头上,老虎抬头一看,大喊一声:"树上有人!"众野兽涌过来啃倒了树,狼一口、豹一口把里宝撕成了八片。

清晨,后娘在家里等得心慌,来到山下一看,只见血迹斑斑的几片破衣烂衫,不见里宝,放声就号。哭声惊动了正在洞穴里睡觉的老虎,可恶的后娘也被老虎吃掉了。

却说,外宝娶了个美丽贤惠的妻子,把父亲接到家里,一家三口人生活过得可快活啦。

黑狐子的故事

很早以前的一个冬天,红崖子霞光有个姓盛的老人,在西岔河东边松滩上放羊。忽然,见一只猎狗撵过来一只黑狐子,钻在放羊老人腿裆里。他赶忙蹲下来,黑狐子贴在他披的皮袄下面不动了。猎狗"汪、汪、汪"地左窜右跳,围着老人绕了几圈也躺在地上不动了。时间不长,见一猎人骑着马,挎着枪来到放羊老人面前问:"老人家,你看见我的狗撵的一只黑狐子从哪边跑了?"放羊老人说:"闪是闪了一面,不知道向哪边跑了,你前去找找吧。"

猎人自言自语地说:"怪了!我的狗撵的猎,永远撒不掉,今天咋就不见了?"他向远处四周望了一下,就骑着马,领着狗向北走了。等猎人走远后,黑狐子从老人的皮袄下面钻出来,向南面的山上跑了。

几天后,放羊老人又赶着羊群到西岔河东边的松滩上放牧,迎面走来一位银发白须,手拄拐杖的老者向放羊老人躬身施礼道:"老

哥，多谢了！那天多亏您老相救，为了答谢救命之恩，我这里有百枚铜钱一串你拿去使用，但你要切记，每次使钱的时候，不要把钱串上的钱抹完了，要丢下一两枚，这样就够您老一辈子使用的了！"放羊老人接过钱串只顾看，再回头一看，那位银发白须的老者就不见了。放羊老人一边往怀里揣钱串，一边自语道："天下还有这样的怪事……"

晚上，放羊老人回到家里，把这件事情告诉了老伴，老两口一起动手把钱串上的钱抹的只剩下了两枚。第二天一看，钱串子又满了，仍然是一百枚铜钱。就这样，老两口积攒了几箱子铜钱，一直用到死还没有用完。

再说放羊老人有个养子，是个游手好闲、不务正业的浪子，整天不是在烟花柳巷中，就是在赌场上鬼混。自从爹娘临死前交给了他个钱串子，他的赌兴更大了。一次，在赌场上输光了钱，为了捞回来，就连钱串子也拿来赌上，结果连钱串子一起输掉。从此，这个宝贝也就失落了。

巧媳妇

从前有个姓王的老人，因他兄弟多，排行第九，所以从小取名九娃子。他成家立业了，眼看儿子都要娶妻了，可长辈们还是唤他九娃子的奶名。同辈唤他王老九，晚辈唤他九爷。当别人谁一提"九"字，他简直气得火冒三丈。好不容易三个儿子都长大娶了媳妇，又生了孙子。王老九是指望从儿孙们身上，彻底把他这一生最忌讳的"九"字抹掉。

一天，他以长辈身份在家里定了一条家规，全家人不许在他面前提"九"字或九字的谐音，如果哪个儿子或儿媳妇违了家规要以家法处置，要撵出家门另立门户。三个儿子和儿媳妇平时在老子面前说话总是掂掇了不得掂掇，生怕把"九"字或九的谐音带出口。王老九要过六十大寿了，他怕寿辰那天儿子和儿媳妇们不慎把那个忌讳的"九"字提到桌面上来，就提前把定的家规又重申了一遍。过寿那天，家中请来了与王老九相好的姓张、姓李、姓赵的三位老酒友，正好他们三位在家排行也都是老九。酒菜都准备得差不

多了,大儿子把盏举杯敬酒,说"今日是吾父六十大寿,请来三位叔叔祝寿,侄儿给三位叔叔和父亲敬上一杯寿酒。"三位客人刚要伸手端酒,王老九却接过酒杯泼给了大儿子,训斥了一顿,把老大撵出了家门。二媳妇在厨房做菜,把客厅里的话听得一清二楚,急忙炒了一盘鸡蛋炒韭黄,大步流星地端上来,一是想在客人跟前显示一下自己的烹调手艺,二是想请公公消消气。端着菜盘说"爹爹,今天是您六十大寿,您可不能生气呀!大哥不孝,惹您老生气,我二媳妇给您炒了一盘韭黄炒鸡蛋,您尝尝。"谁知王老九更火了,一脚踢翻了桌子,把二儿子一家也撵了出来。几位客人,客没有做成,讨了没趣,不欢而散了。

从此,王老九把忌讳"九"字的希望寄托在三儿子和三儿媳身上。

却说三儿媳聪明能干,也很孝顺公公,自上次公公过寿,忌讳的字眼牢牢记在心里。有时还提醒丈夫再莫犯家规。王老九家法也更严了,有时有意识地出些和"九"字有关联的话题或怪谜语故意考教,刁难三儿子和媳妇。

眼看王老九又要过寿了,三儿媳为了提前做些准备,想顺便赶集回来买些东西,好心好意地问公公回来需要再买些啥东西,王老九冷生冷气地回答:"买四样东西:肉包骨、骨包肉、一把招风纸、两个包火纸。"三儿媳妇骑着毛驴,在赶集的路上想呀想,猜呀猜,总算把这四样东西想好猜透了。赶集回来把四样东西摆到上房屋的桌子上,请公公查验。王老九上前一看桌子上摆着一盘红枣(肉骨包)、一盘鸡蛋(骨包肉)、一把纸扇(招风纸)、二盏灯笼(包火纸)四件东西正是他想的。王老九高兴得不得了,见人就说,逢人就讲他三儿媳如何如何聪明,说话从来不带"九"字。王老九的几个老酒友听了都竖起大拇指,其中张老九还有点信不过,悄悄对着李老九和赵老九的耳朵不知道说了些啥。第二天,三个老汉一块来到王老九的家中,对王老九的三儿媳说"您爹回来你给他说,东庄子的张九爷、西庄子的李九爷、北庄子的赵九爷提着酒,端着韭菜馅饺子,拿着红帖子,请他到聚仙楼过'九月九'!"三个老汉刚说完,看见王老九进了街门,都溜进房子周围听起墙根来。王老九进了院子,问儿媳妇"家里来人了没有?"媳妇说"东庄子的张三三提着一笼瓶,西庄子的李五四端着一碗扁叶菜饺子,北庄子的赵家十缺一手持红帖帖,请您到聚仙楼上过重阳节。"三个老汉听得哈哈大笑,个个伸出大拇指,把巧媳妇夸奖。

八宝山的传说

八宝山是黑河西源之一,山势平缓、逶迤连绵,东西走向,横陈祁连。阳面山坡上碧草如茵,是羌、藏民族的优良牧场;阴面山坡上树木荫密,是以青海云杉为主体的原始森林。山峰岩石高耸,屹立于雪线之上。从雪线下的石缝中、沟底的灌木丛中和平坦处湖草滩中渗出涓涓细流、汇成潺潺的小溪——这就是黑河源头。

关于黑河源头,流传着这样一个神话故事:说是在清朝嘉庆年间,时任甘肃提督的苏宁阿为了寻求治理黑河的良策,不辞艰辛,跋山涉水到祁连山中探寻黑河之源。黑河龙王听说此事后,也为之感动。为了试探苏宁阿的诚意,黑河龙王化身为骑牛的牧童,指引苏宁阿走了许多冤枉路。一路上牧童吹笛奏乐,引诱苏宁阿嬉戏玩乐,经常耽误苏宁阿的行程。但苏宁阿不为所动,坚持探寻黑河源的心劲不减。黑河龙王看他诚心为民,只得现身与他在八宝山相见。见面后,黑河龙王问苏宁阿:"提督大人不在甘州城里享福,跋山涉水来访八宝,所为何事?"苏宁阿说:"我要让甘州春有早水,夏无旱

灾，秋无涝雨，冬雪盖地。"黑河龙王随即口吟一诗："雪是青山头，无雪水不流。木是水之父，水是草之母。"说罢，留下一张绘有八宝山山川地脉的锦图，飘然而去。苏宁阿反复揣摩诗中之意，终于明白了：八宝山的草场林木就是黑河水源的命脉所在，有森林草地，黑河源头就有不竭之水，而有了黑河水，甘州大地的草木才得以滋润；而八宝山上终年不化的积雪，又正是黑河之源。"青山雪压头，无雪水不流"，青山比人，无头难活，有雪才有青山，有青山才有森林草原，有森林草原才有黑河。"木是水之父，水是草之母。"黑河源头的草木是黑河的父母，而甘州平川的一草一木又靠的是黑河的滋润。龙王的诗把治理黑河、保护黑河的真谛说得多么通俗晓畅而又贴切实在啊！

苏宁阿立即按黑河龙王的提示，派人在八宝山立牌示警，严禁砍伐八宝山的林木，又在甘州平川整修52条渠道，从此甘州地方五谷丰登，旱涝皆无。

以上自然是民间传说。真实记载是：清嘉庆年间，有个陕西商人探知祁连八宝山一带有铅矿，就报请陕甘总督批准，来八宝山开采。苏宁阿接报，与其一同亲临八宝山考察。但他知道了八宝山乃黑河之源，又亲眼看到了黑河源头的山、雪、林、草与水的依存情形，明白了保护黑河源的重要意义，便断然拒绝了这个外来投资者的要求。为防上司施压，他又奏请嘉庆皇帝批准下了圣旨，还用民间收集的一万斤生铁铸成"圣旨"二字，并注上"伐树者斩！"的字样，立于八宝山头。

开凿柔远渠轶事

以前，三清渠与丰稔渠之间，有一块很大的荒滩闲地，如能开发利用，约有三四万亩耕地，可解决万余人的吃穿问题，只因缺水，长期荒芜，无人问津。民国初年，战乱频繁，农民负担的苛捐杂税非常沉重，迫于无奈，只有忍痛割爱，佃卖耕地。失去土地的农民又是多么渴望得到一份属于自己的土地，荒滩边缘缺地的农民抱着一线希望向当时的政府申请呼吁，旧政府中也不乏有识之士，他们四方游说，上下奔走，终于打通层层关节，捧回一张省府关于在两渠之间新开柔远渠的批文。

只是，在腐败透顶的旧社会，一项好的政令想要付诸执行，真的比登天还难。拟新开的柔远渠全长80里，其中渠首30里在临泽地界，临泽县府中以县党部书记为首的当地当权派，蛮横无理地表示拒绝，紧接着提出了刻薄的条件。一是新渠不让开，占耕地太多，影响当地农业生产的发展和农民生活的安排。二是既然非开不行，所占面积不管荒滩余坡一律按耕地算。每亩赔偿以一年总收入、十年的累计数，一次性以现大洋付清。高台方面再三忍让，答应赔产额按5年计，分三年、三次、粮款各占三分之一付清。这种讨价还价拉锯式的谈判拖延了很长时间。那时高、临两县分属酒泉、张掖两专署管辖，自省府批文下达后，两专署都采取回避态度，关于耕地赔偿事宜，由高、临两县自己协商解决。这下可苦了高台官员，真是提上了猪头还找不着庙门哩！

临泽方面又玩起了新花样，高台官员登门造访，他们避而不见，背地里挑动不明真相的人围攻、辱骂甚至殴打高台官员，语言污秽恶毒，遭遇超乎想象。平心而论，高台官员在这件事上忍辱负重，出力不小，他们无奈在临泽县政府中任职的高台籍人士中设放眼线，寻求帮助。该县任职的高台人有县长段长年，警察局长吴子牛，蓼泉镇镇长范扁头（实名不详，此为绰号）等人。由于他们鼎力相助，才促成大功告成，那时临泽县政府设在蓼泉镇，高台官员赴临造访，他们都装作视而不见，内心里却是身在曹营心在汉的忠诚。在这件事上，当时任张掖专署秘书长的某君也帮了很大忙。

俗话说，路走得远了也会拾泡粪。搁浅了一两年的柔远渠，由于高台官员不懈的努力，张掖行署中及临泽县府中开明人士的帮助，终于水滴石穿，如愿以偿。事情的经过是这样的：那时是秋收之后的九月，在张掖行署专员赴省参加会议的当天早上，行署秘书处同时给临、高两县下达通知。给临泽的通知是该县党部书记火速赴张，偕同专员去省城开会；给高台的通知是限三日内开通柔远渠，逾期不通作废。在高台方面，早已有充分的准备。接到通知后，12匹快马分赴全县百十个乡、保传达，不到半天就家喻户晓，锅底子夫，早已有动员和安排。夜幕降临，万余名民夫浩浩荡荡向东进发。临行前，县上对各乡、保开挖地段和负责监工人员都作了周密的安排。城东及六坝乡保，在临（泽地）界渠道最东；城西的乡、保在中间地段；山区乡、保在西面。时间紧促，人员众多，却安排得井然有序，有条不紊。

第二天拂晓，在临泽地界30里的开渠线上，人头攒动，挖掘开始。临泽人一觉醒来，好似见到天外来客，对高台人开渠的神速，先是震惊，继而愤怒，一霎时群情激奋，自发地成群结队，对高台开渠进行百般刁难，软硬兼施。那时临泽县政府就设在廖泉镇，距新开渠线一里之遥。闹事者成群结队找到镇公所、县政府，高台籍的段县长、范镇长均以开渠是省府批复、专署下文为由，明确告诉群众，不得干扰。若对开渠进行阻挠者，按破坏治安论处。

闹事者认为这是高台人为高台人说话，在临泽县政府当地派的操纵下,临泽县各乡保甲挑选出一批青壮年打手,号称"棒棒队",纷纷舞棍赤膊上阵。对高台挖渠民工威胁恐吓,高台方面因在人家地界上开渠,再三忍让,采取骂不还口、打不还手的做法,软磨硬缠,以开渠为唯一的宗旨。临泽人气势汹汹,因在其家门上而仗势欺人,不择手段,像野牛上阵,粗野狂野。

  高台人没有还手之力,只好忍着疼痛被殴打。夕阳西下,三十里的开渠线上被打伤致残者有四五十人,大家饱受怨气。高台人把这批伤残人抬到临泽县镇公所的大院,公开警告临泽方面:若不采取制止措施,已来临(泽地)界挖渠民工将死守工地,一切后果自负;对于伤残人员,若不医治抚恤,临泽县政府就作为他们终老的墓地,请你们好自为之。

  由于高台方面的强硬态度,临泽被迫采取补救措施。一是当场逮捕拘留了带头闹事的首要分子三十余人;二是被打伤致残的高台民工,由高台运回治疗,所花费用由临泽支付,在应付征地粮中扣回;三是由临泽县警察局长吴子牛带领所有警察,在开渠沿线维持治安,若有异常骚扰,照抓不误。挖渠的高台民工夜以继日争分夺秒地苦干,终于在第二日下午新渠首段初成雏形,为防备节外生枝,新渠立即通水试浇。由于渠道建筑物不全,进水过大。在进入临高交界的西腰子沙滩,采取三分水疏流的办法。三分之一水量退入丰稔渠,三分之一流入当地沙滩,三分之一水量导线挖渠。在这方面,人民创造了奇特的开渠方法。在本县境内50里的渠线上,用二牛抬扛拉犁引出渠形,再用流水冲刷润土挖掘,工效速度大大加快,前后不到十天,新干渠大功告成,广大农民群众跳跃欢呼,高兴欲狂。

  关于通知临泽书记赴省开会一事,事实上是张掖地区专员默许,行署秘书长导演的一出调虎离山之计,当临泽县党部书记到省上找到专员,专员借口会议改期,难得忙里偷闲,游兴大发,与临泽县党部书记在省城游山观景地玩了两三天,第四日驱车返回。见高台新渠早已开通放水,临泽县党部书记怒发冲冠,大发雷霆,立即返回行署质问，专员见高台把生米已做成熟饭，也只好顺水推舟大力劝解，说以后让他们在赔偿上占些便宜。临泽县党部书记声称永远不管此事，垂头丧气灰溜溜地回来了，但高台还是履行了自己的诺言，尊重上级的指示，把索赔额提高到以六年计算，在三年之内支付清了。

新中国成立后，新政权诞生，旧官僚退位，在临泽县政府中任过职的高台籍人士返回故里。由于地方保护主义的余孽作祟，临泽县要揪斗吴、范等人，高台妥加保护，使他们免受囹圄。那时，有的年事已高，安度晚年；有的年富力强，还被新政府聘任；范扁头被委以高台县政府建设科科长，又勤恳工作多年。

历史的车轮飞速旋转，转眼半个世纪过去。他们淹没泥土，化作尘烟，名字也被人们淡忘。但游子们在力所能及的范围内为家乡人做的好事不计其数，父老乡亲们永远铭刻在心。

梧桐泉寺的由来

早年间,梧桐泉山西坡下,有碗口大一股清澈的泉水,昼夜潺潺流淌,浇绿了山下牧草,也育活了北坡几棵梧桐树,于是有人在这里定点放牧,人称梧桐泉,后来建寺,又称梧桐泉寺。

旧时有梧桐树能招凤凰一说。梧桐泉没有招来真的凤凰,却招来了比凤凰大、能造福万物的神仙,这说明它魅力无比,连神仙都看中了这山清水秀、世外桃源的仙境。据传说:牧羊人在日暮赶羊回圈途中,常见山顶上有仙眉鹤发、手持银色拂尘的老者大声呼叫。大意是:佛祖东巡传经,教化于民,因路途遥远,需在此修一行宫(庙宇)歇息。请善男信女们有钱捐钱,有力出力,行了善果,将有好报。功德无量呀!

牧人跑到老人站着的西山,那老人又站在南山,他又匆匆赶到南山,那人又立在东山,飘逸不定,若隐若现,他向朋友和过路人学说了这段见闻,有人好奇,长途跋涉来验证。有谁家里横遭不测的,有久病不愈的,有缺儿少女的……备了香火,在神仙老人出现过的

地方敬奉祈祷。果真还应了灵验，一传十，十传百，在很短时间里无人不知，无人不晓。先是那些见了效的施主还愿带头捐赠，一般人也不敢怠慢，唯恐神仙怪罪自己，这时梧桐泉来了一位和尚，接纳捐赠，开始主持修造庙宇。

先修的大雄宝殿（即三宝佛殿），地点在今原址，但规模、造型、装潢比今宏大、考究、优美，墙基台沿比院中高出一米。石块垒砌，庙前走廊可作戏台唱戏，院中能容三四千人观看。为什么先造此庙？因为盘古开天辟地、女娲补天、三皇治天地，是中国人家喻户晓的历史故事。那时已进入历史中期（约是明代），已是治天地的时代，所以供奉三皇，祈祷治理出开明盛世。据说三皇是女娲氏的三个儿子，又称大教、二教、三教。女娲欲将天下托付他们三人掌管，接女娲授命：大教治天下是仁义礼智信；二教治天下，温良恭俭让；三教治天下则是贼龟鳖王八。到底谁的天命长，女娲在临终前想做一测试，故将三人闭目打蒲围坐，各自面前放一盆未开的莲花，谁面前的莲花开得早，谁治世时间就长。这三教爷多了个心眼儿，等了不大一会儿，悄悄睁开眼一看，大教面前莲花已开，二教的正在拗瓣，自己的纹丝未动，便偷偷将大教的花盆和自己的换了一下。恰遇女娲氏来检查，长叹一声而去。所以后代君王治世，也跟三教偷花一样，打了个颠倒，昏君乱世多，明君盛世少，这便是历史，先供奉他们当然是有所祈盼吧！

穿过东耳门，有南北对隔的两座殿，南供释迦牟尼，北供南海观音，善目慈容，栩栩如生，这释迦牟尼是印度人，帝王出身，大彻大悟之后，立主佛教，称佛祖，据说能管天、管地、管神、管人、管鬼，是宇宙万物的主宰。其莲花座打坐，宽额、阔耳、大肚，可能是雍容大度、能容世间万物的化身。而南海观音则男身女貌，秀气庄重，据说是管人的，具体泛指中国。在他们的身旁，陪塑的还有各种司政神灵，如太白、老君、土地、送子观音等，当然还有守护神，手持铁器的天兵天将及牛头马面和长着青面獠牙的诸凶煞。

213

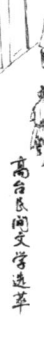

在三殿西北角，有三百米长的弧形地道，称观刘洞，高一米五，宽两米，内供袖珍泥塑和壁画，主要宣扬佛教的因果报应和轮回转世。其中有教人拾金不昧的，孝敬父母的，多行善事的。对那些做了恶事的惩罚，轻则变牛作马，或投生蛆虫蚂蚁任人践踏，重则遭天打五雷轰，下油锅，倒点天灯，用磨研绞成肉泥烂酱，或打入十八层地狱永不超生。阴森恐怖，令人毛骨悚然。在文化愚昧的时代，它对禁锢人的思想意识和维护封建统治起了不可低估的震慑作用。

在这组佛殿向上近两千米，是平缓的开阔地带，在东西有卯的山脚下有座四合院结构的庙宇叫玉皇阁，内供玉帝和天界各仙。不知路远还是玉帝名声讹传，香火不及前三殿旺盛，据说当年姜子牙辅佐周文王平定天下，受命封禅诸神，玉帝宝座是留给他自己的。等他封完诸神，宣布自己受禅封时，不料其外甥从门背后闪出，要求受封，无奈，子牙把玉帝位子让于他。后人为了纪念他功德无量，在寺院或民间门楼最上处再造一小巧玲珑的子牙楼，以示敬仰，像太上皇一样，实际是个虚设。

玉皇阁东北侧，是山崖深涧，靠沟有一条蜿蜒起伏的山梁，中段山坡有座药王庙，沟底有一汪药王泉，泉水混浊呈奶白色。据说喝了能清肺，洗了能明目。凡来此一游者，都要亲自一试，沾沾灵气。

药王庙东北侧不远处是五台山。廊柱上新釉二龙戏珠，墙壁上面有风、雷、雨、电诸仙，内供五帝及诸神，是中国式的道教建筑。跨过天桥又回到三座大殿和梧桐树下，游程告结。

以前游客来进香，倒不如说祭祀，因寺殿中所供神灵大都是中华先祖。像大雄宝殿中供奉的三皇，有说是伏羲、神农、蚩尤的，有说是天皇、地皇、人皇的，也有说是尧舜禹的，塑像以女娲三子为先祖，说明中华民族有不可分割的血缘关系，代代相传，旺盛至今。关于五台山玉帝，应是上古比较开明的五个帝王，犹如登山拾级而上，治理出了一个辉煌的中华大地。

以前，人们对迷信二字有误解，错将一些优秀的东西当作"四旧"和牛鬼蛇神予以批判打倒，梧桐泉的拆除便是例证。对迷信的解释，毛主席曾说过："迷信是不存在的东西，或信仰的程度超过它的本能，就是迷信。退一步讲，人人都有父母，都有祖先，而中华民族又有大家共同的父母和祖先，又怎能把供奉三皇五帝说成是迷信呢？一个连先人都不承认的人，不会创造出比先辈更加灿烂的文化和文明。"

　　梧桐泉寺始建于魏晋时期，香火鼎盛于3～4世纪的五凉年代，兵焚于元初战乱期间，得益于大明皇帝朱棣在全国大兴佛寺道观，又重新修建。从原寺殿选用木材的质地、雕塑技艺的精湛，都是无可挑剔的。从建造五台山庙用羊驮土坯，用木桶盛水和泥的原始劳作，是花了大力气的。由于心诚则灵、灵了更诚的哲理，这座气势恢宏、金碧辉煌的古建筑物得以修建完成。时至新中国成立前，它是河西最大的古佛寺建筑，四月八的庙会比现今时间长，人们三五成群，络绎不绝，带着锅碗瓢盆，或羊圈或山湾，席地而坐，盖天铺地野营露宿，真有贴近自然、返璞归真的感觉。香火鼎盛，今人叹服，至新中国成立前它拥有二百多只羊、五十多峰骆驼和可观的庙产。

　　不知是巧合，还是天意，1953年一场大火烧毁了三宝佛的金身。据目击者说，那晚西南天空飘来一火球，缓缓落于大雄宝殿之上。巧合的是那时政府刚取缔了"一贯道"，已有限制其他教会活动的指示，它当然门庭冷落。1958年后，成了新坝牧场的放牧点。60年代"文革"时期，县革委会中有位姓杜的头头，主张破四旧以拆除此庙为开端，其他人虽有异议却都保持沉默，总之胳膊拧不过大腿，它终于被拆除了。

地名小考趣谈

黑泉原名叫沙泉，位于弱水下游与羊鞑子河交汇处，地下水位较高，堤岸与河床连接的崖堤下有多处流沙喷水，故名之。历史中期（约明代），高台属两个千户所管辖，即高台千户所和镇夷千户所。而沙泉位于两所之间30公里的交点上，由于管理和民间往来对驿站来说尤为显重要，常有旅客在此夜宿。那时道路蜿蜒曲折，坎坷不平。交通工具落后，乘载多以毛驴、老牛车为主。镇夷罗城人去高台办事，早上赶车启程到沙泉天黑了，需要休息过夜。而高台人去镇夷罗城办事，天亮动身，几十里不平的路走下来，赶到沙泉天也黑了。久而久之，人们就把沙泉叫成黑泉了。

"台子寺"的崇台寺据说是西凉王李暠所建。李暠建崇台寺并非无缘无故，其祖上李广为甘肃陇西成纪人，汉武帝时雁门关的守将，抗击匈奴战功卓著，后被朝廷委以西北边陲防务，据司马迁《史记》载："李广常年率部巡视于酒泉郡张掖郡，居于漠北一带。"在一次对漠北匈奴围歼的战役中，因迷途，贻误战机，拔剑自刎。朝廷没有给他封侯，被部下草葬于台子寺（大概因其家眷或同姓宗族已在此地落户）。李广后事史书无载，但诗人留下了歌颂他的壮丽诗篇，人民群众中流传着他奋勇杀敌的故事。

大约在李广捐躯500多年以后，于公元400年，李广第16世孙李暠初任昭武王，又任敦煌郡太守，后任西凉王（都城酒泉）号令一方，功成名就（那时高台为四个县，分别属两个凉国管辖，北凉辖建康郡（骆驼城）和福禄（许三湾）；西凉辖会水（天城、罗城、黑泉一带）和昭武（高台城及黑河两岸至鸭暖一带）。李暠在他事业有成的鼎盛时期，专程来台子寺凭吊先祖，修建崇台寺，以示祖荫浩荡，后辈兴旺。又过了300年，到唐代时，庙宇颓废，遗址有空地袒露。唐玄奘西天取经路过此处，曾因经箱失落于弱水中，打捞起在此平台空地晾晒经卷。后人在晾经台上建一寺留念，取名西极寺。这里因建过崇台寺和西极寺，后人又俗称台子寺。

"高台"的由来。骆驼城治废的时间约在唐末和西夏时代，由于水源枯竭，人无生存希望，少部分人迁至山区，大部分人迁至弱水中下游，从四坝至十坝，近百里的弱水两岸村落相望，人口稠密，那是异族占领河西的战乱年代，高台防卫自西汉以来属镇夷所管辖，非常时期设防空虚，北山鞑子经常进犯扰民，强盗游骑出没异常，虽有烽火台报警，但等官兵赶到后往往扑空。为防止鞑子强盗犯边扰民，在这里建一军事防御机构势在必行。于是州郡主要官员亲临高台，在弱水南岸选择中心地带，勾勒城池，建立城堡，布防驻兵，保境安民。

据民间传闻，那时的高台城初拟选址在宣化镇大庙东侧。当地负有威望的长者，深谙离城近、社会更替的战乱之苦，说服十来个青壮年黑夜巧迁城址。他们请匠人白天佯装游览初址雏容，首先在桩楔上做了记号，又量城墙街道尺寸，在一个狂风大作的漆黑夜晚徒步20里东移到城郭位置。恰巧那夜风大夜黑，举步艰难，在人睡定时动身，鸡叫头遍才到现址，灯笼火把照明，仍按标号桩楔位置、距离打桩画线，拂晓时草就。大风平息，原址无影，新址犹存。又过数日，州郡官员经过工程预算承包，委派设计人员带领施工队前来拟址动工，发觉有点不对劲，曾记初拟址靠河南岸东北方向有一大湖（大湖湾），怎么现址移到了西南方（月牙湖）？再核定桩号位置、丈量距离，大致无误，少有校正，才怀疑记错了方位，于是破土动工。高台城的建成，经历了高台站（驿站，约在西夏），高台守御千户所（明洪武年间），高台县（清雍正三年，公元1725年）的漫长修筑过程，据生活在清末民国的老人讲，高台城的建成在清中期，原月牙湖西北边缘有一屯庄叫八棱庄子，就是筑城民工西一片的住房。至于以前拟址说的宣化镇东侧，也不无道理，那也是高台中心地带，在没有火车、汽车的年代，朝南直达骆驼城南丝绸之路，沿弱水北丝绸之路可达镇夷酒泉，真还是四通八达，遥控全县。

关于为什么叫高台呢？其因有三：一是古人对地名非常讲究，要隐喻生长、旺盛、和谐、美好的含义，首先因县城处低洼地带。二是县城向南遥对榆木山，挺拔巍峨，以八卦方位论之，高处造台气势恢宏，前途无量。三是五凉时西凉王李暠在台子寺建过崇台寺，崇台本身就是高台的寓意所在，县城叫高台也是最好不过了。

另补充的是，20世纪50年代在高台一中一位姓王的语文老师曾讲过，高台还称过蒲州，历史某一时期郡县均以州称之。这就是现在还听到的甘州、肃州、瓜州、河州等等，叫蒲州不光是因为那时月牙湖长着蒲秧（高1米左右的丛生喜水植物），还因为低洼水多，又有潮水盆地和小南京（曾叫过建康）的美誉。历史的大潮早已淹没了名称的尊容，但这是曾经发生过的历史，让我们记住它好了。

"天城"距今约4000年前大禹治水时，用神斧劈开了镇夷峡，北匈奴以峡谷作跳板，轻而易举地占领了河西走廊。在公元前121年，汉朝骠骑大将军霍去病率部队两次西征，收复了失地，把匈奴人赶到了居延大漠以北。当时匈奴人处于尚未开化的初级阶段，烧杀掳掠，抢劫成性，犯边扰民异常频繁。为防止鞑虏，必须先在此咽喉要地修建城堡，屯军驻防，保境安民。城址先在一处平缓低矮的山上，而两边山特别高，北城墙遮挡了山口，刚开发之初，地气旺盛，烟雾缭绕，再加上人家集居城内，炊烟袅袅，从东南方向西北远眺，犹如城在天上，故名之"罗城"。有了天城就该有地城，因成语有天经地义、上天下地之说，但地也有底的谐音，不吉。故选成语天罗地网的罗字，因罗城与天城遥相呼应，罗还有纬线罗儿的含义，就是说此城上承天意，中管黎民，下镇鬼怪。过去老人们常说："天罗城，地罗城，都是天上掉下来的城。"说明历史悠久，位置重要。

　　天城、罗城人说话时，操一口不大标准的京腔，发音细腻，声音清晰，平和友善，悦耳动听。不像河西其他县市人，动不动就破喉咙、大嗓子的，这里说的京音是指当时古都西安即陕西的语音。从汉代开始，霍去病、赵刚、白兆庆等许多名将，戍边远征到过这里，当然有许多军士和家眷在此定居，后辈繁衍传承至今，不太标准的陕西腔也留了下来。

台子寺因纪念李广而建

李广是甘肃陇西成纪人，西汉武帝时期雁门关守将。因他抗击匈奴战功显赫，被朝廷委派为西北边陲的防务（那时负责西北边防的是骠骑大将军霍去病，于公元前117年英年早逝）。在一次漠北战役中，天气骤变，迷失道路，延误战机，拔剑自刎。后人在他殉难的地方修坟建庙敬之。

李广身经九十九战皆胜，最后一次战斗失误，朝廷对他没有封赏。司马迁为他的孙子李陵在汉武帝面前据理力争，以致遭受宫刑。但李广的后世子孙们很争气，嫡孙李陵受汉武帝派遣，常年率五千精骑巡视于居延大漠以北，保卫了国家安宁（后因兵力过于悬殊，战败投降）。第16世孙李暠为西凉王。在他功成名就后，曾来高台台子寺（当时为会水县）扫墓祭祖，修建崇台寺，以示祖荫浩荡。李白为李暠九世孙（即李广25世孙），诗文驰名中外，倍受人敬仰。

在公元420年，西凉与北凉在鸭暖的一次大战中，西凉王李暠之子气绝身亡，西凉告终，北凉称雄。

李广戎马一生，是战斗的一生，胜利的一生。朝廷虽没有给他封侯，后世的诗人们却留下了许多怀念李广的诗句。民间也有脍炙人口的传说：据说他在镇守嘉峪关时，身先士卒，与士兵为伍，夜里巡逻边塞，遥望西北边关五六里的地方，有一凤毛麟角的猛虎扑来，将军挽弓射箭后，那虎僵死不动。第二日清晨命士兵去抬死虎，回来报告说："箭头射入一巨石中央三寸。"后来有诗赞曰："林暗草惊风，将军夜引弓。平明寻白羽，没在石棱中。"

在反击匈奴的战斗中，李将军英勇善战，屡建奇功，匈奴人称他为"飞将军"。还在守雁门关时，就有骄人战绩。公元前129年，李广率军自雁门关出击匈奴，因寡不敌众受伤被俘。匈奴把他放在两马中间网兜中。在押运途中，他假装昏迷。突然，他一跃而起，把匈奴兵推落马下，飞身上马，奔驰数十里，回到营地。有一次与匈奴作战，他仅带数十骑，追杀匈奴三人，不想又遇到匈奴数千骑兵，随行士兵想逃，李广说："如逃，匈奴一定追杀，我们会全军覆没；如不逃，匈奴以为我们有伏兵，必不敢击我。"于是大家在匈奴阵前不远处的地方下马解鞍，匈奴怕有埋伏，不敢袭击，相持到夜晚，李广安全撤退。

对于李广殉难之地，史册无载。但李陵、李暠、李白是李广之后裔，都沿袭了下来。《史记》载，李陵为李广之孙，确凿无疑；西凉王李暠为李广第十六世孙。唐李白为李暠九世孙（即李广25世孙，宋书有载）。再说按古人习俗，功名卓著、永垂青史的文臣武将都要修庙塑像奉祀，如禹王庙、孔庙，等等。西凉王李暠在高台修崇台寺不是悼念先祖李广，又是为什么呢？台子寺李姓颇多，都可谓李广后裔。历史已远去，让我们空谈谈罢了。

段业错杀沮渠男成

段业（？—401年），京兆（今陕西西安）人，十六国时期北凉建立者（一说北凉建立者为沮渠蒙逊）。段业初为后凉建康太守。公元397年，段业被沮渠男成等人推举为主，改元神玺，建立北凉。公元399年，段业自称凉王，改元天玺。公元401年，沮渠蒙逊发动兵变将段业杀害，葬处不明。

段业起初担任后凉武懿帝吕光部将杜进的僚属，跟随杜进征讨西域，因战功被任命为建康（今高台）太守。公元396年（后凉龙飞元年），吕光自称天王，任命段业为尚书。

公元397年（龙飞二年），宿卫沮渠蒙逊与其堂兄沮渠男成为报家仇，杀死后凉的中田护军马邃、临松令井祥而进行盟誓，十天时间，人马聚集一万多，屯聚在金山（今甘肃山丹西南）。

公元397年（龙飞二年）五月，沮渠男成进攻建康，派遣使者去说服段业说："吕氏的政治势力已经衰微，掌权的官僚操纵一切，刑罚杀戮没有法度，使人们无容身之处。仅在一个州的地域上，反叛的人接连不断，这种土崩瓦解的形势一看便知，百姓们饥饿痛苦，找不到可以依托的人。您是盖绝当世的奇才，为什么却打算向这个面临灭亡的国家尽效忠心呢？我们既然倡导大义，便打算委屈阁下出面领导安抚本州，使人们在灾难和不幸的缝隙之间，能够得到恢复生机的好处，你看怎么样？"段业不听从他的劝告。两方相持了二十天左右，外面的救援没有赶来，建康郡的居民高逵、史惠等人劝说段业接受沮渠男成的建议。段业历来与后凉侍中房晷、仆射王详不融洽，经常恐惧不安，于是，他同意了沮渠男成的请求。沮渠男成等人一起推举段业为使持节、大都督、龙骧大将军、凉州牧、建康公，改年号为神玺，建立政权，史称北凉。段业任命沮渠男成为辅国将军，把国家军政大权全部交给他掌管。沮渠蒙逊听说这个消息之后，也带着自己的部众来归附段业。段业任命沮渠蒙逊为镇西将军、张掖太守。

公元397年（神玺元年）八月，吕光征召太原公吕纂讨伐郭黁。吕纂将要回去，各位将领都说："段业一定会跟在我军的背后追打，我们应该在夜间秘密撤退。"吕纂说："段业没有雄才大略，只能凭借城池的险要保全自己。如果我们在夜间偷偷撤军，恰恰长了敌人的志气。"于是，他派遣一个使者去告诉段业说："郭黁发动了叛乱，我现在就要回都城去，你如果有胆量能来决一死战，那么可以尽早出战。"于是，撤军回去，段业果然没敢出来。

公元398年（神玺二年）五月，段业准备派沮渠蒙逊攻打后凉重镇西郡（今甘肃永昌西），大家都很疑惑。沮渠蒙逊说："此郡占据了山脉的要害，不能不夺过来。"段业说："你的话很对。"于是派沮渠蒙逊去攻打。沮渠蒙逊引来河水淹城，城墙倒塌，抓获西郡太守吕纯后回师。之后，后凉的晋昌太守王德、敦煌太守孟敏都献出本郡，投降了段业。段业封沮渠蒙逊为临池侯，任命王德为酒泉太守，孟敏为沙州刺史。

同年（神玺二年）六月，后凉吕弘放弃了张掖，带兵向东撤退。段业便把自己的都城迁到张掖，段业准备去追击吕弘。沮渠蒙逊劝他说："回家心切的部队不要阻截，走投无路的强盗不要追赶，这是兵家之戒。不如放他走，以后再作打算。"段业说："一旦放了敌人，后悔都来不及。"于是率领军队去追，结果被吕弘打得大败而回，幸亏沮渠蒙逊救助，才免于一死，段业感叹说："孤不听张子房的话，以至于到了这个地步！"

段业修筑西郡城，任命他的将领臧莫孩为太守。沮渠蒙逊说："臧莫孩虽然勇猛，但却没有谋略，只知道前进，不知道撤退。这正是给他修筑坟冢,哪里是为他修筑城池!"段业又不听。臧莫孩不久便被吕纂打败。沮渠蒙逊害怕段业容不下自己,经常隐藏智慧躲避段业。

公元399年(天玺元年)二月,段业自称凉王,改年号为天玺,任命沮渠蒙逊为尚书左丞,梁中庸为尚书右丞。

同年(天玺元年)四月,吕光派他的两个儿子太子吕绍、太原公吕纂攻打北凉,段业向南凉国主秃发乌孤求救,秃发乌孤派遣他的弟弟骠骑大将军秃发利鹿孤,与杨轨一起前去救援。吕绍因为段业等人的军队强盛,想从三门板沿着山势往东。吕纂说:"依靠山势显示弱小,是自取失败的做法,不如结成阵向前冲击,他们一定害怕我们,不敢出战。"吕绍就率领军队向南开进。段业准备迎战,沮渠蒙逊劝阻他说:"杨轨这个人依仗着鲜卑人的强大,有对我趁机动手的野心,吕绍、吕纂此次敢于率军深入,已经把军队置之死地,我们抵挡不过。现在我们不出战,还有像泰山那样的安稳,出战,就会有累卵之危。"段业听从了沮渠蒙逊的劝告,按兵不动。吕绍、吕纂与北凉军难以交战,只好带着大军回去。

公元400年(天玺二年)十一月,酒泉太守王德背叛北凉,自称为河州刺史。段业派沮渠蒙逊带兵前去征讨。王德烧毁了酒泉城,带领部队投奔唐瑶。沮渠蒙逊在沙头追上,把他们打得大败,俘虏了王德的妻子儿女和部落居民之后才回去。

公元401年(天玺三年),段业对沮渠蒙逊的勇武谋略都很忌惮,所以打算疏远他,就让沮渠蒙逊的堂叔沮渠益生为酒泉太守,沮渠蒙逊为临池太守。段业的门下侍郎马权才智出众,气度非凡,谋略超群。段业让马权代替沮渠蒙逊为张掖太守,马权很受亲近和重用,经常欺侮沮渠蒙逊。沮渠蒙逊也忌惮和怨恨马权,于是就对段业诋毁马权说:"天下不值得担忧,应该担忧的只是马权。"段业于是杀了马权。沮渠蒙逊对沮渠男成说:"段业愚昧,不是救治乱世的人才,听信谗言,喜欢谄媚,没有鉴别真假的能力。我害怕的只有索嗣、马权，现在他们都死了。我沮渠蒙逊打算废除段业，奉哥哥为王，怎么样？"沮渠男成说："段业一个人寄居他乡，是我们立他为国君的，他有了我们俩，就好像鱼有了水。他既然亲重我们，我们背叛他，不祥。"于是作罢。沮渠蒙逊既已被段业忌惮，心里不安，请求为西郡太守。段业也因为沮渠蒙逊有大志，害怕发生突然的变故，就答应了他的请求。

沮渠蒙逊为寻找起兵的借口，便约沮渠男成一起祭奠兰门山，并故意派司马许咸报告段业说："沮渠男成想谋反，答应在得到假期的时候作乱。如果他请求去祭奠兰门山，臣下的话就应验了。"到了约定的时间，果然如此。段业把沮渠男成抓了起来，命令沮渠男成自杀。沮渠男成说："沮渠蒙逊想谋反，早先已经告诉臣下了，臣下因为和他是同族兄弟的缘故，没有说出来。他因为臣下现在还活着，担心部人不听从他，就和臣下约定日期祭山，反而来诬告臣下。臣下如果死了，沮渠蒙逊一定很快就会发兵叛乱。请陛下放出假话说臣下已经死了，公开臣下的罪恶，沮渠蒙逊一定会作乱，臣下马上去讨伐他，事情没有不成功的。"段业不同意。沮渠蒙逊听说沮渠男成死了，哭泣着对大家说："沮渠男成忠于段业，却被冤屈杀害，诸君能够为他报仇吗？况且州境战乱，似乎不是段业所能对付得了的。我当初拥戴他的原因，认为他是陈胜、吴广那样的人，他却听信谗言，猜忌很多。杀害忠良，我们岂能安心地旁观，使百姓遭受灾难。"沮渠男成向来对人有恩德，大家都悲愤哭泣而听从了沮渠蒙逊的话。到达氐池时，军队超过了一万人。镇军臧莫孩率领部下归附沮渠蒙逊，羌胡大多起兵响应。沮渠蒙逊军队驻扎在侯坞。

段业先前对右将军田昂有疑心，把他关了起来，到这个时候，段业向田昂道歉并放了他，让他和武卫将军梁中庸等人攻打沮渠蒙逊。段业的将领王丰孙对段业说："西平各田姓，历代都有反叛的人，田昂外表谦恭内心狠毒，志向远大但用心险恶，不能信任。"段业说："我怀疑他已经很久了，但是除了田昂就没有可以讨伐沮渠蒙逊的人了。"王丰孙的话不被听从，田昂到了侯坞，率领五百名骑兵归附沮渠蒙逊。

公元401年（天玺三年）五月，沮渠蒙逊的大军到达张掖（今甘肃张掖西北），田昂哥哥的儿子田承爱砍开城门让沮渠蒙逊进城，段业的左右侍从卫士们也都跑散了。沮渠蒙逊大声呼喊，询问段业在哪，士兵们为他指引方向，段业对沮渠蒙逊说："我孤身一人，被豪门贵族推举，才坐上了王位。我请求你留下我的活命，让我能够回到东土去，和我的妻子儿女相见。"沮渠蒙逊没有答应，把他杀了。

段业为人死板，奉行儒家学说，相信占卜之术，而且没有什么权谋和智略，他在位时期，把国家的军政大权全部交给沮渠男成和沮渠蒙逊掌管。因此，他的声威和命令都不能很好地得到尊重和传达，他手下的人也都擅作主张，不听朝廷的调遣，所以才导致段业最终的失败。

耿直敢谏的白兆庆

白兆庆是罗城镇天城村人,明朝万历三十一年(1603)中武举,初任镇夷千户。正遇北方鞑靼挥大军犯境,白大人在峡谷两山布好埋伏,诱敌大部队进入伏击围内,前者后截一举歼敌万余众,打得故酋落花流水望风而逃。一时声名大震,西北边防多年长治久安。白大人任千户时,治军严谨,爱民如子,确保了一方平安,百姓安居乐业,军民无不敬仰称颂。

那时镇夷辖地连遭大旱,庄稼所收无几。地方官为邀功请赏,谎称丰年,上调银税,横征暴敛,本已颗粒无收的农民还要缴纳沉重的苛捐杂税,犹如雪上加霜,一蹶不起,许多人携儿带女逃往他乡,只剩少数老弱病残者在附近乞讨度日,有兵营伙房倒出的涮锅水,也被逃荒的灾民争抢一空。灾情触目惊心,催人泪下,白大人敢言直谏朝廷,要求赈灾济民。结果奏折如泥牛入海杳无音讯,且灾荒越演越烈,真有饿殍遍野、目不忍睹的惨景。白大人急了,决心豁出身家性命力挽狂澜,救民于水火之中。他以任衔名义,谎称边关十万火急情报,用日行八百里快骑传递,向皇上亲呈镇夷灾情报告。一见有边关密报的要函,兵部即刻送皇上御览。

皇上批阅后,觉得事关重大,一面下旨召白大人入京复奏,一面派巡按御史来镇夷勘查灾情,白大人星夜兼程火速进京面圣。见驾后,他口述三炷香,句句无重语,字字无错言,情真意切,涕泪交加,皇上甚为感动。笔录的御史也都交口称赞,夸这武能安邦、文能治国的良才少见。时逢勘查的御史也回京复命,确证白大人俱奏属实。皇上亲嘱白大人重任。要他以钦差身份,督办赈灾济民和惩治赃官两件大事,赈灾物资一到,白大人令千户所军士按家逐户发放救济粮、物,杜绝了地方官层层剥削的环节,还严惩了几个民愤极大的贪官污吏,又劝导灾民重返家园,开展生产自救,荒芜的原野有了生机,人人脸上露出欣慰的笑容。在白大人离任送别时,老百姓敲锣打鼓,十里相送。

　　由于白大人功绩卓著,被朝廷破格越阶晋升,由千户升任陕西临巩等处地方总兵,挂平羌将军印,后提升为京城九门提督(即京城卫戍区司令员)诏清宫禁,加宫宝。东宫钦赐"长春楼"匾一块,董其昌题书"世德堂"三字悬于提督门第额上。内有"国家支柱""天马行空"等匾。在京时,白大人积极辅佐朝政,伴驾皇上左右,是名噪一时的重臣,这也是奸臣谋害他的主要原因。据传某年五月端阳,后宫嫔妃们吃罢粽子,喝足黄酒,游兴大发,要去御花园踏青赏花。因皇上有军机密折批阅,命文武大臣陪娘娘前往,这文臣有当朝宰相魏忠贤,武将有九门提督白兆庆,随娘娘左右拥簇而来,那正是百花含苞待放,唯独沙枣花开飘香的时候,娘娘被这金花银叶香气馥郁的景致吸引,驻足观赏品味,有那爱献媚的太监,采一小枝插在娘娘头上,众臣及宫女盛赞娘娘的美貌,沙枣花的金贵是国色天香美不胜收,娘娘一时心血来潮,要随同众臣以"金花银叶"为题,赋诗歌和,那魏忠贤不失为文臣骄子,捷足先登吟道:"金花银叶片,娘娘冠更鲜。芳香袅袅腾,霞光熠熠闪。仙女偷眼

看，自叹又遇仙。盘古越千年，绝伦一娇艳。"

耿直厚道的白兆庆不会趋炎附势、攀龙附凤，他的诗文和人品一样善于"实话实说"，毫无矫揉造作之态。沙枣花是家乡的特产，情系西北劳苦大众的命运、感触良深的白兆庆顺口吟道："金花银叶片，原是西地产。贵者桌上供，贱者入厕圈。日晒胶泥卷，沙枣花正鲜。随风潜尘埃，味香色枉然。"

老奸巨猾的魏忠贤抓住了白大人的把炳，第二天上朝就奏本，说白兆庆借咏沙枣花贬毁娘娘，含沙射影诬蔑圣上，应治欺君之罪。皇上也听了娘娘的枕头风，觉得白大人出言不逊，太狂傲了。又想到他有功于国家社稷，杀头于心不忍，当即决定放他一条生路，解职回家养老去吧！白大人退朝，府邸早被查封，他想尽快离开这是非之地，去马厩牵马启程。负责看护的马弁指着一匹膘肥肉足的骒马说："魏大人有令，你乘原坐骑不妥，骑这匹母马回乡可耕田种地，说不定还能下个小驹呢！"白大人不知其中有诈，只觉世态炎凉狗眼看人低，故牵那马悻悻离去。

白大人跨马离京，魏忠贤又急忙火速面圣，说："昨夜臣观星辰，见西北方向有一股白光冲天，向东南弥漫而来，遮住月光大半，月即明（大明朝），西北即白兆庆故乡，白光即白兆庆回故乡有起兵谋反之举。望圣上定夺。"皇上问："真有此事？"魏从宫门外唤进两个人，说："家府这两位方士可作证。"皇上对魏府犬养方士略有所闻。两方士晋见后说："宰相所言极是，奴才还用反天镜窥测，证实白光出自白大人家乡。"皇上疑信参半，沉思片刻下旨：追斩白兆庆于六坝桥前，若已过桥就由他去吧！

皇上此旨代表他犹豫不决的复杂心情、即使杀白也杀在六坝桥前，便于家人领取近便，倘若过了桥，离家已不远，让他全家团圆，安享天伦之乐也好。阴险狡诈的魏忠贤领悟皇上对白兆庆明杀暗保的良苦用心，不杀白大人这个忠臣，他一日不得安宁。京城距高台六坝桥三千余里，就是快马行程也得半月多，这期间白兆庆若去同僚或旧部家中躲避,他心血会白费,圣旨也会成为一纸空文,于是他篡改圣旨,将"六坝"二字改为"卢沟",卢沟桥在北京郊外三十里地,捕杀的御林军骑的又是口轻的儿马,一路嘶鸣吼叫飞奔而来。

且说白大人骑的骒马正值发情旺季,烦躁不安,行走缓慢,白大人贬官解职,心情郁闷,愧见家乡父老,也不急于赶路,于是信马由缰,蹒跚而行。那骒马听见后面儿马叫声,竟然龇牙咧嘴,直翘尾巴,时而回头张望,待看清儿马全貌后,竟停步不前,等待行其好事。白大人见一行御林军近前,还以为皇上改变初衷,要让他官复原职,赶忙下马领旨。那领头军官念旨,称斩白兆庆于卢沟桥前,话落刀起,白兆庆人头落在地上。

白大人忠魂感动了上苍,天上派神仙下凡给他捏了个面头,说是如能避免和阴人(女人)搭话,回家后就可以复活了。不巧的是,刚到了万丰,遇见两个抬水的女人。一个说:"看那个人,怎么是个面头?"这样一说,白大人的头就掉在了地上。马到了白孤墩那个地方,身子也掉下来了。后人为了纪念白大人,就在这里为白大人修筑了一座土墩墓,后世称为白孤墩。

白大人的故事家喻户晓,妇孺皆知,忠臣良将老百姓会以口碑的形式让他千古传名。

阎相师小事记

阎相师（1691—1762）字锦苏，又字渭阳，甘肃高台镇夷堡人（今罗城镇天城村），清代武职官吏。阎相师的曾祖爷叫阎维，原是明代万历年间湖北的贡生，受朝廷委派，出任高台境内的镇夷守御千户所千户，尔后世居高台，阎相师的父亲阎仆，生子三人，分别取名为：阎相尚、阎相师、阎相悦。

阎相师自幼秉性耿直，在祖辈的影响下，好文爱武。为了驻守边疆，弱冠之年便投军从戎。清雍正、乾隆年间，曾任瓜州（今瓜州县）营参将、金塔寺副将、肃州镇总兵、安西提督、甘肃提督等职，曾参加讨伐厄鲁特阿睦尔撒纳及回民领袖霍集占之战争。乾隆二十五年（1760），阎相师受诏进京，赏赐银两，加功三等，命图形紫光阁。乾隆二十七年（1762），因病奏请解任，奉旨得食全俸。是年病卒，朝廷深为珍惜，加赠太子太保，赠谥"桓肃"。

乾隆皇帝特命宫廷画师为功臣绘制画像，并悬挂在中南海紫光阁，1900年庚子国变紫光阁惨遭洗劫，功臣像从此流散，其中《领队大臣甘州提督阎相师》现收藏于日本奈良大和文华馆。

阎相师堪称迄今为止高台诞生的历史上最有影响力的人物，本地流传着关于他的许多故事。这里就有一个：

阎相师祖籍湖北襄阳，约于明末清初，该地区遭受罕见的洪涝灾害，房地被毁于一旦，人们被逼迫流离失所逃亡他乡，逃荒灾民像潮水般涌来，沿途已很少能讨上吃喝。阎相师曾祖背着父母的尸骨艰难地挣扎缓行，有时一两天粒米不见，滴水未进，风餐露宿，腹内空空，常被饿昏在古道旁。

一日,阎相师曾祖在路边一棵大树下歇息,突然从西南方向走来一位银须冉冉的道人,口中念念有词,向阎相师曾祖化缘求布施,阎相师曾祖说:"不怕师父笑话,我逃荒之人,已两三天没进食了。身无分文,袋无粒米。有诚心无诚意,得罪了。"老道进而说:"我想化你肩背之物,如何?"阎相师曾祖说:"万万不可。"老道接着说:"我老远见你身背之物下紫光冲天,上有瑞气缭绕,定是镇国传家稀世珍宝,能否化与我一丁点儿,你会有享不尽的荣华富贵。"阎相师曾祖急了,说:"那是我父母的柩尸,就是我被饿死、冻死,遭天打五雷劈,也不能动针尖大一点。"听罢老道摆动银须哈哈大笑说:"老衲与你开了个玩笑,念你是人间大孝子,我给你指点迷津,助你一臂之力。你尽管向西此方向前行,碰着牛骑人,就打穴;遇见戴铁帽子的人,就葬尸。"言罢转身离去。

阎相师曾祖按老道指出的方向,一路靠乞讨打工径直向西北方向走来,历时一年多,行程万余里,在第二年秋天,行至高台地界的天城境内。那日秋高气爽,天色较好,阎相师曾祖兴致勃勃地继续赶路,当行至镇夷峡腹地的时候,天色骤变,乌云密布,此时路上正有一牧童脖子上架着刚生下的小牛犊,赶着大牛回家。阎相师曾祖见状,立刻打穴取土。时辰不大,墓坑刚挖好,突然雷雨大作,又遇一赶集人为避雨淋,将新买的铁锅扣在头上匆忙赶路——这不就是戴铁帽子的人嘛!他又马上把父母尸骨入土埋葬。

把父母坟茔修缮好,阎相师曾祖为了尽孝,决定在天城村安身立命,给人扛长工养家糊口。阎家辈辈为农,代代都穷,究竟穷到啥程度?说白了竟连名字也起不起,给孩子取名难道要花牛价马价?非也,因那时的人崇尚迷信,要查查"八字"趋吉避凶内,让孩子将来有个好前程。而那时识文断字的人又少,显得金贵,须向应询者献一份薄礼(一斤红糖或半斤茶叶)阎家连这块二八毛的钱都掏不出。只有我行我素自己给自家孩子取名,爷爷取名南山,父亲取名弱水,这山水都起了,还是照样穷。到孙子出生取名更犯难,幸好昨晚村里唱了戏，听戏文上说皇上是天子，辅佐皇上的宰相太师是人世间最大的官，于是他就大胆地给孙子取名阎相师，企望他"朝为田舍郎，暮登天子堂"。养精蓄锐，有朝一日抛世东出，干一番光宗耀祖的事业。

奢望不等于现实，但虔诚终有回报。阎家遭历了这么多劫难，前程仍很渺茫，摆脱不了贫穷命运的困扰，辈复一辈年复一年如蝼蚁一样求生，当小孩子长到能干活时就揽牲口放牧，长大了扛长工，到老干不动时游乡串户修鞋，人称闫鞋匠。阎相师七八岁时就给人放羊，每天能挣半斤或一碗粮食。他年纪虽小，却善于动脑子，头羊爱跑撵不上，就试着用弹弓打，久而久之练成了一手绝活，弹弓打麻雀，扔石打野鸡，百步之内撵兔子很少失手。野味填补了他家生活，也造就了他的一副好身板。他力气大，饭量也大，十五六岁就能干大人的活，虽不能说像薛仁贵每天吃斗米斗面，但一天饭量升米升面是没问题，扛长工打短工都被主人家婉言谢绝，原因是饭量太大养不起。乾隆年间，太平盛世大兴土木，凉州要修钟鼓楼，招募四方民夫，饭管饱吃，工价按天计，阎相师相约一伙天城青年徒步跋涉慕名应招。

由于能吃饱肚子，阎相师干活特别卖力，鼓楼一层吊顶，别的小工四人抬一道大梁，他却一人扛一道，爬梯上顶如履平地。一层楼封顶，处于当时建筑水平，工程犯难停建。工程处决定遣散民工，回家特命，同时贴出招贤榜：有能解决二层楼续建的难题的，获赠白银百两。相师与同伴起程星夜赶回家，将银两交于父亲，给躺在病床上的爷爷求医治病。他在看望爷爷病情时，顺便提及鼓楼停建及"招贤榜"的事，请教于爷爷，爷爷哽咽着回答："我是土埋到脖子坎坎上的人了，问我有什么用？"别无他话。

当晚阎相师躺在炕上辗转反侧彻夜难眠。百两白银是他几年的工钱，诱惑力大着呢！他想到世上无难事，天机不可泄露的谚语，苦思冥想到天亮时如梦方醒，解开了爷爷话中的谶语，即把下层楼用土埋起来，再建二层管保有用。第二日清早，他又火急火燎地赶回凉州工程处，与包工头叙说揭"招贤榜"的事，两人于是一起到管理处申请揭榜。不料负责人说，他也悟出此法，与相师方案略同，又说钱是大家挣的，不妨以我们三人名义同揭，也免节外生枝。相师牵头可多得10两（即阎相师40两，工头和负责人各30两）。处理虽然折中，实在不平，但相师为人厚道并不深究，一霎时誉满凉都，传他是"阎诸葛""阎大力士"。钟鼓楼竣工，阎相师得到一笔丰厚的报酬。

外面的世界很精彩，他决定留下继续找活干。岂料事与愿违，两天打鱼，三天晒网，后来竟无人问津。原因是他虽身高力大，但干行当活却笨拙缓慢，又加上饭量大，雇主都觉得不划算，干一两天就被辞退了。身上带的钱已花完，只有把一日三餐改为两顿，还是找不上活干。这天他又在街上逛街寻活，看见一伙人围着贴在墙上的告示指手画脚议论。相师驻足打听，知情人说，这是朝廷征兵的榜文，大意是西戎犯境，我朝出兵征讨，要补充大量兵员，望热血男儿为国分忧积极应召。应召者家中可减免一切田粮赋税，有战功者论功行赏，按等级可享受封官封地的优厚待遇。相师积极报名应召入伍，先在武威大教场集训三个月，旋即开赴前线。

阎相师作战勇敢，擅长武略，冲锋杀敌屡建奇功，曾先后任游击、营总、参将、副将。因他久驰沙场，雄才大略，临阵指挥，让敌首闻风丧胆，乾隆初年镇守西北边陲，后晋升肃州镇总兵、安西

提督、甘肃提督，负责祖国西大门的防卫，立下了汗马功劳。

相师在安西任参将期间，与清朝驻巴里坤办事大臣雅尔哈善关系密切，曾派员深入西域探得敌酋地形及防务情报。乾隆二十年（1756年）厄曾特人阿睦尔撒纳勾结沙俄分裂祖国搞叛乱，集结兵力二十万企图向东进犯。当时闫相师由金塔寺协副将授征西大将军，率部十万征讨。战前相师令雅尔哈善星使从巴里坤出兵，经木垒奇台直插天山北麓，对酋兵巢穴乌鲁木齐形成包围形势，又令副将率一部分兵力从敦煌阳关取道经号称"死亡之海"的罗布泊南疆等地对天山及乌鲁木齐分割包围。然后出兵在哈密东郊迎战酋敌。

双方约定，次日午时在哈密东郊的头堡与二堡之间开战，这里地势平坦视野开阔，无隐蔽和埋伏之嫌。在两军相距一里的军列阵前，各方派主帅通事（翻译）二人面对面"论战"。因为厄鲁特人处于未开化的初级阶段，这是一种古老原始的战前较量，先由主帅斗智、斗力、斗勇，然后两方士兵交战开始。在两方通事的安排下，各方主帅在阵前十米的地方会面。敌酋自恃兵多势众，趾高气扬，他先在马上用鞭指了一下天，闫相师生气地用鞭指了一下地；接着敌酋用右手指了一下头，相师也相应用左手指了一下脚；后来敌酋用右手掌拍了拍肚皮，相师用左手拍了拍屁股。敌酋给通事传话，闫相师赢了，他认输。

这是比文韬武略的哑谜，双方都有误解。在我方阎相师看，敌酋指指天是叛乱的借口，即意为这是他们的天，相师警告他这是我们的地。下来敌酋指头，相师悟出他原来是个做帽子的，那我祖上却是个做鞋的。再下来，敌酋拍肚皮，相师按他做鞋的思路想下去，意为敌酋你错了，做鞋不用肚子上的皮，而是屁股上的皮最好。与此同时，敌首对哑谜的曲解也陷入极端，他把自己指天理解为我上晓天文，相师指地是下懂地理；自己指头他指脚解为我有天生的好脑瓜，他有练就的铁脚板；把拍肚子拍屁股解为我有满肚子文章还不如他的屁，敌首自叹不如，第一回合完。

第二回合赛力比摔跤，三局二胜。在双方通事的藏判下，两主帅四八搂腰，抱好站稳喊口令开始，经过一番拼命地摔打滚爬，相师难以取胜，敌酋健壮如牦牛，像一尊铁塔扳不倒也拔不起，相师急中生智趁两人撕摔中两头相碰之际，猛一抬头顶碰了敌首下巴骨，趁他忍痛分神时，猛地将他旋空抱起，绕一圈轻轻将敌首仰面朝天放了个头南脚北。第二跤开始，敌首吸取教训，始终提防着两头相遇。就在撑到势均力敌顾上不顾下时，相师稍提右脚踢了一下敌首干腿骨，敌首忍痛缩脚，身体重量失控，又被相师悬空举起，如法炮制绕一圈放了个头北脚南。敌首两跤皆输，觉得再无比第三次的必要，认输告结。

第三回合斗勇，这是比战将的看家本领。敌首抢先跃马舞刀虎视眈眈地冲杀过来，相师毫不怠慢，双脚一蹦跳上马举剑抵挡，相师挥动方天画戟，在空中舞成金光闪闪的铁网，使敌首钢刀利刃无法插进，大战一百八十回合，尘土飞扬，刀光剑影，难分胜负。最可恨的是敌首骑的那匹马，真有狗仗人势之嫌。克厮杀逼近时它竟大张血口狂跳，有撕啃相师的企图，相师趁其不备，悄悄从上衣袋中掏出一颗石子扔去，正好击中那马左眼，马像被蜜蜂蜇痛疯了，乱蹦乱跳地将酋首摔在地上，狂奔号叫不知去向，相师骑在马上趁势用剑头逼住酋首喉结，酋首叩头求饶认输。接着吩咐通事传话给相师，今日就此收兵，明日两军开战决一雌雄。

相师回到帐中心情沉重，觉得今日侥幸取胜实属偶然，若不慎重谋划难以全面克敌。当即决定夜袭敌人粮草库，让敌人切断给养丧失斗志，达到不战自退的目的。午夜时分，相师亲率五百精骑抄小路迂回敌后，行前布置驻队全部撤离营区在山背后埋伏，若发现敌人偷营，打它个措手不及。敌酋也不是省油的灯，白天阵前三输恼羞成怒，恨不能一马踏平我营方解心头之恨。他深知三更天是人们酣睡之时，亲率五千铁骑直奔我营中军帐，先放了一通冷箭，见无动静便悄悄潜入大营，见是一座无人的空营，忙下令撤退，遥遥望见自己粮草库火光冲天,方知中计。这时埋伏在山后的我军主力倾巢而出,打着灯笼火把以排山倒海之势,喊声冲杀声把敌人吓得溃不成军。又加上相师夜袭回来的人马前后夹击,把敌军杀了个落花流水,敌军四千余人当场毙命,敌酋率领不足千人残兵败将冲了出去返回营寨。

  经过这场夜战,敌人元气大伤,军心涣散,毫无斗志。敌酋决定且战且退,保存实力,伺机再卷土重来。相师率部乘胜追击,像钢刀直插敌人心脏。敌酋败退中又受到相师派出的左右两翼先遣部队的挟制,似笼中惊鸟有翅难飞,惶惶不可终日。敌人每次安营扎寨正开饭时,阎相师军突如天兵而降,只有扔掉饭碗仓促应战,由于肚子没饱,缺少战斗力。有时夜间胆小士兵小解,看见哨兵烤火取暖,误以为阎相师军又来火烧营盘,吓得哇哇大叫,惊醒正在熟睡的士兵,净骨碌麻撺抱衣服逃命。敌兵闻风丧胆,熟睡中有人梦话说阎相师,吓得周围的人浑身哆嗦用被子蒙住了头。

  阎相师机智灵活用兵如神,运筹帷幄决胜于千里之外,历时半年多,征程万余里,转战天山南北,捣毁敌军在乌鲁木齐的巢穴,大军凯旋,相师受诏进京述职,他向皇上叙说了两军阵前论战机智胜敌首的动人故事,乾隆帝听了也哈哈大笑,又问他是怎么取胜的,他说他率部队一个独捻子把敌人围住消灭了。"一个独捻子"是句高台方言,皇上不知是什么锦囊妙计,经相师详细说明,原来是军事术语说的包围口袋战,龙颜大悦笑着夸奖他:"你真是高台人在高台上唱戏,越显得高!"遂晋升肃州镇总兵,负责西北边陲的防务。

  乾隆二十三年(1758年)酋首阿睦尔再次集结叛乱,阎相师同靖远将军赴雅尔哈善联合讨伐,从乌鲁木齐挥师南下,征战库车、拜城、阿克苏、蓝岭等地,将残匪余部赶到了与沙俄交界的西北边境。二十四年(1759年)授安西提督,是年九月调甘肃提督,将军凯旋返移驻库车时,上谕朝廷他打算在乌鲁木齐办理屯田,令兵士平时建设边疆,战时保卫边凝,这比后来继任的清朝名将林则徐、左宗棠在新疆搞屯田早了近百年，后朝廷念其随征多年战绩显赫，且大兵业已凯旋，传谕于内地派员更换，二十五年（1760年）相师受诏进京，赏赐银两，功加三等，命图形紫光阁，以示嘉奖。

阎相师的继配妻张媛媛，是怀远将军中参张公伟的次女，故又称阎母张夫人。媛媛十九岁嫁给阎肃公，肃公为上级所器重，行踪不定。时值西戎犯境，出征塞外五年有余，夫人年方三十，严慈育家人，勤俭成家计，尽母道，尽妇道，是典型的贤妻良母。后相师升为甘肃提督，张夫人也晋阶一品，虽富贵而雅好朴澹，毫不盈溢，接待亲戚朋友，谦光和柔无娇态，堪称妇女楷模，后世敬仰，相师与媛媛是将才得秀女，天生的一对，地配的一双。

在相师年逾五十，功成名就时，有同僚劝他纳妾，换个新的活法，相师婉言回答："我们是食人间烟火的人，难道你没听说过谷黄去糠见新粮（娘）这句话吗？谷是黄的香，瓜是熟的甜。老伴老伴老来才是伴，老夫配少妻那是折半。"同僚敬佩他是贫贱不移、威武不屈、富贵不淫的真正大丈夫，他发妻为终、永不纳妾、忠贞不贰的作风对河西地带及高台人民影响深远，沿袭至今。

乾隆二十七年（1762年）阎相师因病奏请解任，奉旨得食全俸，是年病卒，享年72岁。举国上下无不悲痛，朝廷深为珍惜，加封太子太保，赠谥号"桓肃"，乾隆帝亲自撰碑文凭吊，甘肃人民集资募捐，为相师塑造金尊庙宇，供后人瞻仰（据说后来塑像迁到五泉山公园，"文革"中破四旧被毁）。对于相师的历史评价、朝廷封号道出了人民的心声。阎相师是高台在历史上久负盛名的人物，值得人民永远纪念他。

五"胡"震高台

在高台,传闻名门望族很多,但有文学记载或受过册封的却很少见,距县城西南五里的东联村四、五、六队均为姓胡,人数不多却来头不小,真还是受过皇恩诰封的名门之后。从先祖胡鸾,上至高祖胡贵五代人均在高台千户所充武任职,长达百余年。后世子孙斋爷、拔贡、乡绅颇多,均在县内外任职。所以从明中叶至清末民初的四五百年间,胡姓左右着高台大局,历任知县到来先去胡姓这里朝觐,可谓根深蒂固影响深远。

时值1950年,这里有个胡家寨子,是一座高大坚固的小城堡,呈横长方形,东西一条街,两个门,南北两街的房屋均呈簸箕形的院落,临街与街对面对门,他们自己也已知道祖上出过什么大人物,或许像其他村子一样,出过斋拔爷或武举状元。而这里的人体魄彪悍,天资聪慧,豪放仗义。他们属于三多村,大概原来是由朱、胡、闫三姓组成。以前流传着"猪(朱)一窝,虎(胡)一阵,燕(闫)子窝里捣一棍"的说法。是形容胡姓人心齐,爱惹祸斗殴闹事,声名远扬,盗贼不敢来,外村人惧怕,就连官府也让他们三分。据说清朝末年,有一任知县贪赃枉法,得罪过胡姓,离任前尽管小心提防,还是吃了大亏。临行前,他先将家眷及财物星夜从北路先走,第二日早他大摇大摆地出县衙从南路登程,孰料家人行至西腰子(高临交界的沙滩)被一伙强人掳去财物不知去向,这大概也是历任县官礼待胡姓怕遭暗算的恐惧原因之一吧!

1980年,刚放映过的描写古代宫廷故事电影里有关圣旨重要性的话题,时任该队出纳胡其仓说,他家也有一个圣旨。大家都很感兴趣，催促拿来看看，一看果真是圣旨。在一幅1米×0.4米的横长金黄色丝织锦缎面上，有浮印的飞龙图案和用双笔构成的"圣旨"两个大字，正文小字竖行由右至左。美中不足的是中间被挖成了拳头大的一个洞，据主人讲是在"文革"中被制作"忠"字剪的。因年代久远，底面褪色字迹模糊，如耐心仔细辨认，还可悟出残缺或模糊的字眼。其大意是：明嘉靖年间，陕西终南山有一股一二百人的盗匪猖獗，劫财害命，闹得山下百姓人心惶惶。官府多次出兵镇压，收效甚微，旋即张榜招贤民间，有剿灭此匪者，官封千户，赏银千两，即由山下长安人胡鸾揭诏，率数百兄弟及胡姓亲族近百人将盗匪消灭。朝廷实现承诺，封胡鸾千户侯，赏银千两，钦此。落款是嘉庆某年某月某日（用干支字代替）。

1994版《高台县志》，有人物篇《胡鸾》是这样记载的：胡鸾，祖籍长安人，明弘治三年，高祖胡贵充本所行伍，正德七年六月内鞑贼犯边，在西湖坡交战，斩贼一名，旋被射伤。曾祖胡风补役，本月内至双树儿与贼交战，斩贼一名，又冲锋阵亡。祖父胡雄补役，本月内至狼窝湖与贼交战，斩贼一名，又冲锋阵亡。父胡起补役，三月内至黄蒿沟与贼交战，斩贼一名，被贼众拥围，阵亡。十三年，勘合内开胡贵升冠带小旗，曾祖胡风、祖胡雄、父胡彪，俱升小旗，一家三命，奋勇报国阵亡，嘉庆二十一年，具奏升职，行巡按御史勘明，将胡鸾于祖役小旗上加赠曾祖胡风，双树儿阵亡，准并实授一级。再加伊祖胡雄，狼窝湖有功，及父胡起，黄蒿沟有功，俱阵亡，折算二级，与做试百户。二十三年六月，由将胡鸾并升职百户，到任管事外，今授忠显校尉，试千户。父胡彪忠显校尉试百户，母周氏赠安人，妻陈氏封安人。

古代武行实行世袭制，子承父业，父老子补，从上面两处史料看，胡姓历代是当兵的，其中三死一伤。勇敢杀敌灭寇，冲锋陷阵作战，实为铁血男儿所为，令后人敬仰。在这里出了点矛盾，《圣旨》上说，胡鸾是在陕西长安剿匪有功被封千户侯的，而《县志》上说，胡鸾是补役追加高祖至父辈四代人的战功升职百户，又授忠显校尉试千户的，究竟哪处史料有误？县史官撰写的恕不敢猜疑，难道圣旨有假或系伪造？那么后人伪造它又有何用？而这幅圣旨质地结构或与真圣旨一样，许多人都亲见过（包括当时正远公社许多领导和前任县志主编段学禹先生都见过），只因残缺不全无收藏价值仍流落民间。经后人推理：胡鸾祖上服役有功，那时胡鸾本人还未补役，在家乡长安揭诏灭寇受封，来高台补役任千户。在他任职前，他家祖上三死一伤报效国家具奏朝廷，由巡按御史勘明，一一受封。也可能是祖辈效死疆场后，就做过册封，但他们的功德与胡鸾任千户挂不上钩。事实可能是：胡鸾在高台任千户时，未张扬过他在家乡灭寇受封的事，即使说过，因圣旨散落民间或存于某嫡系亲属手中，后来撰史官无以凭证不敢轻信，只好以当时军阶的顺序说他补役后，由祖父辈小旗功利二级升试百户、升百户、升试千户。

在五"胡"充伍任职期间，为高台一方平安、推动经济发展起了一定的历史作用。他们的后人也很争气，或文或武，锋芒毕露，影响颇大，在开发民智、促商贸流通、监督县政等方面成效卓著，影响深远，他们创建了第一个城郊小学——三多村小学，招收适龄儿童读书，终成大器者不乏其人；修建了楼阁式的甲集堂，方远十里都能看见；搞商贸运销，可谓高台第一个贸易客栈（新中国成立前后几度为乡政府）。在辅佐县政方面，那时无常务会和组织人事部门，胡姓乡绅元老在县衙议事就扮演着很重要的角色。如用粮财税的征收摊派比例、人事任免、征兵赋役的分配、重大工程的决定，他们若不点头同意，事情很不好办，轻则上书弹劾，重则教唆一部分人闹事抵制，会招来更大麻烦。在长期的辅政议政中，当然也存在着胡姓人良莠不齐、善恶难分，和官府同流合污、互相利用，敲诈勒索鱼肉百姓、代表大地主有钱人的利益，在赋税杂役摊派上主张人重地轻、使许多穷苦百姓叫苦不迭的现象，在修建寨堡城墙、甲集堂、朱家垫路时，征用全县民夫工，用时长达百年之久，约在清末才告完工。

全国劳模朱海南的故事

朱海南（1891—1950）原正远乡东联村二社人，在新中国成立前的十多年里，他家遭变故，被其侄逐赶出家门，靠打工干小买卖为生，稍有积蓄就申冤打官司。新中国成立后，分了房子分了地，他又参加了工作，家居县城。他是旧中国穷苦人受压迫的缩影，新中国翻身农民的代表人物，曾被评选为"全国劳动模范"，受到毛主席、朱总司令等老一辈党和国家领导人的接见，可谓高台历史上一大盛事。

多灾多难的一生

朱海南出生于清朝末年，出生在一个下中农家庭，排行第二，不识字，全家七口人，耕种十一亩薄地。老大是个老病号，常年不能下地干活，全靠他一人支撑这个家，日子过得捉襟见肘。在他三十岁那年，大哥病故，大嫂改嫁，他含辛茹苦把刚十岁的侄儿抚养成人。为避人闲话，又早早替侄儿完了婚，侄媳婚后多年不育，为了不让他大哥的香火在侄儿这一代断了，他又给侄儿讨了二房，家中经济入不敷出，欠了数目不小的一笔债务。朱海南起早摸黑干完自家的农活，就去打工挣钱，常揽些计件的活儿干，如割田禾、挖地、倒土坯之类，农闲时干个小买卖或跑个单帮补生计，一年下来收入也还是很可观的，相当于一个人扛长工的收入。

在朱海南没日没夜的操劳下，日子过得有了起色，不久他的大儿子也到谈婚论嫁的年龄，他再次东借西挪为儿子完了婚。家中劳力过剩，他又租了别人的二十多亩地，交儿辈们经营。中年的他，决定外出打工，受人雇佣干苦力。

民国初年，铁路未修，公路不通，马拉铁车是当时时髦的交通工具，高台大商家远去西口外安西、敦煌做生意，三五成群结伴而行。一是为相互有个照应，二是防备土匪盗贼抢劫。朱海南因体魄强悍，又能吃苦耐劳，被一商家争先聘雇，经过几年的磨炼，也学得了一些经商诀窍，于是他另起炉灶，与人合伙也干起了长途贩运的生意。没过几年，积攒了一笔钱，打算投资给侄子置地打庄，发展家业之用。可是侄子并不是省油的灯，善良憨厚的朱海南做梦也想不到，侄子会成为一个心术不正的刁蛮之徒，他心怀叵测，妄图吞霸家业。为了达到这样的目的，侄子客串了一幕幕的闹剧，使朱海南身陷污泥之中而无力自拔。侄子先以扩大经营规模、购买耕地、设立作坊为诱饵。因资金不足与叔叔商议，朱海南对侄子开拓进取的发家途径完全赞同，决定不惜血本给予支持。除拿出多年积蓄，又向同行好友筹借一千块大洋，买得近百亩上档地，又在县城城隍庙街设立磨坊一处，全由侄子当掌柜，他为偿还借债，仍去干生意，长年累月奔波在丝绸古道上。

朱海南一片好心，并没得到好报，侄子朱某，外号"大头蛆"。正如村里人所说："老子死了娘嫁了，叔父不在把胆子闯大了！"有两房太太和可观的家产后，侄子全不把亲叔叔朱海南放在眼里，他先让二太太搬进城里，雇两个伙计经营磨坊；又在乡下雇请三个长工，由大太太掌管一切。堂弟、弟妻成了不付报酬的长工，叔婶自然变成锅婆佣人，而他骑着高骡大马，往返于城里乡下，过着花天酒地的生活。

朱海南长子生性懦弱，是个干农活的好苦家，他和长工们一起起早贪黑地干，终于积劳成病，患了痨症。大哥（朱某）却说他装病，灌溉冬水时，逼他下渠扯洞子，原就病恹恹的身子，犹如雪上加霜卧床不起。朱某又和弟妻调情勾搭，大白天不避人耳目鬼混。

243

朱海南之子本已病入膏肓，又怒气攻心，不久病亡。那时朱海南远在千里之遥的西口外，不幸遇车祸脊骨骨折，病愈赶回家门，儿子早已被掩埋，老伴因思子心切，怒气攻心，又患气致腹胀，滴水不进，气息奄奄。求医问药，为时已晚，不几日便一命呜呼。人面兽心的侄子朱某，不顾伦理乖张，竟敢把尸骨未寒的堂弟的妻子纳为三房太太，明目张胆地向朱海南挑衅示威，妄想把他置于死地而后快，达到独霸家业的目的。

朱海南突遭厄运，气昏了头脑，决定上吊自尽，了却终身。幸亏被众乡邻及早发现，抢救及时，免遭了不测。经大家劝解，朱海南才又坚定了活下来的念头，他先申诉于保甲乡族，要求与侄儿平分家产，索要购买房地产的借银，而侄子朱某蛮不讲理，一派胡言，狡辩借银已还，真要说欠，须出示借据凭证，分家产，没朱海南份儿，是他一人起早贪黑、呕心沥血挣下的，他（指朱海南）长年在外，是赔是挣，从没向家中交过一个子儿。还诡称：娶弟媳、葬堂弟、婶母看病的花费全是他料理垫支，其叔叔应归还他一定数额款项才对。因当初朱海南对侄子的信任，并没有留下什么证据，所以大家也无法为他主持公道。最后，朱海南被扫地出门，只能流落四方，靠打工、干点小生意来维持生计。稍有积蓄，朱海南就张罗打官司，申宿冤，但始终没有成效。

生性倔强仗义助人

朱海南的诉状还没有送到县衙，侄子告他的传票已到。侄子告他于民国二十五年腊月二十左右，以一头毛驴及所驮货物计价1000元，资助落难红军，并亲自护送一位红军大官东返甘州。这在当时是弥天大罪，死刑无疑，但由于朱海南人缘好，苦无证据，此案不了了之。他状告其侄子逼死堂弟、气死婶母、霸占弟妻、赖账不还、诬陷亲叔、独霸家产等罪行，实为天理国法难容，应处以极刑，但这场拉锯式的官司前后打了十年却依然毫无结果。他原资助侄子购房产的欠债分文未还,西口外一场车祸把老本赔了个精光,现在债主登门催,生活无着落,真有点白天不敢沿街走,晚上不敢打灯笼的窘迫感。

为了避债谋生,他曾去南山挖过煤,牧区放过羊。20世纪40年代初,他年过半百,深感体力不支,在南华街头摆小地摊为生,夏天卖菜,秋天卖瓜,冬春二季卖干野果之类。在此时,经人介绍撮合,他与沟东北一刘姓寡妇又结了婚,租住南华街西北角的一间房子,他把房后东西墙向南续砌,上盖浮棚浮搭,又向亲戚借了点钱,开了个专卖八宝粥的小饭馆。由于实惠便宜,就餐人很多,可是朱海南仗义助人,乐善好施,遇着逃荒要饭的,免费吃饱,还赠点腰食。一些家境贫寒、手头拮据的乡亲,不赊就欠也不记账,致使饭馆资金短缺,不能正常运转,曾几关几开。1949年初期,欢庆新中国成立,高台中学秧歌队在县城大十字表演的一段快板调专门演说此事:"朱海南,老杆杆,南华开的饭馆馆。八宝米汤大老碗,有钱没钱都不嫌。有钱用钱买,没钱用粮换,委实没钱能赊欠。逃荒要饭过此店,免费供应吃饱饭。千里古道美名传,谁不夸他是个好老汉!"

朱海南外号"老杆杆",生性倔强耿直,不畏强暴,疾恶如仇,敢于坚持真理,不断斗争。他把打工干小生意挣的钱,全用来打官司。钱花了,败诉了,再去挣,仍来打。按他的话说:"把县衙门槛都踏平了!"在旧社会,"天下衙门向南开,有理没钱莫进来。"旧官府和朱海南的侄子狼狈为奸,沆瀣一气,致使朱海南的讨债梦一次又一次化为泡影。他只能花小钱打点,而侄子能花大钱买通,有道是有钱能使鬼推磨。有一次,他不但败诉,还被以有损地方乡绅名誉为由,杖责二十大板,赶出公堂。回到我家后,气愤不过,趁家里上地无人之机,偷喝了我爷爷的鸦片和碱水汤。被发现时身子已僵硬,忙用土方法解救——将他脊背绑在一根扁担上,在堂屋中梁上吊一粗绳,再将绳拴结于扁担中间,悬空提起一米多,很多人左转一阵,右转一阵,驱使他发晕呕吐,抢救了下来。

新中国成立前称霸高台的旧官吏王兆德,与朱海南的侄子朱某,因购买城隍庙街房屋时有过节,两人曾狗咬狗地明争暗斗过。在朱海南诉讼其侄子之初,王兆德背后曲意奉承他,表面佯装一定要秉公办案,但在接受了朱某厚礼贿赂后,又一反常态,仍然我行我素,例行公事,每场官司均以朱海南败诉告终。出于无奈,朱海南只有在县衙软磨硬泡以示抗议,蹲在墙角不停地抽闷烟。王兆德人称假善人,心狠手辣却又城府很深,想打发朱海南却又找不到合适的借口。王兆德正绞尽脑汁苦思冥想之时,朱海南突然将一口浓痰吐在地上,他便借题发挥:"朱老人,你怎不讲理,堂堂国民政府公堂,竟敢排泄污秽之物?"朱海南一听,气不打一处来,跃身站起,手握烟袋直逼县议长王兆德的鼻子,厉声责问:"我老汉是不讲理,才会落到今日的地步。请问王议长,侄子将亲叔叔净干干撵出家门,算不算讲理?侄子逼死堂弟、气死婶母算不算讲理?我要早学会讲理,会像你一样稳坐公堂评理了!撒尿放屁,人体常理,吐痰是我患病万不得已而为之,怎能说随便排泄污秽之物呢?人人都长嘴,都要吐痰,你议长也不例外,那又算什么呢?"朱海南一席连珠炮式的反问,气得王兆德面红耳赤,羞愧难当。

在官场腐败的旧社会,穷人败诉是常有的事,有的人想不通或轻生或忍气吞声,寄托迷信来慰藉自己,而朱海南偏不信这个邪,就是讨饭也要把这个状告到底——他决定上京告御状试一试。他长年累月破衣烂衫省吃俭用,筹措钱粮,准备起程。或许是苍天不负有心人,这一天终于等来了。原国民党中的"和事佬"张治中,1946年三下延安后,又奉命去新疆迪化(今乌鲁木齐)巡视,朱海南事先从经商的朋友那儿得到可靠消息,决定冒死求见张长官。1946年9月下旬某日中午,张治中一行车队路过南华镇,被跪在路中间的朱海南拦阻停车。只见他蓬头垢面,裸露上身,在胸前背后各挂一块白布，上书"冤"字，跪称一定要见张长官。因车队受阻，也需小憩，张治中遂萌发恻隐之心，打算见一下这个敢拦车告状的西北老汉。接过状纸一看，不由地义愤填膺，当即批示高台县政府认真查处，若老人诉讼准确属实，其侄子朱某应处以死刑示众，其家产全归朱海南所有。

张治中的"御批"，旧高台县衙也不敢怠慢，于是马上提审朱海南的侄子朱某，因证据早经多次查证确凿无误，审判很快顺利结束，依照张治中的批示下了判决。判决下达后，侄子朱某买通狱卒，转告家人，不惜重金打点县府党政要人，千万千万救他一命。王兆德收受了巨额贿赂，又以他假善人的面貌为朱某说情，他说："自古道虎毒不食子，你老朱爷也是位德高望重、通晓事理之人，何必非要告死亲侄，落个千古骂名？你这样做是断你朱家的香火，你死后咋面见列祖列宗？那份家业即使全归于你，你这么大年纪了，操心费神多划不来？依我之见，不如要上点钱，还了借债，剩余的仍干个小生意，能维持住生活就行了。"朱海南一听，貌似有理，便默认下来。其侄子朱某刑事诉讼改为民事调解处理。朱海南要求赔偿50石小麦，其侄子只答应30石，经调解确定为40石。朱海南是个极爱体面的人，为酬谢各方人士，在县城十字宴宾楼摆酒席十桌（花去小麦20石），以洗雪耻辱，庆贺胜诉之喜。下剩20石粮事后去拉，其侄朱某让庄头领着，前到二地主南岔白家、成号张家去拉，结果全是霉烂变质、掺了沙的秕麦子，人不能吃，喂牲口也不是好饲料，作半价也没人要。朱海南只得忍气吞声拉来，以最低价格，顶还了当年债务的一半。虽赢了官司，他仍面临缺粮断炊的危险。

新中国成立前夕，城西朱家楼庄子发生一起特大抢劫案，恶霸地主朱家被一伙持枪土匪抢劫——有可能是马家军所为。抢劫过程中，朱某被击毙，三位太太被土匪用烧红的炉棍烫烂乳房及下身，逼获部分金银财宝后，逃之夭夭。朱某人死财散，家中乱作一团。户族尊长与三位太太商议，速请叔叔朱海南来主持家务。于是赶忙派人到南华镇去请，却扑了个空。那时因国民党散兵游勇乱窜，地方土匪强盗横行，乘机抢劫烧杀无所不为，南华镇大部分人去南山躲避。朱海南隐藏在榆木山羊圈口的一个峡谷里，送信人找到他已是日暮时分。当他听了来人诉说，也不禁凄然泪下，因为毕竟是他的亲侄子，他大哥的亲骨肉。他转告来人：好生安葬，让他先安息去吧！续弦的妻子跟他近十年，饱受颠沛流离之苦，以为这下可有了出头之日，一个劲地催他回家去当掌柜，过几天不愁柴米油盐的日子，被他制止劝说：他的钱财再多，也是吸吮了人民血汗得来的，吃了用了心里不安稳。

辛勤的耕耘，丰硕的收获

民国二十五年冬，红军血战高台失败后，朱海南舍了一笔小小的财，而其侄子朱某却发了一大笔的横财。事情经过是这样的：红军兵败城破，马匪军以胜利者"英雄""功臣"的身份涌入高台城，肆无忌惮地纵情享乐，欢庆所谓的"胜利"。数以万计军队的口粮加工便是一个大问题。旧高台是个四五千人的小县城，原城内有个体磨坊七八家，而且规模很小，一般只有两三盘石磨，朱某那时在县城有4盘磨，他瞅中天赐良机，又在乡下购得十来盘磨和牲口，雇请帮工，每天为马家军加工小麦十来石。与此同时，朱某的大太太又与马家军的军需官挂上钩，关系暧昧，非同一般。就在马家军临开拔前几天，那位军需官运来四五百石军粮拉进朱某家。不出三日，上峰有令，全军调走，朱某便发了一笔惊人的横财。所以新中国成立前有人称朱某为"磨坊的掌柜"，在他后来与朱海南打官司时，口口声声称家业是他一人挣下的，原因也正在这里。

该年腊月二十左右，高台城已破，马匪军仍在四处搜捕流落红军，许多无辜的人也受到牵连。那时朱海南家中变故初显端倪，他刚刚大病初愈，想去干点生意因路途不安全受阻。闲不住的朱海南跑单帮去肃南山区，据说在一天拂晓，在一狮子岩下，巧遇十来个流落红军，于是慷慨解囊，鼎力相助，搭救他们。当时面对面黄肌瘦、衣着单薄的红军战士，朱海南老人也产生了怜悯之情，先将自身所带的三十多个干粮（烧饼）给大家打尖（吃点零食），接着将自己的毛驴宰杀，让大家饱餐一顿，并将所驮货物茶叶、水烟、旱烟、食盐和辣椒分赠每个战士备以遗散。朱海南接着又亲自护送一位不知姓名的红军"大官"出山——有可能是徐向前，到达甘州乘车东返。临分手时，那位"大官"回赠朱海南一根金条，被他执意谢绝。这件事他始终守口如瓶，从未向外人吐露过。

在与其侄打官司的十年中，其侄以此罪指控他，法庭也加以恫吓，但朱海南始终没有吐露过半个字。临近解放，气氛有所缓和，闲聊时父亲问及此事，朱海南既不矢口否认，也不完全承认，只是含糊其词地说："那些人（指红军）没吃没喝十来天，穿得又单薄，寒冬腊月，太可怜了，即使不被马匪消灭，也会被冻死饿死。"当再问起那大官姓甚名谁？他说："看模样，非凡人哪，名字没记下，人家不说，我也不便问。（在当时非常时期，高度警惕是必要的）不管是谁，人家大老远来搭救咱们，我若见死不救，就不是人了。我这人灾多难多，命不好，若不多行善事，来世还不如今朝呢！"

新中国成立初期，原红军首长委托西进部队首长来找过朱海南。事隔十四五年，只记得大概特征：姓朱，高台朱家楼庄子人，六十岁左右，苦大仇深，在穷人中有一定威望。其他全无凭证。地方首长经过明察暗访，阴差阳错地将该村曾在站家渠任过农官的朱万因当作朱海南，内定为高台首席农民代表，于1949年10月初，大操场举行的庆祝中华人民共和国成立暨高台解放大会上，与新任县委书记郝子君、县长殷序正襟危坐主席台亮相。当新任县委书记特邀朱万因讲话时，这位"朱代表"紧张得不知所措。后来还是朱万因提供线索，在南华镇西街破烂不堪的小屋里找到了朱海南。

朱海南于1949年10月参加工作，在新政权的领导下，他焕发出了革命的青春朝气,永不知疲倦地奔忙在剿匪、支前、生产救灾、水利工地、减租反霸及处理民间纠纷的第一线。解放初期,渠道失修,渗漏严重,水量锐减,水规混乱,加之干旱威胁,一小撮坏人从中作梗捣鬼,偷水抢水纠纷时有发生。这年冬天,由于政权交接、人事变更等原因,冬灌开始得相应较晚。由于旧渠道失修、天气骤变、气温下降等诸多因素,灌速非常缓慢,争水纠纷频繁。当灌到站家渠渠尾南北岔时,由于不法的地、富坏分子的作祟,引发了一起争水抢水的轩然大波。该渠流淌到此,一分为二,按以往水规,北闸近,闸底略高;南岔远,闸底略低,不需要附加人为的控制,就基本可以同时浇完两面的耕地。这一次,两面的群众因为急着浇水,都说如今是新社会,旧章程得改一改,各自都想堵死对方闸门,抢先灌溉。双方争水纠纷逐渐升级,先由小股十来个人的争闹,后来发展到各自百余人持械交战的场面。水中的在水中争,岸上的在岸上闹,双方大有一场大战一触即发之势。

  区乡干部前来调解也无济于事,在这千钧一发之际,县上派农会副主席朱海南赶到。他首先奋不顾身跳入冰冷的水中,制止堵闸抢水的闹事者。他大声呵斥:"我是县农会副主席朱海南,谁要无理取闹,想争水抢水,先朝我打!有胆的把我打死淹死,你就能抢先灌水,否则休想!"又指着几个气势汹汹的抢水者:"打,照我老汉头上打!使劲打!"接着他大声对岸上的群众训斥道:"共产党把老蒋的八百万人马都消灭了,把全中国都解放了,还怕你几个不成?我看你长几个脑袋?"在水中入水堵闸抢水的闹事者,看到这位六十开外、瘦骨嶙峋的老汉,在冰花凌凌的湍流中冻得瑟瑟发抖,却俨然一身正气、视死如归的架势,都灰溜溜地爬上了岸,岸上的助威者也都偃旗息鼓、不战自退了。

  朱海南向岸上的区乡干部要回闸板,将两岔水位控制在原定基础上。这时,人们都说:"这回没事了,赶快上来吧!"但朱海南一动不动,他说:"水灌不完,我不上去!"人们以为他开玩笑,但没想到的是，他竟然像一座名副其实的"中流砥柱"，在水中整整站了三昼夜，一直到两岔万亩耕地冬水灌完他才上来。群众称他是真正铁打的人。事后有人问他："哪里来的这么大的精神？"他淡淡一笑说："毛主席给了我信心，共产党给了我力量！"

1950年春播之前，朱海南从酒泉行署开会归来，已是下午三四点了。他当即找书记、县长汇报上级会议精神，当晚召集干部大会进行了传达。第二日清早，他偕同县长殷序去偏远的宣化乡高桥村传达指导工作。行至朱海南家门前，县长打趣地说："要不要进去看看，喝口水再走？"朱海南正色道："工作要紧，还有三四十里路要赶哩！再说了，我们老夫老妻，一年半载见个面，也比牛郎织女幸福得多！我是土埋到脖子上的人了，能多活一天，就争取多做一些工作。不然的话，我咋对起毛主席、共产党救我的恩情呢？"县长拍了拍他的肩膀："你真是老骥伏枥，志在千里！"说说笑笑，在太阳快落时，总算赶到高桥村。进门还没坐定，气喘吁吁地跑进一位不速之客，是朱海南家的邻居，说他老伴旧病复发，心口痛得厉害，叫他赶快回去照料。县长抱怨说："路过家门，叫你去，你不去。何必呢？快去吧！"朱海南先打发来人回去，说自己随后就到。然后就和县长、村长研究安排工作，决定晚上召开大会，传达完会议精神，再回也不迟。县长执拗不过他，也只好作罢，晚上散会已十点多了，他才启程回家。

第二日清晨天还没大亮，他又出奇地赶了回来。一进屋见县长还在熟睡，便悄悄退了

出来。忽听后院有响动,竟欲小解去看看。一到后院,使他大吃一惊。有三四个人,有提灯笼的,有拿刀子的,正在宰一只羊。已皮肉分离,开膛破肚,只等下锅。他问明原委,又踅身返回屋里,破喉咙大嗓门地训斥:"你像个人民政府的县长吗?刚一进村就让老百姓宰猪羊,和国民党有啥区别?"县长惊起,丈二和尚摸不着头脑,忙穿衣询问,到底出了啥事?朱海南气愤地指着后院说:"啥事,当然是好事了,你自个儿去瞧吧!"县长到后院一看,立即明白一切,忙不迭地说:"要不得,要不得!你们怎能这样做?"气得他六神无主,双手发抖。持刀宰羊的屠户胡二,料定是这其貌不扬的瘦老头捣的鬼,摇晃着光脑门不屑一顾地说:"老百姓孝敬县长也有错,未免管得太宽了吧?"在旁搭手的村干部用胳膊肘碰了他一下,悄声说:"这老汉厉害着哩,上次县上开干部会,他和县长都坐在主席台上,我还听过他的讲话哩!"看着县长作难、朱海南气愤的样子,提灯的房东老者解围说:"自古来,我们听过县长,没见过县长。见着的是县长手下的衙役们下乡抓夫催讨收税,鞭打绳拴老百姓。如今新社会,人民政府的县长来到我们穷乡僻壤,是我们的福分。贵人来此勘踏地脉,是千载难逢的喜事,翻了身的穷苦人借此略表心意,也在情理之中!"县长气得直摇头、跺脚,乱了方寸。这时,朱海南声如洪钟、斩钉截铁地说:"新社会的干部是人民的勤务员,下乡如果带头大吃大喝,和国民党旧官僚有啥区别?各位乡亲父老的盛情我们领了,你们要真是拥护共产党,爱护我们干部的话。听我说,把已宰的羊肉由村干部转批给个体户处理。关于批零差价不足部分,由县长负责赔出,并在今晚当众折讨兑现,你们若不听我劝告,肉我们丝毫不动,让县长背上沿街去叫卖,卖后把款归还卖主!"

围观的群众窃窃私语:"这老汉是个什么人,连县长都敢管?""听说是县农会副主席,如今就兴这主席的官衔最大!听说上次南北岔争水险些闹出人命,区乡干部调解都无人听。朱主席一来,啥事都解决了!""新社会真是人民当家做主,以后有事,就找朱主席解决!"朴素形象的道理使人们茅塞顿开。

宰羊风波平息,县长在当晚群众大会上作了检讨,并当场拿出7元2角作为差价赔偿。事后被传为美谈——群众真是开了眼界,共产党干部真是两袖清风,一尘不染,所以说话有人听,办事有人信。群众中有个纠纷,邻居间有个争吵,夫妻间有个打闹,都要找朱海南处理。不论处理结果如何,都认为朱海南铁面无私,胜似包公。初进门双方都气如斗牛,临出门时,都能化干戈为玉帛,握手言欢,重归于好。

朱海南忘我的工作精神,受到了党和人民的信任和拥戴。1949年11月他被选举为高台第一任农会副主席(正职由县委书记郝子君兼任),1950年7月当选出席省代表大会的劳动模范,8月荣获"全国劳动模范"光荣称号。9月下旬,中央人民政府特邀朱海南赴京参加庆祝中华人民共和国成立一周年观礼活动。在新诞生的共和国首都北京,朱海南受到了毛主席、朱总司令的亲切接见,并与特殊的老朋友见面会晤,书写了他人生最辉煌的一页。

誉满京都名扬西北

1950年9月30日晚,政务院在怀仁堂举办招待会,宴请国庆观礼的各界代表。当时有个不成文的习俗,各大局代表团要派员向首长们敬酒。朱海南作为西北局代表,在时任西北军政委员会主席彭德怀的指引下,笑容可掬地向首长敬酒。在这个千载难逢的时刻,他意外而惊喜地遇到5年前给他伸张正义的张治中和14年前他帮助过的红军"大官"徐向前。故人相见,恍如隔世,话稠酒酣,互敬互勉,传为佳话。这一幕,被善于明察秋毫的朱总司令记在心中。

在10月1日天安门城楼的会客室里,朱总司令把这件事汇报给了毛主席,说西北局代表朱海南,国民党中认识大名鼎鼎的张治中,共产党中认识赫赫有名的徐向前,此人很有传奇色彩。毛主席听后很感兴趣，决定破例接见朱海南。在当晚7时，天安门城楼会客室里，毛主席在朱总司令陪同下，正式接见了朱海南。毛主席亲切询问了朱劳模的家庭、生活和工作情况，并嘱咐他好好学习，适应新形势，然后邀请他同登天安门观看焰火。据说步行到最上一层台阶时，朱海南险些滑倒在地，被毛主席及时扶住，朱海南即兴咏道："天上下雨地下滑，滑倒还得自己爬。毛主席把我拉一把，还得我老汉自己爬！"毛主席听后大加赞赏，说他有骨气，有中国人的骨气和自力更生的精神，全国人民都应该向他学习！这成为当时流传的爆炸性新闻。

在古城西安和省会兰州，时任西北局首长和省委省政府领导分别接见了朱劳模一行，对归程做了安排，勉励他们不辜负党和人民的厚望，更加勤奋地做好本职工作。西出省城兰州，各地、县纷纷搭彩棚，热烈欢迎代表团归来。所到之处，红旗招展，人头攒动，有的人从几十里外的地方赶来，就为了一睹被毛主席接见过的朱劳模的风采。年逾花甲的朱海南老人，在金秋十月，在铺满阳光和鲜花的金色大道上尽情邀游，霎时熨平了他一生贫穷、劳苦、屈辱、悲愤的褶皱，这个人民当家做主的新社会让他充满了美好的憧憬。

令人没有想到的是，天有不测风云，人有旦夕祸福。在酒泉地区行署为朱老模举行的接风宴上，不知是劳累过度，还是什么原因（有人说他同时吃了甜瓜和羊肉，这两种食物是相反相克的），年老体弱的朱海南老先生不幸去世，令人扼腕痛惜。

朱海南的丧事办得很隆重。甘肃省委和省长邓宝珊都发来了唁电，张贴于县城大十字街头，高台群众纷纷驻足观看。酒泉地委、行署发来唁电并派员参加出殡仪式。高台县委书记郝子君亲自操办治丧事宜，县长殷序写了挽联，上联是：兰州驰名北京载誉五千里异口颂劳模；下联是：祁连变色黑河失音十万人同声哭功臣。横批：音容宛在。并亲自为灵柩抬头拉纤。恰时逢县上召开三干会之际，与会代表和县政府干部三百多人，一律披麻戴孝，参加了送葬活动。

酒泉地区行署副专员张子川率领县领导护送灵柩至月牙湖，然后由朱海南家人亲友抬送坟茔。送葬队伍开始有一里多长，路过大街十字，店铺字号自动关门，市民及乡下赶来的群众纷纷加入送葬队伍，前不见头，后不见尾，号啕大哭，悲天昏地，令人叹为观止。

　　朱海南昙花一现的政治生涯，曾为高台历史增添了光彩，党和人民永远都不会忘记他。这在县志中已有浓墨重彩的记载。可以让英灵欣慰的是，如今的高台早已高楼林立，百业兴隆，城乡群众安居乐业，衣食无忧，习总书记也已经来这里视察过了，全县人民都在劳模精神的鼓舞下，以"不负韶华，只争朝夕"的忘我劳动精神，为全面建成社会主义现代化强国而不懈奋斗！

郭西山办学记

郭西山（1895—1961），高台建康镇大佛寺巷人。出生在平民家庭，从他记事起，家中共有十口人。祖父母尚在，他弟兄六个，排行第三，取名长堎，别号华锋，"西山"是他毕业时起的字，此"字"寓意深远，有立志成就一番事业、在西北树起一座山峰的隐喻。从他的经历可窥测出他在孜孜不倦追求实践着自己的诺言。父亲郭祥，祖祖辈辈以卖大饼为生，人称"郭大饼"，家里经济来源全靠他父亲这点微薄的收入，可想而知日子过得艰辛拮据。

那时高台城是座半似农村、半似城市的小镇，农民生活很苦，小市民生活也苦。幼年的长堎，眼馋地望着自家烧的大饼，确实有点垂涎三尺——年迈的爷爷都不忍啃一口，更不用说他了。他家的早餐是小米或青稞珍子拌汤，加上高粱面馍或炒面，晚餐大半是米下汤面条，汤多面少，菜多米少，一年半载吃顿干面（捞面条），他和小兄弟们只能吃二面和高粱面和的面。偌大一家人，分工都很精细。天刚蒙蒙亮，父亲就头顶大方盘，肩挎支架上街设点干营生去了，晚上很晚才回家。接着是爷爷拉驴套磨磨面，母亲和奶奶架鏊子烧大饼。他们兄弟几个也不能闲着，或帮母亲抱柴火，或帮爷爷赶驴。小长堎长到四五岁时，经常在哥哥的带领下，去城西郊的下坝沟沿或高地村的地埂上和大路旁捋榆钱、挖苣苣菜或捡柴火、拾畜粪，用这点微不足道的收获来弥补家庭生活的亏缺。

自幼立志报桑梓

郭长埦幼小的心灵饱尝了生活的艰辛，感知了社会的黑暗，因而更加珍惜读书学习的机会。在他入学前的五六岁时，已能把启蒙读物《百家姓》《三字经》背得滚瓜烂熟。初入学堂，老师还教这些，有很多语句他都不能理解是什么意思，而老师也从不讲解，他也不敢问。一次放学后，他悄悄问爷爷："书上说，人之初，性本善。而我见到的那些人为什么都是性本恶呢？"爷爷回答："你还是好好念书，等你长大了就会知道的！"问此话事出有因，他和小伙伴们玩耍掏鸟雀时，发现了比他家还穷的人。一次在城西南墙根贫民窟里，他亲眼见到几十个叫花子，长幼不等，有男有女，蓬头垢面，破衣烂衫，或瘸或癫，或双目失明，他们蹲在城墙根下晒太阳，捉虱子。他们大都面色憔悴，形容枯槁，惨景使人目不忍睹。过一会儿在街上，他看到那些当官的、有钱的人，衣冠楚楚，腆胸凸肚，人模人样地畅游于街市，进出于高级饭馆和青楼。同是弹丸之地小县城的人，他们的处境却有着如此巨大的差异。这一切都使他愤世嫉俗，都培育了他解民倒悬的远大抱负。他一进小学门槛就锋芒初露，表现出了他的天资聪慧，考试成绩一直名列前茅。他是清末民初高台乡试秀才的佼佼者，他以优异的成绩考入酒泉中学，随后以卓异的文采考入北京内务部地方自治讲习所深造。

在当时的情况下，不用说一个郭大饼，就是十个郭大饼也供不起一个大学生。还是老街坊乡亲们厚道，有钱的捐钱，没钱的捐粮，把郭家的光荣当作自己的光荣享受。开明乡绅也趁机为自己涂脂抹粉，捐出了一笔笔可观的银两。据说有个双目失明的寡妇老婆婆，把自己多日讨要的一斤半小米也捐给了郭家。她颤颤巍巍、哆哆嗦嗦地拉着郭西山的手说："北京是皇上住的地方，好啊！你念出书，当了官，给皇上说说，给咱老百姓减掉些杂税，救救我们穷苦人吧!"送行的那天,热闹非凡。郭西山披红戴花,骑着佩有彩色笼头鞍缰的枣红大马,跨街巡游一周。送行的人簇拥着郭西山,穿街过巷。人们翘首仰望郭家新状元的风采,鞭炮声声,震耳欲聋,郭西山回头遥望,一眼就认出那个送半斤米、唠唠叨叨的盲婆婆——她站立在凛冽的寒风中,浑身直打战,蓬乱的白头发随风飘拂。目睹这一景象,郭西山情不自禁地凄然泪下,差点哭出声来,他暗自思忖:我的家乡人民太苦了,太善良了,我读出书来要不报答他们的养育之恩,非人子也!

学成归来展雄才

郭西山跨入北京校园,那时的天空仍阴霾笼罩,阴风怒吼,只潜存了一线光明。在爱国师生的熏陶下,郭西山阅读了《新青年》《共产党宣言》和介绍苏联革命的一些书籍和文章,使他心胸空前明朗,视野更加开阔,给他的思想注入了新的血液,同时使他有幸参加了伟大的"五四"爱国运动。他在学业上表现出的刻苦好学、勇于求真求知的博学精神,使一些沽名钓誉混文凭的富家子弟大感不解。1923年,郭西山以优异的成绩毕业,学校打算让他留校任教,他婉言谢绝了。他说:"我为什么取字西山,就因为我不能忘了西北的劳苦大众,他们是生我养我的父母,如今我学业有成,理应回去报效他们!"就这样,他辗转千里回到了甘肃省城兰州。

北京的高材生,也称得上是拔尖人才,当时的伪省政府也很重视他的分配去向,提出三个部门让他供职选择:一是在省政府任官员;二是去兰州大学任教;三是到新建的甘肃农校(甘农大前身)教书。而郭西山偏偏选择了在农校任教的工作。因当时学校新建,教师学生都是新聘新招。各方面都显得协调,充满了生机和活力,他的心情和理想得到了暂时的平衡和慰藉,也给生活和精神上带来了愉快和欢欣。在此期间,他和兰州女子师范毕业的大家闺秀李慧生女士结为百年之好,新婚燕尔,夫唱妇随,事业顺心,天遂人愿。然而好景不长,没过几年,生儿育女,家中人口增加,又加上抗日战争爆发,物价飞涨,夫妻俩的微薄收入很难应付五口之家的正常花销,幸有老岳父这座靠山的接济,全家才能安然无恙地生存下来。

抗日战争爆发以后,前方吃紧,后方紧吃。国民党政府把用抗日招牌搜刮来老百姓的钱物,不用于抗日,而用于对付共产党,那些党政要员也趁机浑水摸鱼发国难财,侵吞了老百姓的血汗钱,新建的甘肃农校教职员工资停发数月,教育经费拮据无望,学校面临停办的危险。有的老师因生活所迫,不得已弃教谋生,去拉板车、做苦力或干点什么别的营生,暂时来养家糊口,他先带领师生代表赴省教育厅省政府上访多次,那些党政人员不是支吾搪塞就是避而不见。他就串联爱国教师和学生,组成声势浩大的游行队伍,赴省政府示威请愿,并代表师生直接出面,与政府官员对话,据理力争,态度强硬,言辞激烈,那些人被驳得满面羞愧,无言以对。由于激怒了政府,他和另几名教师被以"聚众闹事扰乱社会治安"为由抓进国民党监狱。校方又组织全校师生大示威,争取社会舆论的声援,在省政府门前静坐,绝食示威,他和被关押的教师才幸获释放。

农校教师工资得到了补发,但是在物价一天三涨的同时,只能勉强养家糊口,而郭西山因夫妻俩都有工作,有小没有老,又常蒙商贾巨富老岳父的经济资助,他的生活处于当时中等阶层的水平。自从闹请愿释放以后他的名字已上了国民党的黑名单,经常有便衣特务尾随盯梢,他在认真教学的同时,深居简出,常以读书看报打发时光。他对屈原"路漫漫其修远兮,吾将上下而求索"的严谨治学精神钦佩不已,从报纸新闻中,萌发了自己独特的见解。简之,好的听一半,坏的反面听。对于报道蒋某人和国军抗战取胜的新闻,觉得信一半还嫌多,对于报道共产党红军、爱国人士,进步学生为叛匪叛逆的文章,却反面看待,认为这些人是中华民族的精英,中国命运的希望。

大约从1937年西安事变、国共合作抗日以后，他的处境稍微好了一些，不再有特务盯梢，人身安全的顾虑暂时缓解，可以自由出入学校和街市。他有个爱散步逛街的嗜好。别的文人雅士是去繁华热闹的街市，或是去风景秀丽的公园赏心悦目，陶冶情操。而郭西山的去处都是偏僻的破街烂房，或是垃圾成山的滨河路上。不知是怀旧还是思念故乡心切，他到这里就有到家的感觉。那时西路军在河西走廊失利后，流落的红军陆续返回延安，他们破衣烂衫，蓬头垢面，有的沿街乞讨，有的从垃圾堆里寻找菜叶、残馍充饥。爱国教育家的怜悯之心油然而生，一次在滨河路一家饭馆门前，有五六个流落红军并排席地而坐，向行人讨要，他带他们到饭馆吃了饭，每人又给了两三块银圆作路费。有时发觉有的流落红军的衣服太破烂，裸露太多，难以遮羞——或男或女，他悄悄领回家将他和妻子的旧衣服让他们穿上，吃了饭，再赠给银两。他救护红军十余人都没留下名字，他也不期求别人报答——那样倒使他心中感到内疚。因为流落的红军有一半是血战高台失散的，革命的先烈没战死在抗日疆场，却殉难在可爱的故乡。愚昧啊！使他思想难以平静，是他代表家乡父老对红军报恩补过的，虽称不上英雄壮举，却也饱含了人间真情。

20世纪30年代末，抗日处于相持阶段，蒋介石政府打不过日本人，就反过来对付共产党，因此抗日根据地缩小，大中城市阴云笼罩，反革命的法西斯活动猖獗。郭西山因有请愿的"旧案"和救护

过红军的"劣迹"，被内定为省城首批抓获的要犯之一。校方得知这一消息（因在请愿事件中，郭有功于校方）立即告知他，想办法尽快回避或转移他地，等待时机好转，再召他回校任教。离别省城，离开这是非之地，回到家乡，是他梦寐以求的夙愿。这样，他就和妻子一起，告别了岳父母，领着孩子又返回阔别二十年的故乡——高台。

小学教育奠宏基

郭西山偕妻携子一行五人，于1941年又回到生他养他的高台。一路的风光使他感慨万千，故乡的雪山、戈壁、原野都在向远方归来的游子招手。往日那小街、破房、村落倍感亲切，只是显得有些苍老、贫穷、凋零的样子，好像蒙上了一层尘埃和污垢，童年生活的情景一幕幕地涌到眼前，抚今追昔，他满腹惆怅、忧伤、不由地热泪盈眶。

郭西山前往县政府报到，接待他的是时任高台县县长王兆德。王兆德是正远乡正远堡人，还是他中学时的同窗学友。该人从小私欲熏心，阴险狡诈，中学毕业后，过早步入仕途钻营，经过二十多年的滚打，从一个小职员爬到了高台土皇帝的宝座上。他深知郭西山的才学与为人，便高兴地对郭西山说："贤弟乃党国最高学府的精英，今日荣归故里，屈居蔽县，造福桑梓，实乃全县万民之幸也，令愚兄钦佩不已！你若从政，应在我之右，只是不才，已被党国委以此职，深感愧疚。我自荐让贤，你又不忍屈就。况贤弟胸怀大志，不计名利，先在教育局当个督学干干，我初入官场，也曾以教育入手，干过这行。你早就有解民倒悬、救国救民的远大抱负，为人干点实事，才是正理。别学愚兄浑浑噩噩混进官场，枉度人生。以后若逢良机，我一定鼎力向上举荐你，保你飞黄腾达……"

一席冠冕堂皇的欢迎词，使郭西山哭笑不得，也只有走马上任，在教育局干起了督学的差事（此职似局长助理，监督下属学校工作）那时国难当头，教育无人问津。"督学"只是个摆设，不干俸禄照拿，想干则下去走走转转，指手画脚地打几句官腔而已。县城只有一所完全小学，人称"大学堂"。全县十多个乡镇，才有六七所初小。全县人口五六万，入校学生只有六七百，入学率占总人口的1%多点儿。学生大多是地富商贾的子女，穷人的孩子寥寥无几，就连农村中农阶层的子女也不多。学校直径辐射10至30里，路程较远，膳宿无法自理，又是兵荒马乱的年月，许多人望学兴叹，对送子女入学心灰意冷。

面对高台封闭落后的教育状况，郭西山不辞辛苦，跑遍了全县村村寨寨，提出切实可行的办学设想。拟将遗留在各乡堡的旧庙宇稍加改修，即可成校，有的庙后院集中供神，前院作为校舍。有的庙较小，只好把供神空间当作教室，让泥神给学生陪读，师资馈匮缺，就地取材请社会上散闲的老学者和聘请农村中能写会算的粗识字人担任老师。办学经费困难，有荒滩的地方，集中开一片荒地；耕地较少的地方，征集边缘的三荒薄地，取名"学科地"，租给穷人改造耕种，征收地租比地富的地租少一半，用来养活学校和教师。

郭西山把考查结果和利旧用废兴办全县初级小学校的意见在县参议会上提出，赢得了多数议员的赞同，当然，作为一县之长的王兆德是极力反对的，他曾任教育局局长多年，无所建树，这明明是自己伸手扇自己嘴巴的蠢事。但迫于舆论压力和民意，他不得不装出高姿态，公开赞扬郭西山"尽瘁桑梓，传桃播李"的办学精神，又责成各乡保甲大力协助限期完成，为自己捞取政治资本做了淋漓尽致的表演。

郭西山是文化人，他以督学的身份在全县乡村考查教育时，旧中国农民所受的疾苦，无时无刻不刺伤着他的心，他想到遥远的古代，那位"吏呼一何怒，妇啼一何苦"的老妪；他想到"足蒸暑土气，背灼炎天光""右手秉遗穗，左臂悬敝筐"的拾麦穗的农妇和孩子。他又想到了鲁迅笔下的鲁四老爷和被家人赶逐出来的祥林嫂，中国农村经济有时也称繁荣，但是"朱门酒肉臭，路有冻死骨"这种剥削制度下的繁荣，却是劳动人民以更加悲惨的生活为代价的，要使中国农民真正富裕起来，光靠苦做苦受，没文化是不行的。改变广大农民群众命运的出路在于文化。郭西山提倡把学校办在家门前，便于学生就近入学，这是造福子孙后代的好事，纯朴、憨厚的农民群众是通晓这个道理的。一旦是他们心底里拥护的事，说干就干，并且干得很好。

一霎时全县建校成风，有条件的保办一所初小，条件差的三四保联办一所，全县新建小学二十多所，加上原来的学校共有三十多所，入校学生已超过了二千多人，入学率上升到占全县总人口的5%。王兆德对于郭西山办学明处不敢反对，暗地里却处处刁难，他把抓兵、收兵站、征赋税的任务，层层加码，摊派给乡、保，以此激起农民的不满情绪来遏制办学用工花费的摊派。在那艰苦的创业年月，郭西山同当地农民朋友一起移神、砌墙、和泥、盖教室，不管是烈日炎炎的酷暑或阴雨连绵的秋季，他都身先士卒奋战在工地上，贫苦农民深受感动，有位老学者捋着白胡子评价说："当年孔夫子周游列国，讲学传知，名垂千古；如今，郭督学亲自拆庙建学堂，传播文化，实乃我子孙大幸也。"

改庙办学，首先是将诸神集中供奉，才能腾出较多的空间作教室，由于千百年来迷信统治束缚着人们，在中国对于泥塑神像敬仰似乎超出了对封建统治者的权威，郭西山苦口婆心劝告大家："神是塑的，谁也没见过神，要不他就成了神。所以神是不存在的。即使有神，它也希望老百姓过上安乐、富裕的日子，开发民智，学文化是好事，诸神有灵，还会乐不可支呢！"一席感人肺腑的话，说得大家哈哈大笑。在民智尚未开化之初，他还是尊重信仰、献供、烧香，用大红布把泥神裹起来，移置到安妥的地方。每个学校从定线、砌墙、教舍摆布，他都一丝不苟地核定指导。一年到头，他风尘仆仆地四处奔波，哪里有困难哪里去，哪里办学工作最缓慢他就出现在哪里。

　　春去秋来，年复一年，郭西山忘我的工作，顶住了王兆德之流从中作梗，也赢得了广大穷苦百姓的赞誉，大戈壁的风刀霜剑染白了他的鬓发，在他脸上刻下了深深的皱纹，原来和他们同时负责此项工作的两三个同事，因受不了这奔波劳碌之苦，都托词不来了。最后只剩他一人步履艰难地跋涉在乡间小道上。去山区或进远乡村，他骑着马，用褡裢驮着所需的干粮。县城附近乡村，安步当车，肩背干粮袋，手提榆木棍，饿了啃干馍，渴了喝渠水，从来不在乡保甲用餐。他觉得即使是吃一顿饭，别人也会在这上面大做文章，摊派到老百姓名下，会是一笔惊人的数目，学校初建起，他和新聘的教师自己起灶搭伙，他烧火别人和面，吃喝就在简陋的工地。他集规划设计、施工验收于一身，这里学校建修好，一切安排就绪，他又踏上新的征程。有时走到中途，戈壁滩上风沙呼啸，寒风刺骨，由于过度紧张劳累，几天吃不好饭，竟当场晕倒了。被当地的老百姓扶进屋躺下，温暖了身子，喝了口酸辣汤他又继续上路了。

　　由于郭西山的辛勤耕耘，只用了两三年的时间，全县初级小学初具规模，接着他又狠抓了县城新建两所完全小学的改建和增修工作。扩大占地面积，增修教室、宿舍、食堂、操场，方便远乡学生入学深造，提供了较好的学习环境，正在他一心扑在高台基础教育事业上的时候，昔日农校领导来信，抗日即将胜利，国家正是用人之际，重聘他为农大教授。郭西山浮想联翩，久久不能平静，还是家乡的山好、水好、人好。自己正搞的农村教育刚有点眉目，不能离开啊！以至若干年后，他有幸去省城开会，拜访老朋友，有的成了知名度很高的教授，有的著作等身，成为学者专家，而他却还在家乡这片贫穷瘠薄的土地上默默无闻地贡献着自己的一切。

竭尽全力办中学

经郭西山几年坚持不懈地努力，全县小学教育初具规模。1945年，已年过半百的他，仍老骥伏枥、志在千里，向更高远的征程迈进，决定创办县初级中学。这在当时困难当头的年月，横遭政府和地方豪绅百般刁难反对。他决心以武训办学的精神，在社会上进行募捐。他先在高台名流中，利用一切机会，大力宣传接受捐赠，又分别到酒泉、玉门、张掖、临泽等地，邀请高台籍公职人员和工商界中的同乡座谈叙旧，宣传自己办学的主张，得到了他们的慷慨解囊、踊跃资助，共捐得法币5千多法郎。1945年后，他借用三官庙旧址，创办高台私立中学，当年招收学生38人，聘请教师2名，因陋就简开学上课。

郭西山集校长、教师、庶务于一身，孜孜不倦，辛勤耕耘。学校初办时，由于政府不支持，多次搬迁，最后才定址在东关腊八庙（今高台一中）。他曾三赴省城，向省教育厅申请，为学校备案。于1946年3月将高台私立中学正式改为高台县初级中学，在这座破烂不堪的古庙里，他和师生一起搬土块，砌围墙，清垃圾，垫洼地，修建教室校舍，改庙堂为学堂。在艰苦的创业办学过程中，他豁达乐观，身先士卒，使师生们感动不已。

1946年，随着抗日战争的胜利，国民党政府为了装点门面、收买人心、粉饰太平，投资少量经费用于地方建设。这笔款项又成王兆德与郭西山争夺的焦点，王兆德那时已升任高台议长，又被选为伪国大代表，趾高气扬，不可一世，他当然不满足做个地头蛇，妄想当上草头王，一心想把县城搬迁到南华，筹建为市，使高台变为西部重镇，他就是未来的高台首任市长。

郭西山对于王兆德不顾县情民意，擅自做主迁县的做法十分不满，竭力反对。他先游说上层名流，争取舆论的支持，又亲自率领乡民代表请愿示威，施出浑身解数，为争取资金修建高台中学立下了汗马功劳。那时高台连所初中都没有，每年完小毕业五六十人，能跨入初中门槛的也只有十几个人，还得长途跋涉赴酒泉深造。那时交通极其落后，不通班车，搭乘货车，没有关系和昂贵的车费又不行，还很不安全。学生只有乘坐拉人载货的木轱辘大车，摇摇晃晃地坐上两三天。郭西山反复考虑，要彻底改变高台落后的面貌，关键还是在于教育，必须要有一所正规的中学。早在几年前，他已把筹办高台中学的报告上报省教育厅，这次上面即有经费用于建设，按理说办学应是头等大事，他决心已下，于是孤注一掷，破釜沉舟，与王兆德在迁县与办中学上决一雌雄，以实际行动来证明他回报家乡、造福桑梓的赤子之心。

在县府工作会议上，郭西山与王兆德争得面红耳赤，各不相让。王兆德说："只要把县城搬到南华，高台经济一定会飞快发展。我保证，不过几年，乡下老百姓都可以穿上皮鞋！"郭西山听了哈哈大笑，反驳说："现在的皮鞋是上海、北京出产，以大城市那些纤小清瘦脚形为模制造的。高台人太苦太累，为生活经常奔波走动，脚太大，即使人人都能买上皮鞋，难道王议长还要亲自为他们削脚穿履吗？（意为削脚贼）"王兆德一听此话，犹如当众扇了他几个嘴巴，坐卧不安，恼羞成怒，又不好发作。但他毕竟城府很深，老谋深算，采取转守为攻的策略，打哈哈说："我们高台人有句俗话，满肚子的文章压不了饥，浑身的武艺遮不了寒。孔圣人周游六国，也不过是混口饭吃，县城不迁，经济不发展，你即使把大学办上，那还不是小娃娃往门窝子尿尿一蒙钻。自古道：民以食为天，吃饭第一，村野小民都知晓的道理，像你这种文墨深的人咋就不懂呢？"郭西山不卑不亢，镇定自若地说："孔夫子周游列国为的是教授学生，传播文化。王议长是受过高等教育的人，如你所说，教书人还不成了叫花子？狼是吃人的，一年四季专换毛色，寻觅猎物。披着人皮的狼也同样如此，如果人们长期不读书识字，不明白事理，又怎么识别他们呢？所以我说只有读书识字，通晓事理，才能辨别伪装成人的吃人狼的伎俩。吃饭第一的前提是，首先防备不要被披着羊皮的狼先生吞了！"像这样剑拔弩张、唇枪舌剑的论战，几番不分胜负。各自都在招兵买马，谋求最后的胜利。

王兆德乃官场老手，他觉得郭西山这种固执偏见之举，太不自量力。先放出风让郭出任县教育局局长，继而升任副县长作诱饵，暗地里煽动不明真相的商贩、地痞、混混，打着"大兴高台，搬县南华"的横标，上街宣传，甚至在街头大庭广众之下，围攻诬骂郭西山。后来竟敢闯入县参议会场无理取闹，这伙害群之马曾狂傲不可一世。

某日闲暇之余，郭西山漫步于街头，想听听群众对于迁县的呼声，刚从一商店出门，被一位双目失明乞讨的老整婆拉住裤腿："先生可怜可怜我这瞎老婆子……"他当即掏出一块银圆，放入盲婆手中。还未转身，那婆婆趴在地上就磕头："好人啊！大好人呀……"郭西山边俯身去拉老婆婆起来，边说："老人家，你这不是折我的寿吗？快请起！"仔细一端详，她多么像二十年前送自家半斤米求学的那位讨饭盲婆婆。倘若是她，应该好好答谢一下。当问及她姓名和身世时，却是阴差阳错，当年那位婆婆年已六十，早已作古。如今眼前这婆婆和那位婆婆年岁相仿，只是由于相隔了二十多年而物是人非，而她的不幸遭遇却是催人泪下，完全是吃了没文化的苦。他愤愤不平地说："这是什么世道，简直像一伙强盗。"

正在郭西山向十字街头徒步走来的时候，在街头拐角处，有四五人像在争辩公事，他本不想介入，于是径直向前走去，不料是他以前在下乡办学时认识的一农民朋友高曾向他打招呼。走近问明情况，原是这样，商会有人拟稿呼吁迁县于南华的万民折，据说已有七千多人签名盖章，达到万民数，迁县便十拿九稳，这是商会委托几个人挨铺面、挨摊位强行他们签名盖章，那高曾已吃过不识字贸然签名盖章的苦头，故而向博学多才的郭督学打问清楚。再看这几人，全是县城有名气的混混，他们是贾鄂头、杨扒皮、陆月蛆、胡出迟，这是伙踢寡妇门、刨绝户坟、有枣没枣都要敲三杆子的人。他们是受县参议长王兆德唆使，县商会雇佣，谁给钱就替谁尽忠的一群恶狗。

为首的贾鄂头先打哈哈："郭大督学，今天有雅兴，上妓院还是赌场，别忘了给兄弟给个赏钱！"一听是比大粪还臭的脏话，郭西山觉得没有装斯文的必要，以牙还牙，以脏对脏："凡人不去的地方，我都去，我讹了钱，吃得肥头大耳，也不能忘了你这些狗头驴头小兄弟。"杨扒皮向鄂头献媚："大哥，他骂你哩！"郭西山说："我郭某扒皮抽筋也是个无赖，哪敢有损四位大侠尊颜！"陆月蛆不甘示弱："你文墨人的口里出来，怎么和六月里的臭马肉一个味儿？"郭西山回道："这不用说，天气热，大头蛆一拱，说多脏，有多脏，要多臭有多臭！"胡出迟憋不住了："姓郭的，别和兄弟们耍贫嘴，我们是奉命办差！"郭西山拱手回道："恕不奉陪！"说罢远去。

高曾手中拿着万民折，还没问清楚，正要喊："哎，哎，这个……"猛地一下，被那个看热闹的盲婆婆抢到手中，撕了个粉碎。这时四个混混恼羞成怒，拳打脚踢地向高曾和盲婆婆打来。走了不远的郭西山闻声又回过头来，呵斥道："住手，光天化日之下，向手无寸铁的老弱病残之人大打出手，还有点人性没有？"四个癞皮狗自知理亏，装作后退的样子，强拉高曾和盲婆婆要去警察局里评理。郭西山义正词严地说："我就是当事人，也是证人，放了他两个，我和你们去局子走一趟还不行？"无赖们讨了个没趣，悄悄溜走了。

王兆德迁县筹市的闹剧经过一番紧锣密鼓的排练，决定在参议大会上正式表决通过（题外补充几句：国民党那时效仿西方议会形式，打着民主、自由、平等的招牌，会场为开放型。即会场后虚设几个座位，并留有一定空地，群众可以入席旁听，兜售香烟、瓜子的小贩也可以穿行作陪）。郭西山在此会议召开之前特邀了几位农民朋友旁听作陪。迁县特别会议开始，王兆德以县参议会议长身份首先发表讲话。他表情激昂，声音洪亮，大谈迁县十大好处，严厉谴责某些人螳臂当车、自不量力的做法。滔滔大论讲完，只博得稀稀拉拉两三片掌声。王议长好不尴尬，脸气得黑紫，像个泄了气的皮球，嘴张得像鞋牙巴，恨不能将反对的人一口吞掉。正在他恼羞成怒、无地自容的时候，门外突然闯进一伙人，进来就高呼："坚决拥护王议长的讲话，支持县城南迁的英明决定！"县议长王兆德像溺水者抓了根稻草，脸膛露出了欣慰的笑容，频频点头致谢。紧接着那伙人敲锣打鼓以祝贺胜利。与此同时，在会场上的小商贩把一包包白瓜子、一盒盒香烟敬献到代表面前。那伙人叼着烟卷，嗑着瓜子，手舞足蹈，狂傲得不可一世。

  郭西山憋着满肚子的气，面对这群乌合之众，又不好发作。等他们狂足了，闹够了，他站起来，用平和的口气问那带头的贾鄂头："你知道县城南迁，是怎么个迁法？""上面出钱，下面出力呗！""光出力，不出钱行吗？"鄂头语塞。有一头戴瓜壳小帽的老商人带头答："出是出点，人均斗半（粮）地均斗半（粮），不多，不多！""那你家几人，该出多少？""兄弟我五口人，该出七斗五升。"郭西山环顾全场，义正词严地反驳道："大家都听清了，这位霍兴贵先生，开一个"丰盛堂"字号，家产值百十石粮，而他家五人，才交县城搬迁粮七斗半。而五口之家的农民，种10到15亩地不等，按地亩计得交22斗半，加上按人口交七斗半，合计三石多粮。这十来亩地，一年总收入就七八石粮，支去三石多迁县粮，剩不到一半。除去正常的公粮、杂税，纯收入只能落三分之一（约二石多粮）。像这样的中等农户，辛苦一年，都得背亏累账，更不用说贫困农民了！至于迁县用工摊派，又规定以现行地亩户头承担。王议长有地1300亩，其中800亩出租，地租他收了，而迁县的粮、工却要由佃户负担，这种做法合理吗？"

  这时全场鸦雀无声，"王国大"（指王议长）坐在主席台上，头像霜打的茄子，耷拉着脑袋，如坐针毡，一下子变成"王国小"了。

那伙好事者也像泼了滚水的落汤鸡，浑身发抖，六神无主，鞋底抹油开溜了。郭西山接着说道："我们高台人不识字，当睁眼瞎子的苦头吃得太多了。"他指着一位蓬头垢面、破衣烂衫的瞎老太婆说："这老人人称任大娘，经常在县城疯疯癫癫，沿街乞讨。是谁把她逼成这样？这都受的是没文化的苦。十多年前，她老伴去世不过百天，地保派她儿子给乡上送一封信，言称顶杂役工两天，乡长又在信上加章，仍派他送到县上，再加杂役工两天。谁知一去未回，原来那信是保、乡荐他当兵的介绍信。她儿子当国军，不满三月阵亡，可怜的任大娘悲痛交加，双目失明，流落街头。政府规定：独子不当兵。这些规定对于她咋就没用了？这位任大娘的儿子如果识几个字，也不会干出自投罗网、当炮灰、送性命的蠢事。"接着他又指着一矮个瘦削的中年农民说："这位是永丰乡的高曾大哥，大前年遭洪涝灾害，庄稼颗粒无收。有幸遇一位省上大员视察，指示免去当年的公粮，先由高曾书写申请救灾补助报告，逐级上呈省府批示。望眼欲穿，盼来的批复却大失所望，受灾人高曾的名字，变成了他们的保长高某，受灾面积一十亩，变成一千亩。按一亩地减免公粮一斗计，这一百石粮被保长和有的官员侵吞，高曾多次上访投诉，均以白纸黑字，省府批示为准予以拒绝。逼着他逃荒要饭，卖菜度日。其中主要原因是他不识字，请保长代写灾情报告后，盖了名章，谁知保长偷梁换柱，写的自己的名字，盖的自己的印章！"

全场霎时发生了骚动，任大娘摸摸碰碰地扑向主席台，慢慢地挪动哭喊着："王议长，还我儿子！王议长，可怜可怜我这瞎老婆子！青天老爷，我给你下跪了，给我口饭吃吧！"那位高曾大哥也站在主席台下与众人对面，用他那沙哑的声音号啕大哭："王议长，我确实活不下去了，你发发善心，救救我吧，整整那些吃人害人的赃官吧！"王兆德鼻子里吹出十二股子冷气，面如灰土，恨不能有个老鼠洞钻进去。

迫于群众的呼声和舆论的压力，高合县城没有搬迁，那笔投资款粮在郭西山的亲自操办下，高台中学破土动工，经过了艰苦的创业过程，高台中学校舍主体结构初具规模。由于"王国大"和一些旧官僚从中作梗，狼狈为奸，侵吞了一些基建用款，致使修建迟迟不能竣工。郭西山多次找王议长从财政拨款予以解决，王兆德均以财政拮据来搪塞推诿。眼看即将开校，差额资金尚无着落，郭西山发起了声势浩大的修建中学募捐，在县城张贴横幅，敲锣打鼓宣传。当时县府要人和群众纷纷捐款、捐物，郭西山之妻——李惠生女士把结婚陪嫁的纯金首饰，金耳环、金戒指都捐献了出来，而他家七八口人却过着喝米汤、啃次面大饼的清苦生活——视教育办学为第一生命的宗旨是多么的难能可贵。这次募捐共捐小麦一百余石，为办学解决了一大困难。

新校舍于1946年秋落成，郭西山荣任高台中学的第一任校长，为建国初期的高台培养了一批得力人才。1949年后，他又担任新中国高台中学的第一任校长，为新生的高台贡献了自己的智慧和力量。

青山为证树丰碑

新中国成立前，高台城乡流传两首民谣。其一：建康镇有个郭西山，爱办学校不做官。干了好事一连串，学子百姓都称赞。其二：镇远（正远）出了个"王国大"，他和蒋介石谈过话。他是高台的总恶霸，骑在人民头上把屎拉。就是这个恶贯满盈的"王国大"，新中国成立后被人民政府首批镇压，结束了他罪恶的一生。

郭西山是一位在文化教育事业里永不知疲倦的耕耘者。20世纪50年代初，党和政府考虑他年事已高，调任县参议室参政议政，发挥余热，安享晚年。1953年当选为县各界人民代表，并被选为常委。1955年第二次代表大会上被选为县人民委员会委员。但他不安逸于一杯清茶，一支烟，一张报纸看半天的清淡工作。他像农民眷恋土地一样，对文化教育事业有着特殊的感情，经常去高台中学、解放街小学走走看看，提供一些建设性的意见。每年遇到中小学招生,他都亲审试题,亲临考场,参与维持秩序和阅卷工作。正如古人有云:老牛自知夕阳短,不用扬鞭自奋蹄。为高台教育事业尽忠竭力,塑造了他辉煌的人生。

20世纪50年代初,是个百废俱兴、万象更新的年代。开国元勋们结束了戎马生涯,又肩负重任奔赴建设新中国的各条战线。一种神圣的信仰使命感在他心中升腾。1954年,上级批准拨料修建高台烈士陵园,年过半百的郭西山毅然毛遂自荐,承担了负责修建高台烈士陵园的工作,从选址、施工、造型等各个方面,他都反复推敲,拟定了初步的实施方案。施工开始后,他既是监工人员,又像是工地材料保管员,步履蹒跚地行走于各个角落。一会儿捡起一块碎砖,一会儿拾起一节节废木料,堆放存好,他吃住在简陋的工棚,节假日也不休息。民工收工或农忙季节,他孤单单地一人看守着工地。春去秋来,将近两年的岁月,大自然的风露已把他雕刻成一位体态龙钟的老者,他所肩负修建的高台烈士陵园也宣告竣工,交付使用。

按常理,岁月不饶人,郭西山也该歇气了。1957年初,他移交了陵园的手续,兴高采烈地回县上报到,接受新的工作任务。谁知天有不测风云,在这年秋天的反右派运动中,他很自然地也卷了进去。也许又应了福无双降、祸不单行那句俗语,郭西山妻子李慧生女士,是在县城解校教书的一位教师,1957年春被授予"全国园丁奖"的殊荣,在京受到了周总理、朱委员长等国家领导人的接见。就在她载誉归来不久,也被那个运动卷了进去。夫妻俩同戴着右派分子的帽子,被遣返远乡接受贫下中农的监督改造。

烈士陵园落成前夕,郭西山说:"我老了,烈士陵园也修好了,我申请看大门,陪伴长眠的烈士度过余生。"人有悲欢离合,月有阴晴圆缺。在1976年粉碎"四人帮"后,人间第二个春天来临之时,他们都早已作古,尸骨已化为灰烬。他们的名字可以被人淡忘,但他们的光辉业绩已经成为永远的丰碑,在辽阔的高台大地上永远散发着不朽的光芒!

唐僧取经台子寺奇遇

唐僧取经从唐都长安出发，经过数月的长途跋涉，到达高台台子寺的黑河南岸边，风和日丽，碧波荡漾，河水清澈见底，水面蔚蓝如镜，完全可以赤足蹚水过河，唐僧心里别提有多高兴。正在他脱袜挽裤的当儿，突然之间风雨大作，河水猛涨，一霎时的波涛汹涌，浊浪排空。唐僧乃信佛之人，认为这是佛祖对自己的考验，他站在风雨中耐心等待了一个多时辰，雨过天晴，灿烂的阳光普照大地，水速渐趋平缓，但水位并没下降，最浅处有一人多深，最深处深不可测。要想徒步蹚水过河，已完全不可能了。

唐僧站在岸边，焦急万分，一筹莫展，忽见水中冒出一个黑团，接着黑团变大，头与上身清晰地伸出水面，原来是一只千年老龟，龟壳像一只反扣的小船摇摇晃晃，渐渐向岸边游来，靠岸后说："师父，请上吧！"唐僧绝处逢生，高高兴兴地跨上了龟背，老龟缓缓地向对岸游去，刚一靠岸，唐僧急不可待地一个箭步跳了上去，头也不回，行色匆匆地向前赶路，忽听身后传来老龟的喊声："师父，请

停一停!"唐僧猛然醒悟,觉得连个谢都没给人家道,未免失礼,又急忙返了回来,见老龟惊喜地央求道:"师父,到了西天,在佛祖面前代问我何时出世,好吗?"唐僧答应说:"好的,我记下了,施主请回吧!"转身向西,疾步赶路。

光阴似箭,日月如梭,转眼间,唐僧在西天学成回国。他星夜兼程,急欲把佛教文化传播,普度芸芸众生。这一天,他又远路风尘地赶到黑河岸边,时间仍是夏天,晴空万里,河水碧蓝,大老远就看见老龟在北岸翘首遥望,唐僧心里特别高兴,加快了步伐。走到岸边,顾不上歇息,就把经箱放于龟背中央,自己坐稳后挥手示意过河。老龟二话没说,闷闷不乐地朝对岸游去。当游到河中间时,老龟吞吞吐吐地发问:"师父,我托嘱你的事问了没有?"

这一问,唐僧如梦方醒,自己在西天只顾诵经学法,把当年老龟的托嘱早忘得一干二净,这会儿咋向人家交代呢?正在犹豫之际,老龟见他迟迟不答,觉得唐僧失信于他,戏弄了自己,怨气顿生,决定将唐僧投入河底,以解心头之愤。随即将身子稍一倾斜,一箱经书全部坠落水中,唐僧幸亏眼疾手快,抓住龟壳边缘,才没有没入水中。唐僧急中生智说:"施主,我见到佛祖问了,说你在灯话年间出世。"

老龟转怒为喜,故作镇静地说:"师父受惊了,刚才我不小心,脚下一滑,故遭不测。"言罢停立在水中,等待唐僧下河打捞经书。唐僧正在没过胸膛的水中摸索寻找失散水里的经书,忽然间,从南湖的沼泽里游来一条黄鳝鱼,潜入水中吞吃散落的经书。唐僧急了,忙说:"施主,莫……莫……"那黄鳝鱼说:"要想不让我吃经书也行,请问师父我在何时出世?"唐僧接受前面的教训,随口答道:"施主在话灯年间可出世。"他将给老龟的回答打了个颠倒,这才搪塞了过去。失落的经书被唐僧捞起了大部分,流失了一些,被黄鳝吞噬了一些。

老龟载着唐僧和残缺的经书靠了南岸,恰遇岸边有一大块平整如镜的高土台子，犹如天造地设一般。唐僧惊喜地将经书搬上南岸，分部分类分本一页页地拆开，摆在台上晾晒，后人为了纪念唐僧在此晒经，在晾晒经书的高土台上修造一寺，取名西极寺，香火鼎盛，闻名遐迩。高台原名建康，城址设在骆驼城，因仰慕晾经高台，便把县名由建康改为高台，并把城址也迁到这里，台子寺及高台的取名由此而来。

据说唐僧回答老龟的问话，实际上是一句天机谶语，代表天意，唐僧所说老龟在灯话年间出世，就是中国有了电灯电话的时候，也就是20世纪初年。至于唐僧回答黄鳝鱼的问话，民间说法不一，作者不好揣想，恕无可奉告了。

唐僧回到长安，受到了唐朝皇帝的召见，唐太宗非常崇敬佛教，下令在全国大修寺院，广收教徒，教化民众，普度众生。唐僧曾夜以继日地翻译整理经卷，供门徒广为传诵。在整理中，他念念不忘遗落丢失的经书，非常愤恨老龟和黄鳝鱼的所作所为。为了惩罚它们，让它们永远忏悔，他依照龟鱼的形象，铸造了铁制的磬和木制的鱼。让佛徒在诵经时不停地敲打，叫它们悔过自新，痛改前非，忏悔不敬佛法的劣行，吐出吞吃的经书。这就是佛家打击乐器磬和木鱼的由来。

月牙湖与嫦娥的姊妹镜

　　城西半公里,有个湖泊之上建楼阁、天光水色一体收的优美景区——月牙湖。夏日里垂柳婆娑,轻舟摇曳,倩男靓女畅游于碧波荡漾的涟漪之中。三九天,滑冰健身者络绎不绝,你追我赶,散发着青春的气息。现称月牙湖公园,以前叫月牙湖,明清之际以"湖映月牙"之名列为"高台十景",是个碧草连天、水鸟成群、蛙声悦耳、令人神往的好地方。

　　月牙湖苇池被列为县级文物保护单位,《重修肃州新志》和《高台县志》均有记载,它是能与敦煌月牙泉相媲美的河西名胜之一。敦煌月牙泉远离闹市,处在沙漠之中,以恬静壮美名闻遐迩,而高台月牙湖地处县城西郊,堪称高台的"西湖"。它们的起源并不逊色,可称为嫦娥奔月的后传。

　　早年间,嫦娥在月宫的寂寞中失去了青春年华,对镜自照,容鬓初改,好不伤心,无意中将一双玉镜中的"姊镜"掷于桌上。因用力过猛而镜破,并将碎片扫入凡间,殒落地上,坠落成一个大坑,变成了月牙湖。此湖本非凡湖,既能将天上景物摄入水中,也能将人间美景聚拢辉映于天上。嫦娥在广寒宫常常通过"妹镜"来观赏人间景色,而"妹镜"中的美景恰恰是通过跌落在地上的"姊镜"来收拢摄取的。"姊镜"中有什么,"妹镜"中就有什么。因此,要想知道嫦娥在天上的"妹镜"中看到了什么,只要来看看"姊镜"——也就是高台的月牙湖,就知道了。

　　还在等什么,快来看看嫦娥的"姊镜"吧!

　　据说,过了很多年,嫦娥又一次拿起那面仅剩的"妹镜"去察看自己的容颜——结果发现，她更老了。于是，嫦娥愤怒地将这面"妹镜"也掷在了桌上。这面"妹镜"也同样被她摔破了，这面玉镜除月牙形的一块跌落敦煌，变成月牙泉外，其余的也都坠落在了高台，变成了其他的几个湖泊——马尾湖、大湖湾、小海子、明塘湖、天城湖、后头湖、官湖、摆浪河水库、胭脂泉、黑泉、九眼泉、暖泉等等，从而使高台成了一个湖泊众多、泉眼遍布的地方。

这两面玉镜是当年后羿娶嫦娥的时候向她下的聘礼，如今都已破碎了，嫦娥倍感悲伤，她经常向着两块玉镜殒身的地方——祁连山下的河西走廊暗自垂泪——每当这种时候，这个地方就会淫雨霏霏，潮润一段时日，而月牙泉和月牙湖的水位就会上涨，其他几个湖泊和泉眼中的水位也会上涨。

当你欣赏完敦煌月牙泉的时候，别忘了她的姐姐和其他的妹妹们都在高台这块灵秀多姿的土地上等着她来串门呢！

南北二山的传说

高台境内的南山叫祁连山,山顶常年有积雪;北山名叫合黎山,山势平坦草木不生,焦石嶙峋。同样是山,为何会有如此差别呢?这里还有个鲜为人知的故事哩!

上古年间,天宫王母身旁负责司时的启莲、黑藜,每逢天明日落,各自开花报时,天幕旋转,变换昼夜。它们都是花季少女,思春贪玩,启莲爱上了天庭侍卫青松,黑藜爱上了御前斗士翠柏,经常在王母的后花园里幽会,竟误了报时。有道是天上一日,地上五百年,耽误一半个时辰,世上至少黑暗几十年,土地、灶君赶忙反映给天庭,玉帝怪罪下来,将青松、翠柏监禁,把启莲、黑藜贬罚到凡间造山,戴罪立功,以观后效。

天地初开之时,万物都在孕育之中,造山是件艰苦而又功德无量的事,它能使动物、植物有个生息场所,江河湖泊有个依

托。启莲造南山，黑藜造北山，余暇时互相来往，叙旧谈心，倒也自在快活。姐妹俩私下商定：白天工作，晚上休息，充分享受世间自由。

不料那黑藜多了个心眼，想早日完成任务，获赎罪赦免，重返天宫与那心爱的人团聚，竟趁黑夜偷偷地干了起来。可那山不属阴性，与黑夜成反比，陡增猛长，山顶崩坏了王母后花园围墙，致使整个天宫摇摇欲坠。王母气怒之下，放一把大火烧了黑藜山——此山突然间夷为平地，变成焦土顽石，寸草不生。

怀着对初恋情人的歉意，松、柏向玉帝请罪，请求为黑藜悼念送行。玉帝恩准，生气地说，叫他们永远不要再回来。启莲失去唯一的亲人，悲痛不已，终日里号啕大哭，两行泪变成了一条河（祁连山隆畅河与山丹龙首山羌谷水在张掖西北汇成黑河），流淌在黑藜安息的身旁，悲悲切切缠缠绵绵，为妹妹唱挽歌千古不停；它头戴孝帽，使祁连白雪皑皑；愁容不展，老泪纵横，使沟宽壑深，山溪水泉密布。

青松、翠柏失去了黑藜，也没去处。启莲婉转相邀，到她初造雏形的南山落脚，与她相伴为伍，互相照应，共度一生。这便是北山低，什么也不长；南山高，松柏常青的来由。后来，人们把黑藜造的山取名叫合黎山，把启莲造的山叫祁连山，流传至今。

武林名宿桑玉明

高台地处河西走廊中部、黑河流域中下游，当地居民大多为汉代至清代自中原地区迁移而来屯田戍边军民之后裔，具有浓厚的尚武好斗之风，这与"陇上多名将"的说法颇为吻合。新中国成立以来，高台武术的代表人物首推桑玉明，他两次获得甘肃省武术比赛全能冠军，并获全国武术比赛三等奖，取得武术六段段位和"国家一级裁判员"资格，同时获"全国体育工作贡献奖"，曾担任甘肃省武术家协会副主席和高台武馆馆长，他的兄弟桑万禄和儿子桑俊斌都是优秀的武术运动员，他对武术的热爱和在武学上的卓越成就，对高台习武之风的久盛不衰产生了深远的影响。

桑玉明，男，初中文化，甘肃高台人，出生于1931年12月26日，去世于2009年2月12日，享年78岁。桑玉明从8岁开始，在高台城隍庙跟随王同善等二位道长学习通背捶、八虎棍等传统套路，1952年参加全省武术比赛，后师从当地著名拳师李树华、田多凤，进一步研习长拳、洪拳及刀枪剑棍等各种武术套路。1958年，桑玉明参加全国武术比赛获三等奖。1959年5月，参加甘肃省第一届人民体育运动会，获武术比赛全能冠军，获剑术第二名，并获得"健将"称号。1958年起，桑玉明曾在甘肃省范围内从事三年的武术普及教育。1975年9月，桑玉明带领甘肃省武术队参加第三届全运会，其弟子、高台籍运动员查亚萍、桑万禄（桑玉明四弟）参加了比赛（一同赴省参加选拔的还有刘丕祖）。其间，在北京政法学院，一代影视名星、后为全国武术比赛全能冠军的李连杰（时为北京什刹海体校学生）慕名而来，向桑玉明请教，桑玉明遂为其示范、指导了旋风脚、二踢腿、摆莲腿等招式。1978年5月，桑玉明再次荣获甘肃省第五届体育运动会武术比赛全能冠军。1982年8月，全国武术比赛在甘肃省临泽县举行，李连杰又向桑万禄请教，桑万禄和他切磋了梅花枪。

1985年10月，桑玉明取得北京体育学院"导引养生功"结业证。1988年8月，他创办了高台武馆，并延续至1992年5月。2000年12月，国家体育总局授予桑玉明"荣誉社会体育指导员"称号。此外，他还获得"全国体育工作贡献奖""全国优秀体育裁判员""全省老年体育先进工作者"等荣誉，取得"武术六段"段位和"国家一级裁判员"资格。

通背捶、八虎棍在甘肃境内源远流长，明代至清末，十分兴旺。据说，明末清初从山西省出来一位游方道长，他经过甘肃的天水、临夏、陇西、兰州、武威等地，在高台城隍庙落脚，继而传授了通背捶、八虎棍等套路。20世纪80年代，在各地举办的武术比赛中，通背捶、八虎棍的打法都各有不同，1984年起，桑玉明开始整理通背捶、八虎棍拳谱，经他多次走访、调查，最终吸取各地精髓，整理出现有的通背捶、八虎棍套路。

通背捶的主要特点是动作舒展大方，不尚花絮，劲力纯厚，终于技击。通背捶就是胳膊比别人长的捶，捶就是拳头。手法上主要有展劈挑撩、砸砍撞推、挨崩挤靠等，腿法上主要有踢踹蹬踩、绞绊扭拐等，上下兼备，协调自然。八虎棍是河西地区较为流行的一种棍法，此棍风格独特，质朴无华，演练起来，动作勇猛刚劲，气势沉浑，如在沙场上拼搏，棍法中进攻防守的各种招法得以体现，因而是一个体用兼备、风格突出的传统套路。

《通背捶》口诀：声东击西，指上打下；左虚右实，真真假假；上打下顾，进攻退闪；手打上路，脚扫下路；下锤落地炮，上锤冲天炮；开式虎张口，收式虎抱头。通背捶的技击法：捶法、拳法、掌法、手法、肘法、膝法、脚法等。捶法有：上捶、下捶、栽捶、拦捶、外格捶、横格捶、六捶。拳法有：翻拳、掼拳、横拳、钻拳、炮拳、劈拳、盖拳、栽拳、克拳、格拳、捶拳、闪拳、挑拳、直拳、箭拳、截拳、十六拳。掌法有：上撩掌、下撩掌、舞花掌、挂掌、弹掌、撞掌、劈掌、前掌、横掌、切掌、翻掌、插掌、斩掌、十四掌。手法有：上钩手、下钩手、搂手、弹手、闪手、刁手、翻手、爪手、拿手、十手。肘法有：迎面肘、前顶肘、后顶肘、侧身肘、前压肘、砸肘、托肘、盘肘、靠身肘、爪肘、十肘。膝法有：顶膝、封膝、蹲膝、跪膝、五膝。脚法有：正踢脚、里合脚、外摆脚、穿袖脚、二起脚、旋风脚、侧背脚、侧铲脚、后蹬脚、前擦脚、后擦脚、前扫脚、后扫脚、点子脚、十四脚。

《八虎棍》诀：大郎扎的埋伏式，二郎利剑恨天王，三郎抖定麻嘴马，四郎临阵使拖刀，五郎举手把佛念，六郎镇守坐三关，七郎醉打天齐庙，八郎使的九环刀，七狼八虎保宋朝。以"扎实、有力、矫健、熟络"之标准来评比谁的武术本领高强。

新中国成立前后，每逢庙会和重大节日，桑师父都要带上徒弟们前去表演。新中国成立后，高台县成立了业余体校，每到节日期间组织习武人员在大庭广众之中进行表演，进一步推动了通背捶、八虎棍等传统武术套路的继承和传播。目前，能熟练掌握并运用《通背捶》《八虎棍》两个传统套路的只有桑俊斌一人。桑俊斌自幼跟随其父桑玉明习武，熟练掌握了通背捶、八虎棍等武术套路，至今已有40余年的习武经历。1983年，桑俊斌参加甘肃省武术比赛，获二等奖；1984年、1985年连续两次获得甘肃省武术比赛一等奖；1988年获全国武术观摩比赛"优秀运动员"称号。1988年在全省武术遗产挖掘整理活动中，桑俊斌参与整理的《八虎棍》获二等奖，《通背捶》获三等奖。2010年8月，《高台通背捶、八虎棍》被省政府公布为甘肃省第三批非物质文化遗产名录项目。

在桑玉明的影响下，高台习武之风盛行，男女老幼皆争先恐后、乐此不疲。仅2009年以来，在张掖市武术比赛各组别、项目中获得冠军的就有桑万成、蒋秀梅、郑维礼、方晓红、陈文军、王登山、程继权、张红梅等多人。2012年至2016年，方晓红又多次获得甘肃省成年女子组太极拳比赛冠军。与此同时，迁居四川成都的郑维礼也曾获得成都市成年男子组太极拳比赛冠军。2017年8月，王登山、万青玉、孙登平、张红梅、蒋秀梅代表张掖市赴平凉崆峒山参加全省武术比赛，王登山获成年男子组拳术比赛一等奖，万青玉获拳术、器械两个二等奖，张红梅拳术、器械均获成年女子组一等奖，孙登平、蒋秀梅分获拳术三等奖。

向大爷的故事

新中国建立之初，百废俱兴，政通人和。天是明朗的天，地是暖和的地，和风细雨，渗润肺腑，还真有点"路不拾遗，夜不闭户"的古遗风味。

那时人与人之间关系极为融洽，友好相处，亲如一家人。干部称老百姓"童子"——同志，老百姓称干部只呼姓，不称职务，老张、老王、老李什么的。哪像现在，明明是副职，却要称正职，明明没职务，都要赠赐个职务，什么主任、经理的。干部下乡提倡和农民三同（同吃、同住、同劳动），县长下了乡，乡上干部下队无人，他和炊事员用大桶抬水，再和炊事员做饭，炊事员和面、切菜，他坐下拉风匣烧锅。饭做好了，下队乡干部也回来了，大家一同吃饭，传达上级精神或商谈什么工作，习以为常，现在回忆起来，多令人心驰神往。

在1964年的冬天，农村社会主义教育运动（简称"四清运动"）开始，根据生产队大小，每队配备工作队员3至5人，扎根串连，访贫问苦，展开工作。毗邻的东联四队是个小生产队，却进驻了5人，其中3人年岁在30岁上下，另有一老者大约六十开外，高大个子，腰背微驼，寡言少语，很少介入工作，另一名是个20岁左右小伙子，好像是来自公安部门的警察，东游西转，与具体"四清"无缘。工作组长私下给贫下中农交代。老人是个老干部，犯了点错误，下放锻炼的。老人有老胃病，生活上应给予照顾，我们工作队有规定，下来要和群众坚持"三同"，吃饭不能见鱼肉荤腥鸡蛋烧酒之类，但向东远（老者）因病可以特殊对待，吃头萝面馍、油饼，黄牙葱拌点酱油什么的，总之吃好一点，那个小青年叫小李，是负责监管老向的，工作组三人住外间，向老头和小李住套间，吃饭时不同进餐，向老头和小李稍特殊一些，其余三人坚持与贫下中农"三同"。

工作组住在名叫"囊鼻"的贫农家西三间简易厢房里，东三间由"囊鼻"父子住着，前无街门，后无上房，是箕形院口，这六间屋是"囊鼻"爷爷的遗产，他爷爷带领两个儿子逃荒要饭避风挡雨之所在。爷爷给老大（"囊鼻"的父亲）找了个满脸麻子的乞讨女子，搬进了东三间；西三间由爷爷和老二（现任村支书）住着。新中国成立后，爷爷病故，老二出息了，先当上积极分子，后来入团入党，成为一千多人的村支部书记，另迁新居，西三间仍归老二所有。但面积却占在"囊鼻"宅基地上。

生活困难的时候，"囊鼻"的母亲偷了老二家一只鸡，宰杀拔毛入锅蒸煮，为奄奄一息的丈夫、儿子留条活路。不料，老二家跟踪找到，把未煮熟的鸡甩掷于锅盖上。大骂道："贼，强盗，光天化日偷鸡吃，有什么脸面活在人世？"骂过后，气势汹汹地拿着鸡回家了，"囊鼻"的母亲，害怕批斗，没脸见人，上吊自尽。工作组住他家，因他祖上是三代贫农，讨饭叫花子，根子正应该的，有人预言老二（书记）和那婆娘不会有好果子吃，即便不枪毙也得蹲高庄子。

清早太阳冒，西北风呼啸，向大爷就在湖滩边的空地上晨练了，

285

打太极拳，做早操，在他不远处徘徊着小李，目光四下张望，紧握着腰里盒子枪，生怕他跑了似的，向大爷走村串户，和人谈话，小李形影不离，像怕他的言论有毒，还要用小本记录下来。有一晚饭后，全公社的工作组长都来了，在西厢房里开会，好像是对向大爷进行评审，这时的小李在院中来回走动。不让外人靠近，担负警戒。

每隔十天或半月向大爷老毛病犯了。进城住院治疗两三天，来回用县委书记的小车接送。群众议论说，共产党最讲人道，犯过错误的人也能坐县委书记的小车。向大爷一回来，就兴致勃勃地投入工作，走村串户，与各阶层的人广泛接触交谈，询问"四清"外的事情。遇见社员问："你今年分了多少粮食，够不够吃，不够吃怎么办，队干部打不打你？"遇见"四不清"干部问："你为啥打人家？贪污对不对？共产党和国民党有没有区别？"遇见地富子女，问："干部歧视你们不，生活生产待遇和一般社员有无两样？"等等，态度和蔼，语言暖人心间，真是个可爱的长者。有人问他叫啥名字？家住哪里？他说名叫向东远，住在向东很远的地方。人们想起了北京，那里住着毛主席，向东太阳升起的地方，有广阔的蓝天和大海，禁不住肃然起敬。

"四清运动"临结束前半月，向大爷病危住进了医院，再也没回来，我们这里的"四清"工作也宣告结束了，"四不清"干部满意，社员也高兴，通过和风细雨的运动大家都受到了一次洗礼，经过运动锻炼"囊鼻"加入了共青团，"囊鼻"父亲成了贫协小组长，担心受法办的"囊鼻"二叔由正职变成了副职，据消息灵通的人透露，全凭向大爷力排众议，说服了社员，说服了工作组，作出的决定，他曾说，"囊鼻"二叔要不是这点问题，可以担任公社书记、县委书记，因为祖上三代讨饭，根子正，响当当的贫下中农，又有一定工作能力，保护他们是应该的。在工作组宣布"囊鼻"二叔"解放"当日，"囊鼻"二叔、婶子回家后，照祖宗牌位叩了三个响头，大呼"向大爷英灵长存"。

运动结束半月多，有人证实说，向大爷是甘肃省副省长王孝慈，曾任"四清"运动高台团长兼正远公社工作队队长，小李是他的警卫员，他去县城治胃病是听取各公社工作组长的汇报，研究部署下一阶段工作的。至于运动后期的半月，他是在县招待所集中精力处理各种批示文件的。

一个党的高级领导干部，在长达半年的时间里和贫下中农坚持"三同"获得较好的口碑，现在想起来，多么令人敬仰。

名医石坚

《高台县志辑校》中记载：清朝初期，高台县城有位名叫"石坚"的医生，医术精湛，心地善良，为人十分厚道。凡是登门求医者，不论大病小病，不分贫富贱贵，闻风而动，风雨无阻。

一天，石坚应求出诊，骑驴行至月牙湖旁，见路边直撅撅地躺着一个人，气息奄奄，酷似待毙。他以睹病即医的本能，下驴检查，按摩抢救，但因其早已断气，救而无果。恰在这时，县署捕役至此，见状诬陷石坚致死人命，不由分说，便强行捕拿到县衙。开堂审"案"时，昏庸的县官不容分辩，滥施重刑，屈打成招，强判为杀人犯，押解到省属皋兰狱中，听候复审。石坚蒙受奇冤，自知性命难保，只好俯首听命。

一次，他在牢里听门外的狱卒闲谈陕甘总督的公子得了一种怪病：病发作时，红红的舌头伸到嘴外收不进去，像个吊死鬼。总督令各县县令每天骑马到各地广访良医，都毫无结果。此时，石坚对狱卒说："如若真的那样，我有办法把他治好！"狱卒听此狂言，大声呵斥："名医都无法，你一个囚犯还能治好？"石坚自信地说："请转告县尊，治好这点小病，易如反掌！"狱卒还是不相信，经石坚再三解释催促，狱卒看他真诚老实，才禀报县令，遂引见总督。

总督问用何术治疗？石坚说，很简单，找两条垢多而重的脏被子即可。总督让其部属按要求找来被子交给石坚，请来公子。石坚让公子睡在热炕上，脱掉衣服，用被子紧裹全身，迫其发汗湿透。经用针刺喉间后，奇迹出现了：公子久伸嘴外的长舌头，开始蠕动，徐徐地缩进嘴里。接着又连服两剂中药，病即痊愈。

总督目睹石坚以良方妙药很快治好儿子的疾病，非常高兴，欣然询问："是何原因身陷囹圄？"石坚哭诉被冤经过，并说："如果那人真的是我致死，伤在哪里？如果是我毒死，药在哪里？"总督恍然大悟，令吏属提来全套案卷，经悉心审阅和派人检验，毫无证据，纯系假案，奇冤给予平反昭雪，放其出狱。

从此，石坚在皋兰县城名声大震，求医者络绎不绝，盈门塞巷，朝夕无暇。为了不让石坚离开皋兰，居城医病、出诊治病都有侦探监守，数载不能回家。后经化装绕道，才返回故里高台。

石坚晚年医术益精，凡上门的危症难病，都能药到病除，救人无数。生平著有《鸿宝堂医案》一书，集纳验方，行于高邑，为医家之宝。乾隆八年（1743年），以疾卒于家。分守陕甘道秦公赠"函关紫气"匾额，存于家。

大召寺的钟

高台城北有个大召寺，吊在钟楼上的那口金黄闪亮的大铜钟别有神韵。在很早以前的每天中午，太阳影子照直的时候，大铜钟不撞自鸣，响彻四野，百里皆闻。

有一天，在中午太阳影子照直、铜钟自鸣的时候，寺里有个老和尚在暗处居然看见铜钟壁上有一个身穿绿裤红袄的俊姑娘，她跟前有一个漂亮小伙子抡着碗大的铁锤在敲钟，尽管他使劲地敲，那钟还是只响不碎，老和尚惊诧不已。老和尚通过左访右问，打听到铜钟里的那一对儿原来名叫金刚和换生，而且还知道了关于金刚和换生的故事。

金刚是高台城东头刘铁匠的儿子。刘铁匠没啥传给儿子，饥荒年饿不死手艺人，于是就把打铁这门手艺传给儿子了。

金刚聪明伶俐，不论是什么活儿，只要眼睛里一见就能做上，特别是刃口家什锋利，远近闻名。父子俩每天"叮叮当当"地靠打铁过日子，日子过得也还顺当。金刚除了心灵手巧，模样儿也长得英俊。因为家里穷，央媒人求亲没啥贵重彩礼端，只端上两句话儿："金刚家穷心善模样儿直端，干活儿手巧，浑身是个力气蛋蛋……"凭这么点儿条件，谁家的姑娘愿意给？只有城西头穷织布匠邵老大愿意。

邵老大和刘铁匠早年是结拜兄弟，磕过头，香炉插过香。刘家盆大碗小的事儿邵老大心里都清楚。当媒婆婆把刘家求亲的那两句话儿说出来以后，邵老大结儿都没打，一口就应承了："行啊，把我的换生丫头许给他。"

邵老大的丫头咋叫换生？因为邵老大两口子盼儿子，结果生下来是个丫头，于是就给丫头起个名字叫换生，是希望换换胎生个儿子的意思。不知道是名字起灵性了，还是邵老大两口子命里注定有儿子，换生养下刚两岁，邵老大的婆姨就给换生养下个胖乎乎的小弟弟，邵老大一家子因此高兴得嘴都笑成了盒盒子。正在这时候，门外头"咣啷咣啷"摇铃子，邵老大一听就知道是和尚化缘来了。生儿添喜，把化缘和尚也要打发喜欢才是。邵老大乐颠颠地端了二升小米给和尚，谁知那和尚一脸旋涡子肉，凶巴巴地咧咧嘴嫌东西给得少，赖在门口死活不走，说是生儿添喜斗米斗面五斤香油，少给一点也不行。邵老大老婆生娃坐月子，一架织布机养活一家人本来就紧巴，哪来那么多东西给和尚？邵老大被和尚纠缠急了没治，一赌气抱过月娃娃照和尚塞过去说："不行咋办哩？我家穷，没那么多东西，给了官家的给不了寺院的。养不起儿子了，把儿子给你抱去吧！"谁知这一招儿还真把和尚堵了个大眼，寺院里咋侍弄这奶头上揪下来的月娃娃？和尚大张嘴巴，翻了一阵白眼珠子，灰溜溜地掉头走了。邵老大两口子看和尚走远，忍不住扑哧哧地笑，人穷了也还有个穷办法哩！

日月如梭，转眼十六年过去，邵老大两口子把儿子不换拉扯成大小伙子了。丫头换生比弟弟大两岁，年满十八岁，出脱得如花似玉，寻上金刚那样个好女婿，老两口直乐得咂咪咪。

六月初六这天，邵家正忙着出嫁女儿办喜事，不料横空里降下灾难，邵老大哭成了泪人儿！原来城北头大召寺落成，钟楼上的铜钟铸了几回不是开窟窿就是掉耳朵，咋也铸不囫囵。有个满脸旋涡子肉的凶和尚说话了，他说铸成此钟非得用童男或者童女的血肉之躯不成。凶和尚翻开布施簿儿指着说："看，这儿有记载，十六年前，城西头织布匠邵老大把儿子不换许给寺院里了，今日正好要他还愿，用他儿子的血肉之躯来铸成此钟。"凶和尚说毕，就照会官府，带着一群和尚和衙役凶巴巴地来捉人。

邵老大两口子做梦也没有想到冷灰里的豆儿炸出个灾。老两口跪在地上磕头作揖地哀求凶和尚行行好，凶和尚根本不搭茬，哼哼冷笑着喊叫捉人铸钟。一条绳子犹如亡命索，套在邵老大的儿子不换的脖颈拉了就走。

"站住！"换生急喊着跑出来，她绿裤红袄艳妆素抹，今日是她的好日子，正准备出嫁，却不料遇上这么档子事！她想，弟弟若被带走，父母后半辈子还指望个啥？她咬咬牙狠下心来对凶和尚说："放了我的弟弟，我去！"换生跪在娘老子面前端端正正地磕了个响头起身就走。娘老子心疼得哭死过去，换生两眼窝眼泪往心里流，不忍回眸再望。

换生来到火焰翻滚铜浆沸腾的铜炉跟前，忍不住一腔热泪扯线线。换生刚举起木梳要拾掇那没梳光的半拉子头，突然人群裂开一道缝，金刚抡着柄打铁锤飞一样赶来拼命来了。金刚的为人，换生知道，今日赶来非惹祸不行。常言说死了死了，一死百了，我死了他也就死了心，不惹祸了。换生急喊："金刚哥——快回去——"喊罢纵身就往铜浆沸滚的铜炉里跳，金刚赶到跟前急忙去拉没拉紧，身子一晃，提着打铁锤也跟着焕生栽进铜炉里去了。紧接着，铜炉里火光一闪，红光冲天，浇铸铜钟的号子像哭丧似的震天撼地地吆喝开了。此时正当午时太阳影子照直的时候，大召寺的大铜钟浇铸成功了。

从此以后，每当正午，太阳影子照直的时候，大召寺的金黄闪亮的铜钟就不撞自鸣，人们辨别不出洪亮的钟声是金刚和换生的哀怨，还是佛门普度众生的福音？老和尚弄明白了铜钟不撞自鸣的秘密后竟然失踪了，不知是死掉了，还是还俗了……

祁连山的传说

祁连山原来是一片蓝色的湖水。在这片湖水的东岸有一块镇水宝石，据说要是哪个人搬开这块宝石，将会给这里带来巨大的灾难。

湖中有一个小岛，岛上住着一户人家，老两口晚年得子，取名牛儿。牛儿生的粗眉大眼，力大无比，常常一个人在小岛边撒网捕鱼。

有一天，天气晴朗，湖面上微波泛起，像鱼鳞般好看，牛儿照例去小岛边撒网捕鱼。突然，湖面上腾起一股水柱，一个庞大的动物向他游来，它长着双脚和长长的胡须，浑身鳞甲在阳光下闪闪发光。牛儿从来没有见过这么大的动物，当即吓得昏了过去。

也不知过了多长时间，牛儿像舒舒服服地睡了一觉似的醒了过来。睁眼一看，眼前是一座巨大的宫殿。庭柱是玳瑁的，屋檐是珊瑚的，瓦是琉璃的，桌椅是玉石的，床是琥珀的，华丽极了。原来这里是湖中龙王的宫殿，龙王坐在高高的水晶椅上，正在沉思着什么，见牛儿醒来，高兴地说："小儿莽撞，让你受惊了，请用茶。"接着他慢慢地说："我在这里居住了多年，生下一男一女，特别是那女儿，非常喜爱世上勤劳勇敢的人，发誓要嫁给像你这样的人，今天请你来，就是要了结这一桩心愿。"牛儿一连在这里住了几天，龙王请了虾公鳖婆、螺哥蚌妹等众亲水族，为女儿女婿举行了婚礼，大大地庆贺了一番，并送给女儿女婿好多金银财宝，让老鳖小鳖抬上花轿儿，分开水路，把女儿连同女婿送回了小岛上。

牛儿和龙妹妹来到岛上，可喜坏了牛儿爹，乐得整天忙这忙那，由于媳妇样样活儿都拿得起放得下，把很多事情料理得不容老爹动手。邻近几个小岛上的人们见了这一对恩爱夫妻,羡慕极了。

无腿的话能传千里。湖岸边的渔村里有个心狠手辣的财主,听说牛儿娶了个漂亮媳妇,就坐上大船来了。他一见龙妹,早已神魂颠倒,两眼直勾勾地在龙妹妹身上乱转。

回到家里,大财主就打起坏主意来了:"这么漂亮的美人儿,我一定要得到她。"他打发家丁去抢龙妹妹。龙妹妹有一个绣花针,谁见了谁怕。得不到龙妹妹,大财主整天愁得疯疯癫癫。后来,他突然想出了一个毒计、暗暗派人搬开了湖东岸的那块镇水宝石。

温顺的湖水被激怒了,它像一头吃人的猛兽一样,给人们带来了巨大的灾难。湖水波浪滔天,淹没了岸边的农田,吞噬了无数的村庄和百姓,大财主也给淹死了,大水势不可挡地向东流去。

龙妹妹为了不使牛儿让大水冲走而现出了真身,让牛儿骑在她的背上。湖水流干了,龙妹妹巨大的身躯躺在湖底,她再也变不成美丽的龙妹妹了。牛儿跪在她身边悲哀极了,伤心的眼泪流也流不完,结果就流成了黑河。人们说他们俩太可怜太凄凉了。后来,他们的身子渐渐长大了,成了一座连绵的山峰。他们俩昂首而立,一个望着一个,后来便变成了两块人似的石头。经过很长很长的时间,这个故事代代相传,"凄凉"也变成了它的谐音"祁连",人们把那两块人样的石头叫作人头山,把这一片连绵的群山叫作祁连山。

薛家泉

高台县罗城镇乡花墙村北边有十眼小泉。每到夏天，清清的泉水就涌出来，慢悠悠地流进小湖，当地人称"薛家泉"。炎热时，你若喝上一口此泉的水，从嗓子一直凉到心里。那么，这十眼小泉是怎么形成的呢？

相传，唐朝大元帅薛仁贵，因征西来到现在的花墙村。这时正值夏天，天气十分炎热，众士兵难耐干渴，薛仁贵只好下令扎营休息，派人四处找水。可这儿四周荒无人烟，到哪儿去找水呢？

薛仁贵有九牛二虎之力，传说他在十岁时，力举千斤大鼎奔跑几百米，脸不变色心不跳。参军后手握八百多斤的方天画戟，舞起来呼呼生风，打起仗来如入无人之地。营帐中，薛仁贵皱着眉苦思冥想起来，想着想着，忽然一拍大腿，一个箭步跑出营帐，来到一片湿洼地上。只见他伸开双手十指，气运功到，猛力向下直插，洼地马上出现了十个坑。不一会儿，坑里渗出了水，水越聚越多，最

后渗了满满一坑流出来了。士兵一见，立刻欢呼起来，纷纷拿来舀水器具痛饮。喝下去浑身爽快，精神倍增，士气大振。

薛仁贵军队走后，坑里的水还涌流不断，渐渐成了十眼小泉。后来当地人们为了纪念他，就给它起名为"薛家泉"。

骆驼城来历

"悬羊打鼓,饿马摇铃",这是流传在高台骆驼城的一个故事。这座古城虽早已荒废,但关于它的故事至今仍广为流传。

古时候,离高台县西南七八十里的地方,有一块金色的沙滩,土地平坦,却很荒凉,只有在雨水广盛的时节,附近的牧人才偶尔赶着牲畜闯进滩来,寻找骆驼草吃。

传说一天中午,一位老牧人正赶着一群骆驼进入滩头,驼群就被突然而至的黑风吹走了,牧驼老人也昏死在沙滩上。

这时,从祁连山上走下一只银色骆驼,昂首阔步,向山下沙滩而来。它不时打着响鼻,喷出钻进鼻孔的黑尘;闪动着稠密的睫毛,并轻声嗷嗷着,伸长龙脖探寻什么。银色驼不偏不倚,一直来到老牧人跟前,用鼻子吹去埋在他身上的黄尘,用长长的舌头舔去他脸上的黑尘。一看老人嘴唇干裂,银驼便用圆厚的蹄子拼命刨起来,刨着刨着,地下冒出一股清清的泉水,一会儿就冲开一个大大的沙坑。银色驼含了一口水,吐到老人嘴里,又用舌头给老人洗了脸。

老人缓缓地睁开眼皮,一看身旁站着一峰银色骆驼,骨骼高大,体格健壮,通身发亮,龙脖放光,一双大眼,转动着黑亮的眸子。

"哦,银色骆驼!"老牧人顿时精神百倍,一骨碌翻起身来,想把这救人的精灵看个够,可它突然不见了。直到这时,他才焦急起来,全村各家都把骆驼托付给他放,进滩后不过一顿饭的工夫,影踪全无,咋回去见乡邻?今后乡亲们的生活又用啥维持?他边走边想,两腿发软,眼冒金星,又"扑通"一声栽倒在沙滩上。

银色的骆驼离开老牧人,一直来到黑风袭击过的村子,从村头到村尾,挨家挨户,细细查访。遇到死者,嘴对着嘴使劲吹一吹,便起死回生。遇到伤者，用舌头在伤处舔一舔，便康复如初。村民们开始修房搭棚，期望渡过难关。

　　银驼来到村外，放眼一看，沙丘连绵，不见耕地。嘴便对着黄沙，鼓起双腮，用劲一吹，把干沙吹出地外，压倒的禾苗便慢慢直起腰来。它又引来沙泉，逐块地浇上水，让农民自己耕种。

　　银驼来到泉边，找到了昏倒在沙滩上的老牧人。老牧人迷迷糊糊中见一只银驼走到他跟前说："老主人，你不要再寻找驼群了，它们被黑风吹到祁连山下给收拾了，山神得知这里人失去骆驼无法生存下去，就派我来拯救你们，给你们带来了山泉——这是祁连山老母的乳汁，只要有了它，你们就可以安心耕种田地，不再愁吃愁穿了。"

　　老牧人多半辈子养驼，他知道只有骆驼才是他们唯一的靠山。这一带缺水少雨，黑风作怪，黄沙逞凶，土地是靠不住的。

　　银驼看出了老人的心思，便对老人说："我从祁连山带来的山泉，就是一把青龙宝剑，专为百姓降服黑风黄龙用的，我刚才就用它降服了黑风妖，驱逐走了农田里的黄龙，引来了山泉水。不信，你快去看看吧！"

　　银驼看老牧人睁开眼，从沙地上坐起来，便离开他，向祁连山走去。

　　老牧人坐在沙地上思忖：我的驼群，是不是变成了白色驼神，来为我托梦啊？他一颠一跛地向村里走去。回到村里一看，果然跟梦中银驼说的一样：一溪清水绕村流淌，地里庄稼一片葱绿；村里有些人忙着修屋盖房,有些人忙着侍弄庄稼。

村上人一看老牧人进了村,都过来问长道短,老人把黑风中出现的一切情景都一一向他们说了。

大家给他宽心说:因祸得福,遭黑风妖毒手的驼群,都变成了白色驼神,给我们送来了山泉——这是个无价之宝,我们就靠它建家立业吧!

在老牧人的提议下,大家齐心合力,在山泉边建起了一座庙,请村里的石匠,根据老牧人的描述,锻刻了一只银骆驼。之后村里人过上了幸福日子,大家凑了很多银两,让老银匠铸造了一只真正的银色驼,代替了石头驼。

这消息传到了部落王国的国王那里,便来巡视,一看这里土地平坦,水草丰美,绿树成荫,知道这一切都是银驼赐予的,便决定动员全国力量,在这里修筑一座骆驼城,把这眼山泉和立在泉边的银骆驼放在城的最中央。

当时,河西一带有几个部落,听说这个王国筑起了骆驼城,城里有一眼无价之宝——山泉,又有一只银骆驼,于是便调集重兵,向骆驼城发动了进攻。

骆驼城里兵力很少,但举城上下军民联合,齐心应战,敌人攻打了三天三夜也没有攻下。后来他们又联合附近其他几个小国,一起攻打,当大部队来到城下,城内顿时战鼓齐鸣,铃声不绝,似有千军万马出动迎战,敌军一听阵势不小,便逃之夭夭了。事后才知道,原来是"悬羊打鼓,饿马摇铃"——连羊和饥饿的马匹也投入了战斗。

后来,几个小国的国王都争着想霸占山泉和银骆驼,山泉突然变干,金石朝天;当他们扑向银驼时,银驼顿时发起威来,四蹄飞扬,奔驰而去。这些贪心的国王还不甘心,又调集大军,向银驼追去,一直追到祁连山下,看到它钻进山洞,便硬着头皮追进洞去,忽听轰隆一声巨响,门闭洞塌,国王和官兵被埋在里面了。银驼立在山头,变成一座银光闪闪的冰峰,人们就叫它骆驼岭。从骆驼岭上流下来的水,一直流向骆驼城。

骆驼城趣事

高台县新坝至黑泉有一条河，叫山水河。河岸上有座古城，叫骆驼城。风蚀沙蛀，这座当年声震一时的丝路古城，只剩一圈光秃秃的城墙了。可是，在当地老百姓眼里，它却充满了神秘的色彩，因为城里有个神秘的地洞，关于这个洞还有个神奇的传说。

很久很久以前，山水河畔有个小小王国，它的都城就是骆驼城。那时，山水河水量充足，冬夏长流，小国家人畜两旺，百姓平安度日。

有一年，山水河解冻不久，一支外族大兵突然来犯，兵临城下。侵略者看骆驼城不过一座小土城，围起来就打，大有一日侵吞之势。及至连连进攻都败退下来，才知道碰上了一颗硬钉子，这颗钉子就是山水河。

原来山水河的两大支流，恰巧从城的东西两侧流过。绕过墙角，又在北门上会合。河水刚出山，本来就像千万匹脱缰的野马，偏又在挨城一边挖了又宽又深的河道，这下，就好比一群赶拢的野马从同一条山谷冲下来一样，势不可挡。水深流急，吊桥高悬，有山水河敌人就很难接近城池。

夜来，敌酋在帐下闷坐，忽报有人偷水回城。敌酋眼睛"咯"一挤，心里一阵窃喜，猛拍大腿高声叫道："妙哉！妙哉！坐等五日，宫娥彩女，黄金美玉，又可为一乐矣！"说毕哈哈大笑。随即命令移营到河滩，看死河水，不使城内守军取一滴河水回城。次日，又命众士卒在环城的河滩上筑起许多大圆形土墩，前后左右散布，互为照应，以备涨水时在上面堆粮驻兵，仍能看守河水（这些土墩叫作"放粮墩",至今还在,有丈余高)。

　　这边切断了水源,抢水的人给敌人截杀了;挖井又挖不出水来,骆驼城不战自乱。无可奈何,只有求助上苍来解除危机。这时,国王取出祖传的两件宝物,一把分土刀和一柄拨土剑。据说,此宝物乃上天所赐,除非万不得已不能使用。他择定了皇城西北角的一块地方,率众祭天,然后用拨土剑划出一个井口大的圆儿来,把分土刀对准,念动咒语。刀尖所指,但见一道白光,土地轰然洞开,不论顽石胶泥都让出一道缺来。真是奇怪,说话间,骆驼城便出现了一眼甘美的水井。

　　自此,再没有人出城取水啦!敌首自知夸下海口,眼一瞪,牙一咬,心一横,恼羞成怒,困水不成又要困粮。可怜一座孤城,内无力,外无援,被里三层、外三层围在当中。

　　终于,骆驼城粮草紧张起来。国王深知,孤城难守,趁眼下粮草还没断绝,提分土刀,仗拨土剑,私下开个洞就可一走了之。但善良的国王实在下不了这样的决心,要是倾城跟自己去吧,敌人准会发现跟进城来,到时反而引火烧身,一个也休想走脱。怎么办?真是进退两难啊!

　　毕竟骆驼城人杰地灵,几天以后城外敌人突然发现一个奇怪的现象,城里好像在完成什么战略部署,城头旌旗飘飘,士兵紧张地走动,号令声声。敌军急忙增兵设卒,加紧防备。

　　这天夜晚,敌人被一阵如雷的战鼓声惊起,仔细一听,鼓声中还夹杂着急风骤雨般密响的马铃声,骆驼城简直有如千军万马突然从天而降。

　　鼓声响了一夜,铃声响了一夜,直到天亮不曾间歇。这时,敌人看清了那高高的城头上旌旗林立,哗啦啦随风兀自翻卷,却没有一兵一卒。他们弄不清是什么名堂,一个个大眼瞪小眼,又怕又惊又疑,越疑越惊越怕。敌酋下令,没有命令不许轻举妄动。

　　过了一天又一天,山水河"哗哗"地流,城头的旗"哗哗"地飘,那一直不曾间歇的鼓鸣铃响之声渐渐平息了,最后城里变得死一般寂静。

然而,敌人还是不敢攻城。山水河哗哗的水流声,使他们感到不安;城头翻卷的旗帜,更增添了他们的恐惧。

后来敌酋下了决心,号令三军使劲儿猛攻。云梯架上去了,士兵们冲上去了。啊——他们大吃一惊,只见无数只羊倒吊着,前蹄下放置着大鼓;无数的马笼头高挂,前蹄悬空,颈上拴着串串响铃。羊马早已饿死,搜遍全城不见半个人影。最后,敌人在城西南角发现了一个黑幽幽的洞口,但谁也不敢斗胆进洞。

据说,此洞正是分土刀和拨土剑所开。羊打鼓、马摇铃的那晚,骆驼城国王率领倾城百姓,破地开洞,从此潜去,向西经高台罗城镇红寺坡,向上开了一个哨眼,探头到地面辨认方向继续潜行,不知去向……

台子寺

《高台县志辑校》载:"距县城西十五华里,有台子寺一处,为唐隐泉公李嵩所筑。后人因台建寺,庙貌颇壮。高台之名即由此起。"

那么,台子寺又是何时建的呢?它与高台的历史沿革又有什么关系呢?这还得从十六国时期说起。据史籍记载:早在十六国时期,西凉和北凉曾多次交战于高台一带,因那时水草丰富,林木茂密,不利于军事观察瞭望。西凉王李暠就命令军民在今台子寺的地方筑起一座高高的土台,占地十亩,驻兵观察防御。随后,当地人又围台建寺,并经过多次补修增建,成了一座楼阁挺耸、十分壮观的大寺院,被誉为"西寺崇台"——高台十景之一。县志记载颂诗:

　　　　上有佛楼下有台,星霜历尽劫难灰。
　　　　驿路旁通冯使立,权舆遥自李公开。
　　　　画阁冲霄连日月,云阶飞雨泾莓苔。
　　　　俯瞰万绿村前景,满目诗情自得来。

由此,明洪武五年(1372年)宋国公冯胜平定河西,这里因有台子寺,遂设高台站。明景泰十年(1456年),改高台站为高台守御千户所。清雍正三年(1725年)又将高台守御千户所和镇夷守御千户所合并为高台县。这就是"先有台子寺,后有高台城"的由来。还传说唐朝圣僧玄奘西去天竺取经返回途中,在渡过羊达子河(今定平山水河)时,经卷跌落水中泡湿,曾到台子寺晾干经卷,继续东行。台子寺旧有一座戏楼,撰有一副对联,对这段故事讲得很清楚:

　　上联是:台虽不高,县名因斯而立;

　　下联是:寺本甚大,圣经赖此得存。

沙枣树的来历

遍布甘州、临泽、高台一带的沙枣树，是万木之宝。花粉授蜜，枣肉酿酒，核制装饰品，树干是家具用品的上乘材料。每逢阳春盛夏之际，沙枣"花开十里香"，香气散发四野，扑鼻醉人。它还是营造环境、护渠卫田、防风固沙的惠民之林。张掖地区的沙枣树，不是自古就有，据说是清朝乾隆年间从新疆传来的，这里还有一段饶有兴味的故事。

话说，乾隆二十五年（1760年），清军在新疆各族人民配合下平息了南疆的叛乱以后，有功之臣额色尹、帕尔萨奉旨进京受封。行前，他们感激皇恩浩荡，总觉得光带些毛皮、瓜果之类的土特产远不能表达心意。他们抓耳挠腮地苦思冥想后，决定选一美女送给皇上。经过四处访"贤"，在叶尔羌（今莎车）选了一位天生浑身散发着香气的女子。经过悉心装扮，这女子一眼望去，着实楚楚动人。瞧，在那弯弯柳眉下，眨巴着一双水汪汪的大眼睛，还有那个红唇玉齿及一绺刘海下面露出的一对酒窝窝，要多美丽有多美丽，

要多动人有多动人。他们挑选了二百名精锐亲兵和二十名体格强壮、精干利落的仆女、侍女、管事女,由额色尹、帕尔萨左右监护,在骏马拉着的彩车簇拥下,向万里之遥的京城护送着婀娜如仙的美女。

经过万水千山,风霜雨雪,数经坎坷,在一个风和日丽、群臣云集、歌舞迷漫的早晨,将"香妃"送到了皇宫。当乾隆皇帝在养心殿一眼望见端庄妩媚、仪态万方、双目流盼神飞、长眉入鬓的女子跪在金殿时,顿时被她的倾城之貌吸引住了。在额色尹、帕尔萨等护送要员伏地叩谢龙恩、三呼万岁时,乾隆爷才回过神来,但却忘了皇帝的尊驾,急忙从龙椅上跑下来躬身弯腰双手扶起香妃,立即封她为容妃。之后,令工匠仿新疆建筑风格为她修造了"宝月楼""回回营",连那些护送人员都留了下来,还请西洋画师为容妃画像,并带她出游风景秀丽的江南,尽情散心,忘却故乡。

尽管乾隆皇帝的一片痴心,纵然"梁园虽好",有道是"月是故里家乡明,水是自己门前清"。背井离乡入了深宫的香妃,过不惯成天梳洗打扮、强颜欢笑的生活,总是愁云布面、叹息不止。乾隆把这个情景看在眼里,记在心头,于是想方设法,随时注意调整容妃的情绪。有一年春暖花开的季节,容妃和乾隆皇帝在宫娥的护拥下到御花园散心时,她长吁短叹,暗自落泪,并拉长了嗓音伤感地说:"这里洛阳牡丹、江南芙蓉、关中石榴等名贵花卉应有尽有,就是不见我家乡花开十里香的沙枣花。"乾隆听罢,细问了沙枣花的形状、特征,为了博得王妃欢心,竟用当时军事上的"八百里加急",下令新疆大臣向北京御花园速送沙枣花。

这一年是乾隆三十年(1765年)春,乌什大臣素诚选派南疆、东疆等地二百多名强壮劳力,每人配备两峰骆驼,一峰人骑,一峰驼水;在哈密挖了沙枣树苗,用糜谷草包装,每人带一捆,早晚用水浸泡送到北京去。负责送树苗的小伯克赖黑木都拉,因他的妻子曾被素诚留宿而怀恨,压根儿就不愿意去跑这趟差事。就在动身的头一天夜里,他发动一部分不愿上北京送树苗的人造反。毫无觉察的素诚还为儿子跟上送树苗驼队去北京看热闹准备衣食、马匹、随行人员时,被赖黑木都拉将素诚父子赶到了城外小山上,逼他们自杀了。他们造反成功,这次沙枣树苗就没有送到北京御花园里。但一些背沙枣树苗的撒里畏兀儿人,把树苗和枣核带回张掖,种植在黑河流域。从此以后,沙枣树便在张掖大地安家落户,成条成片地繁殖起来。

红柳姑娘

从前,有一家人住在祁连山下。夫妻俩生下个聪明可爱的女儿,取名"红柳"。红柳三岁时,娘生病死了。五岁那年,爹又娶了一个女人,从此,红柳有了一个后娘。过了一年,后娘生了一个男娃,取名"宝娃"。宝娃长得白白胖胖,爹娘把他视为掌上明珠,六岁的红柳成了家里的小佣人,干活抱娃,洗碗扫地,瘦得眼眶都高棱棱地悬扎在脸上。这还不算,到了晚上,后娘嫌她脏,不让她上炕,让她睡在灶房的一个小筐里。爹看见了,动了动嘴唇,什么也没说。红柳知道爹惹不过后娘,后娘能吵、能闹、悍泼刁钻,几次把爹爹整治怕了,一切由她。自己只有偷偷擦眼泪。

过年了,宝娃戴着狮子头的棉帽,穿着老虎头的棉鞋,从头新到脚。红柳却穿着破烂短小的衣裳。正月十五闹花灯,后娘叫爹抱着宝娃上镇子去看花灯,一把铁锁把小红柳锁在家里。外公来了,站在门外喊:"红柳,红柳,我的娃儿……"红柳趴在门洞口,哭着把干瘦的小手从门洞里伸出去,让外公摸一摸。外公从怀里掏出个馍从门洞里塞给红柳,就哭着走了。

夜深了,爹和娘抱着睡熟的宝娃回来了。灯光下,后娘看见睡在筐里的红柳嘴边有馍馍渣,又惊又气,一巴掌连一巴掌地打红柳,说她偷吃了家里的馍。家里的馍筐吊在房梁上,爹取馍还要踩凳子,小红柳哪里能够得着呢?睡梦中的红柳糊里糊涂地挨了一顿打。

后娘每天吃饭时,只给红柳一点点剩饭剩菜,红柳从没吃过饱饭。几个月过去了,红柳的脸黄得像干葱叶,一双眼睛什么也看不见了,什么活也干不成了。后娘看不惯这个又瘦又瞎的娃,爹也变心了,抱着又白又胖的宝娃,对红柳直翻白眼。一天夜里,睡在小筐里的红柳被后娘的高声尖叫吵醒了,只听后娘说:"不行,明天就去!"红柳想着,不知明天又遇什么事情,又迷糊着睡着了。

第二天一早,后娘套好了牛车,把半死不活的红柳抱到车上,说:"娃儿,我们到山里打沙枣去。吃了沙枣,你的眼睛就好了,就能看见东西了。"红柳听了很高兴,觉得后娘从没像今天这样温和关心过她。正午时分,牛车来到山崖下,后娘把红柳从牛车上抱下来,让她坐在崖下,说:"我上山去打沙枣,你等着。"她上了山,在树上挂了一张羊皮,风一吹,树枝打在干羊皮上"梆梆"作响。后娘说:"娃儿,听见了吗,我打沙枣,打完了再拾给你吃。"说完,套上牛车悄悄地溜走了。小红柳哪里知道呀!风不停地吹着,"梆梆"声一直不停地响着。红柳大声喊:"娘呀,娘呀,别打了,快给我吃吧!"喊了很久,一点回音也没有。红柳挪动身子,又爬不上山崖,红柳听着呼呼的风声,"梆梆"的响声,大声哭喊,嗓子都哭哑了,她昏倒在树林边的沙丘上。夜里起风了,裹着黄沙铺天盖地落下来,埋住了她的脚,埋住了她的腿,埋住了她的全身……

第二年春天,压埋红柳的沙丘上,长出了一丛红色的蒿草。春去秋来,花开花落,这些蒿草越来越多,长满了红沙窝。天多旱,都晒不死它们;天多冷,都冻不死它们。凛冽的西北风吹破它们的外皮,但是它们还是坚强地活着。到了第二年春天,它们又发芽了,长出红红的细长的枝条,开出星星般的淡红色的小花,一簇簇、一丛丛，长得蓬蓬勃勃，远看红红火火。人们都说，这些蒿草是可怜的红柳娃儿变的，就叫它"红柳"吧。

宝娃长大了，红柳的爹老了，背驼了，干不动活了，宝娃娘望着他鼻孔里直出粗气。那年冬天，红柳爹患了风湿病，双腿又红又肿，路也走不动了。人们从眼角里望着他，都说是老天报应，爹后悔，常常偷偷地流泪。有一天，他拄着棍子艰难地来到山下树林边。他望着一丛丛红柳，好像看见了女儿细长的手臂。他听着风吹过树林发出的响声，好像听见了女儿轻声的呼喊："爹啊，爹啊，我向你说……"他"扑通"一声跪倒在红柳丛下，喊着"红柳，我的娃啊，我对不起你……"一阵风吹过，红柳枝儿拂在他的腿上，就好像女儿温暖的小手抚摸着他的腿，红柳爹醒过来了，他感到腿的疼痛减轻了许多。

太阳西沉了，红柳爹抱着一大把红柳枝慢慢地回去了。腿疼得厉害，他就用红柳枝搓一搓，腿立刻就不那般疼了。红柳枝干了，他用水泡一泡洗腿，没想到竟出现了奇迹：红柳爹的腿消肿了，能走路了。乡亲们都说是红柳娃儿显灵了，在孝顺爹爹。腿不疼了，但红柳爹的心在疼，不久，他就死在了红沙窝窝。来年春天，红柳坡上长出一蓬刺儿草，紧紧地伏在红柳根上，人们都说，这刺儿草是红柳爹变的，为的是让红柳根下多聚些水，长得更泼实。

如今，人们得了风湿病，就采些红柳的嫩枝和绿叶熬成水来洗。红柳使多少人摆脱了病痛的折磨，让他们重新过上幸福的生活。因此，乡亲们都亲切地称红柳为"观音柳"。

沙枣的故事

在高台，每到端午前后，空气中就弥漫着一股馨香，馥郁而不刺鼻，润甜而不腻心。大家一闻这个香味就知道，沙枣花开了。家家户户都到黑河岸边、沙窝里面，折几枝挂满了沙枣花的枝条，拿回家插到花瓶里，家里也就弥漫着沙枣花香。在这淡雅素净的香气里，做家务、做作业的大人小孩，也就有了一种安宁和幸福的感觉。

每当这个时节，蜂农就会转场到沙枣花林里，采酿沙枣花蜜。沙枣花蜜颜色清亮，富含维生素、氨基酸、矿物质、有机酸及酶类等活性物质，常喝能增强体质，润肠通便，养血补血，安神助眠。据说，当年的乾隆皇帝就喝过沙枣花蜜。

这就要从闫相师说起了，闫相师是高台罗城镇天城村人，自幼聪颖好学，秉性耿直，在家族祖辈影响之下，尚文好武，弱冠之年便投军从戎，守卫边疆。随军功一路升迁，升至安西提督、甘肃提督。在他担任甘肃提督后的第二年，乾隆皇帝召见了他，并在紫光阁图形画像。据说闫相师进京的时候，所带贡品里面就有沙枣花蜜，乾隆喝过之后大加赞赏。

　　当然，在高台，沙枣不仅仅是采蜜，它的果实是可以食用的。每年到了秋天的时候，沙枣就成熟了，一串串红彤彤的像玛瑙一样挂在树梢。这个时候的沙枣虽然已经成熟，但是吃起来是酸涩的，打下来之后，须得用酒再蒸一下，原本的酸涩被蒸汽和酒变得绵软香甜。闲来抓上一把，满嘴的甜香伴随着淡淡的酒香，丰收的滋味就在唇齿间慢慢地酝酿。

　　沙枣还可以用来做面点。做面点的沙枣采摘是有讲究的，当年的太涩，不好吃，必须要隔年的才好，每年三四月份化冻的时候，就可以采摘沙枣了。这时候的沙枣，经过了一冬天的霜打雪压，日晒风吹，时光让果肉在枝头慢慢地自然风干，消去了酸涩，剩下的就只有香甜。到了防沙林带，树底下铺张塑料布，瞅最红最多的树枝可劲地打吧。打下来的沙枣拿回家，上锅一蒸，然后把果肉取下晾干封存，一年的面点原料就做好了，随用随取。上品的沙枣面颜色红亮，味道润甜，淡雅而不腻，爽口而不涩，易于消化，用它做出来沙枣面油饼、沙枣面干粮等面点，老人小孩都爱吃。

　　剩下的枣核可千万别当垃圾扔了，可以用来做工艺品。最常见的就是门帘了：先把沙枣核去除果肉漂洗洗净，然后泡在水里，等泡软后，再用针拿线穿成长短一致的珠链，之后刷上一层清漆，晾干后钉在合适的木板上，一副沙枣帘就做好了。成品门帘是褐色的，一条条细细的红线均匀地分布在枣核上，美观优雅，古色古香，既透亮通风，又能遮挡蚊蝇，有一种雍容典雅的感觉，是不可多得的好物件。

　　关于沙枣面点，还有一个优美的传说呢。据说在古时候，在罗城镇天城村有个美丽的姑娘，出生的时候正是沙枣花开的时候，妈妈就给她取名叫枣花。小枣花慢慢地长大了，出落的亭亭玉立，温柔贤惠，又有一手好茶饭，歌喉更是远近闻名。上门求亲的人络绎不绝，只是她们的父母总是想着能让女儿找个真心喜欢的男子，因此一直没有答应任何一门亲事。然而天有不测风云，枣花妈妈忽然得了恶疮，请了好多医生都看不好，这让枣花姑娘非常担心。天无绝人之路，有一天，来了一个走访郎中，是个年轻小伙，长得一表人才。他听说了枣花妈妈的病后，让人挖来了沙枣树根，叮嘱枣花姑娘熬制后一半洗疮，一半内服，没几天枣花妈妈的病就好了。枣花妈妈的病好以后，看这个郎中人厚道，又有本事，再加上枣花和郎中多日接触，早已暗生情愫，就把枣花许配给了这个郎中。

枣花姑娘结婚了，夫妻二人相敬如宾，日子过得非常幸福，唯一的遗憾是离娘家太远，三年五载的才能回次娘家。特别是到了沙枣花开的时候，枣花就非常地想妈妈。于是就编了一首童谣来唱："沙枣花，沙枣花，喷鼻子香；妈妈把我给到远路上；冬里看娘冷得慌；夏里看娘热得慌；不看娘吧，想得慌；看去吧，远得慌。"每次一想妈妈，就唱歌来表达对妈妈的思念。后来，枣花听丈夫说沙枣也是一味药，于是就尝试着用沙枣来做吃的，在丈夫的帮助下发明了沙枣面点。慢慢地，沙枣面点和枣花姑娘的故事，就随着沙枣花的童谣一代代地流传了下来。

说起来，沙枣全身都是宝，除食用价值外，它的花是优良的蜜源；树液可提制沙枣胶，为阿胶的代用品；它的茎、叶、果、花均可入药；枝干是上好的木料，因其生长缓慢，有天然瘤包，材质重硬，坚韧细密，自然阴干后纹理极其美艳，是制作高级家具和工艺品的良材。其实，沙枣树最大的作用是防沙抗旱！它抗风沙，耐盐碱，耐贫瘠，适应力强，在山地、平原、沙滩、荒漠均能生长，对土壤、气温、湿度要求不甚严格，是优良的防风、固沙树种。多年来，沙枣树根植在高台的土地上，从不嫌弃故土的贫瘠与荒凉，倔强而又顽强地生长着，就像朴实憨厚的高台人一样，在西北大地上默默地奋斗，为这片热土，为这个戈壁小城奉献着自己的生命。

高台大湖湾的传说

位于高台县城西郊 7 公里处的大湖湾,古称海底湖。

相传很久很久以前,祁连山脚下有一片美丽的大海。海岸上生长着大片的森林,两岸有广袤无垠的草原,沿海地带的人们凭勤劳的双手,放牧、狩猎、耕田、织布,牛羊成群,庄稼丰盛,过着无忧无虑的快乐生活。

有一年,西部遭遇大旱,无风无雨,百草干枯,牛羊死亡,土地干裂,种子枯萎,人们只能眼睁睁看着茫茫无边的大海伤心、悲戚。

西部大旱的消息传到天庭后,玉皇大帝当即传唤掌管西海的龙王鳌闰查明实情。鳌闰领命,便带领家眷、随从,腾云驾雾飞降九天,下到祁连山,从此他被称为西海龙王。

临危受命的西海龙王一下凡间,就被祁连山的美景迷住了。那银光闪闪直插云霄的雪峰,那庄严肃穆,层峦叠嶂延绵的山脊,那苍劲挺拔,郁郁葱葱的茂密森林,那浩浩荡荡闪着银光的大海。这些景色在天宫是无法看到的。

有一天西海龙王带着随从,名为考察旱情,实际则是游山寻乐。走着走着,忽然,巡海夜叉押来一位妙龄女子。夜叉说她跟随龙王一行很久了,行动诡秘,躲躲闪闪,故特意捉拿,送交龙王处治。龙王见此女美貌绝伦,顿时魂飞九霄,当即喝退夜叉,传令虾兵蟹将,瞒着龙后彩布西海龙宫,纳此女为妾。

西海龙后是一个非常贤淑美丽的妇人,她全心全意辅佐西海龙王,颇得百姓以及海洋生物的敬爱。但因她操劳过度,转眼百年仍膝下无子。对此龙王常对她大发脾气,指责、怨恨她。

龙王金屋藏娇,从此不再去龙后的寝宫。他虽然严加防范,对龙后隐瞒实情,但龙王纳妾的消息在西海不胫而走。龙后从宫女侍从的脸色中观察出了端倪。她回忆昔日与夫君的恩爱,相互的理解和关怀。看到如今龙王不仅不珍惜夫妻情义,还不管不顾天庭清规律令,漠视世间万物生命,不禁悲伤欲绝,凄然泪下。

一天,龙后借看望龙王的名义,去他的大殿打探虚实。

龙后的一只脚刚迈入大殿,就看到殿内毒雾缭绕,一个霞光彩照的水晶宫已是妖气横生。她不由得停下脚步,双手抱住门柱,惊愕地倒抽了一口冷气。龙后不顾妖气系身的伤害,毅然走进大殿,她仔细端详那女子,才发现殿里所有妖气都是从此女身上散发的。

为了确保龙王安全,龙后含泪向龙王奏道:"龙王陛下,你我结伴至今,你对我恩重情长,我纵是到九泉之下也不能忘怀,如今你喜纳新妾,我也十分高兴。只是选配佳偶并非儿戏,望请陛下对新来女子的来历过问清楚再娶不迟。"

西海龙王已被那女子所迷,龙后的话他半句也听不进去,并厉声呵斥龙后:"住嘴,这里没有你说话的份!"然而妖女也早已胸有成竹,她娇滴滴地对龙王说道:"陛下,既然龙后不能容我,愚女自便去了。"龙王见美人要走,便把满腔怨恨发向龙后。他龙颜大怒,拍案喝令左右,把龙后赶出大殿,并宣布从今往后永世不得再回龙宫。

龙后贴身的丫环翠儿见龙王要赶走龙后,冒死上前下跪求情:"龙王陛下,龙后和您夫妻多年,她为您千辛万苦,一片忠心,您万不可弃旧图新,失了最爱。"此时,站在龙王身边的妖女眼里射出了一道寒光,嘴角挂着一丝冷笑:"陛下,依我看,龙后使女心怀叵测,妄图让您断绝子孙。若不把她赶出龙宫,日后必生后患。"龙王听后连连称是,立刻喝令侍从将翠儿用乱棒打出龙宫。

西海龙宫大动干戈的行为惊动了玉皇大帝。玉帝再次传唤西海龙王询问灾情一事,敖闰慌慌忙忙将敷衍了事看到的旱情向玉皇大帝做了汇报,并呈递奏章,要求拨水。玉帝心中非常不满,恼怒西海龙王延误灾情,办事不力,但考虑到当时普天之下均遭恶旱,暂且不治他的罪,玉皇大帝命令敖闰就地解决,如果旱情再得不到解决,就拿他治罪。

鳌闰明知这是玉帝有意刁难他,却不敢有丝毫怠慢,更无计可施,只好将西部大海的水一口吞去三分之二,然后飞上天,命令风神掩护。他一口喷出嘴里的水,顿时,大地上狂风大作,云雾弥漫,大雨倾盆。那雨水温润草原,渗透田野……

鳌闰龙王算是戴罪立了功,百姓祭天敬神,感激上苍赐雨水,解救旱情。玉皇大帝龙颜大悦,即刻要召见各海龙王及龙后,在天庭表彰颁奖。东海龙王敖广、南海龙王敖钦、北海龙王敖顺,他们神采奕奕,各自携龙后腾云驾雾,浩浩荡荡飞向天宫,而西海龙王敖闰正愁眉不展。因他纳妾的事情未及时报奏玉帝,所以就不敢把小妾带上天庭参拜玉帝及各位兄长,就煞费苦心地寻找他的龙后。

派出去的虾兵蟹将一波又一波来来去去,他们寻遍了西海的各个角落,就是不见龙后的踪迹。而龙王新纳的小妾却躲在龙宫,施展妖术企图盗走龙王的定海神针,想借助神器在西部恣意作乱,残害生灵。敖闰这才发现此女动机不纯,经过一番较量打斗,女子败下阵来露出原形,原来她是隐藏在祁连山一只修行成精的狐狸。

鳌闻龙王如梦初醒,追悔莫及,他发誓即便吸干西海的水,也要把龙后找回来。

自此,西海的水一天比一天少,海底日渐裸露,到还是不见龙后的身影。有一天龙王出来散心,他隐隐约约听有吟诵经文及敲击木鱼的声音,他感觉声音是那么的熟悉亲切,就顺着声音寻找。听来听去,他听到声音来自海底,于是不顾一切地趴在地上大声呼喊:"爱妻,你回来——你一定要回来……"龙王喊的声音沙哑,嗓子冒烟,仍不见回音,只有海水冲击礁石的撞击声。性情焦躁,满怀失望的龙王张开大嘴,猛吸海水。

西海见底了,海底的淤泥被风吹干,变成了沙粒。龙王感觉与他心爱的人近在咫尺,但却仿佛远隔天涯。已筋疲力尽的龙王,只能贴着海底侧耳倾听忽远忽近的诵经声。声声平缓,无怨无爱。

原来,那日被龙王赶出龙宫的龙后与饱受毒打、奄奄一息的翠儿在一处海藻下抱头相哭,这时,从礁石背后爬出一只神龟,它问两人啼哭的缘由,龙后将事情的经过一五一十述说了一遍。神龟听完,沉默不语。它很同情龙后的遭遇,却也无力帮龙后返回龙宫夺回夫君。经神龟劝慰、开导,龙后平复了悲伤的心情,她想了良久,舒展了紧缩的眉头,顿悟:心静,天地则静,她的心清,西海会是一片光明。她当即决定,离开西海,去一个无人纷扰、没有烦恼的远方……

不久,西海彻底干枯,龙王的身躯被定格在祁连山对面,幻化成了如今的龙首山。去了远方的龙后,在别离西海的最后时刻,洒下了几滴恋恋不舍的清泪,形成了今天高台的大湖湾,它也是西海留在世间的一泓清泉。

梧桐泉寺的美丽传说

"不望祁连山顶雪,错把高台当江南。"

很多人说,高台是披着风沙的戈壁水乡,温婉细腻却又粗犷凛冽,宛如风光如画的塞外江南。

的确如此,高台地处甘肃河西走廊中部,黑河中游下段。她历史悠久,遍布名胜古迹。骆驼城古遗址、许三湾古墓群、中国工农红军西路军纪念馆等闻名遐迩;月牙湖、大湖湾、八坝胡杨林等别具一格,给高台增添了无限魅力。

这其中,梧桐泉寺就是高台旅游熠熠生辉的一颗明珠,吸引了无数人慕名而来。

梧桐泉寺位于高台县城西南30公里处榆木山西侧。这里烟霞弥韵,流泉萦回,鸟舞花繁,历来是游览胜地。

据高台县志记载,梧桐泉寺因山涧有滴滴泉及梧桐树而得名。梧桐,有青桐、碧梧、青玉和庭梧之名,是我国诗文记载的最早树种之一,素有树中之王的美誉。

那么,梧桐泉寺这里为何遍种梧桐,又为何有滴滴泉呢?在当地有一个美丽的传说,相

信您听了这个故事后一定会更热爱高台的。

传说很久以前,榆木山这里曾是一片干旱、荒凉的地方,人烟稀少。

山脚下有一间茅屋,里面住着一对心地善良的老年夫妇。他们无儿无女,相依为命,靠开垦荒地,艰难生活。

最让两位老人感到不方便的是,吃水需要到很远的地方去挑。

两位老人年事已高,腿脚不便,跑这么远挑水当然非常困难,但每天从这里过路的人很多,要喝很多水。为了让过路人能喝上水,有力气赶路,尽管很劳累,他们也感到高兴。

这两位老人准备了茶叶、茶壶和碗,放在门口,热心地招待每一个过路人。天气炎热时,每一个过路人都能喝上甘甜可口的茶水,过路人无不被他们的善行感动。日久天长,过路人就叫他们"大好人"。他们乐于助人的好事传得很远很远。

这天,天气晴朗,蓝蓝的天空中飘着几朵白云。早晨,老大爷从茅屋走出来又去挑水。老人艰难地、一步一步行走在10多里的崎岖山路上,返回来时就快中午了,天气热得要命。老大爷走着走着,又渴又累又饿,汗水湿透了衣服,上气不接下气地喘着粗气。

这时,老人突然看到前边的树林里有位仙女一样的姑娘,穿着鲜艳的五彩衣裳,显得格外美丽,她估计是累坏了,一脸痛苦地坐在石头上。

老人急忙放下水担上前询问:"姑娘,你哪里来的?看你累成这样,快到我家歇会儿吧!"

说着,就去前面带路到了自己家中。

大娘一看这种情形,热心地说:"孩子,来到咱家就像到了你家了,快坐下歇歇。"说完就忙活去了。不一会儿,她就端来满满的两大碗枣、花生之类吃的东西,还有两碗清水,热情地说着:"快吃吧,别饿坏了。"

姑娘笑着说:"我听说你们心眼好,真是一点不假,你们这里还缺什么呢?"

老大娘憨厚地回答说:"我们这里只是缺点水,只要能为过路人做点好事,我们就高兴了。"

这位仙女般的姑娘被两位老人的好心肠感动了:"我会帮助你们解决困难的。"说完,她就现出原形,原来是一只斑斓美丽的金凤凰。

这只金凤凰对这对好夫妻点了点头,飞了出去。两位老人愣了一会儿,赶忙跑了出去。

只见这发着金光的凤凰在不远处的山脚下落了下来,冲着他们点了点头,然后用爪在地上刨了一个小土坑。突然,奇迹出现了:这个土坑变成了一眼泉水,清澈透明,潺潺地向外流着。泉水清碧可鉴,芳溢四野,俯身掬一捧尝尝,顿觉芳洌甘甜。最神奇的是,这股清澈泉水流经之处,立刻长出了无数棵郁郁葱葱的梧桐树。这里顿时变得山清水秀,柏林茂密,好似人间仙境,充满灵气。

这只金凤凰恋恋不舍地望了两位老人一眼,在梧桐树上空盘旋了一会儿就飞走了。

自古以来,凤凰不落无宝之地。依据我国古典文化所载,梧桐为灵树,能知时知令。《闻见录》曰:"梧桐百鸟不敢栖,止避凤凰也"。作为百鸟之王的凤凰非梧桐不栖。

从此,两位老人过上了幸福的生活。当地百姓为了纪念这只金凤凰和好心的老人,就为这眼泉水起名为"滴滴泉"。寓意:受人滴水之恩,当涌泉相报。

这是一口具有灵气的山泉,四时不歇,冬暖夏凉。泉水清澈甘甜,质优味甘,人们争相饮用,延年益寿。

消息传开,当时割据河西的前凉开国之主张轨接到村民报告后,认为是吉兆,便率人上山察看,只见这里梧桐成林,绵亘数里,七彩云气不断萦绕于梧桐树上,显得美丽而宁静。张轨于是大喜,遂焚香顶礼膜拜,随后调遣工匠大兴土木,依山跨溪修建寺院,香火十分旺盛。

"滴沥丹泉灌醍醐，白云红寺映青梧。登临疑入天台路，莫谓桃花一片无"。史料记载，当时的梧桐泉古寺有无量佛殿、真武庙、仙姑庙、药王庙、玉皇阁等五大殿。每殿相隔数十丈，缘阶而升，如五星连珠。又有木制卧龙天桥，横跨山涧，桥东有五台山，为胜景最高峰。环顾群山，茂树千丈，浓荫一碧，梵宇琳宫，星罗棋布，古为"高台十景"之一，号称"梧桐仙境"。清代袁泰曾赋诗曰："人间何处觅桃源，烟绕丛林月度垣。留得心灯明一点，流泉滴滴悟仙源。"

1965年，古寺被列为县级文物保护单位。惜乎在"文革"中，全部建筑和树木被毁。1993年以后，梧桐泉寺成为佛教活动场所和游览胜地。每逢四月初八，适值春暖花开，前往拜佛、游览者络绎不绝。

千年古寺，重新焕发生机，成为人们修身养性的绝佳去处。梧桐、清泉已成为高台挥之不去、美丽而又永恒的意象……

九头胡杨的传说

在距离高台县城西北偏北约 20 公里外，有一个村子，叫九坝，在九坝村东的沙窝窝里有一片胡杨林，每年到了十月份的时候，胡杨的叶子由绿转黄，微风拂过，金灿灿、亮闪闪的，以蓝天白云作底，煞是好看。就是这一片金黄，引来十里八乡、全国各地的人们心心念念地要来拍一拍、看一看。在这一片金色里，最数那连根扎出的九棵胡杨树最为出名，最为耸拔，当地人称之为"九头胡杨"。

说起这九头胡杨，当地流传着各种各样的传说，其中流传最广的当属九尾灵狐的传说……

相传，在殷商后期，纣王帝辛理政。帝辛是一个性情暴虐、喜怒无常的暴君，还特别喜好美色，他有一个宠妃，名叫苏妲己。苏妲己原是有苏氏部落的女子，帝辛征伐有苏氏部落时，把妲己作为战利品带了回来。由于妲己长得骨肉均匀，眉宇清秀，深得帝辛欢心。但妲己无法忍受纣王骄奢淫逸的生活，所以在夜里偷偷自杀了。在昆仑山有一只修仙未成的九尾灵狐盯上了这个机会，它一直贪念人世间的荣华富贵，所以她就把自己的灵附到了妲己的身上。自此，人皮狐魂的妲己和纣王就开始了声色犬马的生活。

妲己祸国，民不聊生，诸侯群起，武王姬发率部阀纣，纣王鹿台自焚而亡。据史料记载，妲己死于乱军之中，但也有野史传闻，妲己后来被周武王俘虏，姜太公做法，将其禁囿于西戎部族所属的戈壁荒漠之中（今河西走廊高台一带）。西岐士兵用雄黄酒浸泡过的草绳将苏妲己捆缚坑埋于砾土砂石当中，只留头颅在外，东望朝哥。那一片区域，无论春夏秋冬，不管寒来暑往，每日狂风大作，沙石飞走,沙砾裹挟着石块,厮杀着、啃咬着。就这样,在这片荒蛮之地,妲己每天在狂风曝晒中忏悔己过。有道是:"畅清风酒池肉林,最祸难惊世红颜;帝王家事古难全,糟践了这凝脂玉体。"被围禁后,妲己日日思过,加上大禹神力的笼罩,心魔邪欲也渐渐被压制、消除,竟也悟出了那生门之道。

妲己看到这里缺水干旱,于是,就把自己的血液注入了"弱水"。据传,当年大禹治水共有九条,弱水就是其中一条,今人称之为"黑河",河流向西,直至黄沙瀚海,汇而成海,曰"居延"。她看到四季风沙漫天,人畜极难生存,就把头发变做了花草麦黍,两只眼睛化作了湖泊,一曰"大湖湾",一曰"马尾湖"。但是,无奈那风沙无情、花草无根,一场大风刮过,草飞沙扬,荒芜依旧。那九条尾巴被围禁在无边的黑暗里,动弹不得。女娲娘娘有旨:"那九尾本邪恶魅惑之物,放之则祸患重生,除非有大成之人点化,灭了这戾气,度了那邪灵,方能成道。"

又过了五百多年,一日,一阵狂风抬起,天地苍黄一片,一头青牛驮着一位老者徐徐而来。老者名叫李耳,为寻找流沙净土而来,是春秋时期著名的思想家,亦神亦人。只见那老子来到弱水之畔,喝了一口苦涩的河水,看到漫漫戈壁草枯石露,便让青牛喝足了水,边走边洒。老子口述《道德经》,所到之处,立时青草葱葱、芦海荡漾,河水也变得甘甜清冽。行至合黎山时,青牛肚中之水用完,再向下就走进了无垠瀚海。后来,听说老子找到了净土流沙,悟道成仙,后世人称太上老君。据说，那太上老君是受了女娲娘娘的旨意，特意前来用《道德经》帮那灵狐增添道行的。

转而历史进入了盛世唐朝，距离青牛老子时代已有千年之久。太宗时期，金蝉子转世陈玄奘，受唐王之命前往西方极乐求取真经。三藏取经归来的时候，途经弱水河岸，被那老鼋摇落入水，经书全部浸湿。师徒四人奋力救下了经包、经担，移至岸边高崖，开包晾晒。不承想有几页经书粘到了石头上，让那笨手笨脚的八戒给撕烂了一块。一阵狂风吹过，经书碎片被刮得不见了踪影。唐僧师徒四处寻找，终于在天明日升十分来到了一片金光圣地。只见那地方：两山夹峙，弱水中穿，山水一向，如龙神游；又见那草木丰茂，似障如屏，花鸟鱼虫，各得相安；忽闻雄鸡引吭，却见那金光破雾，紫瑞笼罩，经书所在，一片金光。

三藏顿悟，此乃佛祖教化之地，亦是佛法光大之所。于是，便把那一残页留于此地，使其浸浴佛光，肇开风化。后来，这个地方因凉经台而得名"高台"，人们在凉经石上修建起了一所寺庙，名称"台子寺"，寺中香火两旺。说来也怪，那经书所留之处，竟是那妲己囿禁之所。

受此佛法经书点化，灵狐劫道大成，化而为仙，入住祁连。那九尾也痛改前非，改头换面，化作仙树，齐刷刷九头齐放，向阳而生。人们把这种树称作"狐杨"，后来，渐渐改称"胡杨"。按理说，应该叫作九尾胡杨，但是为了纪念九尾灵狐改头换面、苦战瀚海、守护家园的可贵精神，便改称为"九头胡杨"——这，就是九头胡杨的来历。那九头胡杨自从冲天而出以后，便世世代代守卫着这片土地，阻挡着风沙侵袭。后来呀，在九头胡杨的周围也扎出了很多胡杨，聚而成林。听老辈人说，这些大大小小的胡杨，他们的根是连通的。这胡杨天生神木，生而三千年不死，死而三千年不倒，倒而三千年不朽。她不仅阻挡了沙丘的移动，保持了水土，还为我们奉献了一种精神、一片金黄和一袭秋色……

台子寺的来历

台子寺也叫"西极寺",亦称"西寺崇台"又名"大寺庙",位于高台城西8.6公里,古为"高台十景"之一,关于台子寺的来历,既有神话传说,又有历史记载。让我们穿越时空,揭开那一段尘封的历史。

关于台子寺,有一个美丽的神话传说:相传唐玄奘在印度取经,归途经李暠点将台古台基,随从等牵马步行,背箱挑担,步履艰难,一路风尘,疲倦劳累。路过高台羊达子河时,如锦如缎的红泥稠水,蜿蜒流过,湿了经箱。恰好前面有一片风景地,林秀风清,飞鸟翔集。含烟滴翠的树林,浮光跃金的河水,炊烟袅袅的村庄,巍巍壮观的将台,不是仙境,胜似仙境。师徒四人顿觉心旷神怡,好似走到净土清规之地,便想在此静安几日,再行登程。于是就此歇脚,当即打开束装,整理翻晾经卷,数日后起程东返。这就是"晾经台"的由来。后来,在台上建寺,取名西极寺,也叫台子寺。这故事在历史的长河中历久弥新。当地百姓家喻户晓,妇孺皆知。

台子寺的来历还有另外一个版本,不过这个版本少了神话传说的色彩,更接近于历史的真相。据说东晋十六国(史称五胡十六国)

时期，西凉国主李暠由敦煌迁都酒泉，称酒泉公。时因军事需要，在高台台子寺筑墩台，以作军备之用。后人建寺其上，为高台十景之一，称"西寺崇台"。傍临驿路，村外稻香绿野，掩映山川。《新纂高台县志》总纂陕西钱昌绪有"崇台创筑溯西凉，想是行军守建康，十亩雄墩千载旧，九重楼台一炉香"诗句。总纂徐家瑞有"天心不与西凉霸，直把墩台作法台"诗句。当地贡生薛树勋："上有佛楼下有台，星霜历尽劫难灰"诗句。这些文人墨客笔下提到的楼台、法台、墩台都与台子寺有着千丝万缕的关系，台子寺成了他们咏史的绝佳题材。

而乾隆年间《甘肃通志·舆地志》对台子寺有着更为具体的记载："旧志高台所西二十里，有古台基，相传李暠所筑，后人建寺其上，故曰'台子寺'，高台县因名而立，当地称'李暠台'。台子寺为高台十景之一，当地人称为'晾经台'"。高台县志也有详细记载：洪武五年（1372年），右副将军冯胜平定河西，在今县城地设高台站，因西有台子寺，取名"台子寺"。后人在古墩上修建庙宇，附近筑有城堡，这就是台子寺和镇西堡。寺建有山门、陪殿、厢房、正殿、牌楼、天棚，寺外有戏台。殿宇宏丽，雕梁画栋，飞檐斗角。山门横额书"西极寺"三个大字。楹联是："台虽不高，县名因斯而立；寺本甚大，圣经赖此以藏"。正殿两侧有钟鼓和风门，门额各书："金声""玉振"二字。殿内匾额多幅，格外醒目。堡城（古台基址）周围一百丈，开东门，北距大路半里，旧时颓废，今为台子寺村所在地。根据第三批文物普查，台子寺为清代遗址，县级文物保护单位，1960年破"四旧"拆毁，现残存围墙，占地面积1198平方米。20世纪六七十年代建有榨油坊，后拆除。

历史已经远去，掩藏在历史迷雾中的台子寺的真相终见天日。我们只有在亘古流传的浅淡意向中，去触摸文字背后隐藏的风骨，聆听那风中回荡的悠远钟声。

梧桐泉寺的传说

在高台县境内有座梧桐泉寺,相传这座寺庙内有股泉水是人间少有的宝泉,梧桐泉寺的得名就与这股宝泉有关。

相传在很早很早以前,有一年高台县境内大旱,山上的石头都晒焦了。当地百姓为了生存,只得携儿带女到处逃难。当时有个名叫韩梧桐的小孩儿,为了救活病瘫在床的母亲,掂着个瓦罐漫山遍野地给娘找水喝。由于天气太热,加上又渴又饿,小梧桐竟然昏倒在了一个山坡下。这时,从深山里出来了一只有灵性的老虎,把他叼到一眼泉水旁边就摆摆尾巴走开了。待小梧桐从昏迷中醒来,看见身边有眼清泉,便一口气咕嘟咕嘟地喝了个水饱,又找回瓦罐给娘满满打了一罐水。他兴冲冲地掂起瓦罐往家走,边走边不住口地高喊道:"有宝泉了,有宝泉了!"小梧桐这么一喊,一传十,十传百,很快就在当地传开了,许多走投无路的穷苦百姓都聚集在宝泉附近打水度旱荒。因为这眼清泉是小梧桐先发现的,人们便把泉水叫成"梧桐泉"。

不料，和小梧桐同村住着一位姓权的老财主，看出这是一个发横财的好机会，就胡诌说这泉水出在他的地盘上，这是他家的泉水，叫人们掏钱买水吃，还故作虔诚地在泉水上修了一个佛像以求保佑他发大财。佛像塑好以后，当权老财第二天又去守住泉水收水钱时，却意外地发现那泉水已经干涸了，他只当是佛祖嫌弃他贪心收去了泉水，因为怕佛祖怪罪，也没敢吭声就悄悄地溜走了。然而，说来也怪，以后每当有穷人来打水时，那泉水就又从佛像下流淌出来。后来，年景好转了，当地穷苦百姓感念佛祖功德，就集资修建了一座寺庙，寺便因袭泉名叫成了"梧桐泉寺"。

历史长河中的镇夷城

天城古名作"镇夷",也叫"石海"。为什么称作"镇夷"和"石海"呢?

在古时,这里恰如一把锁钥嵌在中原大地的西北咽喉上,素有"天城锁钥,要道咽喉"之称。它所处的位置,恰是张掖、酒泉和内蒙古额济纳旗交界的三角地带,村庄三面衔山,一水环绕,地形险要,兵家必争,是古时通往西域匈奴的唯一通道,俗称"龙城古道"。公元前121年,汉武帝命骠骑将军霍去病领兵万骑,收复河西。后人在镇夷峡山头上建起霍王庙,以示纪念。匈奴被汉军逐出河西后,统治匈奴的奴隶主贵族并不甘心失败,他们时时想趁机卷土重来。经过多年的休养生息后,匈奴元气大增,复仇的时机已到。汉宣帝时,胡骑又在大漠上踏起狼烟。公元前70年,汉宣帝拜赵通为宣武将军,赴河西再讨匈奴。赵通是先秦赵高之后,出身将门,武略过人。赵通联络乌孙,约定在居延道包抄匈奴。他自率精骑,出镇夷峡从黑河北路直下,在石门山与匈奴相接,一场激战,匈奴大败,汉军乘胜追击百里,适逢乌孙兵马从西路赶到,两边夹击,斩杀匈奴右贤王,汉庭一举挫败匈奴。战后,赵通奉旨留守镇夷峡,他带领军民垦荒屯田,修筑烽墩,多次击溃匈奴的侵扰,这时镇夷始有汉族聚居。后来赵通战死疆场,当地军民怀念赵将军功绩,特意在他生前亲手开挖的水井前立碑纪念,上书"甘泉济众"四个大字。此后历代都以此地为边陲,设防驻兵。

明朝洪武三十年(1397年),这里还建起了军政合一的县级机构——镇夷守御千户所。因勇将白刚平定河西战功显赫,被朝廷封为世袭五千户，掌镇夷所印，自此世居镇夷城。白氏家族中先后共有七人提任此职，据险镇守峡口，确保河西门户。到了清代雍正、乾隆年间，镇夷人阎相师坐镇边陲，多次征讨叛乱，屡建战功，一路官至甘肃提督加增太子太保，老年受诏进京，图形紫光阁，列入《国史》，阎相师于乾隆二十七年病卒。病卒后，乾隆帝御赐祭碑，碑文赞曰："从征戈壁，威行葱岭之后；跃马嵫嶬，勋策凌烟之上。"相师墓就在镇夷峡内，墓碑至今屹立无损，成为天城石峡内一处有名的文物古迹。像白刚、阎相师这样有名有姓的武将，在《天城志》的记载中不下百十人。

古之取名"镇夷"，自然是凭借此处之险要地势，阻止外夷入侵之意了。

为什么又叫"石海"呢？

西王母洞的传说：西王母洞相传是西王母所居之地，坐落在镇夷峡口东侧，古称洄澜洞，俗称豹子洞、蹼狗洞。据《山海经》云："西海之南，流沙之滨，赤水之后，黑水之前，有大山名叫昆仑山……其下有弱水之渊环之，其外有炎火之山，投物辄然。有人载胜虎齿豹尾，名曰西王母。"文中说的昆仑山即今祁连山，弱水即黑河，炎火之山即合黎山。根据张掖文史学者王秉德先生考证：西王母大概是母系社会后期的一个首领，他所处的位置就在天城北面的黑山之上。那据《山海经》的记载，上古时期，祁连和合黎二山之间，湖泊密布，千流纵横，泛称"西海"，而天城又是这个区域海拔最低的地方，那这里完全是一片汪洋大海。

大禹合黎导弱水的传说：当时河西为西戎所居，弱水与羌谷水汇合后，下游被合黎山所阻，形成大面积的湖泊沼泽，汪洋大海。大禹在疏导黄河于积石、疏导石羊河至于猪野之后，又导弱水于合黎，余波入于流沙。从此，将弱水流域正式纳入大禹所开启九州的雍州之城，使这片沼泽之地变成肥沃的土地。传说中大禹治水的遗迹留存于镇夷石峡，位于阎家峡上方，月牙墩下的悬崖绝壁上，现仍可以看到人工打凿的痕迹。大禹治水的传说颇多，一说西王母上天丢了钥匙，让大禹拾到了，开启了闭锁的石峡大门，洪水就从石海流入居延海。也有说，巨石挡住了弱水的洪流，大禹率众挥斧劈开洪水就一泻千里流入沙漠。大禹治水，在天城人的心中是根深蒂固的。在天城北边的前山上曾修有禹王庙，后山上建有大禹祠。古时香火不断，天大旱时人们不求"雨王"求"禹王"。

从两则历史传说中得知，这里曾经确实是一片海，大禹治水到此凿石疏流，引洪水从石海流入居延海。故而，又被称作"石海"。

有关镇夷城的风物传奇还真不少呢！天城村西南有个崆峒山，传说黄帝曾在此向广成子问经；镇夷石峡直通居延泽，传说张骞出使西域、苏武牧羊都从峡谷中经过；甚至连山头上的那些烽火台都被赋予了一层神话色彩。比如蟒墩，说是从前山中有一条大蟒，常于夜间出没，偷吃庙中供品，甚而伤人害畜。烽墩守兵中有一勇士，经多次探察，摸清了大蟒穿行的路径，在一个深夜里孤身埋伏在一低凹处，当大蟒中刀后疼痛万分，摆动尾巴猛地一扫，勇士躲闪不及，被扫倒在山石上，当场献身而死，那大蟒挣扎一阵后也死掉了，从此山中安宁。人们为纪念那位杀蟒英雄，便给那座烽火台命名为蟒墩。《天城志》中还记载到，古时的镇夷城佛教特别兴盛。城内城外建了好多庙宇和道观：城内有普济寺（俗称大庙，寺内雕塑，绘画，书法堪称三绝）、文庙、关帝庙、东岳庙、火神庙、灵官庙、马王庙、文昌宫、城隍庙、奶奶庙。城外西北有一座香山寺，明代成化年间修建。香山寺建在峡口黑河西岸一座高山之上，以前叫凤凰山，后因每年四月初八在此办庙会就叫它四月八山（当地村民称四牙巴山），山高三百米，庙宇顺山而建，上下由石梯木桥相连，甚是险峻。山顶建有三宝殿一座，下建有观音堂和财神阁，半山腰建有无量殿，左建灵官庙，右建达矛殿，旁边山坳建有僧房和斋房各三间，最下端建有菩萨楼、罗神庵、地藏楼。山脚下建有戏台一座，每年四月初八过庙会要唱秦腔。到时四乡八堡的善男信女都会到这

里赶庙会,烧香拜佛,祈求家人健康平安,风调雨顺,五谷丰登。与香山寺隔河相望,建有(俗称后山庙),庙前建八腊庙,后连娘娘庙、老君殿,右建仙姑庙,北端建有禹王庙。据说当年周穆王西巡,就是在此地举行祭黑河大典。城南有三官庙、龙王庙、财神楼、土地祠,风云雷雨山川坛;城东有公祠、点将台;城西北有历坛、社稷坛。城墙之上建有玉皇楼、魁星楼、升官楼、牛王楼和观音楼。只可惜,以上庙宇和道观均在"破四旧"和"文化大革命"中被拆毁。孙其芳先生在《天城印象记》中说:如果不是那些古建筑荡然无存,天城今天一定会成为旅游胜地,驰名中外。作为天城年轻一代的我,望着满山的残墙破壁,我仿佛又看见了青灯素烟萦绕,又听见了庙宇中晨钟暮鼓、佛经绕梁的天籁之声。

镇夷天险,山高水急。最高的山头叫顶儿山,有民谚说:"登上顶儿山看见嘉峪关"。真若登上山顶,虽不能看见数百里外的大漠雄关,极目处却见群山起伏连绵、无穷无尽,如同海浪排天,好一派壮阔气势、苍莽雄姿!难怪要说镇夷峡通道有"锁钥"之险了。

镇夷峡内,两边山崖险峻,奇峰怪石,千姿百态,天然形成一处处绝妙奇观,民间又为之冠以各种形象的名称:老君石像、二僧拜佛、鹁鸽仙洞、镇水神石、金龟探水、晚翠山房……这些景观多又伴有迷离的神话传说。比如在石峡中段的陡峭悬崖下边,湍急河水受崖壁阻拦,形成一巨大漩涡,水底也因而冲刷出一个深坑。传说这深水坑中有一轮金月亮,谁若看见了水底的金月亮,即可交上好运,故名"观财坑"。当然,这样的神话不过是一种美好的寄托,人们来到水边看金月亮,无非是图个吉祥如意。但历来总也有些贪财如命之人,竟把那虚幻当真,不顾性命跳进神秘漩涡,妄想捞取金月亮,其后果自然是送了性命,往下一跳便不见影踪。于是这充满神奇色彩的观财坑又有了一个别名:棺材坑。

镇夷峡,这个弹丸之地,风物景观之殊异,的确令人惊叹。但凡到过镇夷峡的人,都会感到这里真是一片世外桃源。明朝翰林学士岳正客居镇夷城,有感于无限风光,赋诗《镇夷八景》,分别概之以"黑河古渡""紫塞平沙""苏台云杳""赵墓烟冥""石峡晚翠""红崖早壁""东山峭壁""西岭生盐"。今天,天城文人侯继周仅以石峡之景咏成《景缀石峡》,颇有意思,全诗是:"金龟探水第一景,摩云亭上醉游人。鹁鸪仙洞羽流栖,提督古墓树碑文。天然胡杨生异叶,世外桃源赛武陵。悠悠回声荡峡谷,晚翠山房遗清音。神禹斧痕留山崖,太上灵岩气凌云。大腹弥勒慧眼识,二僧拜佛跪山顶。水中金月传神话,亢家银洞有遗踪。霍王庙址在峡口,索道吊箱测水文。"此诗一句一景,在天城石峡里都可得到印证。

天城,确是一片神奇的土地。一座偏居边陲的小村庄,两千多年的历史,留下了深厚的文化内涵,很值得后人好好咀嚼。

甘肃"马拉松"的先驱者朱玉

高山飞俊鸟，碧海藏蛟龙。谁也不会想到，身高只有156厘米、体重只有47公斤的朱玉，是甘肃省的长跑冠军和改革开放初期较早参加全国马拉松比赛的优秀运动员。

朱玉，男，出生于1959年1月14日，农历戊戌年腊月初六，高台县巷道镇三桥村四社人。在家中排行第三，自幼性格开朗、勤劳吃苦，农活家务样样精通。1978年2月，在张掖地区冬季运动会3000米比赛中，朱玉获得冠军。在1500米比赛中，朱玉获得亚军，其队友陈振福获得冠军。1978年7月，正在巷道中学读高一的朱玉，被选拔到张掖体校参加集训。同年8月，朱玉参加了在陇南地区成县举办的甘肃省第五届运动会20公里公路跑，因环境陌生，第一次参加省级大赛，荣获第八名。1979年8月，朱玉在兰州市永登县参加全省公路自行车及长跑比赛，在25公里比赛中获得冠军，10公里比赛中获得第三名，张掖市体委发给他奖金200元。

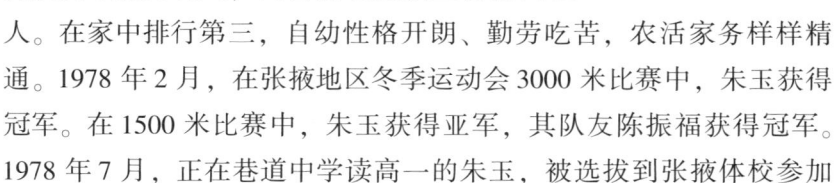

1979年12月25日，朱玉到省体工队报到。1980年2月，朱玉随队友们前往青海省西宁市参加了为期一个月的高原集训。紧接着，朱玉在省体工队教练杨建雄带领下，赴安徽省蚌埠市参加全国春季马拉松比赛。3月23日，朱玉和其他四位队友一起参加了这次大赛，他们是：来自武威的孙德寿，来自庆阳的刘刚，来自天水的薛建军，来自定西的李向前。这次赛事，共有105人参赛，其中还有五六名日本选手参赛。不过，这几名日本选手水平都一般，并不是国内的顶级选手，只是出于兴趣爱好来参加的。比赛过程中，朱玉一直紧跟第一团队的国内顶尖选手，在本省队友中处于领跑的位置，在体力分配上不是很理想。最后，朱玉以2小时36分的成绩获得第45名，因一分钟的差距遗憾地被评定为国家二级运动员。他的队友孙德寿，以2小时35分的成绩获得第34名，被评定为国家一级运动员。朱玉说，比赛结束的时候，他感觉自己的力气已经用完了，他用手往脸上一抹，一层"白灰"，其实那是风干了的汗水中的盐分。当时的马拉松健将标准是2小时24分。在2005年国家体育总局颁布的国家一级马拉松运动员的运动标准是2小时34分。朱玉的成绩比22年后甘肃选手李柱宏在北京国际马拉松赛上夺得冠军的2小时13分09秒的成绩慢23分钟。朱玉清楚地记得，他参加这次大赛的号码是88号，这次比赛成为他运动生涯的巅峰和永远的里程碑。

1980年8月，朱玉又和队友们一起参加了在西安市举行的西北五省长跑邀请赛，他因感冒而未获名次。1980年底，朱玉回家务农。1988年8月，张掖地区第一届农民运动会隆重举行，在县农委主任马万宝和体委主任李茂福带领下，朱玉参加了5000米和1万米两项比赛，均获冠军。2005年5月1日，时为高台宏源矿业有限公司职工的朱玉参加了该公司举行的7公里越野赛，他以47岁的高龄又一次荣获冠军。朱玉说，他那时因身材矮小、行动敏捷，被队友们戏称为"卓别林"，据有关专业研究资料显示，他这种身材正是马拉松运动员的理想体型。他那时可以在二三十厘米宽的墙顶上双脚倒立、双手支撑行走二三十米，碰到一米八高的墙，他可以随意翻越。就是现在，他无论干什么活都从不惜力，胃口也很好，酒量也不错。由于他为人诚实可靠，正直豁达，干活不偷懒，找他干活的人很多，大家也都乐于跟他交往，都说他是"个子小，心胸大"，是条汉子。

"天之骄女"许艳红

1994年9月4日,第六届远东及南太平洋地区残疾人运动会在北京开幕,来自42个国家和地区的2000多名运动员,用他们残缺的身体,谱写了一曲曲生命的赞歌。这次盛会上,出生在甘肃省高台县一个地质勘测工人家庭、4岁就失去双手的19岁姑娘——许艳红,以4金1银、三项世界纪录的好成绩。一年以后,她又以高台县文科第二名的成绩被兰州大学录取。之后,她又取得了多项成绩和荣誉。她说:"我并不把自己当残疾人看,无论干什么,都竭力去做好。""宝剑锋从磨砺出,梅花香自苦寒来。"许艳红虽身为残疾人,但她却和正常人拥有同样的梦想,并以自己坚强的毅力谱写了辉煌的人生传奇。

那是1979年冬天的一个下午,街巷、房屋、树木都被北方的雪花装扮得格外美丽,艳红的妈妈正在忙里忙外,准备过一个丰盛、喜庆的春节。这时,艳红的爸爸放假回来了,他不但买了鞭炮和对联,还特意带回来一些炸药,准备在除夕夜和初一早晨迎喜时使用。刚刚年满4周岁的艳红,对一切都充满了好奇心,她悄悄地拿着爸爸刚带回家的炸药瓶玩耍了起来。艳红揭开炸药瓶的盖子,她发现里面黄褐色的粉末很像是炉灰,她好奇地抓了一些炉灰填了进去,并用炉棍捣了起来。只听"轰"的一声,伴随着艳红的一声尖叫,艳红跌倒在一旁昏了过去。艳红的爸爸听到巨响后不顾一切地冲进了艳红所在的屋子。不幸的事情发生了，艳红的一双小手已经血肉模糊了。艳红的爸爸一把抱起艳红不知如何是好，艳红的妈妈一看那吓人的景象，伤心地哭了起来。艳红很快被送到县医院接受治疗，爸爸妈妈都陪在她的身边。主治医师最终作出了决定：为避免深度感染，只能将艳红已经重伤致残的双手从腕关节处截去。听到艳红即将断腕的消息，艳红的爸爸、妈妈心如刀割，他们一同去问医生：还有没有别的办法？医生摇摇头。

做完手术后，艳红在医院里整整住了三个月才出院，妈妈和爸爸都瘦了许多，妈妈的眼睛经常是红的，爸爸则陷入了深深的自责。转眼已经到了春天，艳红的爸爸继续去上班，妈妈从门外的杏树上折下几枝杏花来插在屋子里，为艳红解闷。邻居家的小朋友们都跑过来和艳红玩，艳红有些痴木的心灵开始复苏。又过了些日子，艳红的外爷来了，他经常给艳红讲故事，并开始教艳红写字。艳红试着用脚写字，外爷在炕桌上放一个本子，然后把铅笔削好后夹在艳红的脚趾缝里，但这样眼睛离本子太远，腿也容易困，脱鞋脱袜子也很麻烦。艳红又试着用嘴写字，但嘴里叼着铅笔容易流口水，样子也很难看，又不卫生。艳红吃饭的时候是用双腕夹着筷子吃的，时间一长，她觉得双腕也像双手一样。艳红试着用双腕夹着铅笔来写字，结果感觉还挺好，从此以后，她就用双腕代替双手去做很多事情。艳红用双腕洗脸，她还能将毛巾拧干。艳红用双腕刷牙，也同样一丝不苟。艳红用双腕吃瓜子，照样迅速麻利。艳红的双腕惊人的灵巧，她甚至能将掉在地上的绣花针拾起来。

"我要上学。"看着别的小朋友蹦蹦跳跳去上学，小艳红直嚷。这年她只有六岁半，爷爷领她到解放街小学去报名。老师看着这个肢残小姑娘，便问："你行吗？""行！"小艳红忽闪着大眼睛，用残肢夹起一支笔，写上了自己的名字，老师笑了，收下了她。寒冬，艳红伸出通红的残肢，冷了用嘴哈哈，再用口袋捂捂，肢头还是被冻烂，脓血滴在本子上。她拿出手绢用嘴包上，站起来继续写。看着满头冒汗的小艳红，老师不忍心，让她减少作业量。"不，我要完成。"同学们走了，她还在写呀、算呀，从没落下过一次作业。看着集训队赛跑的小同学，许艳红羡慕极了，领队老师又收留了她。起初双臂不能掌握平衡，经常摔倒，膝盖碰破，她忍着剧痛，站起来，再跑，在比赛中她经常得名次，小学年级体育达标每次都超过标准。在老师、同学、父母的厚爱下，这位聪颖、倔强的小姑娘年年都被评为"三好学生"，成绩一直居全班前三名，直至1991年秋顺利考入高台一中。在家中，她学会了用残肢提水、和面、炒菜、洗衣服，甚至钉纽扣、绣花。在学校，她学会了画图、做试验、手工剪纸、拖地板、擦玻璃等各种技能，文艺晚会演唱、植树劳动、越野赛从没少过她。1992年冬，在高中年级的越野赛跑中，她得了第4名。许艳红是个不认输的姑娘，中学学习成绩也一直在前列，多次被评为"优秀学生"，并获得奖学金。

　　苦心人天不负，有志者事竟成。1994年4月初的一天，参加"远南"运动会的甘肃田径、射击队在张掖集训。训练快结束了，教练员董积社觉得参训的田径主力队员的运动成绩不理想，产生了临阵换将的想法。张掖地区残联的同志向董教练推荐了许艳红，董教练抱着试一试的心情亲赴高台考察。测试中，当看到许艳红的爆发力、运动耐力、身体素质都不错时，董教练当即拍板将许艳红选入集训队。在后来的一个多月里，许艳红起早贪黑，刻苦训练，她进步很快，被顺利选入了中国代表团远南运动会田径集训队。1994年6月12日，许艳红第一次出远门来到向往已久的首都北京，第一次住进了方便舒适的北京体育大学的运动员宿舍，第一次见到了设施一流的训练场地。刚开始，由于身体单薄，不服水土，许艳红的训练成绩一度赶不上去。她暗下决心：一定要练出成绩、练出水平。为了尽快适应新的环境，许艳红每天天不亮就起床，一个人先到训练场上进行大强度训练，然后再参加集体训练，无论刮风下雨，感冒头痛，从不间断。有一次，她的脚扭伤了，本可以休息几天，但她对谁都没讲，硬是咬着牙忍痛坚持训练。每天晚上，她都累得筋疲力尽，上楼时腿都抬不起来。集训生活虽苦、虽累，但她一想起家乡人民的厚望和祖国的荣誉，身上总觉得有一股催人奋进的力量。

"宝剑锋从磨砺出，梅花香自苦寒来。"3个月的强化训练，再加上许艳红多年来从不服输的坚强性格，终于成就了她世界冠军的光辉梦想。1994年9月6日上午，在截肢女子跳高比赛中，许艳红以1.05米的成绩打破世界纪录，夺得金牌。9月6日下午，许艳红又以14秒91的成绩夺得截肢女子100米比赛的金牌。9月7日，许艳红又以31秒04的成绩获截肢女子200米比赛的金牌。9月8日，许艳红又以1分10秒33的成绩打破了由加拿大选手创造的1分13秒92的世界纪录，获截肢女子400米比赛的金牌。同日，在截肢女子跳远比赛中，许艳红又以4米01的成绩打破3.85米的世界纪录，获银牌。运动场上，雄壮的国歌四次为她奏响，庄严的五星红旗五次为她升起。许艳红被国家体育运动委员会评为"优秀运动员"，并受到江泽民、李鹏等党和国家领导人的亲切接见。

许艳红载誉归来，受到省、地、县表彰奖励。甘肃省政府奖励她现金1.5万元，各级妇联授予她"三八红旗手"荣誉称号。许艳红回到家乡后，相继在母校——高台一中、张掖师范学校、张掖卫校、张掖农校等师生中作了事迹报告，引起了巨大反响。1994年9月19日，高台县隆重集会，奖励许艳红现金4800元，团县委授予她"新长征突击手"称号。高台县委号召广大干部群众学习她身残志不残的精神，立足本职多做贡献。许艳红从自己的奖金中拿出1000元，捐献给了高台县残疾人联合会。她说："我感谢国家对我的关怀培养，我的路刚刚开始，我要继续努力拼搏，考上大学，再攀高峰。"

因参加世界大赛而错过了第一次高考的许艳红，走进了高台一中高三文科补习班的课堂。许艳红作文写得很好，字里行间充盈着一种"天行健，君子以自强不息"的蓬勃朝气，每当考试结束，同学们都争相传阅着她的试卷。许艳红英语学得也不错，她的英语口语清脆而悦耳，同她那清纯的微笑一同绽放在课堂里，就像清清的池塘里绽开了一朵纯洁的莲花。1995年7月7日，许艳红走进了高考的考场，她以489分——高台县文科第二名的好成绩，考入兰州大学哲学与社会科学系。当许艳红拿到大学通知书的那一刻，她激动得热泪盈眶，她想起了20年来自己的坎坷人生。

1995年9月，许艳红正式步入兰州大学校园，开始了她从辉煌走向辉煌的大学时代。1996年，许艳红以优异的成绩获得了中国大学生"建昊奖学金"。1997年，许艳红被甘肃省委宣传部、共青团甘肃省委授予"甘肃省十大杰出青年"荣誉称号。1998年6月，许艳红以正式代表的身份，出席了中国共产主义青年团第十四次全国代表大会，并当选为第十四届团中央候补委员。1999年2月，为迎接建国50周年的到来，许艳红随甘肃省残疾人艺术团到台湾演出，受到台湾同胞的热烈欢迎。1999年3月，许艳红亲赴北京领取"跨世纪人才奖学金"。1999年4月，即将毕业的许艳红，看到自己的同学一个个被用人单位接收而自己却四处碰壁的现实，不禁陷入了迷茫。无奈之下，许艳红给时任甘肃省委书记孙英写了一封信，诉说了自己的苦衷。孙英书记得知详情后，立即将许艳红的信件批转给了省人事厅，领导的关怀给了她巨大的安慰和鼓励。1999年5月2日，《甘肃日报》以《追求完美》为题，头版头条报道了许艳红的感人事迹和现实处境，再一次引起了人们对传奇少女许艳红的关注。

当时，许艳红的父亲已调到酒泉市地质队工作，为了回到父母身边，也为了给更多的残疾人提供帮助，许艳红选择了到酒泉地区残联工作。2000年6月，许艳红代表甘肃省参加了全国第五届伤残人运动会，在游泳项目夺得冠军，受到甘肃省人民政府和酒泉地区行署嘉奖。此后，许艳红又陆续在全国锦标赛中夺得3枚金牌。2003年1月18日，在酒泉成诚大酒店，许艳红与高台籍青年徐吉鹏结婚。2004年3月，许艳红的女儿徐乐婷出生，她们一家人过着幸福的生活。

2006年8月，在嘉峪关市举办的甘肃省第七届残运会上，许艳红夺得女子S7级50米自由泳比赛、100米自由泳和100米蛙泳三个项目的冠军。2010年8月12日，甘肃省第八届残运会除射击项目提前在天水市举行外，其余八项比赛在酒泉市各比赛场馆拉开序幕。许艳红夺得了这次残运会酒泉赛区首枚金牌——女子S7级50米自由泳比赛的冠军。在此后两天的比赛中，许艳红又夺得100米自由泳和100米蛙泳两个项目的冠军，共获得三枚金牌。

目前，她还保持着游泳5个项目的全省残疾人纪录。

2022年8月，许艳红的女儿徐乐婷如愿以偿地考入了她妈妈的母校——兰州大学，并且就读她喜爱的历史专业，美好的未来正在向她招手。

玉帝巡游高台　神龟终入仙班

一日，玉帝在天宫闷坐无聊，便欲出宫散心，便问太白金星："太白呀，何处还有避暑胜地，以遣朕之无聊。"太白右手轻起拂尘，双眉稍垂，两目微合，略加筹算，便双手合掌报玉皇道："天界仙山福地陛下皆已游览视察百遍，惟南海之处，去之甚少，时值暑夏，或可适当。"玉帝听后稍有不悦，道："太白呀，你当我是人间皇帝，什么地方都可去得？南海之地，固然清幽，乃菩萨净地，我一界天君，岂无尊严，贸然叨扰。"太白听毕，十分惶恐，急向玉帝请罪。玉帝脸色稍缓，便接着问太白道："除过南海，再有何去处？"太白道："仙界胜幽之也甚多，但千年不易，陛下皆已去过，要说新奇致胜之地，倒有一处，只怕陛下不肯下驾。"玉帝心中好奇，急问道："是何去处？"太白道："欲知其地，请玉帝事先恕我无罪。"玉帝道："朕恕你无罪，太白自可直言道来"。太白道："人间之处，胜美之地虽难企及天界，但别有风味，定能让帝视之心悦。"玉帝听后，刚要发怒，忽想到适才已对太白做过承诺，只好压下火气，对太白道："你这不是为难朕吗，你知道仙体不可下界，让我到人间，不是让我带头犯天条吗？"太白道："陛下只是散心，不必下界，只可踩流云，巡天欣赏即可，并不违反天条。"玉帝甚觉在理，便欲前游，故问太白："此际人间何处最美？"太白道："此事可召'千里眼'，让其一望人间便知。"玉帝便立即下诏召"千里眼"到殿前，使其查寻人间最美之地。"千里眼"瞪大眼珠，向人间望了须臾，便报玉帝道：人间此时最美在高台。玉帝便要驾龙御凤起辇前往。"千里眼"却上前道："高台虽美，但此时，去不合适。"玉帝问："此时不合适去,却是为何?""千里眼"道:"此际正值暑夏,高台气温甚高,天界云中温度更高,怕是陛下去了要中暑。"玉帝道:"那如何是好?难道下地不成,天界巡游亦不成?""千里眼"道:"去倒是去得,那就得麻烦东海龙王连夜下雨。"玉帝道:"难道是让龙王通过下雨降温?""千里眼"道:"陛下圣明"。玉帝便即下诏给东海龙王,命其在高台降雨,气温降至24℃。东海龙王接诏后,便即算好点数,立即兴风作雨,一夜下雨至次日十一时,高台温度降至24℃。始令诸将停风止雨,复其朗朗晴天。玉帝便足踩祥云,乘龙御凤,并邀上太上老君一同至高台天界观景。

玉帝一行行至南天门,守门将士便打开天门。正值春盛之时,天清气彻,天界一切一览无遗。只见仙山福岛若隐若现,成群天马在天河边奔腾驰骋,马声嘶嘶,气势雄壮。老君玉帝皆隐于云中俯览高台胜景。高台天水一色之美,不禁让玉帝连连称赞。

南海观音适至此地,亦为其美景所迷。忽见龙凤显于云中,甚奇,细观才知玉帝、老君在此,更感惊奇和羞愧,自知千手千眼,尽算人间事,却未算得今日身边事。老君见观音沉默未言,便显露真身上前拱手施礼,向菩萨道明情况。菩萨亦半身显于云中回礼,以示对玉帝的尊重。

忽然,高台黑河中浮起巨龟,玉帝一惊,老君上前,护玉帝在前,隐入云中,观音一看,原是当年唐僧取经过河时的那只神龟,知它欲问成仙之事。观音感其至诚,虽是当年老龟曾陷唐僧师徒落

水，打湿经书，但此举也因唐僧失信在前，况未铸成大错，现老龟又于河中虔修一千多年，善始善终，未曾伤及人间一人一物，故向玉帝阐明功德，请其准入仙籍，列为仙班。玉帝听观音大士之言，感于老龟虔诚，又见高台乃人间北方小小一隅，建设得如此灵秀美丽，当即启御天印，将老龟列入仙班，给予仙籍，坐镇人间守护黑河，造福高台。老龟听旨后，喜不自胜，谢过玉帝、菩萨及老君，并向玉帝承诺一定谨遵圣训，护佑高台风调雨顺，世代幸福安康。玉帝观音听后，甚喜，皆颔首称赞。待老龟拜谢完毕，只见观音右手中忽现净瓶，净瓶中插有数枝杨柳枝，叶似初生，油嫩鲜亮。观音玉手轻抬，抽起其中一枝，向老龟之处轻轻一挥，几滴甘露落下，正好落到老龟身上，老龟便如轻云一般，从河中飞升而起，老龟知其经菩萨灵露点化，已成为仙体，可入仙庭。欲将再拜，观音挥手作止，并开口向玉帝道："老龟虽列仙籍，即入仙班，但却无缺其仙号，以供人间供奉，不如就此赐它'黑河福禄寿祥鸿德灵龟'仙号，如何？"玉帝欣然应道："菩萨慧心可鉴，考虑周详，朕完全赞同。"菩萨听玉帝之言完毕，是让老龟拜谢。老龟即在云中，三拜而下。

自此，老龟便以"黑河福禄寿祥鸿德灵龟"之仙号位列仙班，坐佑高台黑河，得偿千年夙愿。

迁 坟

县城东南的山脚下有一个美丽的小山村，村里土地肥沃，物产丰富，但是因为交通不便，村民收入还是很低的。这几年城里人吃腻了城内宾馆、餐厅的饭食，闲暇时节，都开车到山区来游玩野餐。山村人的脑筋也转得快，因地制宜将自家改为多山野饭庄，给游人提供特色手抓羊肉、山蘑菇炖鸡等美食，生意做得红红火火的。

一条消息打破了山村的平静。村主任开会告诉大家，为了使大家脱贫致富，国家特意规划高速公路从这里通过，以后村里的土特产都可以及时运出去，就再也不愁卖了。村头的老万的亲家老赵正好来了，听了此事，小声对老万说："亲家呀，我看你们发财的机会来了！"老万听了，马上懂了，说："可惜了，亲家，规划带上并没有我家的房和地啊！征地拆迁补偿款虽然高，但我挨不上啊！"

老赵也是个人精，前几年他的大儿子因为过于木讷找不上媳妇，看到县城棚户区因为拆迁征地暴富了，眼看好不容易说的一门亲事又要"看家"了，老赵眼珠子一转，计上心来，趁天黑拿红油漆在巷子里各户墙上写了很多大大的"拆"字，很快，本条巷子里的大龄男青年都成了"香油果果"，这不，孙子都八岁了。

老赵说："亲家啊，我们可以想办法嘛！"

画在拆迁带里的除了一些房子和土地，还有村东三十里外黑山头下的坟地，后辈人每次上坟都嫌太远。之所以这么远，是因为原先村上有个长辈看中了这里，并且留下话："儿孙可能会嫌上坟远，但我们替他们把这里看下，后辈总有一天会感谢我们的。"果不其然，后来划分地界，因为坟地的原因，村子多了二三十里草场，农林牧都能搞起来，其他村子都羡慕的眼红，都夸这个村的祖宗英明！如今公路要从坟地穿过，村民议论有的说祖宗有些失算了，死了这么多年还要搬家；有的说祖宗真是福荫子孙呢，有的死了几百年了，还能给后代带来补偿款；有的倒也深明大义，不等拆迁款到手，就主动迁起坟来，道士每天吹吹打打的，好不热闹！

但在一个不大的土堆前，却有三户人家争斗得不可开交！原来除了老万，还有老吴，老许都说这坟里埋的是自己的曾祖爷！村民看不下去，议论纷纷，有的说："见过争地的，争房的，还没见过争祖先的。"有的说："这国家修路，为的是我们发家致富，你们说是自己祖宗的坟，这几年怎么不见你们给这个坟头烧个纸，上个香？"老万看势头不对，连忙拉着老吴、老许离开了。

老万到了僻静处，对老吴和老许说："我就明人面前不说暗话了，我们三个做的什么事，大家都明白，三一三十一吧。明晚我们三个动手迁坟，拆迁款，平分，是古墓的话，妻子儿女跟前不要声张。"

这三个人半夜时分带了工具，刨开了墓穴，已经很深了，却没有什么棺材之类的东西。老许灰心了，大骂："我是被钱迷了心窍了，大半夜不睡觉，跑到这里挖人家祖坟！"老万还不死心，又挖了几下，大叫："下面有东西！下面有东西！"……

故事的结局大家想不到，我也想不到。原来村里人都传言这里有军队的秘密基地，现在似乎得到证实了。老万是挖到"深挖洞广积粮"时国家建的山区战备仓库了，这一仓库现在还保留着，部队出于保密，也只是每年巡查一次，没想到，老万他们竟然碰在枪口上了……

这也不是结局，真正的结局是，老万他们被国家以"盗掘古墓罪"判刑了，公路也因为周围有"文物"的缘故，也改道了。

座　钟

却说高台县城向西九里处有一个村庄叫台子寺，这里因为以前有一座垒土而成的高台，高台上建有一座叫西极寺的庙宇而来的。西极寺下有一个小村庄，村里有一个叫王有德的年轻人，因为干的一手好木工活，所以找他做工的人特别多。王有德的活多了，留在家里的时间自然就少了。

到了十一月份，王有德终于收工了。由于王有德为人忠厚老实，人缘极好，所以刚到家，左邻右舍就做好了酒菜，请他过去叙旧。几杯酒下肚，大家头脑热了，舌头大了，就开始胡乱说起来。

"听说西八里有一个男人，回家发现自己媳妇偷人了，就骗媳妇说要去酒泉几天，晚上不回来了。到了晚上就把奸夫捉在炕上了。这个男人随后又用手推车把媳妇赤身裸体送到丈母娘家里去了。"

话题突然转到王有德身上了。一个邻居说："有德，你媳妇那么漂亮，你又常年不在家，你媳妇要是偷汉子了，你咋办？"

王有德怔了一下，说："如果我发现我老婆勾搭野男人，我就用我酒泉买的老鼠药把她毒死算了！"大家听了，都不在意，哈哈大笑起来。

王有德喝得醉醺醺噩回了家，他的老婆玉琳见他喝得歪歪斜斜的，就有些不满，絮絮叨叨的，王有德急了，大声说："我一年在家就这么几天，邻居请我喝杯酒，我能不去吗？再说，喝醉了，我又不要酒疯，你叨叨个啥？"玉琳拉个脸，骂骂咧咧的，一摔门，就出去了。

王有德一觉醒来，发现屋外站满了人，还没弄清楚是怎么回事，就被衙役按住了。原来邻居陆大嫂清晨起来找王有德的老婆借筛子，进门发现王有德的老婆玉琳七窍流血倒在地下。陆大嫂吓得两腿发软，边爬边喊："来人啊，不好了，王有德家死人了！"

正好县令正在大湖湾视察水利，听到台子寺死了人，就马上过来了。大家七嘴八舌的，县令问了几个邻居，都说昨天王有德开玩笑说要毒杀妻子的事。县令推定应该是王有德回家后发现了妻子有奸情，就将媳妇毒杀了，因为在王有德的工具包里真的搜到了老鼠药！王有德酒醒了，哭得泪如雨下，只承认老鼠药是家里用来药老鼠的，就是不承认自己给妻子下了毒。这时候，王有德妻子的娘家人都来了，丈母娘哭哭啼啼的，小舅子趁机撒气，把姐夫家砸了个稀巴烂。

县令被大家聒噪的没法，就押着王有德回了县衙。一连审了几天，各种刑具都用了，王有德就是不承认自己杀妻了。由于物证仅仅是几包老鼠药，就只好先把王有德押入死牢了。

王有德的丈母娘恨不得王有德马上就死，就偷偷给县令送钱。县令见了钱，哪有不收的，马上改了主意，三天后要将王有德开刀问斩。

王有德的父母和兄弟王有义坚决不相信王有德会杀人，但又想不出什么解救的办法，只好去西极寺上香，祈求菩萨保佑。

话说也巧，当时河西香火最旺的就属西极寺了，当时甘州刺史的夫人老家就是高台的，

因为久不怀孕，没想到在西极寺拜了菩萨，当月就有了身孕，于是刺史不想惊动县令，就全家换了便装前来寺内还愿。刺史看到王有德全家哭得如此伤心，听了半天，决定出面，将此案审理清楚。

刺史到了县衙，决定先开棺验尸。王有德妻子的娘家人坚决不同意验尸，他们不希望女儿死了，还不能留个全尸。刺史大喝一声："你女儿死得不明不白，难道你们不希望找到杀害你女儿的真凶吗？"衙役们七手八脚地挖开坟墓，起开棺材，仵作赶忙过去做了尸检。过了一会儿，仵作报告，王有德的妻子确实非中毒而死！但具体怎么死的，仵作也说不上来。

刺史百思不得其解，只好暂住在西极寺，准备彻底弄清案情后再返回甘州。一连三日了，都没有什么头绪，方丈只好陪着刺史到处转转，不知不觉上到了角落的钟楼之上。刺史见了大钟，吃惊不已！

刺史问道："敢问方丈，此钟为何如此巨大？其他寺院大钟都是吊起来的，此钟为何扣在地上？"方丈听了，不由自夸起来："施主有所不知，此钟乃先朝大夏王李元昊所赐，重三千斤，用来当烽火示警用的。因为声音过于洪亮，一旦敲响，周围村庄的小孩都会啼哭不止，所以才扣在地上，减少震动。"刺史过来试着推了大钟一下，大钟纹丝不动。刺史突然对大钟感了兴趣，叫来八个手下，将钟抬起来。刺史突然眼睛一亮，原来钟下竟然铺着被褥！

刺史突然明白了，他叫方丈和手下暂时不要声张。第二天，刺史召集了寺院所有僧众，准备用计找出真凶。刺史走下台来，用眼光仔细打量。刺史发现有一个僧人身材高大，就走过去，准备问话，还没等刺史开口，这个和尚突然跪下了，"大人，我有罪，昨天佛祖托梦给我，说我破了色戒，你会找到我的！"

原来王有德的妻子玉琳因为丈夫常年不在家，就和半路出家的圆明和尚勾搭上了，因为这个圆明有神力，二人就经常在大钟里幽会。那日玉琳借故和王有德吵架，趁机又出门去和圆明私会。没想到寺庙那夜有夜会，圆明没有办法，只好把玉琳一人藏在大钟内。没想到，那日是十五，要撞夜钟，撞钟的和尚不知钟内有人，等撞完钟，玉琳已被钟声震乱了五脏六腑，七窍流血，死在钟内了！等到圆明和尚做完法事，抬起钟面一看，顿时八桶水浇到了头上。圆明定下神来，看看半夜无人，就把尸体背到王有德家里了。

至此真相大白，王有德的老丈人看到原来是女儿做了丑事，惹得女婿吃了官司，羞愧不已。就和刺史商量，把小女儿巧哥许配给了女婿，继续翁婿之情。此事成了高台当地的一段佳话。

桃　花

20世纪50年代，定平村村民孙发志到地上浇水，中午感到很渴，就看见前面有一个女人，手提两块冰，于是赶上前去想讨要一块，到近处那女人却不见了，感觉很奇怪，回到家里，妻子产下一女，取名桃花。

桃花长大后，身不在男儿列，心却比男儿烈，口齿伶俐，力大无穷，有一天生产队里开会，不知谁放了一个响屁，众人窃笑，桃花却高声说道："十月革命一声炮响，给我们送来了马克思列宁主义！"工作组脸色大变，细细一审，桃花是贫农，按人民内部矛盾处理，就在生产队里开批斗会，有一妇女叫夏东桂，就积极发言，从桃花跳皮筋、掏雀蛋，添油加醋，陈芝麻烂谷子地说了一河滩，桃花听了，不能反驳，记恨于心。

过了不长时间，夏东桂韵味十足地唱翻身道情，山丹丹的那个开花哟，红艳艳，正好桃花路过，随口说了一句，你们都是红眼眼。这下闯下大祸，四个基干民兵把她扭送到大队，按反党处理，无奈桃花性子太倔，怎么都斗不下来，生产队就让桃花人拉畜力车，一个月过去了，还是没悔罪表现，桃花只承认随口一说，没有反党。不知谁出了个主意，晚上批斗时用极细的铁丝拴一个大树墩挂在脖子上，桃花疼痛难忍，终于承认反党。后来桃花嫁到天水了，再没回过娘家。

观音沟

雍正年间，年羹尧任川陕总督，巡视河西经过羊达子（现名定平村）时，发现了一个绝色美女，就敬献给皇帝。六宫粉黛纷纷向皇帝献媚，唯有这个美女清水洗面，不施脂粉，雍正很奇怪，美女说，家乡极旱，饿死的人很多，要把每月三两的脂粉银省下来，寄回家买粮食。雍正问："你们是什么渠？"答："渠很远！"雍正根据美女的回答，为该渠赐名"柔远渠"，并且不让柔远渠闭口，结果羊达子还是干旱无比。雍正死后，美女也被打入冷宫，但还是念念不忘家乡的亲人。

说来也奇，同是上号（现名定安村）、下号（羊达子的另一种指称，现名定平村），渠里并没有水，但下号就粮食茂盛，年年丰收。有一年五月端午，村民刘振华烧油香时，在烟雾缭绕中，抬头一看，该村西南方向，观音娘娘正左手拿杨柳枝，右手执净水瓶，在轻轻地为小麦洒水，原来是美女的诚心感动了观音。

这事确实存在，观音沟就在定平六社。

知青锦囊

知青王树宗出生在一个铁路工人家庭，爷爷仙风道骨，有"未卜先知"的本事，送其下乡前给了他四个"锦囊妙计"，嘱咐每半年打开一个，并依次编号。

他下到定平八队，刚来时血气方刚，偷鸡摸狗，打架闹事，不把任何人放在眼里，半年到了，打开第一个锦囊，上面写着：

得罪了队长干重活，

得罪了会计拿笔戳，

得罪了保管耍秤砣。

从此便偃旗息鼓，本本分分，老老实实做人，到了年底又打开第二个锦囊：

有想法的睡不着，

没想法的睡不醒。

看完之后，便意气风发，锁定目标，要奋斗成为一个生产队长，经过艰苦卓绝的努力，感觉希望越来越渺茫，不知不觉又到了年底，就打开第三个锦囊：

一要胆子大

二要辈分大

三要力气大

四要嗓门大

知道这几个条件都不具备，当个生产队长是可望而不可即的，便夹着尾巴活人，后来知青回城时，别人都纷纷走了，自己还遥遥无期，就打开第四个锦囊：

香烟作引信，酒肉能成印。

　　要想回城来，筷子作决定。

　　王树宗叹了一口气："多亏爷爷预先指引，才使我免了很多灾难！"

盐池的传说

一、盐池的由来

听老人讲,盐池这个地方,远古时是一片汪洋大海。大禹治水时,率领大军劈开了天城石峡,大水都流到内蒙古大沙漠——现在上到红寺坡的沙滩上就能看到贝壳、小海螺。大水退了以后,盐池这块地方,四面高,中间低,水被太阳晒干了,盐就渗到地下面——经过几千年、几万年的沉积,就有了现在的盐池。以后,天一下雨,盐就从地下长了出来。

二、盐池人的来历

盐池这个地方从什么时候就有人了?听老人说,我们这个地方的人都是中原人,传说在唐朝就有人了。隋朝被李渊灭掉以后,李渊的儿子当了皇帝,收复了中原之地,又派兵打败了周围的十六个小国家,这十六个国家俯首称臣,每年进贡金银财宝、绫罗绸缎、牛马猪羊。李世民是个好皇上,收到进贡的东西,全都给了老百姓——给东西多的人就往远处迁移,给东西少的人迁移的地方就近。这样老百姓喜欢,朝廷要是打仗，老百姓积极响应。到了边疆地方的人，就用皇上给的东西开田屯粮，就在边疆居住下来了——我们盐池在那时候就有人了。

另外一个说法是：明朝皇帝是洪武皇帝朱元璋，因为中国的地盘太大，经常受到外族的侵犯——外族说是他们的地方，明朝说是我们的地方——这样就谈判，朱元璋就定下来说："修一道墙，这个墙就是标志，如果进了墙就要打你们！"外族人说："好，就这样办！"这样就派了大将徐达率领大军修边墙，这个边墙被后来的人叫作长城，一直修到了嘉峪关。那时候，因为盐池有盐，就留下了一部分修长城的人来看守，怕让人偷挖，传到现在人就更多了。

还有一个传说：明朝朱元璋皇帝派兵修好了长城，无人守候，就从山西大槐树下迁来了好多移民，在这里看守长城和盐池，听说山西的大槐树现在还在哩！

最可信的说法是：盐池这个地方，先有榆树后有人。那棵榆树两个人就合抱不住了，现在是三个人合抱不住，当时榆树边有股小泉水——街道边上的大榆树，因为盐池村重新规划居民点，把树旁边的房屋都拆除了，老榆树也枯死了——树干下面的皮干枯后被风刮掉了，怎么算也有300多年的历史。

三、盐务局和盐池第一个学堂

民国十八年（1929年），国民党政府在盐池设立了盐务局，挖出的盐由政府统一管理，也禁止贩私盐。盐务局的人都是从兰州那里派来的，都有文化，对人挺好的。见当地小孩整天玩，就说："孩子们为啥不上学？"当地人说："没地方上！"当时的盐务局局长姓陈，就找村上人商议：教室用他们的一个房子，老师由他们派出。这样，当时只有63户人，每户来一个学生，一共63个学生。小学要上8年，这样，有了学校，我们就学了文化。后来快毕业的头一年，民国二十五年冬天（1936年），红五军打进了高台，盐务局的人都跑回了兰州，学校也就停了。

白马饮水的传说

天地之大德曰生，水乃生命之源。新坝镇河西坝村地处摆浪河最下游，自古以来就缺水，先辈们对水的珍惜真可谓达到了无与伦比的程度。在过去饮水严重缺乏的时候，先辈们发明了挖涝池，在用水少的时候或汛期水多的时候，把涝池放满，供人、畜饮用。新坝镇小坝村的大涝池就是其中最著名的一个。大涝池在小坝村村委会后面，三队居民点南面与刘家大庄子交会处。有个土墩子，占地面积约为50平方米，高处约4米。四周树木葱郁，气势蔚然，这个土墩过去叫镇水墩，它的修筑，有一个神奇而美丽的故事，那就是"白马饮水"。

小坝村挖大涝池据说是20世纪三四十年代的事。大涝池挖好后，总是存不住水，一方面，小坝大涝池周边除了二、三、四队的人畜饮用，还有上坝七、八队，楼庄七、八队也来饮用。人、畜用得多了，水量消耗就大，所以存水时间自然就短。更重要的是新挖的涝池，渗漏非常严重，先辈们也想了许许多多的办法，用碌子压，用土夯捶，从元山子的苦水红土山拉红土衬垫（红土遇水软化后黏性极好，俗称红胶泥，有很好的防渗漏作用），但效果却不明显，先辈们百思不得其解，大涝池的水到哪里去了？天气晴朗的时候，站在大涝池的围墙上向北望，可以隐约看到碧波荡漾的海子湖（肃南明海地界）。有人就猜测，是不是大涝池的水经地下某个通道流到海子湖了？慢慢慢慢就产生了有关白马饮水的传说。

有人说，间或在天快黑的时候，会看到一匹白色的骏马从小坝五队方向上来，经现村委会（以前不知有无建筑）后面的路来到大涝池饮水，其马太过神奇，一次饮水，大涝池的水就下降一大截，然后飘然而去，消失在沉沉暮色中。传说一出，越传越多，越传越远，越传越神奇，许多人都证明此事"亲眼所见"。族里的头领们就召集会议，商量如何应对这神奇的白马饮水。懂点阴阳和风水的人便粉墨登场，献计献策。最终决定在现村委会与刘家大庄子之间的白马通道上打一个墩，以阻断白马的通行，工程就此开启。

在筑墩的过程中，也出现了非常有趣的故事。因筑墩工程量大，所以需要大量的人力，上小两坝的乡邻们也都纷纷前来务工，以赚点钱养家糊口。在生产力及生产工具极其落后的时代，修筑这样一座土墩，实为艰难。俗话说"打墙的板儿上下翻"，为了保证工程质量，指挥者决定今天打东边，明天打西边，以保证墙体有个风干和凝固的过程。但问题出现了，打东边的时候，西边打好的倒塌了，打西边的时候东边打好的墙又倒塌了，大家都觉得非常奇怪。有个姓李的乡邻，家境贫寒，经常给人家打短工过日子，出门时经常挑个担子，一面筐里放着孩子，一面筐就是用来拾粪的。因打镇水墩，他也来打工。有一天，小晌午休息，大家都坐在树荫下喝茶说笑。其间有个人开了个玩笑，大家都笑得前俯后仰，李姓乡邻筐里的孩子也咧嘴一笑。这孩子本就长的奇特，一字眉，从来不见笑容，这一笑露出了牙齿，原来长着一幅板板牙（整个牙没有分齿）。正好被一姓朱的乡邻看到，便对姓李的乡邻说道："一字眉、板板牙，这是帝王将相的面相，我们这穷地方，存不住这样的人，你还是赶紧把他送走吧。"姓李的乡邻没有当回事。说来也怪，收工之后，这孩子一夜之间上吐下泻，小命不保。之后，镇水墩却再也没有发生倒塌，工程很快竣工。长6米多，高9米多，气势宏伟，成为整个小坝乃至整个新坝的标志性工程。

此墩筑成后，大涝池的水渐渐能存住了，乡党们一致认为是镇水墩真镇住了白马，保住了大涝池的水。这事儿听起来很玄乎，但村里人口口相传，传得像真的一样。其实是衬垫的红土慢慢泡开，黏性发生作用，不再渗漏。大包干后，随着水窖的诞生，乡邻们对大涝池的依赖日趋淡化，只用来饮牲口，所以大涝池的围墙也倒了，不再有人去管了，镇水墩也成了大家取土垫圈的好去处。逐渐地，镇水墩就变成了现在的样子。

台子寺神钟的传说

台子寺庙内原有一口高 2 米、直径 1.5 米的铸铁大钟，重达千斤。外表绘有蟠龙云纹图案，九龙在祥云之间腾飞，线条流畅，形态各异，栩栩如生。顶部铸有两只老虎状钟钮，整个大钟上细下粗，呈喇叭口形，比例协调，造型精美，撞击时钟声古朴浑厚，传数里而余音不绝。

关于这口钟的来历，还有一段美丽的传说。相传在很久很久以前，高台连降大雨，山洪暴发，整个大地陷入一片汪洋之中，滚滚洪流由南向北，水浪滔天，百姓生命财产受到极大威胁，眼看高处的台子寺庙也不能幸免，寺内僧众急忙焚香诵经，祷告上苍，祈保平安。他们的虔诚之心终于感动了上界神灵，只见观音菩萨驾乘瑞霭祥云，手托净瓶，飘然而至，站立云头，用杨柳细枝向东北方向一挥，即刻转向大湖湾，最终注入弱水（黑河）。霎时便晴空万里，寺庙得以保存，百姓免遭水患。此后，大湖湾上空经常显现五彩霞光，湖面时有瑞气环绕，众人感到十分惊奇。后来他们发现原来在湖的淤泥中有一口巨钟，隐隐投射祥光。众人认为此钟一定是宝物，就千方百计欲将它取出，但费尽气力也挪它不动。于是他们请来了台子寺的僧人，设案焚香，祷告上苍，膜拜许愿，许诺若能得到此钟，将悬挂于台子寺庙内，奉为镇寺之宝，为众生消灾降福。

说来也怪，经过一番祭拜，众人便轻松地将巨钟从淤泥中拿了出来，然后恭恭敬敬地抬回寺中，又在大殿北墙外修建了一座珍珑别致的钟楼，将它高高悬挂。从此之后，寺庙晨钟暮鼓，梵音袅袅，香火更为旺盛。更为神奇的是，此钟有时在夜深人静时不撞自鸣，不久当地总会发生程度不同的灾难。久而久之，每当大钟不撞自鸣时，周围的百姓就会警觉，而预先加以防范，往往逢凶化吉，消灾避祸。后来有人发现，巨钟不撞自鸣，原来是一位红衣仙姑用一只梳头的神梳撞击大钟，声音传越数里，保佑一方平安，从此人们便敬奉这口巨钟为"神钟"。此事传遍方圆百里，无数善男信女纷纷前来寺庙焚香祭拜，抚摸神钟，祈求一生平安。此风气代代相传，经久不衰，一直延续了下来。

　　后来，这口神钟被运往高台县城大佛寺，新中国成立初期还被用作县城的报时钟，但可惜在1958年大炼钢铁时被熔为了铁水。

朱家堡的来历

　　高台县宣化镇的朱家堡村，姓顾的人占了绝大多数，村内没有一个姓朱的人，但是却取名为朱家堡，这是什么原因呢？

　　传说明朝开国皇帝朱元璋在他登基后曾来过高台微服察访。当时，由于西极寺（现在的台子寺）在当地名气极大，非常灵验，他便去进香。进殿以后，寺内香烟缭绕，鼓钹齐鸣，朱元璋感到心旷神怡。特别是西极寺的名称，引起了他的兴趣，不禁脱口吟道："寺名西极，有西天佛祖如来"。这本是朱元璋一时乘兴，信口而出，谁知一个满身油污、衣着破旧的老秀才，竟不顾左右，昂首拈须，接着吟道："国号大明，出大贤大明皇帝！"朱元璋一听，心里像用熨斗熨过的一样舒坦，极为高兴。他不仅赞赏老秀才的才思敏捷，更主要的是他非常满意那个老秀才把他这位皇帝比作如来，降福于民。只是他暂时并没有暴露身份，只是默默地注视着老秀才，老秀才也仿佛遇到知音，含蓄地望着他笑。

　　逛罢西极寺，朱元璋肚子有点饿了，便问老秀才说："老人家，你们这个地方有什么特色美食？"老秀才说道："若问美味何处寻，弱水之滨顾家庄。"朱元璋听罢便邀请老秀才为其引路。一行人便一起向弱水（今黑河）边岸行去，一路景色如画，众人相谈甚欢。行不甚远，便到了一个村庄，老秀才指着村口的一个小酒店，说到了。

　　朱元璋瞅了几瞅，见小酒店实在没有啥可吃的东西，不禁摇摇脑袋，又吟了一联："小酒店三杯五盏没有东西"。谁知老秀才跟在后面听得一清二楚，随即摇头晃脑地吟出下联："大明君一统四方不分南北。"这又似甜酒浇到朱元璋的心窝窝，听了以后好不快活。朱元璋当即亮明了身份，问他姓什么，叫什么，哪里人氏。老秀才其实早就看出了朱元璋的不凡,不亢不卑地说道:"我乃此地顾家庄人,叫顾一仙。"朱元璋笑着说:"原来你就是顾家庄人,那你们的美味佳肴呢?诓骗朕来此是何意呀?"顾一仙不急不徐地说道:"我是顾家庄的保长,我们顾家庄的弱水烧鱼是本地一绝,请陛下慢慢品尝。"于是亲自动手,为朱元璋烤了一盘"弱水烧鱼",朱元璋吃了后连连称赞。

此后,一连几天,朱元璋乐不思蜀,吃遍了全村的美味佳肴。为答谢全村庄人的好意,便对全庄的人说:"你们的方言'顾'和'朱'分不清楚,干脆我把顾家庄赐名为'朱家堡'吧!"全庄人都认为能被皇帝赐名国姓的村庄,天下少有,便高兴地在村口立了一个牌匾。

只是后来随着时间的流逝,慢慢地当地的烹饪技术失传了,立的牌匾也不知所踪,但是皇帝赐予的朱家堡之名却一直流传了下来。

薪火相传自秉承（后记）

孙登平

"爸爸，你给我讲个故事！"我的孩子小的时候，几乎每天都会对我说这句话。我小的时候也一样，也经常会央求长辈们给我讲故事。小学毕业的暑假——1987年夏秋季节，我从同学和邻居那里借读了一本《山西民间故事》和《历代帝王故事》一书，许多精彩而引人入胜的故事给我留下了深刻的印象。在那之前，我还读过彩色图文版的《拇指姑娘》（安徒生名作）——是我上小学三年级的时候，一位在我家住宿过一晚的过路商人送给我的，我忍不住把这本书拿到学校后，被同学们借去看，就一去不复返了。上五年级的时候，我的同桌是一个富有的人（因为他父亲是我们的老师），他有许多彩色故事书，比如《臭雕的故事》《骄傲的小毛驴》《老虎、狼和狐狸分餐的故事》等，他的书不会轻易借给我看——经过我多次恳求，他终于答应借给我看了——但有一个条件：我的作业必须给他抄！为了那些精彩的故事，我只好答应了同桌的条件，同时还义务帮他瞭哨，一旦发现他父亲来了，赶快将我的作业本拿过来，以免被他父亲发现。有一次，还是被他父亲发现了，因为他进教室时的脚步特别轻，我们又坐的是靠近门口的第一个桌子，实在是无法对付他老人家的"突然袭击"。他父亲发现他抄作业的行为后，将他揍了一顿——幸而没有揍我，但我也是胆战心惊。

小学阶段，我们读课外书的愿望是那样的强烈，但我们所能读到的课外书又是那样的稀缺——父母亲一般都认为课外书是会影响学习的，所以一贯地限制我们去读课外书。记得我曾经很多次坐在同学身旁蹭读过《人参故事》《徐霞客游记》《飞将军李广》《岳飞的故事》《济公活佛》等许多连环画故事，还曾经在回家的路上利用和同学并肩同行的机会，读过《西游记》的一些片段。上初中时，读过《薛仁贵征东》和《孙子兵法演义》的一部分——后面这本书是我舅舅到我家时带来的，但据说也是借别人的，因而在我没有读完的时候，他又拿走了。记得有一个寒假，邻村开交流会（类似赶集，一般进行一周或十天——请来戏班子唱戏，小商贩们趁机赶来做生意，当地百姓邀请外村的亲戚们前来看戏，车来人往，熙熙攘攘，十分热闹），我姐姐花一毛钱买了一本彩印的《大萝卜回来了》，我看得爱不释手，自己也想去再买一本，但父母亲只给了我一毛钱，我只好选择用这一毛钱买了一根油棒子（麻花），放弃了买书的机会。还有一次，我妹妹花五毛钱从同学那里买了一本《小红帽的故事》，我正想责怪她乱花钱，她把那本书递到我面前说："你看看，特别好看！"我看完那个故事，自然怒气就消了。

在高台一中上高三时，学校号召每一位同学向学校图书馆捐一本书——没有任何家藏图书的我，只好决定到新华书店去买一本——我选了一本价格最低的书，是泰戈尔的《飞鸟集》，定价为2元。我当时不知道泰戈尔是谁，也无心去品读那些离我的现实生活很遥远的诗句，因而决定把那本书捐给学校。当时我们班有一位同学很喜欢那本书，他大概知道泰戈尔的情况，他提议用另外一本书来换我的这本书，让我把他的旧书捐给学校，把这本新书换给他。"我的是新书，为啥要换成他的旧书？"我这样一想，就没有答应。我把泰戈尔的《飞鸟集》交到了班长手中，但那位同学还是悄悄地用他的一本《雷锋的故事》换走了那本书。

2003年4月23日，我告别工作了四年零四个月的南华镇人民政府，到县文化局报到——后来才知道，这一天正好是世界读书日——看来我就是来学习的！2008年11月8日，在文化局原任党总支书记李俊先生的带领下，我和文化馆副馆长白登禾（后来换成了文化馆干部赵永恒）以及我的一位堂兄孙登久（时为文化局专职司机),一行四人,拉开了前后持续近两年的全县非物质文化遗产普查工作的序幕。时任文化局局长郑伏英先生还拿出一瓶红酒,给我们每人沏了一茶杯,以示壮行,还特意对我说:"到乡村中去开展工作,跟人说话要和气,不要发生不该有的矛盾!"后来,我们的这项工作进行得很顺利,也很愉快,到每一个地方基本都是先听民歌民乐,然后吃饭喝酒。除现场录音、录像和文字记录的工作外,大量的后期工作还需要在办公室完成——尤其我所担负的文字整理工作,要填写那些申报保护项目的表格,现成的文字资料还是显得十分缺乏,需要我经常性地独自加班去完成。后来由于借用图书馆的硬盘,还发生过硬盘被格式化、资料大量丢失的事件——尽管如此,我们还曾经利用当时博物馆闲置的展厅布置过一个临时性的非遗展厅,我们的工作还是得到了省、市上级部门的肯定——2010年4月16日,全市第二次非遗名录项目评审会议在高台召开,我们一次性申报成功了市级保护项目18项,加上原有的4项,使我县市级保护项目达到了22项。2010年8月6日的《甘肃日报》公布了拟入选全省第三批非物质文化遗产名录项目,我县的《高台民歌》《高台黄河灯阵》《高台通背捶、八虎棍》三个项目入选,加上此前我县已经申报成功的《高台秦腔獠牙绝技》,使我县的省级非遗名录项目达到了4项,省级传承人达12人。

2010年8月30日,我正式调入县文联工作,非遗保护工作基本画上了一个句号(后来,我还帮李俊书记写过典型材料,他最终被评选为全省非物质文化遗产保护先进个人。我还帮后来担任县非遗保护中心主任的赵永恒完成过一些填写表格、上报保护项目的工作)。在文化局工作期间,还有两位姑娘参与过非遗资料的整理工作,一位叫苗丽娟,她主要协助李书记整理民间故事,将一些村志上的民间故事输入电脑当中——尤其是骆驼城永胜村李德崇先生自费印刷的内部资料性质的著作《骆驼城漫话》一书中的60多个民间故事都收录了进来。还有一位叫赵欢,她主要帮助我将一些手工填写的表格转换为电子版,同时还负责收集保存好所有非遗普查所得的图片和文字资料。

记得2009年冬天的一天,肃州区文化馆的几位同志来到高台专程向我们"取经"——因为他们听省文化馆的领导们说我们高台的非遗工作做得好,因此特地过来学习。临走时,一位肃州区文化馆的工作人员走到赵欢跟前,说想拷一些我们的图片去用一下,赵欢拒绝了他的要求,说我们的资料都是保密的。站在不远处的我,因为觉得大家都是同行,他们拷点我们的图片过去应该也没有什么大碍,于是就答应了那位同志的要求。谁知那位同志将他的U盘插入我们的电脑后,对我们非遗文件夹内的所有资料进行了全选,随即全部拷走了。

2010年4月30日,我们高台文化系统的全体干部职工到肃州区文化馆去参观学习时发现,他们已经利用我们的资料出版了两本书:《肃州民歌》和《肃州民间故事》。李书记翻开那两本书,一边向我展示被窃取成果的具体情况,一边深深地叹了一口气。不过,我们虽然感觉自己的成果被他人抢走了,但客观上也起了一些积极作用——最终省上将高台民歌、酒泉民歌、武威民歌合并为一个总项目,命名为《河西民歌》,还是我们的传承人申报得最多,有5位;其他市、县总共都才有一两个传承人——因为省上的文件明确要求每个项目最多不超过2名传承人;按照李书记的意思,我们的《高台民歌》原定传承人为9位,一个乡镇一位,但由于我怕省上通不过,就报了5位,结果那5位传承人都获得了批准,我又后悔没听李书记的话。

2011年2月和6月,我的地方文化研究作品《高台黄河灯阵》和《质朴高亢的高台民歌》分别在《甘肃日报》文化版刊登。2012年3月30日,《甘肃日报》文化版编辑陈菊女士给我打来电话,嘱我写一篇反映中国工农红军西路军纪念馆的文章。2012年4月18日,我的长篇通讯《黄沙难掩血与火的记忆》在《甘肃日报》文化版头条位置刊登。2015年4月，我的歌词作品《丝路之歌》入选由中国音乐家协会、福建省委宣传部主办的"海峡两岸·追寻中国梦"歌曲征集活动歌词评选50首，名列第39位，在中国音乐家协会等官网和《福建音乐界》等媒体刊登。2015年5月，我套用高台民歌《珍珠倒卷帘》曲谱创作并亲自演唱的红色民歌《革命火种到天山》，参加了张掖市首届民歌大赛，获优秀奖。2019年8月，我的民间故事作品《高台老席八大碗的由来》获"金张掖美食"征文优秀奖。2019年9月，受高台县委宣传部指派，创作完成快板书《我向习主席夸高台》，此文在《张掖日报》刊登，同时在高台县庆祝新中国成立70周年大型文艺晚会上演出。2019年10月9日，我的地方文化研究作品《高台面筋》在《中国劳动保障报》"休闲·健身"栏目刊登。2020年3月，我的民间故事作品《牛郎、织女和大湖湾的故事》获首届高台旅游民间故事征集大赛二等奖。2020年9月，由我和石琳女士共同编纂的23万字民间文学著作《高台民间故事》初稿获高台县首届文创大赛优秀奖。这些成绩的取得，都与我曾经从事非物质文化遗产普查保护工作有很大的关系。

  2016年秋的一天，曾担任高台县文化馆馆长和高台县文联首任专职副主席的王爱民先生，交给我一个大牛皮纸袋，里面装着厚厚一沓写满了钢笔字的旧稿纸——这是他们那一代人于20世纪80年代在全县开展"民间文学三套集成"（《中国民间故事集成》《中国歌谣集成》《中国谚语集成》）时收集到的原始资料。由于我的注意力集中在民间故事上，再加上谚语、谜语之类的归纳总结工作早已在《高台县志》等地方文献中得以体现，因而我据此整理出了《鞋匠中状元》《蛤蟆招驸马》《王林奉母成仙》《山神女婿的故事》（原名《遭后娘的故事》）《白大人的故事》《闫大人的故事》《盖房上梁披红绫的传说》《厨师教子》《盐池的传说》等内容翔实、趣味横生的代表性故事——其中多数都是以前从未听过的。

  2020年元月，时任县文化旅游局局长盛兴荣先生对我说："没事了整理些民间故事去呀!"他这样一说,我立即将《高台民间文学选萃》一书的编纂工作提上了日程。我拿出之前到已故老前辈李德崇先生家中搜集到的《骆驼城漫话》和《张掖民间传说故事》二书,将能收录的故事都尽量收录进去。随后又将首届高台旅游民间故事征集大赛中的十余篇获奖作品收录了进来。最后,我将原任黑泉镇定平村党支部书记李文俭先生创作的《定平聊斋25集》作了删减,同时分别概括拟定了题目,然后予以收录。

2020年11月7日,立冬这天,我将书稿拿给曾出资设立"立国爱心基金"、惠及高台城乡千百学子的甘肃宇阳集团董事长赵立国先生预览,他说:"应该分成上、中、下三册,印成32开的小本读物,那样也有利于学生娃娃们携带和阅读!"之后,我立即按照赵立国先生的意见进行了划分和编辑,同时邀请高台一中美术教师贾志峰老师绘制了与内容相适应的插图,使该书具备了图文并茂的效果。临出版前,赵立国先生又认真阅读了书稿,同时建议我再一次进行删减和审定,力求该书成为质量上乘、深受广大读者喜爱的优秀作品。

今年正值中国共产党第二十次全国代表大会隆重召开的喜庆年份,本人谨代表广大青少年学子,向热心公益事业的赵立国先生致以崇高的敬意!同时向一切为高台民间文学和文化遗产传承弘扬做出贡献的前辈和同仁们致以崇高的敬意!向一切埋头苦干、默默奉献的人们致以崇高的敬意!

2022年3月12日